谨以此书献给我青年时插队的村庄——福建建阳将口公社胡巷村。假如没有那里的农民兄弟、村妇村姑对我八年的关怀,我写不出这本书。

文学实为哺育人生之大学问尤其在苦难的岁月中尤会一如阳光照耀你走出泥泞

宏甲

王|宏|甲|作|品

第一部

无极之路

第四版

王宏甲 著

中国人民大学出版社
·北京·

图书在版编目(CIP)数据

无极之路 / 王宏甲著. —北京:中国人民大学出版社,2011.5
(王宏甲作品)
ISBN 978-7-300-13628-8

Ⅰ.①无… Ⅱ.①王… Ⅲ.①长篇报告文学—中国—当代 Ⅳ.①I247.5

中国版本图书馆 CIP 数据核字(2011)第 076648 号

本作品中文简体字版由作者授权中国人民大学出版社专有出版。凡盗版或盗印者,皆为违法。中国人民大学出版社保留通过法律途径追诉违法者民事或刑事责任。

朗朗書房

无极之路(第四版)

王宏甲　著
Wuji Zhilu

出版发行	中国人民大学出版社		
社　　址	北京中关村大街 31 号	邮政编码	100080
电　　话	发行热线 010 - 51502011		
	编辑热线 010 - 51502017		
网　　址	http://www.longlongbook.com(朗朗书房网)		
	http://www.crup.com.cn(人大出版社网)		
	http://www.ttrnet.com(人大教研网)		
经　　销	新华书店		
印　　刷	三河市金泰源印装厂	版　次	2012 年 6 月第 4 版
规　　格	165 mm×245 mm　16 开本	印　次	2012 年 7 月第 2 次印刷
印　　张	28　插页 8	印　数	210001—217500
字　　数	330 000	定　价	49.80 元

版权所有　侵权必究　　印装差错　负责调换

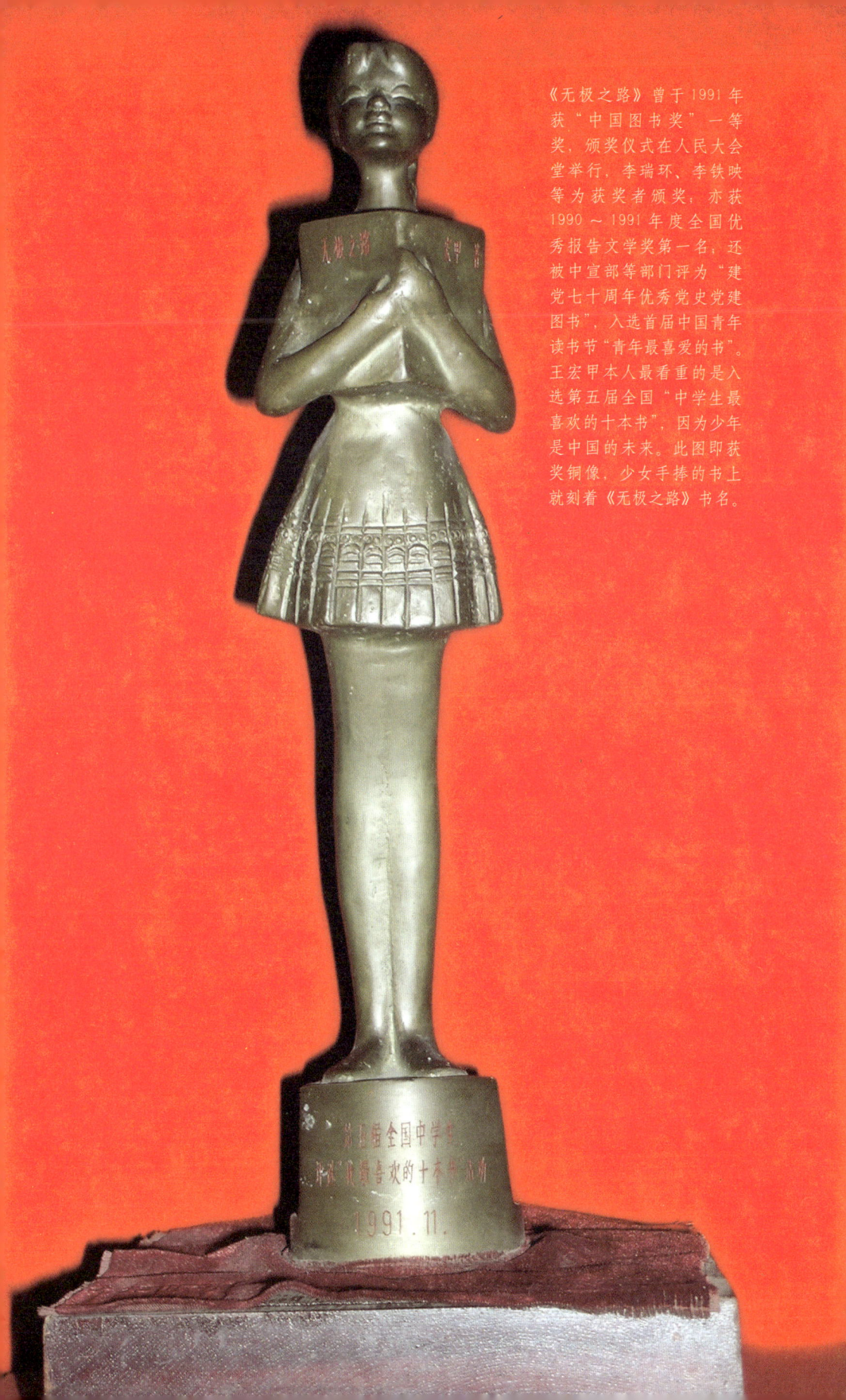

《无极之路》曾于1991年获"中国图书奖"一等奖,颁奖仪式在人民大会堂举行,李瑞环、李铁映等为获奖者颁奖,亦获1990～1991年度全国优秀报告文学奖第一名,还被中宣部等部门评为"建党七十周年优秀党史党建图书",入选首届中国青年读书节"青年最喜爱的书"。王宏甲本人最看重的是入选第五届全国"中学生最喜欢的十本书",因为少年是中国的未来。此图即获奖铜像,少女手捧的书上就刻着《无极之路》书名。

《无极之路》第一版于 1990 年 6 月 1 日出版　6月13日，《无极之路》第一个作品研讨会在鲁迅文学院召开。上图为著名文学评论家，曾任中国作协副主席、《新观察》主编、《文艺报》主编、《中国作家》主编的冯牧先生发言；下图为著名作家，曾任中国作协党组书记、中国作协副主席的马烽先生发言。与会的文学界、文学理论界人士均对《无极之路》给予了热情洋溢的评论。中央电视台在当天晚间新闻予以报道。作者王宏甲在新书《永不失望》里谈到这次研讨会时说："《无极之路》的问世和影响，凝聚着许多人的心血、智识、情感和力量。许多人真心实意地投入，因其中有万万众的期望和心声。"

《无极之路》首版封面 　　　　　　《无极之路》第三版封底

首版时作者照片 　　　　　　　　青年刘日

首版出版者：解放军文艺出版社　策划：凌行正、袁厚春、宫魁斌　责任编辑：刘迪云
首版时间：1990年6月1日

1988年夏，正是无极县城"六纵六横"大道改造最紧张的日子，刘日虽遭遇被告，一刻也不曾放松县城改造工程。图为刘日率无极县四套班子领导成员骑车督查工地。

1985年11月7日,刘日到无极县任县委书记。自1986年到1987年的数百个日子里,这个县就有局级、县级的干部陆续向地委反映这个县委书记的"问题"。1988年7月13日,无极县13名科局级干部赶到省纪委,呈上状辞,状告无极县委书记刘日以权谋私、收受贿赂。状辞上清清楚楚地签着他们的姓名。这是新中国成立以来,这个省第一次发生由县里13名科局级干部联名集体上告县委书记的事情。

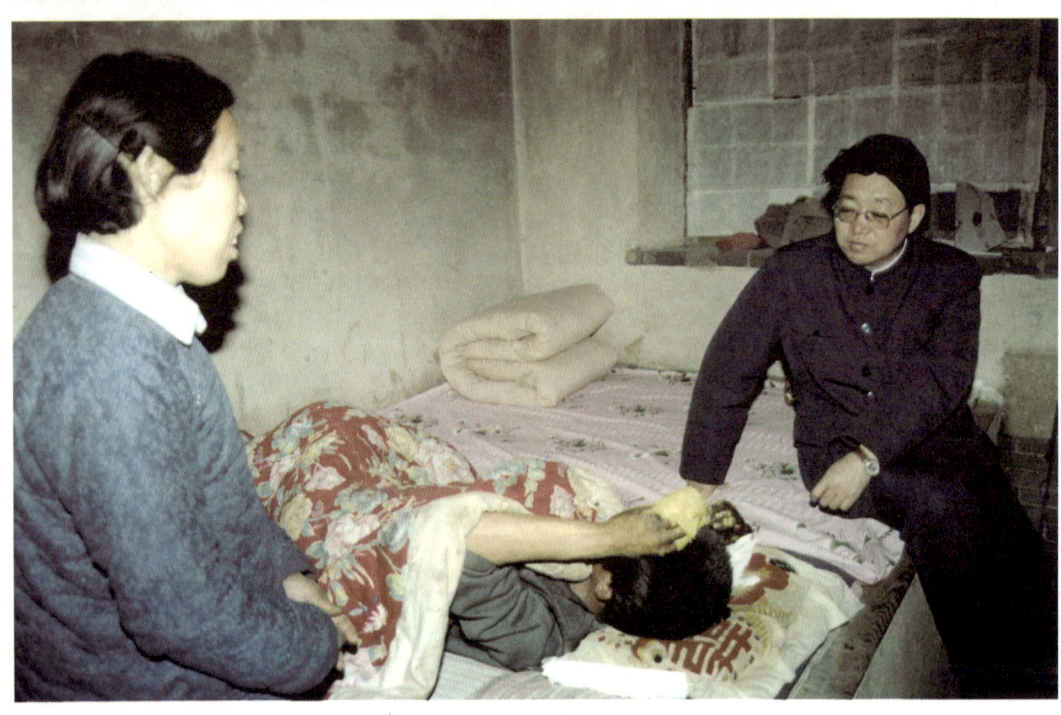

刘日访贫问苦 20世纪80年代后期了，一个穷县的县委书记如果真正谨记自己的职责，就会看到乡村里还有贫困到让你难以想象的穷苦农民。他们因疾病、工伤、年老无子女，或能力不强，在生产队散伙后陷入深深的贫困。政府如何建立救助制度，是一个紧迫的问题了。新的保障制度未建立时，党团组织能不能在发挥民间互助力量方面起个带头作用？有人说，现在谁还顾得上谁？也有读书人在了解了刘日的努力后，称之为中国当代的堂·吉诃德。然而刘日并不只是关怀特困户，他自己就是农民的儿子，他始终为改善全县人民的（接下页）

生活而努力。他下乡常用面包车，为的是带上县乡的有关干部一块下去。他说眼里要经常看见民间疾苦，心里才有民间疾苦。他离开村子时，村民总是依依不舍。今天已极少看到包头巾的农民了。这是1987年的画面。再看看上面那位老大娘与刘日握手图，还有那贴着胶布的等着跟刘日握手的手，那样的表情是从内心流淌出来的。如果不是早在心中就充满了对刘日的敬重情感，一个普通的乡村大娘大婶，见到县委书记能产生如此的表情吗！

20世纪80年代的领导干部群像 省委书记邢崇智到无极来了,刘日说:邢书记,我们的基层干部都想见见你呢!邢书记说:好啊!于是就有了省委书记、县委书记、乡党委书记和村干部密密麻麻地坐在一起面对面交谈的情景。这幅照片其实反映了当年从省委书记到县乡基层干部的整体形象。

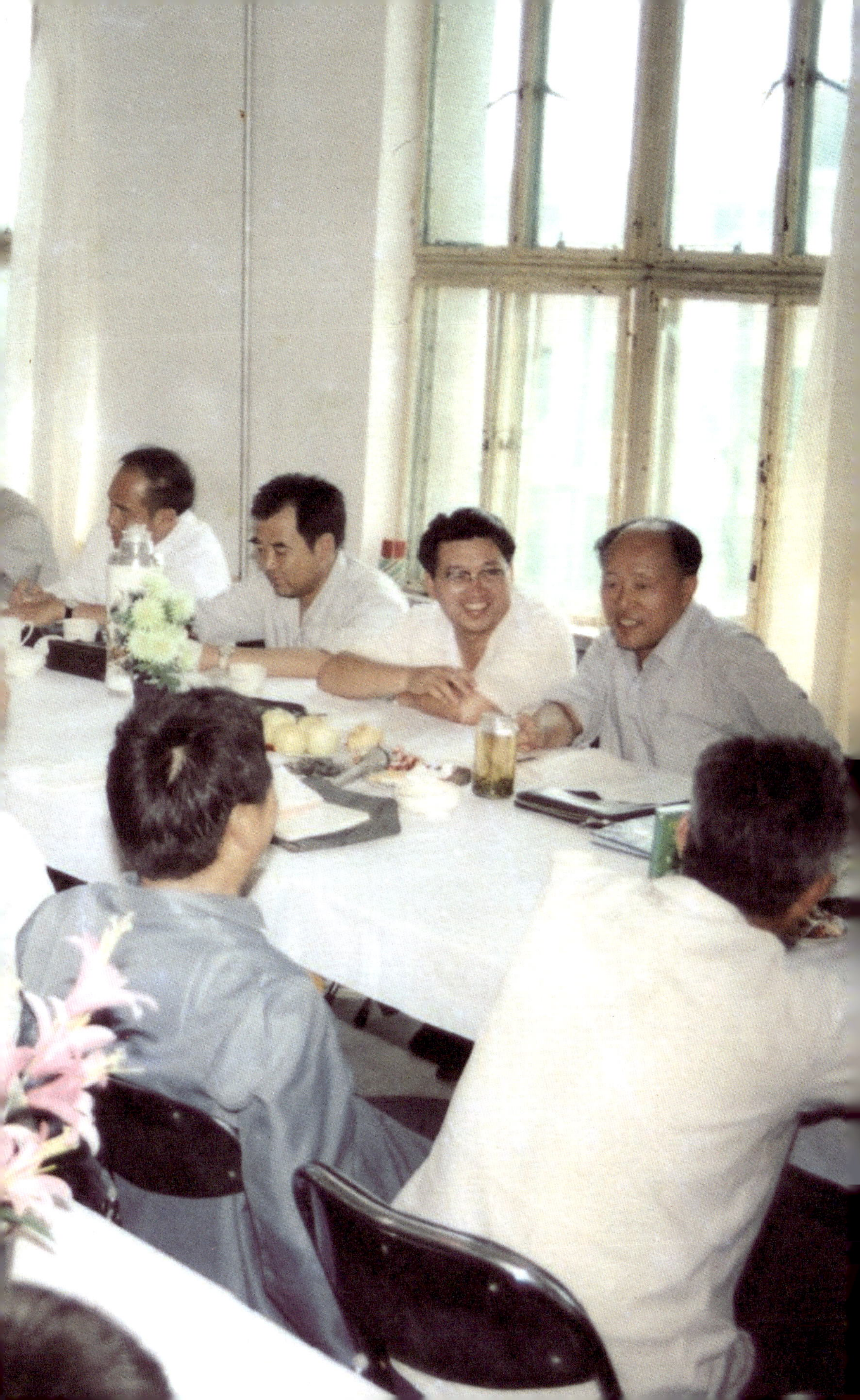

1987年3月,王岜甲到北京鲁迅文学院读书时,有一批农民在无极县自愿报名参加一个学神来的学习班,年龄最大的74岁。刘日来看望他们,对大家说:"祝贺大家来学习。不久,你们都有希望成为万元户。"农民们听了半信半疑地笑,仿佛在听神话。

刘日在村民中 在无极县，修路、开荒滩种果树、扶持农民种大棚菜，都曾遇到阻力。这里有人们对新事物还陌生等原因，更有为政未能取得民心信任等原因。最好的办法还是要到群众中去了解群众的困惑，因难以反群众的智慧。刘日善于指头把做某件事的利弊手算账，常掰着手指头把做某件事的利弊说出一二三。他说老百姓是通情达理的，只要得到老百姓的支持，看起来不好解决的事情也可能迎刃而解。

刘日与王宏甲　无极农村（1990年）

目录 Contents

致读者	呼延华	001
出版前言	中国人民大学出版社	005
阅读王宏甲		
冰心、文怀沙、陈荒煤、秦兆阳、冯牧、马烽、周克玉、张锲		010
初版序	官魁斌	016

第1章 / 天高悬日月　地阔载群生

1　触目惊心	003
2　我报名来了	005
3　大风起兮，沙飞扬	008
4　人的差异产生在业余时间	010
5　大其心容天下之物	013
6　耳目为之一震	015
7　不要见了庸僧便疑佛法不好	017
8　位置・距离・车轮	021
9　勇气，也是有价值的	024

第2章 / 公生明　廉生威

1　大门外的流浪汉	033
2　"五千"与"三万"	038
3　翻箱倒柜，面面曝光	041
4　一则"官箴"	044
5　一沐三握发	045
6　一枝一叶总关情	054
7　特殊关系・官车轶事・温饱问题	056

8 政声人去后	065
9 就像一棵树	067
10 一个伟大的行动	071

第3章 / 追求与抉择

1 胜利的星	079
2 儿时，梦中的灯	083
3 飞翔的视线	088
4 骄阳下散步	091
5 勇敢的代价	093
6 卧龙岗	099
7 拿黄金也买不到	102
8 我要见郭沫若	106
9 清华园，你听着	110
10 抉择	113

第4章 / 视民如伤 始能少误

1 一串"小碎步"	119
2 新思索	121
3 子弹没有弹性	125
4 警惕经验	128
5 模拟实验	132
6 实践问题	134
7 影响不好？	139
8 第一块匾	145

第5章 / 创造：生之光华

1 挖地寻根	157
2 夜半敲门声	162
3 新"设想"	165
4 一根火柴	169
5 一条连水都没有的小河	174
6 七彩的光	177
7 落日的红光	180

第6章 / 千里始足下　高山起微尘

1 道坎路攻车	187
2 十万火急	188
3 让他们去见见老百姓	191
4 通讯员刘日	194
5 路，还是要修的	196
6 我在前线	198
7 追随民心	202
8 创造吸引力	204

第7章 / 为什么不全神贯注

1 生产队散伙之后	211
2 "老八路"又进村了	212
3 没有记录的思维	215
4 赶着小毛驴来了	218

5	人海阔，无日不风波	221
6	无权坐等争议	227
7	墙头诗的启示	231
8	天职	234

第8章 / 为什么不全力以赴

1	没有工夫叹息	241
2	万元田	244
3	开学了	248
4	飞行会	253
5	绿色银行	256
6	白色革命	261
7	"飞鸟形"结构	265

第9章 / 为什么不用人之长

1	去监狱物色人才	273
2	一张犯人争阅的报纸	278
3	别样人生	280
4	第一个被聘用者	283
5	高墙内的掌声	290
6	"扒界"出了叛徒	295
7	一道"通缉令"	301
8	"无发……47号"文	306

第 10 章 / 万民之业　乘众志乃兴

1　未必人间无好汉，谁与宽些尺度　　　　313
2　人材者，求之则愈出　　　　　　　　　316
3　长风破浪会有时　　　　　　　　　　　318
4　赠我一言，重于金石　　　　　　　　　327
5　乘众志与用众力　　　　　　　　　　　333
6　何世无奇才，遗之在草泽　　　　　　　336
7　他这个"卒子"攻过河了　　　　　　　343
8　千古兴亡事，成败因人　　　　　　　　354

第 11 章 / 与民共其乐者　人必忧其忧
　　　　　与民同其安者　人必拯其危

1　想哭就哭，想笑就笑　　　　　　　　　359
2　刘日，你在哪里　　　　　　　　　　　362
3　雪地里埋人架不住太阳晒　　　　　　　367
4　这些人应该向中国老百姓负荆请罪　　　371
5　人能活几年　　　　　　　　　　　　　375
6　假如你感到自己渺小　　　　　　　　　381

初版后记　　　　　　　　　　　　　　　　387

附录

创作反省——给我的朋友官魁斌　　王宏甲　393
《无极之路》出版始末　　　　　　袁厚春　412

致 读 者

呼延华

　　我为什么向你推荐王宏甲？

　　多年来，王宏甲以《无极之路》《智慧风暴》《新教育风暴》等一卷卷明亮的作品，挺进到一个又一个广阔领域，从农业时代到工业时代再到信息化时代，从攸关亿万家庭的新教育到亿万城乡青年的谋生路，每一部作品都是他步入中国社会深处，跋涉万里关山，呕心沥血而又小心翼翼地奉献出来的。阅读宏甲并不困难，许许多多普通读者都能在他的作品中找到自己生命的价值和尊严。

　　但是，怎样定义他的作品却很困难。对于经常被称为报告文学家的王宏甲，其写作现象和创作路数，我认为在当下是无法解释的。他的《智慧风暴》被很多人当经济学著作读，《新教育风暴》被很多人当教育学著作读，而且是新经济、新教育。他的每一部作品问世，几乎都会引起广泛关注，宏甲亦由此常被邀请去作相关领域的专场报告。令人匪夷所思的还有，他报告内容的专业度和气场沸腾度，连许多业内专家都自叹弗如。

　　自从决定出版王宏甲系列作品以来，一年之中，我都困惑不已，找不到合适的词汇来涵括这套作品。我也很怀疑有人能够帮我找到切中肯綮的答案。

　　我还没有发现哪一个作家像他那样把文学、哲学、历史、政治、经济、科技、教育、宗教等多学科熔为一炉，这里的妙境已不止是融会贯通，而是王宏甲创造出一个崭新的阅读世界。这个"阅读世界"在其他文本中是没有的，在电影电视等媒体中也是没有的，这是只有在阅读中才能得到的心灵体验。人民出版社有位女编辑曾在她的博客中写道：王宏甲用文学联通多学科，"建造了一个通古今、连中外的独特的绚烂世界。这个世界不仅与现世相通,而且从时空上延展了我们心灵中的世界"。

殊为难得的还有,跨度如此之大的创作,丝毫没有伤害宏甲文字的力量和美质。叙述的清澈与简洁,思考的广度与深度,行文的节奏与韵律,饱含在文本中的悲悯情怀,呼之欲出的人物……令你相信,文无定法,具开创意义的作品没有标准的尺度可以衡量。他无疑为文学拓展了新的表现空间,在这个信息时代把文学的功能发挥到前所未见的程度。

中国先秦时期就有诸子造论立说之文和叙事散文之分,发展至今就是议论文与记叙文,王宏甲作品却常将叙事与论述融为一体,或直接把思索与论述写得充满激情。这是把思想与情感的界限也打通了,由此辟出更宽阔的阅读世界。文怀沙先生曾以十六字评说王宏甲"总能让故事充满思想,让思想充满温度",也有人将其论述为"王宏甲文学审美审智的思想艺术风格"。我以为,有"审美"之说,"审智"也是可以成立的,将"审美"与"审智"熔为一炉,正是宏甲许多文章的大风格。读者细心体会,会发现眼前读见的瑰丽和灿烂,正是融会审美审智才达到的效果。

语言文字是一切文学作品最基本最重要的元素。宏甲展示了自己母语的那种优美,或开阔厚重,或苍莽浩瀚。他使用的汉语,大雅正声,你会感到一个温暖的世界。他的《无极之路》是中国至今唯一被直接搬到电视屏幕上去"读"的长篇文学著作,他有五部文学作品被中央人民广播电台和多省市自治区人民广播电台长篇连播,原因之一便是他作品语言的澄净饱满,准确生动,传神并富有音韵,特别有利于充分发挥专业播音员的朗诵才华。他对中文的驾驭,尤其是情思并臻的清新表述,已有值得研究的贡献。

他视文学为光明正大的大学问。他用文字传达大众的心声,追求人的平等和个体生命的尊严。你仔细凝听,这里面存在着壮烈的搏斗。

你不可能拒绝他的文字所带来的愉悦和智慧的光芒。打开他的作品,你必然面对着一个光明的时刻,黑暗和腐败难以藏匿。

所以也有人诅咒他的作品。

有人说，他用文字唤起过去，预示未来，并统治着所有的情节和角色。在特定的环境，他能将自己访问和触及到的一切，实现到极致。

还有人说，宏甲文字的力量和思想的洞察力所达到的，我们甚至无法用"高度"去评价。因为人们通常说的"高度"，在他看来可能有失平等。"他重视卑微和弱势的世界。"

他曾经出席在韩国首尔举行的首届韩日中文学论坛，参加"东亚文明与文化共同体"讨论，所作演讲题目是《我的中华文明观》。他也曾参加在法国巴黎举行的首届中法文学论坛，所作演讲题目是《世界需要良知——兼论文学的社会作用》。他在作品中对中华民族的文化、生命力和前途所做的充满信心的描述，动人肺腑，让人感到一种很实在的拥有。他甚至开始在文本中融会中国和西方，创造出自己的世界观。

他生在小镇，经历八年插队生活回到故乡时还只有初中一年级的学历。看他的过去，你会觉得他像一个谜。"作为土地，是谁把我耕种。作为庄稼，我情愿被谁收割。"他对乡村和农民有深深的眷恋，青少年时经历的苦难和艰难，被他视为永远的财富。

真正打动人的东西，可能是他作品中所敬重的平凡，是彻底的善良。有人说，对个体生命的关注，一直是宏甲作品中最动人的东西。"他一次又一次把民族生活中最优秀的那些东西，把人性中美好、光亮的部分，开掘出来——这些部分可能是有尘土的，可能被争议掩埋——他开掘出来，拂去尘埃，放在读者面前，这就是对美好的捍卫。"那本"一出生就被视为经典"的《无极之路》，曾经"打动亿万颗心灵"，至今读来仍令人感动不已。我想其中最重要的原因可能是——书中之道，照进了今天有目共睹的社会现实。

有人说，也许不只一代人会感谢宏甲的文字，当不少人谈论着对过去或当下生活的愤怒，感觉着痛苦和不幸的时候，宏甲的文字唤起他们——在困惑、悲伤、痛苦的日子里——对自己青春时代美好的记忆。宏甲的作品总是以很明亮的方式，抚慰受伤的心灵，他甚至企图用自己有限的力量抚慰一个受伤的民族。

在我看来，宏甲作品贯穿历史、现实和未来，以及对本质和趋势的思考，兼具思想性、艺术性、准确性和前瞻性。他用他的亲身踏访和独立思考，描述了一个民族的奋斗、社会的重大变迁，汇聚了我们这个时代的庄严与艰辛、宏伟与渺小、成功与失败、杰出与卑微，以及世间任何一种海阔天空的想象力所能够赋予它的内在深度。

读者朋友们，我意识到我真是无法向你描述一个完整的王宏甲。我只能告诉你，"胸有万古流变，心有天地苍穹"，这大约是他。我还可以告诉你，他的文风朴实而又充满理想与思辨，他的文字简洁而又充满关切与情志，他把凡人的苦难和温暖都写进文学的神圣殿堂，他总有些作品和思想是可以流传下去的。

我还可以告诉你，不要在意这套书有几本，你可以选择其中任何一本，甚至可以从任何一页看进去，那优美的文字"自有一条奇妙的道路，总能亲切地到达读者心中"。你有可能看完一本，就有了一种由自己内心发动的自觉性去找第二本，这是你自己的事情了。

有人说，打开宏甲的书，不获益是不可能的，不感动也是不可能的。一个成长中的青少年学生，如果在阅读他的著作中挺进到他所认识的世界，占有他思想的精华，尤其是他思索的求知的方法，必有大益。

我们从宏甲三十年间写下的著作中选了十余部，陆续出版。我们怀着虔诚和热望做这项工作，祈愿多年后读者能够感受到，我们这样做，是为我们的民族做了一件有价值的事情。

2012年2月2日　北京　写于朗朗书房

出版前言

二十多年前，文艺理论家冯牧先生在《关于〈无极之路〉》一文中写道："我认为，这部作品的出版，可以被看作是一种新的文学现象正在出现的一个标志。"

随着王宏甲一系列作品问世，不少评论家从不同角度论及宏甲作品出现了新的风格、新的表现方式。雷达说："王宏甲已经建立了他在中国报告文学领域里的一个独特风格。"张炯说，从宏甲作品中"感到一种新的文体在作家的创造中如何走上文坛"。崔道怡说："王宏甲是把政治、经济、文化、教育、历史、科技等学科熔于一炉，把叙事、抒情、思考编织在一处，从而形成一种花团锦簇、万紫千红的崭新文体。"梁鸿鹰写道："王宏甲是当代作家中一个标杆式人物"，"他的所有作品均具有可反复欣赏的特点。"

我们发现最突出的特点是：王宏甲系统地研究了中国科技、经济、教育在社会中运行的状况和发展趋势，并以文学将其融会贯通，这是具有信息时代典型特征的文学作品，也是这个信息时代特别需要的读本。它对于培养当今文理科学生都需要的通识能力，殊为难得。不仅成年人读之有重大认识价值，而且在"教育"的意义上，对于青少年认识人生和社会，认识中国和世界，均具有独特的启迪和引领意义。

"当世界再一次变成需要重新认识的对象，人生也会成为一个陌生的难题。"这是王宏甲二十多年前写下的一句话。那时他从闽北来到北京上学，"忽感不认识祖国，遑论世界"。日后他写出，当乔布斯推出的苹果机已经为全球的台式电脑"定调"时，比尔·盖茨的软件在不断更新，一个改变世界的新经济时代已经由一批美国青年拉开序幕，而我们对此一无所知。王宏甲渴望认识正在发生重大变化的世界，这几乎是我们解读他一系列作品的一把钥匙。

可以从哪里开始？他想身为中国人首先要认识中国，而中国有占人口80%的农民，若不认识农村，恐难说认识中国。于是决定先去了解农村，三年后写出《无极之路》。

"此后想去认识工业。"王宏甲写下："二十世纪，机器改变了每个中国人的生活，要认识一个齿轮同市民的关系，却很不容易。"又历七年他写出《现在出发》，这是宏甲作品中又一个可以称之为"重要的起点"的书，初名的含义便是表达一种新的开始。本次修订版易名为《现代社会》，则是更准确地标识出本书的内涵。试想，迄今，一个在校生，可知自己所学的知识怎样才能变成产品，产品要经历怎样的艰辛才能变成社会化的商品？若不知，是很难避免走出校门就茫然的。王宏甲把知识、科研、产业、市场联系起来考察，一个现代社会的运行状态就在我们眼前生动起来。宏甲是在"很多大学生与千百万下岗职工一道寻找饭碗"的时期写的这本书，揭示出一个世界性的新技术新经济时代对中国社会的全面冲击，书中充满着人的命运。一个学生读之，仅因为了解到自己正在学的知识将会以怎样的方式融入社会，则在学时就大不一样了。

他接着写出《智慧风暴》，这是中国第一部报告了世界正从传统工业时代向计算机时代全面转型的文学著作，描述了计算机时代萌起于美国进而风暴般席卷全球的来龙去脉，在这大背景下史诗般地描绘了中国知识经济在中关村的诞生与崛起。对读者而言，更重要的是，揭示了这场世界性的变迁会怎样深刻地影响每一个人。《智慧风暴》更加显示出王宏甲作品具有启迪读者认识社会和认识自己的双重功能。评论家吴秉杰说："这是一本认识时代与自己的书，一种启示录似的书。"评论家李炳银说："《智慧风暴》的作用不仅仅是在文学方面,对人们的思想、精神、行为方式都会有重大的影响。"

《新教育风暴》使王宏甲成为中国第一位向国民郑重报告"中国亟需创建信息时代新教育"的人。他把人类有文字记载以来的教育分为青铜时代、铁器时代、蒸汽机时代和计算机时代的教育,指出每当生产力发生革命性进步,引起经济社会迁变,教育必发生重大转型。并指出每次重大教育转型,都是从变革课程开始的;中国从新世纪初开始的课程改革,就是创建信息时代新教育的突破口和发轫工程。这是一千多万教师率领着三亿学生从工业化的教育时代向创建信息化的新教育时代浩浩荡荡的伟大迁徙。没有哪个学生和教师可以游离其外。王宏甲提出的"新教育"概念便筑基于此。

原国家教委副主任、国家总督学柳斌说:"宏甲以一个作家独特的视野,把当前教育改革领域一个非常重大的主题,作如此深刻的表述,我认为是非常成功的。"教育部课程改革专家刘坚说:"据我所知,这一次参与课程改革的很多专家,得到这本书后,这书成为他们的案头之书,他们也表示非常的敬佩。"中国社科院评论家白烨说:"宏甲是通过新教育说到了大教育,对我们有很多观念的撞击,其影响会超出教育。"在中国作协召开的研讨会上,专家们认为这本书"是在时代转型的坐标上,撰写划时代的人才培养工程"。宏甲提供了一个不仅值得师生阅读,也值得社会各界和各级领导者阅读的生动读本。这部作品被中央电视台拍摄成三十集同名电视片,对创建中国新世纪的新教育产生着深远影响。

王宏甲接着写出《贫穷致富与执政》,本次修订版易名为《民生大事》。作品描写了一群与贫穷搏斗的平民的生活,并通过城乡调查指出,中国农村人口众多,可是散落在穷乡僻壤的很多"村"却人口太少。没有足够多的人口聚居,就不可能有商场、医院、银行和企业，也不可能有较大的学校，这些村就永远无法走出贫困。村是农业时代的产物，信息时代到来，人类越来越需要通过资源共享创造能够互利互惠的生活。因而组织小村农民迁出山沟，并入较大的村，使人口集聚向小镇发展，这是一项政府应发挥作为的工程。或靠农村青年自己走出来。王宏甲说，去远方打工并不是农村青年的唯一出路，新兴的小镇里百业待兴，青年们可以运用自己的文化创造出新的就业点，你们会成为一个新兴小镇的祖先。王宏甲还指出，中国沿海一批城镇正处在千古难逢的城市升格良机，能不能像历史上的佛罗伦萨、威尼斯那样把自己变成举世闻名的城市，不在于有没有经济实力，而是要有大力发展文化的头脑和激情。我们认为，这部书中坦示着当今很多农村青年的前途。

中科院院士杨叔子买这本书送给他的博士生每人一本，还要他们交读书心得，并在两岸EMBA高峰论坛上把这本书同《论语》《孙子兵法》《商务圣经》一起推荐给大家。文学评论家缪俊杰说："这个作品表现得最突出的是，以史论结合的叙事方式，强烈呼唤提升民族文化。"文学评论家阎纲指出，作品中的相关思索"纵横驰骋，画龙点睛，把文化的震撼力，以及创建新文化与和谐文化的迫切性、严重性提到惊人的历史高度，文采飞扬，十分精当。"

人类经历了农业时代、工业时代、信息时代，王宏甲如此有意识地描述了这三大时代社会生活的运行状态，在纷繁复杂的社会矛盾中揭示出一定时期社会生活的本质特征和发展趋势，帮助读者在万种信息激烈碰撞的时代看清自己的位置，选择前途，有切实的认识价值。更可贵的是，他是通过人物命运去写出时代和社会，无论书中人物的得与失，读者都可以从中得到文学的熏陶，包括理想、情感、励志、精神与人格的熏陶。文学评论家包明德指出，宏甲作品"有一种健全的精神纬度，一种健康的灵魂，一种健康的精神的叙事"，并称之"体现着文学的想象和魅力，体现了思想的启迪和震撼，也有一种精神的开掘和引领"。

冯牧先生在评论《无极之路》中还曾写道："我从来认为，文学作品有一个很重要的功能，这就是提高人的思想素质与精神境界。这可能是这部作品的最大的长处。"冯牧当年只读过《无极之路》。如今我们看到，王宏甲作品还有《灾难时期》《世界需要良知》《教育良心说》等等，其作品都鲜明地体现出冯牧所评价的"最大的长处"。宏甲本人亦认识到："精神境界，是一种从万千沧桑、无限坎坷中升华起来的可以震撼心灵，也可以抚慰灵魂、启迪心智、激励志向的东西。倘能写出境界，那是一种超越了认识的高妙之境，将不因时代和人物的局限而具有久远的欣赏意义。"文学评论家张守仁说："王宏甲是用心写作。"这句评价很中肯，因为深刻的真实与高妙的境界都来自于坦诚的心。

世界从哪里来，到哪里去？我从哪里来，到哪里去？一直是哲学追问的命题。我们认为，王宏甲这一系列作品都在做这样的追思，所达到的广度、深度和精神境界，均独到而可贵。这些作品所获奖项包括中国图书奖、"五个一"工程奖、鲁迅文学奖、徐迟报告文学奖、冰心散文奖等等。而且，重要的不仅是宏甲写了什么，而是他的观察和追思方式具有开人心智的功能。所以我们认为，这些作品是很好的课外阅读选本。

借用评论家何西来写在评《新教育风暴》一文中的最后一句话来说："感谢王宏甲交给了我们一把开启观察和思考之门的钥匙。"这把"钥匙"是超越内容和时代的。

以上就是我们郑重出版这套书的原由。

中国人民大学出版社
2012年5月1日

冰心（1900—1999）
现代著名诗人、作家、翻译家

文怀沙（1910— ）
著名教授、学者、诗人、楚辞研究家

陈荒煤（1913—1996）
著名作家、文艺评论家、曾任文化部副部长、中国作协副主席

秦兆阳（1916—1994）
著名作家、文学评论家，《当代》主编

阅读王宏甲

白俐　编纂

《无极之路》出版不到半年时间，北京、上海、福建、吉林的文学界相继召开了四个作品讨论会。社会各界召开的座谈会、讨论会不计其数。今天重读一批德高望重的著名作家、文艺理论家的文章，仍会感到他们不仅是评价《无极之路》，而且是饱含着对青年的激励和对中国文学事业发展的深切期望。

冰　心

冰心以91岁高龄读完《无极之路》，给宏甲写了一封信，寄往宏甲家乡福建建阳，信文是竖写的：

宏甲小友：

你写的《无极之路》早已拜读，极好！

刘日这位书记，我几乎不能相信世上真有这样的好人，请你代我致意。如再来北京，请给我电话8317601。

匆上，祝好！

冰心　一九九一、六、九

冯牧（1919—1995）
著名文学评论家，
曾任中国作协副主席、
《新观察》主编、
《文艺报》主编、
《中国作家》主编

马烽（1922—2004）
著名作家，
曾任中国作协党组书记、
中国作协副主席、
中国文联执行副主席、
中国大众文艺研究会会长

周克玉
上将军衔，将军作家
曾任解放军总政治部副主任、总后勤部政委、
中共中央委员、全国
人大法律委员会副主任委员

张锲
著名作家，
中国报告文学学会会长，
曾任中国作协书记处常务书记、
中国作协副主席、
中国文联副主席

文怀沙

文怀沙先生在80岁的一个下午看到这本书，后来写出《读〈无极之路〉》，发表在1990年11月3日的《文艺报》，开篇便谈到他读书生涯中罕见的一次阅读经历：

……伤脑筋的是我患老年性白内障，才看了几页，字迹就模糊难辨了。几页书竟牵动了真情实感，我欲罢不能，摩眼细认，停停看看，顾不得目疾之苦。午夜老伴醒来纳闷，一再劝我安睡。我说今天你就别管我。次日上午9点钟，26万字的一本报告文学奇迹般地全部读完。我相信我的心确是被书中描述的，出现在当前——开放改革时期的人和事所深深激动了。

历史上素有"盖棺定论说"，共和国时期也有描写刘胡兰、雷锋、焦裕禄等已故英雄的作品，《无极之路》首次以26万字的大篇幅撰写了活着的优秀人物。文怀沙为此在文章中加以呼吁：

学习历史上的杰出人物很重要。在现实生活中学习优秀的、正在推动我们历史前进的活着人也很重要。我们反对厚古薄今，我们也应该力戒厚"死"薄"活"。对于活着的榜样，我们应该有勇气大力肯定，热情赞扬。

陈荒煤

1990年6月13日是《无极之路》出版的第13天，首次在京召开研讨会。陈荒煤因身体不适未能出席，但写来书面发言，鲁迅文学院何镇邦教授在会上代为宣读。陈荒煤论及的不仅仅是这部作品。以下是摘录，原文见1990年7月24日《北京日报》。

近些年来，无形中形成一种现象，所谓纯文学、严肃文学与报告文学有一条明确的界限。前者似乎力求离生活远一些，不稀罕"社会的轰动效应"，结果离时代远了，也脱离了群众。而报告文学则着眼于现实生活，但又有许多作者着重于揭露社会现实中种种弊端。而反映新时代、新的群众的得力之作较少。

我在此之前，很少看到长篇报告文学如此集中地刻画一个主要的新人的形象。我看过一些报告文学，往往着重写事而不写人。报告文学，还有文学的特性，得写人的性格、心理、内心世界、思想情感……缺少性格、心理、思想、情感的挖掘，缺少了"文学"，缺少了艺术的感染力和魅力是不行的。

我感到兴奋的是，宏甲同志以自己的创作实践证明，报告文学在描绘和培养社会主义新人方面，完全可以大有所为。

今天的读者可能对"培养社会主义新人"之说比较陌生。其实，从梁启超呼唤"造就新民"到后来所称的"造就新人"，是二十世纪的百年呼唤，都基于一个共识：复兴中华的根本在于提高中国人的素质。陈荒煤77岁写的这篇发言是语重心长的，他重视的"新人"，不只是在文学作品中而已，而是希望通过文学作品去造就中国社会的新人，所以他毫不犹豫地写道：

我认为这部作品完全可以作为一个干部必读的教材。刘日也是每一个共产党员应该学习的榜样。《无极之路》也的确为报告文学开拓了一条更广阔的无极之路！我希望，也相信它将使报告文学进入一个新的境界。

秦兆阳

陈荒煤说的"干部必读"，因他意识到当前干部已在经历着改革开放的严峻考验。秦兆阳于1990年10月27日在《文艺报》发表《时代的呼唤》，表达了更清晰的忧虑意识。

一粒如豆的灯光照亮一间屋子，如果没有很多这样的灯光，十年改革就不可能取得这样大的成绩。一颗老鼠屎坏了一锅粥，如果没有许多老鼠屎，就不会有许多不正之风的现象存在。问题不在于孰多孰少比例如何，问题在于要经常为许多灯盏添油点亮，经常努力清除自己的和现实中的污秽。

我相信，《无极之路》将不光在现时广为流传，而且将来的读者也不会忘记……退一万步说，至少至少，无极县的几十万人民和他们的后代，将永远不会忘记刘日的无极之路……

冯　牧

冯牧先生是中国当代最具学术权威的文学评论家之一。他于1990年10月27日在《文艺报》发表《关于〈无极之路〉》，最先注意到王宏甲作品里的"思想启示"以及"炽烈的富有启迪性的激情"。文怀沙也曾评价王宏甲作品总能"让故事充满思想，让思想充满温度"。两位大家用不同的语言，共同讲出王宏甲作品思想的特征在于：突破了思想的冷静思考状态，让笔下描述的思想燃烧出"炽烈的富有启迪性的激情"。冯牧论述了《无极之路》思想和艺术表现形式方面的探索性成就，并对文学的功能和作家的素质阐述了具有普遍意义的见解。

这部作品，以报告文学的形式对社会生活纵的横的方面的开掘、对人的意义的开掘所做出的努力，在许多方面有别于过去出现过的文学现象，就报告文学本身而言，也有别于徐迟等人那一代作家的作品。可以说对报告文学的发展，它在思想和艺术方面都有所增添和开掘。这部作品具有一种震撼人心的感染力。这在很大程度上应当归功于作品里的炽烈的富有启迪性的激情，归功于作品中对于正在迅速变革、发展、丰富与升华的社会生活和社会主义新人的生动的剖析与描绘。正因为如此，我认为，这部作品的出版，可以被看作是一种新的文学现象正在出现的一个标志。

我看作品，常常很重视自己的感受，这主要表现为我对作品时常有两点要求：一、作品是否能打动我，是否真实？二、感动之余，是否能够给我带来一些新的深刻的思想启示？这部作品在一定程度上达到了这个要求。我从来认为，文学作品有一个很重要的功能，这就是提高人的思想素质与精神境界。这可能是这部作品的最大的长处。

这部作品还给了我一个与创作密切相关的重要启发：一个作家有没有自己崇高的信仰是非常重要的，决不是可有可无的，决不是单凭才华，单凭对于技巧的追求，单凭对西方作品的学习乃至模仿就能使自己成为作家的。

马　烽

马烽是在担任中国作协党组书记期间阅读了《无极之路》，并在1990年11月3日的《文艺报》发表《描摹当代的焦裕禄》。

我曾建议中国作协机关党委把这本书推荐给党员干部们阅读，他们这么做了，收到了很好的效果。那些天，无论在办公室里还是在接送车上，到处都在谈论《无极之路》……我想，如果有关单位能把这本书推荐给全国县、乡领导干部阅读，一定会取得更大的社会效果。

宏甲出生于福建农村，后来又作为"知青"在福建农村插队劳动了八年。南方农村和北方农村，虽然在民情风俗，生活习惯，地理环境等方面有所区别，但在总的方面还是有许多相通之处。特别是他对农民、对农村干部有深厚的感情，这就有了理解北方农村、农民、基层干部的基础。有没有这个"基础"很重要。这可以说是他取得成功的重要条件之一。这也证明了作家深入生活，理解生活，积累生活的重要。

周克玉

周克玉本人是著名的将军诗人、散文家，其爱惜人才在军内外广受尊敬。2004年在参加王宏甲新作《新教育风暴》研讨会时，周克玉谈到他当年阅读《无极之路》的感受，以及对王宏甲及其多部作品的看法。以下是他的发言摘录。

我认识王宏甲是从书上认识的，我看了《无极之路》后，非常激动。我那时在总政，那时军队也是在搞改革，是在改革力度非常大的时候，是在百万大裁军中，部队的干部大批地向地方转移，在这种潮流中我们把他作为特殊人才吸收到军队里面来的。当时，我读了这本书，我就感到这个作家他的前景，他的潜力。现在证明，宏甲没有辜负我们大家的期望，确实是在文学创作上做出了杰出的贡献。

王宏甲的作品具有"风暴般的效应"，他的《无极之路》实际上是一个反腐风暴、廉政风暴，后来又是《智慧风暴》，现在又出了一个《新教育风暴》。王宏甲所以能够写出这些作品来，我觉得，首先是他有非常强烈的社会责任感，没有强烈的社会责任感，他不可能思考这样大的问题。这不是小事，是很大的事，是我们整个民族的、根本的、长远的大事。是人民群众所关心的、普遍的问题，是这么一个大问题，从中也看出王宏甲的智慧，没有智慧，这样的大题材是驾驭不了的。

还有最大的一点是，王宏甲对人民对国家的事业具有非常深厚的感情。源泉哪里来？情感。没有情感就没有动力，就没有源泉。因为他对人民有深厚的感情，他才能够观察到问题，能够写到人们的心里去，把人们想说，不敢说，说不明白的问题，把它说出来了。这没有情感是不可能表达出来的。

张　锲

张锲在1990年7月12日的《人民日报》发表文章谈他读《无极之路》的感受："我感到自己是那么渺小，那么卑微，激动和自惭的泪水不停地涌出眼眶，冲洗着面颊，冲洗着胸膛，冲洗着心灵……"他还用作协的文学基金买了100本《无极之路》，送给作者50本。他说："向你要书的人一定不少，这是作协对你的一点支持。"后来新华社记者师学军采访张锲，张锲说：

《无极之路》出版后，开始我并没有怎么重视，可是一拿到手就放不下了。我记不得读了多少时间，反正是一边读，一边哭。过去读书流眼泪的事也有过，但是如此强烈地震撼我，是少有的，好多感情似乎都被生活、岁月的风沙磨掉了。

看了后确实觉得相当受教育。当时就觉得，这是在我们国家特别困难的时期出现的一本难得的好书。虽然我当了二十几年"右派"，但我自己觉得还是一个虔诚的共产党人。我是觉得，尽管我们党的一些干部并不都令人满意，可是《无极之路》至少说明，在我们共产党内，还有刘日这样的党员，这样的县委书记。有那么一段时间，我脑子里整个就是《无极之路》。无论谁打电话来，我就说你赶紧看看《无极之路》。崇高是可以使人落泪的，而且催你自省。我是把自己作为一个后进的人来对照的：觉得这本书能够帮助我们净化一下自己的灵魂，唤醒已经丧失的那样一些激情。

我们看了这本书，就断定它会有很大的影响。但是，它后来造成的声势是如此之大，这是没有想到的。从这里我也感到，过去说文学的轰动效应失去了，看来还不是。如果我们真的写出了时代所需要、人民所需要的作品，人民不仅能接受，而且会非常欢迎。文学这个东西，说千道万，总还要给人以力量以信心以希望，总要鼓励人家活下去，活得更好。不能写到最后，叫大家都别活了。《无极之路》是通过生活本身，告诉人们生活是有希望的，国家是有希望的，当然很困难。它所揭示的矛盾，尖锐，复杂，是很深刻的。我自己是搞文学出身，我知道宏甲写这个东西，需要相当的勇气和实事求是的精神。

初 版 序

宫魁斌

不是希望造就了人类,而是人们自己创造希望。

当天火把我们的先祖同野兽区别开来,光明和温暖就成为人类须臾不可或缺的心灵呼唤。此后,岁月走过了数不尽的春夏秋冬,现今每一个生活在世的人也都是万余代死生更替后崭新的存在,古河沉沦,新陆崛起,似乎一切都在变化。

但是万古不变的永恒确实是存在的,这就是人类对于人所以成为人的自然法则的遵从,是对劳动和创造的依赖,对光明和温暖的无比热爱以及献身精神。它牢牢地维系着人类的生存和尊严。正像太阳吸引行星,每一个人都围绕着它生活。离此种永恒越是接近,人的意义也越发完美,状态越发自然;反之,则说明了做人的缺欠。

不幸的是,天火带来光明和温暖,同时也带来阴暗和冷酷。人是会为同类制造灾难的群体。距离和运动构成了人性的全部复杂性。于是,当黑暗遮拦光明,冷酷驱散温暖,历史便对人类乃至每一个人提出最严厉的挑战。

所幸的是,不管世道多么冷酷,总有人不屈不挠地作光明行;不管人们怎样疑虑"婴孩的第一声长哭正是人类悲剧命运的暗示",这第一声带给人间的总是欢娱和欣慰。在这一点上,现代人没有资格嘲笑古代人愚昧,生活在今天的人也不必对未来发生嫉妒。灿烂的古代文明仍在照耀今天,今天寻求光明的努力也必将汇入长河成为永恒。几千年的人类文明史正是一部不被黑暗和冷酷吓倒的历史,它在反复述说,一切关于黑暗是绝对唯一的议论,一切关于光明是虚假骗人的议论,其势不管怎样不可一世,实质上都是心理虚弱的标志。明证之一就是人类还顽强地存在着。当然，至于地球什么时候毁灭的问题，我们一致同意阿尔伯特·爱因斯坦的意见："等等看吧。"

由此，当我们在现实生活中发现哪怕是一丝光亮之火，怎能因周围的世界还存在许多阳光射不透的心灵而对那一丝火光也报以怀疑？那不是"虚幻"，也不是"自我欺骗"，那正是人类自己创造的希望之光。如果我们对这一丝火光报之以如同祖先在洞穴中对待火种样的爱惜，那正是因为它能实实在在地给我们渺小生命以温暖。假如我们还赞美青春，赞美生命，那么至高的爱惜或许莫过于把自己当做柴薪投入燃烧。

当我们这样做的时候，难道不是一种实在而是一种"理想化的虚无"吗？不是不要快乐，只是对于快乐我们是这样来追求的。我们试图在我们的追求中驱走缠绕我们的卑琐与哀伤。这就是建设。

我的同学宏甲写了这部介绍他的朋友刘日的书，这是两位在不同岗位上同时品味到"呕心沥血"是怎样一种滋味的人。我一向尊重他们对待生活的热情和真诚。我一直怀着十分尊崇和爱戴的心情注视着他们的劳动，并常常引为自豪进而欣慰不已。读完这部书稿，想到它即将成书，即将被送到诸位读者手中去，喜悦情绪中又平添几分送壮士登程般的感怀：

人啊，"为什么需要点燃自己去暖亮别人"？难道说仅仅为了他人？难道说仅仅为了自己？也许这一切原本就是不可分的。

思之所及，写了上面这些文字。比较后序如彼壮丽的篇章，愿上帝把一切厚爱赐予他们。

1990年3月　于鲁迅文学院

第1章
天高悬日月　地阔载群生

沿着岁月尘封的古道,跋涉在茫茫荒滩……大风起兮,沙飞扬,你听到历史之声的交响。

1 触目惊心

冀中平原犹如这片土地辽阔的胸膛。天高悬日月，地阔载群生。早在"北京人"时代，我们的祖先就在这里生息繁衍。几千年还是几万年了，这片土地似乎一直保持着一副醉心田园、稼穑自食的古朴风光。当历史走到了 20 世纪的秋天，当这片土地上的人们不再仅仅满足于五谷丰登饮酒自娱的田园胜景……历史的脚步在这里出现了新的起伏。

这座古城以"城"的姿态坐落在这片土地上，也已经整整 1500 年。街道的历史同古城一样悠久。不论它是什么模样，那都是家乡的形象。公元 1988 年，仿佛一夜之间，古街两旁所有店宇房舍连同古街一起被夷平了，当你走在这条重建中的道路上时，不论你有怎样的情感，你都明白：路，是不一样了。

曾经有个日子，一个中年人沿着这条重建中的路，一直走进县委大楼，走进县委书记的办公室，瞅定房中无人，迅速掏出 1000 元人民币，往桌上一放，说："俺嘴严，绝对不让别人知道。"然后走了。

又一个日子，又一个中年人，来到这个县委书记家中，择个机会，将一包用《参考消息》包着的人民币——整 5000 元——放进厅中一个抽屉，然后没说什么就走了。

又一个日子，一个年逾半百的人，径直来到这个县委书记卧室。掏出 3 万元，开口便说："收下！"

为什么，这些人，都要把自己手里的钱送给这个县委书记？

一个夏天，这个县委书记病了，住进了省城第三医院干部病房。

不到两天，护士们便失去了在干部病房里培养出来的良好耐心。"这家伙把我们的工作秩序都搅乱了。"是的，自河北省第三医院建院之始，还从未见过——有这么多人来看一个病号！

"又不是跟遗体告别，怎么要这么多人来看！"

当然不是。否则，怎么要提这么多东西……探病的人提的各种食物简直可以摆一个小铺摊了。

医务人员不禁感叹：这里有好多老干部，为什么就没有那么多人来看，还不是因为他们已经离休或快要离休了吗？这人不过就是个县委书记，可是他年轻，在职啊！……

内科主任和护士长都终于忍不住了，先后来到病房，客客气气而又郑重其事地对这个县委书记和他的家属说："如果再这样下去，我们就要劝你转院了。"

1985年11月7日，是这个县委书记到这个县上任的日子。自1986年到1987年的数百个日子里，这个县就有局级、县级的干部陆陆续续向地委反映这个县委书记的问题。至1988年春夏，事态发展到科局级干部们多次集体上访告状。

6月24日，地委终于开会研究，决定把这个县委书记调走。随后写出报告并很快送到了省委组织部。

消息传到这个县。7月11日，这个县有13名科局级干部赶到省里来了。他们来到省纪委，呈上状辞，状辞上清清楚楚地签着他们的姓名。只要看他们奉职的单位分属于公安局，财政局，税务局，劳动人事局，教育局，县委办……你就知道这份状辞的分量。

省委机关轰动了。

    以权谋私……

    收受贿赂……

    贪赃枉法……

    盲目决策……

  如果再不查处，我们就集体到北京上访中纪委，直到问题解决为止。

字字句句，触目惊心！

省委惊诧了。

新中国成立以来，这个省何曾发生过一个县的13名科局级干部联名并身体力行、集体上告他们的县委书记这样的事？

消息不胫而走。

全省轰动了！

那么：

请记住这个省这个县的名字——河北省无极县

也请记住这个县委书记的名字——刘日

2 我报名来了

刘日将被调走和刘日被告的消息在无极县已是妇孺皆知。

刘日也知道了。可他居然还在想，如果时间真的不多了，那我更得抓紧一分一秒。

他说:"只要你那个命令不到,我照样行使一个书记的权力,任何人不能代替。"

直到7月22日,刘日召开一个常委扩大会,布置了工作,然后他说:"明天,我得去地委、省委看看了。"

他似乎毫无怯意。这夜,头落到枕上,居然还能记起三国时曹操说过的一句话:夫英雄者,胸怀大志,腹有良谋。有包藏宇宙之机,吞吐天地之志。

次日,他带上小车驾驶员张月平上路了。

石家庄。地委大楼。他分别找了地委几位领导。

他平静地问:听说你们要把我调走,有这事吗?

领导们也许出于组织原则,大多没有正面回答。

他又平静地说:我正在前方打仗,冒着炮火前进,你们要把我撤下来,这算什么?

他还想说:我在前线,被打得头破血流,你们说怎么这么多伤,这样的干部不行。那么,让那些躲在战壕里朝我背后开枪的人上吗?

他继续说:我是个前线指挥员,现在连老百姓都知道我要被撤下来了,你们还瞒着我……我建议你们,如果有这事,还是收回成命比较好。因为你们这样做是错误的。

毕竟有一位领导告诉他了:你这工作,是调了。为什么没告诉你呢?因为这不是好事,要是好事,早有人告诉你了。不过,会尽量给你安排好一点。

刘日明白,这是这位领导对他的关心。

刘日还是说:调,是你们的权力,但你们这个计划实现不了。因为我可以不要职位,不要工资,不要商品粮,回家为民。

刘日走了。他说:"再见了!"

出地委大院，当天下午，刘日到了省委机关。

省委书记邢崇智同志这日不在。刘日找了省委副书记、省长、省纪委书记、省委秘书长。刘日说：我报名来了！

领导们问：报什么名？

刘日说：现在不是有人告我是贪官吗？我只好来向省委报名，我是个廉洁的干部，可以经受各级党组织的严格考察。

省纪委书记白石同志认真询问了刘日的有关情况，感到事关重大。他说：你也写个东西吧，就直接送给我。

刘日写了。就在省委招待处，很快写出一份文字，文末提了三点建议：

1．要求省委派工作组调查。

2．没调查清楚之前不能调走我。

3．把调查结果公布于众。

8月1日。省委四位书记、副书记认真研究了石家庄方面关于刘日工作调动的报告和有关问题。

8月2日。这些问题提到省委常委会研究。

会上，省纪委书记白石同志说出的一个观点，很快为大家所接受：假如所告属实，那也不是一个调走就算了的问题。为了对党负责，对人民负责，对干部负责，应该首先把问题调查清楚。

当月，由省纪委、省委组织部、地区纪委、地委组织部组成的联合调查组，由省纪委副书记贺邦靖同志带队，到达无极。

一个共产党人在第一线的形象极其重要，因为老百姓将直接从你的身上认识党。刘日是这样认为的。

一个党的领导人个人腐败了，无疑要给党的事业带来重要影响。而一个领导者还拥有一定的权力，如果指挥发生重大失误，那还将给人民带来巨大损失。

下车伊始，盲目决策，侵占粮田，大面积种果树……

这是告状中严肃指出的刘日上任后犯下的头一桩弥天大错。
那么认识刘日，也不妨从他"下车伊始"开始吧……

3 大风起兮，沙飞扬

沿着岁月尘封的古道，他同县林业局局长刘元东跋涉在茫茫荒滩上……要了解种树，离不开林业局长。在告状舆论纷纷扬扬的日子里，刘元东这个形貌敦实出言直率的汉子就不知多少次公开说过：什么下车伊始，盲目决策。1985年底，刘书记刚来，屁股还没坐热交椅哩，就拉俺下去钻破堤滩了。二十几天，全县20个乡镇，俺们就跑了19个乡40多个村……无极全境有10万3千亩荒滩，人称"小戈壁"，你置身于这一望无际的茫茫荒滩，你会感到自身的渺小么，你会感到你的面前正呈现着一个多么辽阔的事业么？

无极无极，你怎会有这么多荒滩，这不知沉睡了多少岁月的荒滩能变成无极今天的优势么？

实际上，初来无极，刘日头一桩急切想做的事是：迅速了解全县概况。他渴望能在这片前人已经开发了数千年的土地上，再找出它的潜力，发现它的优势。正是这样，他踏进了这片千古荒滩。

要了解无极，不仅要知道它的今天，刘日似乎对历史——一个民族的历史，一个省、一个县、一个村、一条河的历史——都抱有入迷的兴趣。钻荒滩的日子里，一天都没离开过《无极县志》和各种有关史料。夜深人静时，在那些发黄的书页和竖版文字中投入的用功程度一点儿也不逊于读文件。一片新的晨光降临时，再踏入一片荒滩，荒滩的形象都变得立体了。风吹荒漠，交响着历史的声音。

他们跋涉在无极南境的滹沱河滩……滹沱河是无极境内最大的一条河，有五千年的形成史，《礼记》始称恶池，到司马迁的《史记》称之滹沱，取的都是呼啸凶猛之意。滹沱流至百年前，河道上尚帆影相望，桨声相闻。起航运去乡土特产，归来载回都市文明。可是到了本世纪五十年代，滹沱河却流不动了……眼下滴水不见，连河身也变成了荒滩。

他们来到了磁河滩……磁河是无极第二大河，史有"悬流五丈，湍激之声，响彻山谷"之记载，又称两岸"三春花发，一望佳丽"，可是……眼下的磁河也早已流不动了，古河道上风吹沙滚，雨来草生，一样荒凉死寂。

这是木刀沟……相传穆桂英当年御敌于此，策马挥刀一划，划出一条长沟，久而流成大河。这是无极的第三大河，史有洪患记载，称"人为鱼鳖，房成泥丘。浊浪卷啼声，湿沙起新坟"，可是……眼下的木刀沟也已经是一条干涸的死沟。时值隆冬，北风肆虐，黄沙漫卷，古河道尚存轮廓，俨然像一条沙河。北面有五个乡镇，大片沙丘连绵不绝鲸吞蚕食般伸向五个乡镇……

顶着北风，踩着荒丘，刘日他们徒步走到了东东侯乡……"地邻沙河，沙侵而田荒，民多徙亡"，这就是史料上对这片乡村的描绘。

年轻的新上任的县委书记，这就是你新的家乡。你家乡的三大河流在县版图上至今仍绘着深蓝色的美丽标记，可它们在这片土地上实际早已变了色彩。水对农业，对于人类的生存，该有多么重要。可如今，你的脚板能够触之生情的县已经堪称是个"无河县"。

大风起兮，沙飞扬。日复一日，年复一年，大片膏腴之地消失了，荒滩就是这样长大起来。

你亲眼看到了，沙漠的一天天扩大，耕地缩小，已不只是西北边陲的故事，在东部平原的心腹之地也已经肆虐有声。

你没法不激动了。你简直是不厌其烦地一遍又一遍对你的林业局长说："元东，种树，种树，无论如何要开发这十万亩荒滩！"

但是当时，你站在1985年冬天呼呼狂啸的北风中，你没有想到，不久的将来，你的雄心你的意志还将遭遇更大的别样来风。

4 人的差异产生在业余时间

这是被称为"天才"的犹太裔科学家爱因斯坦说过的一句话。刘日很赞赏这句话。也许，爱因斯坦那话正是对人们称他"天才"的回答呢！

刘日的家在河北省正定县城，距无极县城70多里，那里有他的妻子和儿女。赴任无极4年余，多是星期六晚上回家，星期天早上又出现在无极县委大楼。印着"17"号数码的办公室是个套间，外间办公，里间就是他的卧室。一副桌椅一张床，靠床头的一边——里侧摆满了书，堪称与书同卧。多年来，他像个值班的人那样永远住守着这座办公大楼。夜静楼空时，常常由他关掉楼道里最后一盏灯，然后回到卧室。

如果他有业余时间，那么现在就是啦！

他的确把此刻——独对台灯难得清闲——视为他的黄金时间。

这时刻他会将文件之类收归一旁，然后搬出史志、资料来翻阅，并很快阅得入迷。

1985年冬，时间的滴答之声就要敲响又一个新年的大门了……10万亩荒滩，"愿望"与"可能"，"可能"与"可行"之间却还隔着急需沟通的距离……无极古有"插一根拐杖也能吐叶抽枝"之誉，如今乡民挖井，也屡从地深处挖出古木，可以遥想昔时古树参天风吹林啸的情状……破堤滩上迎风兀立的"小老树"和刘元东的声音一齐在静夜中重现：别看这几棵树不大，年龄不小，树尾都干了，你说它死，它还活着……是啊，它还活着……"早年也有人开过这荒滩，大都败北了……"那是木刀沟北面数乡百姓说的……茫茫河滩上，一个老头在北风中刨紫穗槐的身影明亮起来，"老乡，刨那干啥？"刘日问。老头年逾60了，说："种果树。"刘日心中一喜："能活？"老头说："宁肯要饭俺也要买果苗种上。"老头的话真叫刘日感动了，这能不是这一方百姓的心音么？……无极的历史很久远也很复杂，夏商属冀州，春秋属鲜虞国，战国属中山国，秦归钜鹿郡，汉置毋极县，直到武则天时始称无极……乾隆十一年曾环城种柳。民国13年劝业所自东门到西门种大批桑树，称模范桑园……难道这个农业国的农业县历史上单知道种粮种柳和种桑？……眼睛一亮，《魏书》上一段文字跳出来："真定东百二十里产御梨。大若拳，色若金，脆若菱，甜若蜜。"可是……东120里，已经穿过无极地界到深泽县去了……可是魏时的"里"与现时的一样么？……终于从别处获知：魏时一尺合今六寸九。那么 $X=120×0.69=82.8$（里）。正是无极地面……又见民国20年县长耿之光曾将"隙地十余亩辟为公园，栽植花果……开本邑未有之奇局"。3年后，也是这个"七品官"发动木刀沟北岸乡民筑堤栽柳，名"百丈堤"，至今此堤犹存。乡民们也记得这个"七品官"乃是黑龙江巴彦人……最喜人的是：王仙、佛堂两地今天就种有梨果，亲自去看，果真脆若菱甜若蜜……种果，种果吧！

可是，熟地可种，荒滩行吗？

前一个县委书记来了，叫大家种泡桐，一种几万亩，可是种到地里，大都冻死了。这个县委书记来了，想叫大家种果树，一讲又是几万亩，还想种到荒滩去……他的设想不过刚刚在常委会上提出来，大楼外面诸样评说已如风裹黄沙纷纷扬扬。

几万亩泡桐几乎全军覆没。无极人殷鉴不远呐。何况面积如此之大的荒滩，要是能种，祖宗们为何不种？这可是一个千年的现实。

夜复一夜，台灯的光圈罩满了他的业余时间……种泡桐的故事也曾经走进他的思维：河南某县曾推广种泡桐，大获成功。无极效仿为何不行？……《晏子使楚》告诉他："桔生淮南则为桔，生于淮北则为枳。叶徒相似，其实味不同。所以然者何，水土异也。"……资料告诉他：泡桐树适宜北纬38度以南生长，以北不行；无极地处太行山前平原，恰在北纬38度偏北。此亦——水土异也。他听到了警告：领导者啊，在全党以经济建设为中心的改革时代，你得懂经济地理，其重要性真如将军若不懂地形，非吃败仗不可。而一旦吃败仗，受损的便是人民。

无极的经济地理相继走进他的灯下……冬季最低温度零下20摄氏度，夏季最高温度35度，年降水量200多毫米，蒸发量却高达3000～4000毫米……这是利于种果的地理因素吗？……沙地漏水又漏肥，打井井筒坍，俗称"捏包子"，修渠水渗光……不行，光靠自己冥思苦索是不行的，得找专业人才。

河北省果树研究所原任所长肖海峰与现任所长李良瀚被请来了，河北省梨专家刘承彦等十几位林果方面的专家被请来了。

土质、气候、光照、积温、无霜期、降雨量……专家们进行了实地细心考察和综合论证。

结论：在无极荒滩上种植果树不但可以，而且很好。

老所长肖海峰说："不要只看到劣势，成功取决于你们的优势。日本长野县是发展苹果条件最好的一个县，但无极县的综合条件优于日本长野县。"

肖海峰的意见得到了专家们的一致认同。

专家们说：干吧，我们做你们的技术后盾！

真是天助我也，地助我也！

刘日高兴之极：10万亩荒滩，千百年不种白不种，如今它将是无极经济腾飞的大翅膀啊！

至此，"盲目决策说"，可说是无根之木立不住了。

至此，无极的领导者们该心为之聚了。然而潜心于经济建设的人们，当你真正食不甘味宿不安眠地为一桩恢宏的事业召唤得魂不守舍，并看到它壮丽的前景时——往往就在这时——你就会比往日更加明白：最深刻的矛盾往往并不在经济建设本身。

5　大其心容天下之物

1988年夏，矛盾随着气温升高。

老百姓说：想着刘书记要被调走，刘书记被告，俺坐着不动都流汗。

7月24日，刘日上省的第二天从省城回来了。驾驶员张月平刚刚放好小车，锁上车门，就被人们围住了："月平，咋样？""刘书记现在吃饭吃多少？""睡觉好吗？"……

月平无话，可他是想说的，只是如鲠在喉，半晌才说："好着呐……吃不少……一切正常……一切正常……"

刘日上楼，同志们都迎了上来，面对各种关切之问，刘日说："没事，没事。不过曲折一点罢了。"

70多岁的政协副主席连克明先生来了。连老在无极奉职30年，早年在保定执教，教国语，写一手好字。刘日一直以师礼待之。见连先生来，刘日起身让座，随后说："我要请你帮个忙。"

连克明道："说。"

刘日拿出一张纸片："这是从易县一个石碑上抄下来的，你帮我来一幅书法，我想把它挂起来。"

连克明接过一看，只觉得彼此间满腹言辞尽在其中，读之荡气回肠：

大其心容天下之物
虚其心受天下之善
平其心论天下之事
定其心应天下之变

连克明道："好，我写。"很快，那幅字就悬在屋里。

大楼外，有几位党员教师开始联名给省委、地委领导写信：我们愿以党籍作保，建国快39年了，没见过像刘日这样为老百姓拼命干的县委书记！

有几位离了休的"老革命"不约而同地走到一起，他们商量：要是刘日真被告倒，俺们就集体上访党中央！

那位在本文最开头给刘日1000元的中年人说："要是刘书记被他

们弄了，我也豁出来了！"

那位给刘日3万元的人找到刘日，则对他说："刘日，没啥，要真被他们告倒，你就跟俺卖老鼠药去、俺保你一辈子！"

好些在荒滩上种了好多果树的农民到城里来了，见到刘日，说："刘书记，莫怕他们，要被关了，俺们给你送饭！"

刘日刘日，在没人如此用心用力告他之前，还没体会过这么大的幸福！他只好一再对大家说："谢谢了，谢谢了，咱们有党，咱们有党。"

可百姓们仍悬着心……用百姓的话说："他们是'八大金刚九大朝臣'呐！"

6 耳目为之一震

无极的党员和无极的群众都记得，1986年开春后有两个日子很重要。而那两个日子只是在无极的人民礼堂开了两次大会。

人民礼堂坐落在城内东中铺，旧址原是城隍庙。无极没有千年古刹，古城隍庙传世600余年，在这一方百姓心中，这庙曾经不啻是佛家的大雄宝殿。数百年间百姓前去祷告平安祈求福禄的香火不绝。后来又有了城隍庙会，是时热闹非凡。日本人打来了，庙内之物被洗劫一空，仅存破壁。共产党在无极建立了巩固的政权后，将庙园修建成广场，无极各界千余人庆祝新中国成立的大会就是在这里举行的……岁月流逝，但所有最苦难和最欢乐的日子，百姓不忘。1986年开春后在人民礼堂召开的那两次大会都是千余名共产党员参加的大会。如果说，头一次大会所给予无极人的惊喜——在当时——主要还限于与会的共产党员的话，那么第二次大会，会场外竟有非党群众在那儿

1986年春，无极县在县人民礼堂召开由千余名共产党员参加的县直机关整党大会，会场外竟有非党员群众坐在那儿等着听会上的消息。

听，会场内一片肃静，会后百姓们立刻分享了党员们在会场里获得的兴奋。这兴奋迅速遍及大街小巷，走进村坊民舍，商场菜馆，地角田边，饭桌炕头……一位老党员说："俺在会上的高兴抵得那年在这儿参加庆祝开国哩！"

要理解无极百姓的高兴，我们还得先弄懂那个特定岁月无极的历史背景：1986年初，无极县直机关整党已经"基本结束"，农村整党也"接近收尾"，到了"巩固成果"的阶段了。因"没什么问题"，无极还属于受表扬的县。但是现在：

县劳动人事局长在千余双眼睛的注视下，走上讲台去了……"我们以往介绍经验都是光讲好的。其实，干坏事也有经验，有些经验他不讲你还真不知道。所以，也该介绍介绍。"党员们耳里回响着刘日的声音……干部们都知道一个劳动人事局局长在地方上的位置，你望着他走向那个作报告的麦克风时，你的脑海里可能浮现出好些熟悉的故事，而现在你就将听到他向你报告：我那两级工资是怎么长的……我那个中专学历是怎么伪造的？……

同样，在众目注视之下：

县委办公室主任走上了讲台；

某银行副行长走上了讲台；

不止一个乡的乡长走上了讲台；

某乡卫生院党支部书记走上了讲台；

……

比较之下，这位卫生院党支部书记是个职权较小的"官"，但他上台要去讲的是：某县级领导的小姨子从镇卫生院调到县防疫站，是怎样一夜之间就从非党员变成党员……

这样的报告，不能不令人耳目为之一震。一些边远乡村的某些老百姓，是从这时候才知道：共产党在整党。

对于大多数普通群众来说，知道刘日，也是从这两次会议开始的。尽管多数人并不十分清楚刘日在那些日日夜夜都做了些什么，但在那以后，城乡许多家庭里都在说："俺们县，来了个新的书记。"

7　不要见了庸僧便疑佛法不好

"你们和尚不吃肉，不娶女人，也没谁天天盯住你，为什么守得那么好？我们共产党人为百姓服务，党中央三令五申不能以权谋私，有人还要那么干，这是为啥？"

不要问这是一个什么日子，这个日子刘日在北方名刹临济寺澄灵塔下与一位法师聊天。临济寺雄峙于正定县城内，是佛教临济宗的发祥地。法师焦有明68岁，身骨朗健形貌温和，7岁出家，已经当了60余年和尚。1984年国务院正式批准临济寺交给僧人管理，焦有明便是这座名刹的最高领导。刘日赴任无极之前，曾是正定县委副书记，在那些——和尚日子也难过的——年月里，刘日上门关心并济助过他们，于油盐柴米的闲聊中，法师早将刘日视为朋友。他们之间有过多次饶有兴味的闲聊。现在，法师听刘日聊起这些，微笑道：

"其实，不是披上袈裟挂串数珠就算是尽佛门之道了。和尚，也有鲁智深这样的。师傅不是把他开除了吗？"

"鲁智深是本无意当和尚的，人倒不坏。"

"但是佛门也真有败类。不过，纵有败类不能归咎佛教。要是见了庸僧便疑佛法不好，那就错了。"

"要是出了败类，你们都开除他，是吗？"

"假佛之名行盗窃之实的，佛门岂可认他们为弟子！"

"要是想重新改好，佛门还要不要？"

法师笑了："要啊，你没听说，放下屠刀，立地成佛吗？"

听了这番话，刘日很感慨。

春天，破堤滩上的小老树都冒出新绿来了。

要做的事绝不仅仅是开发荒滩，农业方面，经济建设诸方面都还有许多亟待去做的事……可为什么，每欲为之，都如同跋涉在沙滩。

什么叫政治？

刘日说：政治就是为众人服务。身居要职，如果不想方设法为众人干事，那要我们干什么？"为官一任，造福一方。"这还是古人的志向呢！

什么叫失误？

你到一个地方奉职，一晃几年可能连开始都没有真正开始，去时那地方怎样，走时还怎样，这就是最大的失误。这种人不过是日渐一日增积了做官的资历。这种人即使看上去没犯什么错误，可让他们做官——本身就是一个错误。

这是刘日早些时候的看法。但1986年春天，他开始感到了事情并不那么简单。他发现自己不只是如同跋涉沙滩，更像撞在一张网里。

问题不只是班子里有多少人跟你同心协力，当你真想为一方百姓做点什么的时候，你的中下层干部乃至众多人民很快就做出积极反应了吗？……现在他开始感到有点儿接近问题的实质了：有的当权者的日常行为已经把他们在会议上的高大形象涂抹得一片滑稽，有的党员干部在假话对他有好处时便不说真话……共产党的事业是人民的事业，如果丧失了人民的信任，没有人民的支持，焉能不寸步难行……3年以后，刘日要被调走时，是被认为"团结不住人"。3年前的今天，刘日的确面临着一个怎样团结人的问题……把自己织进那张"网"里去吗？显然也不是上级的愿望。那张网如果日益密集起来，离被老百姓彻底撕碎的日子也就不远了，革命就是这样发生的……现在刘日比任何时候都更加意识到了：作为一个地方党的书记所肩负的责任！

　　前任书记走了，为什么不是这地方上的谁补上去，却是你来了？这样的问题实在并不重要。重要的是他悟到了：自己是任命来的，但要真正"名正言顺"，并不取决于自己头上已有一顶"乌纱帽"。每一个领导者，要真正成为一个带领人民前进的人，都首先必须接受：人民的选择！

　　希望是有的，党的健康力量毕竟大量存在。
　　"把自己融进去"，无极的天和地，无极的人和事，无极的历史人文风土乡情……总之，无极真正的"概况"这才真正在你的眼前有声有色丰满起来。
　　有人直言不讳地对刘日说：当时也揭出不少问题，但下点毛毛雨都过去了。就在你身边，就有领导人跟一桩倒卖汽车的事有关，使县里遭受上百万元的损失。这事也不是没人知道，但刚查个头，便不敢查下去了。因整党是党内的事，好些问题还"保密"着。这等于没整，怎么巩固？

刘日仿佛听到批评，自己来无极，直到现在，才听到这些，现在需要重整旗鼓，已经刻不容缓。

3月，无极县委成立了由县委书记、副书记等6位主要领导人组成的"端正党风领导小组"，刘日任组长。下设端正党风办公室，县直机关党委书记贾崇惠任办公室主任。

——下车伊始，去钻荒滩。种果树，一棵果苗就拇指大，你说要几年才长果，还担风险。怎么也赶不上一上任就抓"短平快"的，面上有声势，表上有数字，那"官"很快就升上去了。相比之下，可见这位新来的书记不是"飞鸽牌"的，是真想干事。

——下车伊始，整党基本结束。顺水推舟，相安无事，这"官"也容易升上去。可他不，为啥？上层建筑是为经济基础服务的……

——这样的领导，俺们不支持，还支持谁！

——这就是贾崇惠和不少党员、干部当时的选择。

贾崇惠在县委机关工作了35年，经历了12任县委书记，曾任县委党校校长，如今已是个老县直党委书记了，肚里装着无极数十年来的阳光风雨，也装着满腹感慨。这一回，以"最舒畅的"热情，亲自选将，一支数十人的队伍首先被团结在领导小组周围，要干真的了。

有人说：这不正之风过去也不是没治过，就是像割韭菜一样，割了一茬又一茬。不是感冒，也不是癌症，倒像是类风湿。

刘日说：像抽鸦片，抽的人也知道不好，还是要抽。过去，鸦片曾熏黑了半壁江山，但共产党还是把这东西治住了。让我们来帮助他们吧！

8 位置·距离·车轮

关于要不要开大会让犯错误的人上台去讲，领导小组内部发生了分歧。

刘日说：这些事已经伤害了党和人民之间的感情，这样做是联络感情。去听听大家的声音吧，党员也希望我们这样做。只有让他们去跟大伙说一说，以谢党心，以谢民心！

关于要不要让县委办公室主任上台去说，发生了更直接的争议。

一方认为：小题大做。因为这主任不过是把公家小车借给朋友供孩子结婚用了两天半。

一方认为：什么事大，眼下，城里用公车"接婚"已成风气，可说是车过之处，怨声载道了。

于是前者又认为：那也不要让我们办公室主任上去。这样的事有的是，叫一个局长，或者经理上去说说就行了。

刘日说：不行。要说不能叫人家外头的局长去说，只能叫我们身边的主任去。

会议争论到深夜1点半。最后表决，6人中2人反对，1人弃权，3人赞同。县委办公室主任才在那个日子得以走上讲台。

那个日子到来了。千余名党员齐集人民礼堂，群情振奋。

会前，那位局长找刘日说："你处分我吧，那钱，我都会退出来，我……讲不来。"

刘日说："讲吧，讲了就轻松了。"

会后讨论怎么处理，刘日说：人家是在大会上给咱们做了工作了，从宽吧！

看起来，这样的日子，是很重要。为了巩固（现在才谈得上巩固），无极县委开始酝酿要建立"党风活动日"制度，使这样的日子里的工作制度化，并推广到全县各乡镇。这时候，领导小组内部也产生了不同意见，曰：像这样抓下去，抓一年，不把干部都抓光了吗？

那么，现在让我们来听听刘日代表县委在第二次大会上的一个讲话。他在讲话中全面剖析了"四大流行病"，指出这些发生在地方"上层建筑"的不正之风已经是怎样像瘟疫一样侵蚀着党的肌体，并动摇危害着我们的经济基础。

一、官僚作风。一些企业因领导官僚作风严重，企业越搞越垮，一亏就是几万几十万，几年把一个企业的家底都搞光了。这些领导人却心安理得，不作检查，不总结教训。

二、以权谋私。在改革中此"风"已带"行业特点"。依仗本部门、本行业"优势"，肆意敲诈，索贿受贿，吃、拿、卡、要……有的银行干部甚至利用国家贷款从中牟取暴利。这种"靠山吃山，靠水吃水"的颓风，"已渗透到生产，交换，流通，分配的各个领域"。

三、一切向钱看。有的党员干部已经把自己当成商品和雇员，讲"按酬付劳"，利用职权"优势"，在工资、奖金上打先锋，在职务、级别上当"能手"。个人主义恶性膨胀，不择手段，终于走上犯罪道路，像"今天大会宣布逮捕法办的几个人就是"。

四、关系网。号召大家倾全力冲破关系网，不论是"派性关系网"还是"裙带关系网"。号召要"敢于在太岁头上动土"，"把'网'里的人解放出来"。号召要敢顶"说情风"。对于说情形式详尽分析了4种：1.直说式：赤裸裸地说。2.隐说式：欲言又止，让你明白他的意思。3.曲说式：此说就像"曲线谋私"，找一个别的什么人去说。4.反说式：此说以公正面目出现，说，你们不要照顾我这个什么长，你们该咋办就咋办，今后咱们都按原则办……冠冕堂皇的言辞中留有耐人寻味的弦外之音。对此，刘日说，今后，对说情者："一要登记，二要查清关系。"

就在这个会上，刘日宣布：县委决定建立"端正党风活动日"制度，在全县城乡全面执行。

对"四大流行病"，刘日一字一句地说："县委有决心，有信心，有办法，把它刹住！"

一个领导者，如果真正用他的心和行动，代表人民在一个位置上说话的时候，你就会发现，一个政权同人民之间的距离神奇地消失了。你就会理解，为什么党员们会说：会议结束了，那声音还在耳边响……

无极的百姓也正是这样看到了希望……你知道数百年间，无极人曾将城隍庙奉若佛家圣殿，纷至沓来香火不断……1937年底，日寇占领无极县城，连庙都毁了……次年春，共产党就在无极农村建立了抗日民兵武装，仅郭庄民兵配合八路军和地方武装直接对敌作战就200多次，割敌电线、破坏铁道190多次。1941年日寇对这一地区发动了空前的秋季大扫荡，烧杀奸淫，无村幸免。在抗战中无极全县牺牲了1455名烈士。至今，那10万亩荒滩上到处留着弹坑，无极地下地道犹存。解放战争，无极人民数万辆大车，人推马拉，浩浩荡荡支援解放石家庄、太原、张家门，支援平津战役……共产党不是菩萨，但共产党领导着人民赢得了解放，创造了自己的生活，人民记得这一切，珍惜这一切！

刘日在整党中屡屡对干部们说：打江山时，共产党跟老百姓是鱼水关系；如今我们来坐江山，有些干部跟老百姓却成了油水关系（油浮上，水沉下）；少数干部甚至跟老百姓成了水火关系。如果我们不下决心整党，人民也要抛弃我们啦！

1986年春，在无极人民礼堂召开的会议，确如春风吹进无极人的心，随后取得的成果决不仅仅是收回了——表格上所体现的——大量款项和实物，民心所向：

无极的车轮就是这样——又一次被推动了！

9 勇气，也是有价值的

3月，春天的脚步震耳欲聋了。开发荒滩，种果树，仍须依靠人民。

无极人早有植树习惯，乡民植树甚至无"发财之想"，唯将植树视为"遗禄子孙"的本分。乡谚就有"养狗不如养猪，栽花不如种树"之说。古时，除属"木"的年头外（属"木"之年因虑"木克土"而休于植树），年年春天县内所有集市都有树苗市场，只是树种多是桑、槐、榆、柳、柏、杨、梧桐等。今时多数人已不问年份，每于屋角之隙、阡陌之旁随意栽种，以尽地利。1986年是丙寅年，不属"木"，无旧俗之虑。但无极人去年种泡桐的余悸尚存，况且要在荒滩上大面积栽种苹果，这仍需大勇气。

按照专家们的建议，县里从山东海阳县运来了果苗。专家说：这是目前国内外最佳的品种之一。

创业之日，县里实行特殊的垦荒政策，谁垦归谁承包，承包者需缴纳的款项最低曾低到每亩一年只需缴纳3分人民币。

东合流村齐更录领头，同3户农民率先干起来了。垦荒之日，他们脚下的荒丘沙坑，高的比人还高，低的人跳下去就看不见地面了。他们自己弄来了推土机，用推土机推。当时颇有人笑他们，说："费

荒滩延伸到家门口 所谓脚下的荒丘沙坑，高的比人还高，低的，人跳下去就看不见地面了。

这劲，不会做点生意？"

他们说："俺们信刘书记的。刘书记都来过几趟了，帮俺们解决了贷款，还解决了机油，这地开出来可是长远的事。"

第一年，他们硬是开出了80亩，栽上苹果，又套种花生、西瓜，还打了机井，共花了1万1千元。这的确需要勇气。

然而，收益到来之快连他们自己都没有料到：头一年就在垦出的新地上收获了1万7千元，除去全部投资还有余。往后的收益，不用算都乐了。

无极县副县级以上的干部每人都抓一个点。刘日的点在无极北部神道滩边的南里尚村。全村开出了1200亩，全部种上了果树。专家们来到了南里尚，看到往昔的荒滩模样大变，苹果成活率高达90%以上，高兴极了。要知道成活率达70%就算是成功了。

专家们兴奋地给南里尚老乡算账：你们村298人、72户，平均每户就有16亩多。苹果第3年开始结果，第5年就相当不错了。要知道，这品种要是特级管理，长得最好的每亩一年可长1万斤。咱们现在先别做这个梦。弄好些，能弄到一半，最差也有2000斤吧。就算3000斤，每斤5角钱，就是每年每亩1500元。这还是你们的"补充收入"。几年以后，你们村子家家都是大财主了！

老乡们听得乐哈哈的，将信将疑。但是一年下来，仅仅是树下

（花生、西瓜）的收入就达到全村人均1000余元。

1986年，无极终于开出了5万多亩荒滩，种上了5万多亩果树。全县平均成活率也高达90%。

河北省果树研究所一下子把他们的"点"搬到了无极。已经离休的老所长、苹果专家肖海峰闲不住，也经常跑无极来。

他说："这样大面积的优种，在一个县这么多，无极可说是河北第一家。"又说："我在职时没赶上这样一个县，真遗憾！"

无极开发荒滩，显然得益于改革开放。他们抓住了这个机遇。

1987年1月22日，无极县委、县政府发出了《关于下放开发荒滩的十项规定》，这是对以前下达的有关文件的进一步充实。

文件进一步确定：谁有积极性谁开发，谁开发谁得益。承包期30～50年，子女可继承承包权。由县政府颁发"荒地使用证"。

这时，对荒滩根据"下湿滩"、"旱滩"、"二阴滩"及地处远近等不同自然条件，"承包价"已从早先的每亩3分人民币提到每亩60元，80元，100元，120元不等，村民们仍踊跃承包。

人们说：先包的合算了。

当然。勇气也是有价值的。

1987年，无极全县又开垦出荒滩3万8千7百亩，又种上了果树。

省、地区乃至国家林业部门的有关领导到无极来了，当年迎着呼啸的北风，领着刘日去钻破堤滩的无极林业局长刘元东，现在又领着上级领导，同刘日，同本县科委的同志们一起去看已经跃跃生长的成片果林。当脚板踩进这一望无际的林子里去的时候，你自己也一次又一次地惊叹，昔日贯穿无极全境的荒滩竟是如此神速地变了模样，成片成片绵延伸展的绿洲现在是这样舒畅地环绕起家乡辽阔的田园。

你无法不惊叹家乡老百姓的力量！

你也可以想象刘局长的得意和县科委同志们的喜悦。十万亩荒滩数万亩果林，为无极林业局和科委的同志们提供了驰骋才智的辽阔疆场。时间虽才不过两年，毕竟有数百个难忘的日日夜夜，林子里同样洒下了无极林业局、科委、科协多少无名英雄的汗水。边开发，边培训，边普及技术。他们为此办了7期培训班，培训5000多人次……技术上"优中选优，组装配套，优化组合"，呈现在你面前的果园才成为这样一片"空中""地面"综合开发的立体形象，老百姓也才得以"当年开发，当年受益"。

时间，才学，就是这样同家乡的土地和人民发生了如此密切的联系。

人生能有几回搏，学生时代"寒窗数载"亦曾胸怀大志的无极林果科技界的无名英雄们，你们踏进林子，心为之热，那是因为你们已经体验到了人生干事业的喜悦！

1988年，无极县一举成为国家林业部认定的平原绿化达标县。你去问林业局长刘元东，他会得意扬扬地告诉你："是啊，俺们得了林业部绿化达标的铜牌，一敲当当的！"

1988年9月22日，就在"刘日问题"尚无结论的时日，河北省林业厅、农业厅、科委、农科院、中国科学院石家庄农业现代化所等部门的10位高级工程师、农艺师、研究员组成的一个验收委员会，到无极验收"十万亩沙荒综合技术开发研究"这一科研项目来了，专家们逐一签字，认定这是一个成功的科研成果。

让我们再来感受一下老百姓的喜悦吧……当年率先开荒的齐更录已成了"跨越县境"的名人,那也许是因为他所在的那个村庄——东合流村——恰落在无极东南"边境",与相邻的晋县接壤相望。毗邻的村落里也时常有人来看他的果园,齐更录总是毫不掩饰地告诉人们:"这两年,每年每亩最低收入 500 元。看,俺这滹沱滩上长的西瓜,不疤不斑,溜圆溜圆,县内外都抢手。"他都做开广告了。

"等到树上挂了果,"他又说,"这树都成摇钱树了。俺不种地也能养活全家。那才叫甜蜜的事业哩!"

自古以来,对面村子的人就与东合流村人共饮滹沱河水。流经无极 54 里的滹沱河大部分恰是无极县与晋县的"县界"。他们也有不少荒滩。如果你站在齐更录的果园里,他会指给你看:"呐,你们看,那边村子也动起来啦!"

这不是齐更录一个人的高兴。

"等树上长了果,俺摘的第一个,要送给刘书记吃!"你听到老乡说的这句话时,你会想到什么?当树上真开始挂出果来的时候,刘书记一场大病,倒下了,车子拉去省城医院,尽管那树上的果子还很小,老百姓仍然摘下来,送去省城医院了,那情景怎不令医生护士们惊讶!

让我们再来算算这笔账吧。

刘元东说:"开发沙荒,俺们投资了 900 多万元,够风险吧?但俺们一年就收回 4000 多万元,这都是光算树下,这几年已经收回了一个亿。"

要知道,无极县的农业如今已在河北名列前茅,而 1989 年,无极农业的总产值是 2.34 亿元。10 万亩沙荒的全面开发、结果之日,

东合流村坐落在无极县东南边境，这是沙荒改造后的果园一角 种下的果树有长得好的，也有长不好的，这沙荒改造之初的景象，显示沙荒改造需要农民持续的努力，才会造出更好的良田。

仅果园的收入就可达到无极现在农业的总产值。

我还想告诉你：如今，有人已在那些果园边盖起了红墙绿窗的房舍，在那里听得见鸡鸣犬吠……你可以疑心这是梦，但你不必怀疑，荒丘一经开发，中国的老百姓就会跟土地建立起最亲密的关系。朋友，到了夏天，你去看吧，在那些绿树掩映的房舍旁，你还会看到——在那儿养鸡养兔看果园——带着孩子，身穿农家超短裙的乡村少妇……

我还想告诉你：戊辰（龙）年六月，也就是1988年7—8月，正值"13名科局级干部"风尘仆仆奔赴省城告状及省地调查组很快来到无极的日月，真乃苍天有灵，大地有眼，滹沱河与木刀沟竟然破25年之天荒，又有洪波荡漾，再现往昔风光……在老人们的记忆中，滹沱河水、木刀沟水已经是遥远的故事了，今天20余岁的年轻人还没有见过家乡的河水是怎么流的……朋友，你现在怎样想象无极老乡当时"万众踏岸观水"的情景都不过分，年轻人衣履未脱就这样跳下水去了，白发苍苍的老人跪在河边……河水，河水，俺家乡的河水啊，你永远留下来吧！……

第2章
公生明　廉生威

什么是爱？那是一种无我忘己的存在，那是要把自己有限的一切都奉献出去，在自己钟情的世界里认取一个超越自身的境界。你如果没有这样真正地爱过，你就不会理解什么叫牺牲。

1 大门外的流浪汉

从他今天走来的形象,你已经很难想象他昨天的模样。

衣衫褴褛,夜宿街头……人们都传说他好吃好喝,老婆跟他过不下去了,要离婚,他说:"敢,俺杀了你!"又传说他还扬言:"谁敢判俺们离婚就杀谁。"不管怎么说,老婆回娘家去住了。他开始了流浪……看他那模样,人们又传说他:几年不洗脸……有一天,他竟走进县委大院,找刘日来了。

"俺告状!"他是个大嗓门,一开口,刘日吓了一跳。

来了这样一位老乡,刘日着实刮目相看,给他倒水,请他坐,问:"告啥?"来人说告公安局,说有关单位对他一些事处理不公。刘日听了笑笑,说:"瞎告。"随后与他聊天,聊着聊着对他说,你这样下去不行,走出去也影响市容,对不?媳妇怎么能要你呢?你身强力壮,得找点事干。来人说俺也不光要饭,俺也在火车站替人干过活。刘日说,回来吧,就在咱们自己这地方干。后来,由县委副书记郑培和同志出面真介绍他到县糠醛厂去干活。干了一阵,那人又来了,找到刘日便说:

"不沾①。"

"咋不沾?"

"钱太少,不够俺花。"

---
① 沾:河北方言,"行"的意思。

"那你想干啥？"

"做生意。"

"你沾吗？"

"沾，俺就是没本，你给俺贷款吧！"

谁也不会想到，刘日真去给他贷款，一贷就是两万……农行行长和工作人员都愣了。人们爱惜刘日，知道的都劝他，这样的流浪汉，要是把两万元裹走了，天涯海角，哪儿去找？你这当县委书记的不闹笑话了吗？

刘日说："不会，相信他吧，相信他！"

有县委书记作保，农行真给那流浪汉贷出了两万……两万元人民币就这样到了这个流浪汉手里。

对这流浪汉，刘日也不是毫无担心。

"你呀，俺对你也有担心。"刘日对他说。

"咋啦？"流浪汉却瞪圆了眼睛。

"你没有文化，对不？你就要经常跑工商局去问一问，哪些生意能做，哪些不能做？税要怎么交？这都要问清楚，懂不？"

"沾！"流浪汉倒十二分放心了。

大门外的流浪汉就这样开始了新的行程。有几人想到，一年以后，你在街边盖起了一座小楼，之后又还清了贷款。于是，在一个日子，你口袋里装上一摞钞票，沿着家乡县城正在新建的大街走来了……这是你一年多以前还夜宿过的大街，如今，两边的老店都拆了，你曾经蜷缩着在那儿睡过一夜又一夜的石阶永远消失了……你的步子很有节奏地颠动着，手不止一次地伸进口袋触摸那摞钞票，触摸中听得见它们哗哗地响，那是一摞连号码都挨着的票子……县委大楼到了，第一次感到这不知哪一年盖的大楼其实也很平常……上楼了，手从口袋里掏出来按上了楼梯的扶手，目光便注意到了自己一身新买的衣服。衣服如同旗幡般在楼梯上升起来的时候，你的步子竟有一种飘飘的姿态……他就是本书开头写到的那位——送给刘日1000元的中年人。

"俺今天都成万元户了，你还是个穷书记，这是俺报答你的！"他说。

"别这样，帮助你是应该的。"刘日说。

"你不要，俺就上吊。"

……不管怎么说，他扔下钱走了。刘日只好找来县直机关党委书记贾崇惠，说："帮个忙，这事莫让别人知道，退回去，就完了。"

贾崇惠拿着钱，却不知那人住在哪里。刘日说："去问工商管理局的人，他们知道。"

贾崇惠一路走去，心里着实感慨……对这流浪汉的变化，人们看在眼里，都说：刘书记，你真神了。刘日总说：不神。他说，咱们无极民间有句话："冤死不告状，贫死不做贼。"为啥？那肯定不是无极人不善讼事。古时候衙门里少有包公，老百姓告也无用，就懒得告了。这人还会来告状，说明他还信任咱们。我也跟人了解过，都说这人要饭归要饭，但从来不偷。人到这地步，不偷说明本质不坏。我还跟他谈过好几次话，这人头脑也清楚，不呆不傻。再说，咱们这里还有这样的人民，他不来咱们都得想法帮助他，他自己找来了，能不帮助他吗？

说到帮助，如果以为，在刘日与这流浪汉的关系中，仅仅只是一个流浪汉获得了一个县委书记的帮助，那我们的认识很可能就发生了障碍。

刘日说：我从他那儿获得了不少从一般人那儿获不到的东西。你想，那些社会最底层的声音，你走出去，真想听还不一定听得到。比如那些"二流子"的故事，人家能轻易告诉你吗？这人知道得多。我们也得知道这些人平时都是怎么过的，都想些什么……

正是这样，刘日不断积累着他所在的一方土地的"概况"。他说："如果你不了解这些社会最底层的情况，怎么说也是一个缺陷。"这位流浪汉，在帮助他填补这个缺陷。

在工商局同志的帮助下，贾崇惠终于在农贸市场找到了那人。谁料他矢口否认："没那事！"

贾崇惠说："刘书记也没有精神病。他亲口跟俺说，你刚刚亲手给他的，这还错得了吗？"

"反正不是俺的，你愿给谁给谁。"

死活不认。贾崇惠着实犯难了，只好一直跟着他，劝他。他脱不了身，忽然说："别说了，跟俺喝酒去。"随后走进一个店铺。贾崇惠揣着钱，只得跟进去。那人一要要了一只烤鸭，五个菜，你拦都拦不住。

老贾深知家乡无极人饮酒在冀中一带都颇有名气。60年代困难时期谷菽贵如珍珠，民间仍以薯干偷着造酒。古联"李白真喜无极酒，牧童错指杏花村"也一再传用至今。平日里，喜事喝酒不在话下，丧事也要以酒助哀。仇家一块饮酒，几声拳令，可成"哥俩好"。你若踏进熟人家去，吃饭并不重要，请你喝酒那便是至高至尊的大礼……眼下更兼要让这人把钱收回去，显然还须费一番脑筋，老贾完全无法拒绝。这位县直机关党委书记也只好与这位昔日的流浪汉对坐下来。

老贾说，我酒量不沾，那人就以碗对杯。老贾弯弯曲曲与他聊了许多话，知道这个汉子早先好酒也是得醉便能烦恼皆忘。那人大口大口下肚，老贾估摸可以又说那话了，便开始问：

"你支持刘书记不？"

"当然。"

"你没听说，人家一次又一次告他哩！"

"谁害他，俺捋他个狗屁。俺一个人，怕啥！"

"你这事，要让告状的知道，你不成了贿赂的人？刘书记就成了受贿的人……"

"俺不是贿赂！"那人肚肠都顿时伸直了。

"不是，不是。你当然不是。不过，这钱要是硬让刘书记要，你可就害了刘书记了。"

那人双眼直望着门外，半晌才说："这么说，这钱……俺得认了。"

贾崇惠总算让他把钱收下了。

"俺走了。"贾崇惠起身告辞。出到店外，又听里面忽然大嗓门一声："走吧，娘的，不够朋友！"

这桩事就这样过去了。请不要将它误解为就是状告刘日"受贿"的事。

这桩事当时除了刘日、贾崇惠和那位渴望"报答者"，无他人知。

刘日病倒了，住院了。那位渴望报答者买了许多果品、补品，双手提着去看刘日了。心想：这回你总该要了吧！

他一连去了三回。第三回，他在病房里对刘日说："刘书记，俺现在赚钱也没啥意思了。"

刘日问："那你想干啥？"

"俺想当所长。"

"你想当什么所长？"刘日笑了，"想当派出所所长？"

"不，俺想当厕所所长。"他很认真，"你看俺们无极县有不少厕所，现在种地还没人爱弄大粪，卫生也没管好。你给俺挂个大牌子：无极县厕所管理所。俺当所长，俺也不怕脏，是不？再说那大粪都是宝贝，俺们保准把厕所都管好！"

刘日不笑了，想了想，说："这事，可不能一时冲动。你要真想干，是可以的。"

这位"毛遂自荐"想当厕所所长的勇士，名叫新元。不论他的这一愿望能否实现，当他走在家乡大街上的时候，你遥望他的过去，你会感到好像已经隔着一个世纪。而他的今天，恰像他的名字，那是一个新的纪元。

2 "五千"与"三万"

90年代第一天，我是在刘日家中见到他的——就是曾将5000元人民币（用《参考消息》包着）塞在刘日家中一个抽屉里的那位中年人。

中年人说："要说，刘书记也没帮俺具体做过什么事。俺也没种果树，俺富起来，开头是开汽车，后来办厂。"中年人名叫中华，不知是否这名字的潜在影响，他又说，"过去，俺们村穷，俺也想当个干部，为乡亲们干点事。但俺没做到。俺想做的事，刘书记做到了。现在俺们村很多人都富起来了。还有人要告他。真是心肝都叫狗咬了！俺听说开大街，刘书记自己就捐献了1000元，刘书记就那点工资，捐了那么多钱，家里还咋过？俺也不想找刘书记办任何事，就想拿点钱补贴他。"

那个日子是星期五，一个刘日不可能在正定家中的日子。中华到刘日家也没说自己叫啥名，只对刘日妻子说过一句是无极某村的。中华说："俺说了村子，是想让刘书记知道，俺村的人没忘记他！不知道刘书记怎么一猜就猜到是俺，就让司机刘同聚师傅把钱送回来了。那天，俺脸通红，不是滋味。很久了，俺都不见刘书记。今年元旦，俺想想，还是来了。"

说这话时，中华脸色红亮，他说："俺从没喝过这么多酒，今天喝多了。俺高兴。俺今天来，连一包烟都没带，俺来吃他喝他抽他的。"

这桩事，也不是告状告到的事。

邱满囤来了。

邱满囤就是那位一掏掏给刘日3万元的老人。

几年前，邱满囤也是一位流浪汉，西行入陕北到黑龙江，真可谓"浪迹天涯"，跑过的地方比那位名叫新元的流浪汉远多了。

今天，邱满囤已是声名远播海外的人。当他揣着3万元一路走来的时候，已不上一次预想过此番前去将遭遇什么，但还是决心来了。

3万元扔到桌上，落桌有声。"你这是干啥？"刘日说。

邱满囤立刻将早已想好的话和盘托出："我跟你声明，贿赂是偷偷摸摸的，我这是公开的。我可以告诉省地领导，我也没任何事求你办。你是人民英雄，我这是奖励你！"

刘日单说，"谢谢"，领情不领钱。

邱满囤急了，操乡音说："俺今天比你这个书记日子好过多了，贿赂你有啥用？俺是真心奖你！皇天后土，人鬼共鉴！"

刘日很感动，可就是不要钱。

邱满囤走了。

邱满囤的老伴又来了。

邱满囤的老伴姓张名水莲，1960年困难时期，22岁入的党。清贫半世，如今有了很多钱，仍极勤俭。一包瓜子吃完了，塑料袋舍不得扔；药吃完了，空玻璃瓶舍不得扔；牙膏壳也留着……买了一套沙发，让她去买沙发巾，转了半天买回两条处理品，老邱说："俺们家现在不同了，常有人来，这也不好看啊！"老伴说："俺看了舒服。"1989年无极开大街，张水莲亲手揣着9000元捐献了。为啥捐9000元？老邱说："捐1万，那名字就要刻到碑上去。那1000元，俺们不给了。"可是一知道刘日捐了1000元，邱满囤又到处造舆论："这刻名不能按给钱多少来刻，俺有钱，捐1万不算多；有的人本来就没钱，他捐10元都多了。"……

这一日，邱满囤从刘日那儿回到家，气呼呼地坐在那张铺着"处理品"的沙发上。老伴知道没有成功，也不知咋办才好。邱满囤不甘心，说："莲，你去吧！"

张水莲这就带着钱来了。

张水莲说："这钱是俺两口商量好的，俺们诚心诚意，你一定得收下。"

刘日仍是称谢，仍是不收。

张水莲又说："你也知道，俺们这钱都是光明正大来的，谁也说不上啥。俺们也不求你办啥。再说，人得讲良心，老邱有今天，还靠你。你就成全俺们一片心吧！"

刘日着实感动，着实不收。

张水莲眼圈红红地走了。

又一个清晨，县委机关值班的老头刚拉开大门，邱满囤又来了。上楼见到刘日，老邱开口便问："闺女多大了？"

刘日不懂啥意思，说："16了。"

邱满囤说:"好,俺送她点东西。这不是给你的。"掏出一只价值千元的金戒指,又说,"真金落地'扑嚓'一声",说罢往地上一扔,"看,真的,是不?"拾起了就放到刘日桌上。

刘日说:"老邱,你别恼,我什么都不要。"

老邱掏出烟来抽,脸都变了。说:"你也知道,俺身体不好,还能活几年?俺还想给后代一点好处。俺一夜没睡着,张开眼就来了。你,不要,不要,好,告辞了!"

老邱回到家,老伴在厨房里把目光投过来,老邱将戒指扔过去:"你戴上,刘日不要!"

3 翻箱倒柜,面面曝光

1987年。

正定,刘日家。

星期天早晨。

刘日忽然在院子的背阴处发现多了几只筐子……打开一看,竟是桔子、苹果、梨,共5筐,还有董酒1箱,香烟5条,茅台酒1瓶。

"这是谁的?"刘日问。

"不知道。"妻子说。

"那准是昨晚那两个人的。你就保管一下吧,我让他们来拉。"

星期天。刘日照例回无极……那两个人,有一个是无极县的司法干部。昨晚进门,那司法干部说:"我是受人之托,来正定贾村办个离婚案,顺便来看看。"说话中,还提到请刘日帮助解决他儿媳妇的"农转非"问题。再后,来了几位正定的人,他们两位就告辞而去……小车抵达无极,在县委大门外,恰好碰上了那位司法干部。

"昨晚，是不是带东西啦？"刘日笑问。

那司法干部也笑了。

"你这是干吗？"刘日严肃了，"东西原封没动，你去拉回来。"

又一个星明六。刘日回正定，进门一看，"怎么，还没拉走？"刘日叹了一口气，"这些人，还以为我客气，说着玩的吗？"

星明天。刘日只得对司机张月平说："来，咱们只好替他们送回去了。"这时，发现桔子开始烂了。"这送不回去了，"刘日说，"那就留下吧。"

这一天，当"礼"被拉去物归原主时，送礼人还得到100元人民币——那是刘日买下那筐桔子的钱，送礼人忙说："顶多值50元。"于是收下了50元。

"石家庄的大粪，早先是要钱的……"

刘日跟干部们讲过这样一个故事。

他说：石家庄有个管厕所卫生的人，管着十个厕所的卫生，那人知道大粪的价值，十个厕所的大粪能产生不少价值。他就跑到郊区的生产队去联系。生产队乐得夜半12点后到他管的厕所去淘粪不用付钱。生产队得到好处，这管大粪的人当然也得有点好处。于是，这人家里也渐渐添了不少东西。

刘日又说："这人不过就是靠着这么点管厕所卫生的权力，他都能为自己捞到不少好处。要是一个局长，一个县长，一个县委书记……想以权谋私，那能捞到多大的好处？"

"三年清知府，十万雪花银。"这是一句古话。

你从这句古话里会想到什么？假如一个"清"官尚且如此，那么一个"不清"的官呢?

刘日坐在自己这个当代"七品芝麻官"的位置上,也可谓"感触一大筐"。

"你坐在这个位置上,你还用得着开口吗?"他说,"我还是有点名气的,人家一般不敢给我。可是……"

几许日子,几许人,往他家送毛毯手表手提包高级椅子……高级香烟高级酒各色水果以条计以箱计以筐计,人抬车拉……相形之下,送去的熏鸡烤鸭大鲤鱼……的确只是"小菜"了。

不要忘记,告状的13人都是县科局级干部,也许他们也有感触一大筐……只要调查组能来,那准有好些世人还不知道的事,会查出一些来。

调查组果真来了。在受省、地委全权委托的独立的调查中,对刘日"受贿"方面的调查,也真可谓"翻箱倒柜,面面曝光",也果真查出了不少告状人不知道的事。

但是,相信吧,朋友,就在这个世界上,真有这样的"官"。当你从无极百姓的亲身经历中认识了这样一位"官",你就知道了,什么叫做:清廉如水。

也许,重要的还不只是他是这样一位"官",当你认识了这样一个人,你还会感到:有的人,是怎样使我们平凡的生活都变得崇高起来。

现在,告状人告刘日"受贿",所告的是一些具体的什么,也已经不重要了。重要的是,刘日为什么会如此清廉?

4 一则"官箴"

在刘日办公室的墙上，方方正正地贴着一张从古碑上拓下来的"官箴"：

> 吏不畏吾严而畏吾廉民不服吾能而服吾公廉
> 则吏不敢慢公则民不敢欺公生明廉生威嘉靖
> 三年冬十月朔无极县知县阙里郭允礼节之书

为什么，一个共产党的县委书记，把一个古代知县写的话从碑石上拓下来，挂在办公室？

你从哪里来？你总这样想。

中国之所以今天仍是中国，那是因为我们的文明在历史长河中一直从未中断地扬帆至今。这是一个奇迹，以至大洋彼岸的"洋人"也不禁累世惊叹：这是一只不死鸟！然而翻开我们每一个县的历史，你都会看到，百鸟飞翔的天空，并不总是蓝天白云。

"燕赵自古多慷慨悲歌之士"，你来到无极，翻开无极的历史，你听到无极的历史深处……金戈铁马之声也屡屡如同暴发的洪涛漫道滹庐，水天变色，血漫沙滩……随后你看到了，就在无极的神道滩边，也曾走出来一位史上留声的名人——刘琨。刘琨与祖逖是一对于国势危在旦夕之时走到一起的好友。在勇赴国难的戎马生涯中，祖逖写下了"闻鸡起舞"的垂世名句。刘琨不甘落后，便以"枕戈待旦"之句对之。面对几乎是不可克服的困难，他们还唱出："多难兴邦！"这是一种怎样的理想！以至文天祥来了，在刘琨墓前留下一首五言诗，慷慨赞之："双手扶晋室。"……这些历史的声音在你听来，屡屡如号角响彻心灵。

中华民族，正是因有代代相传的——那舍身取义的忘我精神，那治乱兴废的强国理想，那月映万川的人伦大爱，这个民族才得以凝聚起苍生万有，传光明于天下，烛照千秋……而当着天下安定，受万民之望，为官时，肩着的使命该有多重！……明代嘉靖年间，郭允礼来了，手书一则"官箴"，并勒石于县衙，400多年岁月流逝，当初的县衙早已不存，但那块"官箴石"却留下来了……你来了，看到那块"官箴石"，伫立良久……史书载：明代官俸微薄，各部尚书全年俸银也"不过152两"，法定俸银不足维持生计，但他们的收入主要不在此而在下级官员的馈赠。"各省总督巡抚馈赠一次可10倍于年俸"。一级有一级的馈赠，排到"七品芝麻官"便直接搜刮老百姓……一个王朝就是这样颓败的。

郭允礼身为明朝知县，霍然书此"官箴"，当是有感而发……你站在那块"官箴石"前，仿佛看到了郭允礼当年挥笔劲书的慷慨，深感这位当年的七品芝麻官道出了——为官之本最重要的也就莫过于这两点：一是公，二是廉。

于是，你将"闻鸡起舞"书成横幅就挂在你卧床内侧的墙上，你又将郭允礼的"官箴"拓下来，贴在办公室。

5　一沐三握发

无极县文化局副局长张承文同志说过这样的话："古人说，周公当年求贤若渴，不让来见他的人在门外等着，曾经'一沐三握发'，刘日就是这样的人。"

"一沐三握发"，说的是正在洗头，听说有人来见，立刻把头发从水里捞起来，用手握着与人谈话。而洗一次头，居然"三握发"……这样的描述真可谓把周公求贤若渴的心理描绘得栩栩如生，不能不感人。

说刘日是这样的人，指的是他因接待来者，一餐饭常常分做几次吃。

谁都知道刘日很忙。人们以为下班该有空了，总在自己吃过饭后去找他。岂知这时候，刘日常常——因与人谈话误了吃饭——还没吃饭或正在吃饭。人来了，刘日总习惯放下他"那块大海碗，那双竹筷"，与你谈话。你走了，他接着吃，还没吃完，又有人来了，他又放下大海碗……

70多岁的政协副主席连克明先生说："我晚上10点钟，去他办公室，他在跟人谈话。我到屋里一看，两个馒头，才咬了几口……那是他没去食堂吃饭，食堂的人送来的……10点钟，都冷了……我不止一次劝过他：你还年轻，别看现在没事，可你经常这样下去，怎么行？

图为刘日办公室

办公室虽极简陋，但有4个热水瓶，一把茶壶，几个杯子。刘日需要喝这么多水吗？这是每天备着，用来接待干部群众的。无极县的任何百姓想找刘日说什么，都会受到热情接待。这是个秋天，两位农村大娘来见刘日，不仅把头梳得清清楚楚，穿得干干净净，还穿上了袜子，这呈现着对人敬重的乡村文化传统。茶水上方的墙上，贴的就是明代无极知县郭允礼写的官箴。你仔细端详，这里是有令人感动的民情政风的。古人曰：浴不必江海，要之去垢；马不必骐骥，要之善走。有一颗为民之心，一杯热水便荡漾起暖人心扉的风情。

到老来，你就更不行了……那么好的身体，他是怎么病的……"连克明说这话时，一双眼睛模糊了。

说刘日"经常这样"，那是因为他不仅仅是"求贤若渴"，他对所有来者都是这样——"一饭三吐哺"。

无极百姓常说的一句话是："不行，咱们找刘书记评评理去！"

为什么，有这么多人，都要去找刘日评理？

1986年1月，正值北方隆冬。一天晚上，县委大院里忽然传来一位妇女的喊冤声……刘日出来一看，是位妇女用小车拉着一个男人进了县委大院。

"……支书把俺男人吊起来打，骨头都打断了……"女人泣不成声。一了解，这对夫妻是东东侯乡里尚村的。东东侯北距无极县城15里，里尚村又距乡所在地7里，这女人把丈夫连夜拉来一路艰难可想而知。刘日的第一个反应就是命办公室："立刻派车，先送医院！"

这桩事，果然是该村党支部书记私设公堂，把村民王承志吊打成骨折，脑震荡。后来，打人的民兵被抓了起来，但是指挥并亲自打人的党支部书记仍然逍遥法外。

被害人又找来了。刘日了解到真属于该抓的未抓。"不行，一定要把支书抓起来！"可是县里有的领导人就是不同意抓。"依法办案！"刘日毫无情面可讲。在他的支持下，公法机关根据确凿证据，终于把那支书逮捕，判了1年刑。

这事，本来属于公检法部门可独立审断的事，本来就不必书记过问，现在需要刘日过问始得伸张正义，已颇"耐人寻思"了。但事后仍有人说："为一个老百姓，得罪了班子里的人，还怎么工作？"

刘日拍案而起："不为老百姓，为谁！"

图为刘日的卧室

这是个可以用"陋室"来形容的地方。三屉桌上方的墙上贴着清代知县郑板桥的书法字样"吃亏是福",蚊帐的后壁贴着祖逖名句"闻鸡起舞",床里侧的枕边放着一排书。另一侧墙上,"多难兴邦"字幅下贴着的是《无极县各单位领导干部一览表》,表里填着全县355名负责干部的单位、职务、姓名、年龄、籍贯、任职时间、文化程度。下面木椅上放着刘日常用的草帽。如果说上一组照片的重要人物是"老百姓",这一组照片的重要内容则是那"一览表"里的干部。

庄里乡东合流村农民杨洛申老汉的儿子4年前被汽车撞死，车主赔偿了3200元。当时丧葬用了700元，尚余2500元。两年后，因儿媳要改嫁，家庭出现要将2500元重新分配的纠纷。找到县城关法庭，某法警让他们把2500元交给他处理。他们信任公检法机关，把钱给了他。谁知这位法警把2500元放着——长达两年——未予处理。

老人说："俺都70多岁了，还要等多久？"

老人找来了。

刘日当即批示："请法院院长10天内调查解决此问题，并将结果告我。"

10天内，问题解决。

老人送来了一块匾，匾曰："百姓官"。

像这样的匾，在无极县委大楼的许多个办公室里，已是随便放在橱头、门后，不再有人引以为奇。

叶春霖老人60岁了，40年代参加革命，在部队是个干部。反"右"时被错划"右派"，转到无极来了。在无极几十年，都按工人使用。他的"右派"改正后，本以为可以一并恢复为干部了。可是不知怎么竟没有。

"你别等啊，你得去找。"老伴说。

他用了很大的劲"动员自己"，真去找了。当了许多年"右派"，如今改正了，进县委大楼，还觉得到处都是眼睛。也许由于他不够"韧"，找了多次，也未获得解决。尽管未解决，他却更努力地工作，竟还当了科长。

如今他老了，要离开他的工作岗位了，他是可以享受"离休"待遇的，可他还是个工人……这是他最后一次机会了，老人坐卧不安，来找邻里刘宗诚出主意。

刘宗诚是无极县地方志办公室主任，一位也曾有过同样遭遇的历经沧桑的同志，他说："刘书记很忙，但是，你也只好去麻烦他一次。"

叶春霖找来了。

"你老家是哪儿人？"刘日一听他的话，便问。

"福建。"

"老伴是无极人吗？"

"安徽人。"

"有几个孩子？"

"一个，儿子。"

"都好吗？"

……

这一日，叶春霖一回到家就跟老伴说："有希望了，有希望了！""答应啦？""不是，找了多少回了，也没人跟我这样聊家常哩！"

刘日真去为他奔走了。

请听听刘日这番话吧："一个老同志了，还是外乡人，离家几千里，为啥？现在老了，在这儿也没有亲戚，想走后门都找不到人，这事还不用走后门。看，有证据，人家在部队就是连级干部，没给解决，那是他晚年一直都解不开的疙瘩。咱们认真办一下，人家晚年都好过了。是咱们对不起他呀！"

就这样，问题解决了。

当天，叶春霖老人就跑到刘宗诚家，说："宗诚，要给刘书记送点什么？"

刘宗诚说："你送一句话去吧，请他放心！"

西郝庄村位于无极西南边界，西跨楼（下）藁（城）公路，北靠无藁公路，交通甚便。这个村有几个村民将一些单位已经不能用的废旧汽车买下来，拆了，再利用各种废件铁器做成农具卖，成了万元户。拥有废旧汽车的单位把废车卖到这儿能有更大的收益——这"信息"通过驾驶员经由公路就足以传到四面八方——邻近各县许多单位都纷纷把废车卖到这儿来。因活路挺多，还能致富，经营这事的村民很快由几户发展成几百户，渐成一个"拆车市场"。

一天，无极县两位县级领导组织了39辆大卡车，100人，又带着公安局、工商局等部门的人员，俨然一支大车队，浩浩荡荡从无极县城出发，直奔郝庄村拆车市场。

到了郝庄村，百余人跳下车，很快就把"拆车市场"拆了，将一应器件装上39辆大卡车，尽悉没收。村民不服，上前辩说。随去的公安人员又将"领头的"抓了起来。随后，大车队又浩浩荡荡"满载而归"。

霎时，这事在郝庄村如同开了锅。郝庄村有4500余人，是个大村，顿时堪称"民怨鼎沸"。

"不行，咱们找刘书记评理去！"

这事，不找刘书记，还能找谁呢？

是那两位县级领导错了吗？上面发下来的红头文件分明规定：只能由物资局经营旧汽车，任何单位和个人都不得经营。

刘日刘日，你现在怎么处理，难道不执行文件吗？

刘日知道这事时很伤心。两位县级领导同志采取了一个这么大的"行动"没有跟他商量尚在其次，令他吃惊的是："怎么能这样对付老百姓？"他赶到郝庄被拆空了的"拆车市场"去看，老百姓围住他，连老头儿都哭了……

刘日回县城又去了物资局……"实地考察"告诉他：1. 本县物资局自行经营，场地小，人员少，发展受限。2. 老百姓在废旧改造利用过程中，几乎"什么都拾得起来"，能赚不少钱；物资局经营起来，废旧利用率远没有老百姓高，不赚钱。

于是，刘日说话了："共产党就是给老百姓找致富门路的。现在老百姓自己找到了，致富了。我们是把它砍掉，还是帮助他们完善呢？"

"这样吧，"刘日跟物资局局长李洪洲商量，"你们挂个大牌子：无极县物资局拆车市场。再派上两个人收管理费，让老百姓具体去干，像这样发展下去，你们一年能收好几万元，老百姓也能赚到钱，沾吗？"

李洪洲说："这样的大好事，咋不干？干！"局长亲自抓这件事，很快做了一块大牌子，跟老百姓订了有关规章，派上两人去收管理费……开业那日，刘日到那村子去开了大会。

刘日说："现在，大伙可以放心干了。县里不但叫你们干，还叫你们大干。这事利国利民，大家就争取为国家多作贡献吧！"

村民们又一次群情鼎沸，掌声哄起，一片欢呼。

如今，邻近各省的汽车源源不断地往这个拆车市场送。西郝庄村民又"打出去"，到南方各省设点买废车，就地拆了运回来再造农具，生意已做到20多个省。因老百姓多是在务农的空闲时间经营，全村已有50%以上的农户参与了这项经营。距此不远有个陈村。陈村是个更大的村，有5000多人。陈村百姓也参与了这项经营，无极县物资局也在那儿挂了一块牌子。如今陈村参与这项经营的农户已达60%以上，很快又出了一批万元户。

6　一枝一叶总关情

河北民间对"拍马屁"的官有一个更不客气的叫法，谓之"舔"。

有人劝刘日说："你别光会干活不会舔，老百姓对你好顶个屁用，要升官，考查你好坏还不是了解当官的？"

刘日把这话看成是对自己的很大奖赏，总是笑而答之："你看秦桧那官大不大？秦桧没来咱无极当过官，咱们无极南朱村村口却有一块'秦桧石'——双手被缚跪罪模样，上面刻着'贼秦桧'，来来往往的车把式总拿黑车油去抹他的嘴，还有民谣说：'不抹秦桧一嘴油，他会撞断大车轴。'你看，他都遗臭万年。唐知县身仅七品，却流芳百世，有口皆碑。要光讲升官，升个一官半职，值几个钱？为百姓办事的官再小，也比不办事的大官值钱！"

然而，仍有关心他的同志更明确地对他说："跟你同时提县委书记的6个人，有5个都提到副地级了。比你后提县委书记的，又有3人提到副地级了。你不想想吗？"

刘日说："还有什么'官'能像'县官'这样直接面对万民呢？中国有2300多个县，我真想探索一下这'县官'该怎么当，这里大有学问。"

也有上级领导批评他：你做工作，方法太简单。

他认真思索了。何谓方法简单？不少耳闻目睹和亲身经历的故事跑到他头脑里来，他想：

有人问你：1+1=？

你脱口就答：2。

他说：这太简单。

如果你考虑考虑，研究研究，苦思冥想，折腾半天，然后说：2。

他说：这干部行，慎重。

刘日说："我总认为，犹豫不决是以无知为基础的。如果我对某件事情犹豫不决，那必是对那事不了解。"

刘日又说："如果你处理问题时，不考虑那问题同谁的亲戚、子女有关，你也容易简单。如果考虑那么多，都没了政策、法律了。"

实际上，当你面对许多具体的事情时，并不"简单"。如果有人请示"怎么办"，你说，"按原则办"，那等于没说。老百姓需要实际的解决问题的方法。行就行，不行就不行。行的马上给人办，不要总在"研究研究"中贻误了时间，有的悲剧就是拖出来的。拖出来了，百姓遭难，你还觉得与你无关，你还有什么"原则"？不行的也要马上给人解释清楚，民心才能顺。

为什么，这些话从刘日的口里说出来，他的百姓会感到亲切？

为什么，在刘日的头脑里仿佛整天想着的都是这些？

不少人喜欢将郑板桥的"难得糊涂"挂于书房客厅，默默地昭示着主人的胸怀心境。刘日却喜欢郑板桥的另一句话："吃亏是福。"也将它挂在他卧室那张书桌正上方的墙上。郑板桥的这句话能帮助我们理解刘日的心境吗？

在刘日的办公室里，还挂着郑板桥的另一段话，那是郑板桥在山东潍县任知县时写的一首诗：

　　衙斋卧听萧萧竹，
　　疑是民间疾苦声。
　　些小吾曹州县吏，
　　一枝一叶总关情。

郑板桥的这首诗能帮助我们理解刘日吗？

"得人心者得天下，失人心者失天下。"这是刘日经常挂在口上的又一句古人的话。而刘日在这句话之后还经常要提到：100多年来，从抗击八国联军，辛亥革命，反对北洋军阀到抗日战争，解放战争，仅仅我们无极人民就贡献了数以百万计的壮士，成千成万的子女牺牲了。中国人民在中国共产党的领导下，那是牺牲了多少人才终于摆脱了"百年耻辱"站起来，这个天下得来不易啊！

他说："中国老百姓是最勤劳、最有忍耐力的。他如果来找你，那常常都是万不得已了才来找你的。这么吃苦、这么善良的百姓，过去遇到多大的困难，都与我们共渡难关。这么好的百姓，你不为他服务，你还干什么？！"

他又说，"所谓'公生明'，今天，我们共产党的'公'，比过去'公堂'上的那个'公'要伟大得多，体现在我们党的宗旨上，就是毛泽东说的五个字：为人民服务。

"如果我们认认真真地为人民服务，就能凝聚民心，就能腾飞。

"如果失去民心，人民也一定抛弃我们。那就一定会天下大乱，生灵涂炭！"

如果理解了刘日，当我们再看到刘日在无极，在同老百姓的各种接触中还做过的一些似乎不很寻常的事，也就不以为怪了。

7 特殊关系·官车轶事·温饱问题

一天，有两位教师来找刘日，说："我们都干了20来年了，还没法转正……"刘日问明情况，又了解了这两个人工作等方面都不错，就出面给他们转了正。

这事很快被人告了上去，地区很重视，马上来人调查。

"你和他们有什么关系吗？"

"有啊！"刘日说。

"什么关系？"

"特殊关系。"刘日说，"他俩是无极县党组织的创始人刘洪涛的侄子、外甥女。刘洪涛是无极第1任县委书记，我是第28任县委书记。"

刘洪涛同志是无极武家庄村人，青年时考入省立保定第二师范，1929年初在无极建立第一个共产党支部，后任县委书记。1953年任中共河北省委统战部长、省委党委、政协副主席。1958年被错划"右派"，1966年逝世，1979年才得到"改正"，并恢复党籍恢复原职原级别。

刘日说："我拍他马屁还能升官吗？"

"这样吧，"刘日说，"你们把这事当问题调查，我再给你们交代一些。"

无极南池阳村人高克谦，是中国共产党早期党员，华北烈士陵园第一位烈士。他1925年9月12日晨被反动军阀逮捕，当日对工人说："我被公开逮捕，虽死犹荣。"11天后，就被刽子手推上洋车拉到郊外秘密杀害了，时年19岁。

刘日到无极后，寻问到他家去，看到他家还有两个兄弟，生活都很清贫。刘日问："有什么困难要解决吗？"

"俺有个孩子，能不能给安排工作？"高克谦的大兄弟说。

"能。"

于是刘日对前来调查的人说："我把高克谦两位兄弟的7个孩子全安排了，一个不落。"

无极南朱村人解学海，也是中国共产党早期党员，广州农民运动讲习所第6期学员，回来后负责指导直隶省的农民运动。一次顺路回家，两个亲生儿女见了他都不认识，年轻的妻子惊喜交集，泪水汪汪。就在这年腊月，时年25岁的解学海在一次作战中被俘，头颅被敌人割下来在城楼上吊了一个月。

刘日到无极后，也找到他家，把他的孙子、孙女都安排了。

对刘日此举，同样有人褒有人贬。

刘日说："人家为咱打天下，命都舍了，现在家里还很穷，咱们有指标，照顾他们的后代，怎么不行？如果有什么'特殊'需要照顾的话，这也是'特殊'。总比有些人特殊安排'七大姑八大姨'强吧？"

1985年12月，刘日到无极的第2个月。

一日黄昏，刘日同县委组织部长谷平安等同志因事去石家庄，小车风驰电掣出城西行十七八里，忽见前方出了车祸。一辆卡车旁，一人横陈血泊，一动不动。刘日急呼："停车！"

车未停稳，刘日已出了车。卡车司机跑过来："我们是深泽县运棉的，撞了车。他从棉包上摔下来，昏过去了。我们拦了七八辆车，人家理都不理，强行拦下一辆，车上人跳下来，破口就骂，还杵了我们两拳……"

"别说了。"刘日立刻回身对自己车上的人说，"咱们下来，等一会，先把他们送去县医院。"

小车掉头，抬进伤者，又风驰电掣直奔县医院。

进医院,刘日一呼,医生护士马上都动起来。拿起电话,刘日又直挂县委办公室,吩咐:"人家是外县的,马上派个车,供他们接家属应急使用。"

当这位外县乡民从死亡的深渊里活转回来时,听到家人给他讲这件事,他仿佛在听一场梦。

1986年2月24日。正无公路。

刘日车至无极张村,车窗前忽然出现这样一幅画面:一个男人推着一辆自行车,车后坐着一个女人,披头散发,又哭又嚷。另一个男人将她按住……这个日子正是农历丙寅年元宵节后的第一天,这是怎么啦?

"停车。"刘日叫道。

下了车,刘日问:"老乡,怎么啦!"

"俺两口子生气,她想不开。喝'敌敌畏'了!"

"快上车,送医院!"

时值初春,寒意仍浓。车窗都关得严丝合缝,小车里顿时涌起"敌敌畏"的浓烈气味,呛得人喘不过气。那男人扶着妻子,过意不去:"这……""没关系,开快点!"

小车冲进医院……急诊室里,医生、护士忙开了。

正月里,碰上这样的事,医生护士对服毒者家属也不免有批评情绪。"打水去!"护士说。"好,水房在哪?"刘日反应快,端起了盆。"在那边!"刘日去了,一会儿就端着水跳跳地跑回来了。"水来了,还要什么?""把这擦干净!"

那正是刘日到无极的第4个月,有的医生、护士还不认识刘日,显然把这位如此卖力地配合急救的人当成了服毒者家属。

"接住！"

"扶好！"

医生、护士发出一道道命令，刘日都照办了。

服毒者安静下来后，医生、护士终于明白——刚才那位被他们支使得团团转的人竟是他们的县委书记！

同年夏天，一日傍晚，冀中平原上仍然暑热熏人。

刘日坐车从石家庄返回无极，途中看到公路边围着一圈人，车子驶过，刘日忽然看到人丛中有人躺在路上。"停车！"因车速快，停稳，已超出那个"围观点"200余米。"掉头，返回去！"

当车子返回时，人们让开了，路边躺着一个老人，满头是血，边上还躺着一辆自行车。

刘日下车，俯身去呼："老大爷，老大爷！……"老人已不省人事。

问围观的人，有人说：他家住彭家庄，叫彭老麦，70岁了，是骑车自己摔倒的。

"还站着干啥，你们认识他家的快去叫他家属，我们先送他去医院。"有人去了。刘日又大声说："告诉他家，在藁城县医院。"

司机刘同聚老师傅和同车的县委办公室副主任马焕直同刘日一起抬那老人家……老人伤势很重，怕有闪失，刘日又指着一个围观的汉子说："来，帮助抬一下。"谁知那汉子扭头就走。刘日火了，大声问："你是哪个村的？"那人丢下一句话："哪村的你也管不着。"把老人抬上车，刘日将车上的一条棉帘垫在老人身下，车子直奔藁城。

一阵抢救，看来老人没啥危险了。时已天黑，还有40里路要赶，刘日对老人的儿子说："好好照顾你父亲吧，我们走了。"

"走？"老人的儿子挺身一拦，"撞了人，就这么走啦？"

刘日愣住。

"我们是无极县委的，这是我们的县委书记。"马焕直不得不说，"你父亲不是我们撞的。等你父亲醒了，问问他就知道了。不信，你记下我们的车号。"

老人的儿子将信将疑，到底放他们走了。

有人说："你是个县委书记，有那么多大事，给你配车，都是为了……"

刘日说："什么事大？老百姓性命的事，小？"

有人说："你也不一定亲自去做，总有个身份……"

刘日说："什么身份不身份，咱们都是中国老百姓。"

你一定记得，在整党中，刘日曾坚决让那位曾将公车借给私人去结婚用了两天半的县委办公室主任上千人大会去说清楚。

现在，刘日自己也面临着一个需要说清楚的问题——因为，"私用公车"，这也是告状者状告刘日"以权谋私"的一大"颓风"。

刘日也确遇过这样的事：一日，一个青年人从正定赶到无极，声称，"我是刘书记外甥"，要找刘日。刘日不在。他就留了一个条子，交给县委办公室的同志，然后又风风火火地赶回去了。

刘日回来，读条：

舅舅：

我结婚想借辆小汽车，请你无论如何答应！

刘日看完就放下了。到了那日，他的外甥并没有能够借到"舅舅的车"。

刘日多次将"官车"给"私人"用，这是事实，一查都出来了。只是调查表明，这些事都具有如下两个特点：

1．用者确属急需。

2．用者与刘日的关系除了"我们都是中国老百姓"外，没有任何沾亲带故之交。

刘日对此也从不讳言。

他的理论是："'官车'有老百姓一份。"

"这村里现在最穷的是谁？"每到一个新的地方，刘日总这样问村干部，"还有没有吃不饱的？"

每年春节将至，正值隆冬，布置工作他总不忘问："大家都了解一下，你们那个地方，还有没有挨冻的。别机关里有暖气，老百姓还在那里冻着。温饱问题是首要问题。各级领导首先要解决这个。"

1987年春节前夕，他照例召集会议，听取汇报，突然听到：苏村有父子三人，都是光棍，老父90多岁；大儿子70岁，有哮喘病；三儿子68岁，是个呆傻。三人合盖一床破棉被。每天，由90多岁的老父为两个老儿子只煮两回粥……刘日大惊。这个日子是腊月廿六。当晚，刘日与副县长申庆西、县委办公室主任翟全贞、民政局副局长刘少文等人顶着大风，带着三床被褥和一些年货赶到苏村，一下车就吩咐："去找村干部。"

到了老人的家，老人家中没有电灯。弄来蜡烛点着，刚进三个老人住屋，脚下踩着厚厚的一层……松软如同踩着地毯……昏黄的烛光中，所有的人不用看地都明白了脚下踩着的是什么，以至于最初的几秒钟里谁也说不出话来。

三床被褥送到了三位老人炕上。

三位老人都活过大半辈子了，做梦也没想过会有这样的县官领着一群干部从天而降，不禁老泪纵横。90多岁的老父领着两个老儿子，当即跪在炕上朝刘日叩头。刘日连忙扶起他们，对村干部说："你们村里要派人给他们打扫卫生，给他们做饭，负责他们烧炕的柴草，给他们看病，拉他们去洗澡。一定要照顾好！"

这桩事情使刘日很不安。"一个县的领导，要是你自己吃得肚子挺大，坐的车子挺高级，可是你那里还有老百姓冻着、饿着，这算什么县官？"

由于县委和乡、村各级党组织在这方面高度重视，共同努力，1988年，当"涨价风"、"抢购风"波及全国城乡，各地糖、盐、煤等物资相继告急时（也即告状人风风火火状告刘日的那一时期），无极县做到了确保全县城乡11万户人家：白的（面粉）不缺，黑的（煤）不缺，甜的（糖）不缺，咸的（盐）不缺，红的（肉）不缺，绿的（菜）不缺。其中盐的储存量达到2300吨，超过全区其他县储存量的总和。当有人想买一吨白面时……是否卖？刘日说："卖，再给他一吨！"那人连一吨也不买了。

"肉蛋奶固然好。小范围内的肉蛋奶50年前就有人有了，但大范围的温饱问题是我们奋斗了50年，至今仍不敢稍有疏忽的问题。只有解决好这个问题，才有资格说基本消灭贫困。消灭了贫困，我们才有力量求发展。你那个地方如果真正做到了这一点，你这个县官心里才能有一种起码的踏实感。"

1988年夏，当刘日面临着"面面曝光"的严格调查时，他的心里很坦然，正因为获得了这种起码的踏实感。

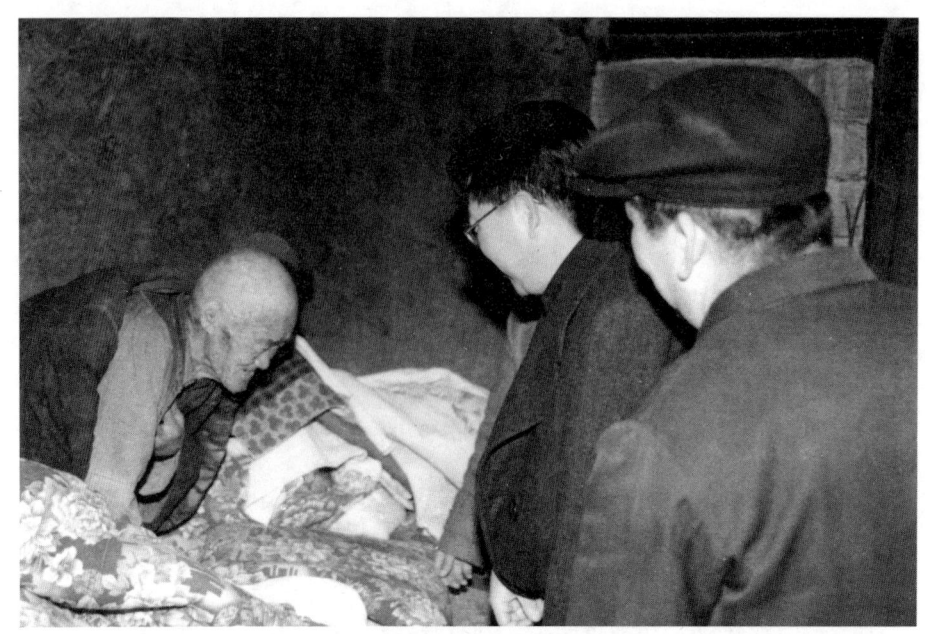

刘日看望苏村父子三人　1987年春节前夕,刘日照例召集会议,听取汇报,突然听到:苏村有父子三人,都是光棍,老父90多岁,大儿子70岁,有哮喘病;三儿子68岁,是个呆傻。三人合盖一床破棉被。每天,由90多岁的老父为两个儿子只煮两回粥……刘日大惊。当晚,就带着有关干部和年货赶到苏村。

8 政声人去后

"政声人去后,民意闲谈时。"这是一幅写官的古联。

的确,要知一个领导者的"政声"如何,当这个领导者离开他从政的所在地时,从这个地方百姓的闲谈中,你就会听得更加确切。

刘日赴任无极之前,曾是正定县的县委副书记。当刘日被13名科局级干部告到省委的消息传到正定时,正定人根本不相信刘日会有什么"贪赃受贿"的事。

"告刘日?谁告,谁输。"

"这样的官,打着灯笼都难找。"

"俺们当年都舍不得他走哩!"

……

但是,正定人也的确为刘日操心——怕他们一家吃那"冤枉气"。"就算查清了,啥事没有,上头也要把刘日调走啦……"刘日老家是河北省行唐县,那里还有他的亲人,可正定人大都说:"刘日是俺们正定人。"正定县委办公室副主任高恒智说:"正定人已经把刘日的升降荣辱看成是正定人的事了。"

正值盛夏,到刘日家中来看望他妻子的正定人一批一批的,室内热气腾腾。"干什么还不是干?没啥。""你弄点营养东西给刘日吃,噢!""刘书记还能回咱们正定吗?"刘日的女儿说:"54321啦!"(民间已经传说:刘日要被调到地区"543"办公室。)

刘日照例星期六晚上才回家。妻子在那段日子里觉得时间特别长,见刘日回来,忍不住问:"人家都为你急,你自己怎么一点都不急?"

星期天,已经离休了的正定县老县长号喜林同志找了县委办公室一帮人，带着老酒上刘日家涮羊肉来了。

谈笑风生。

要理解正定人对刘日的感情，你只要知道关于他们"家"的故事，就够了。

人要有个住得舒适点儿的"窝"，这大家都感到很重要。1979年，正定县第一座干部宿舍楼落成的时候，干部和干部家属们都很高兴。但是新楼盖好三个月还没分下去。那些向阳的好屋都被一些人"锁链套锁链"地锁着，谁也奈何不了谁。那时候刘日刚刚当上正定县政府办公室副主任。领导和同志们竟然提出：让刘日来解决这个问题。

刘日去解决，一分就分下去了。他所以能分下去，其中有一个因素是：他自己不住。

到了下半年，住房紧张的矛盾仍还存在。现在他非常清楚都还有谁谁没分到房，他们向他陈述的困难装满了他一肚子。一天，他路经梅山……这个地点为啥叫梅山，这儿分明没山，只有土堆、荒草、烂猪圈……如果把这块地方推平，可盖两排宿舍楼，既不占了别处的好地还能美化这片环境，而且上班也近……这么一想，他就去积极建议，县委县政府很快决定：干！

这一回，刘日当上了建房总指挥。

破土动工了。"总指挥"是兼任的，办公室仍有大量工作。口袋里揣着机关的饭菜票，时间不够就吃在机关（尽管机关距他家不过200多米）。

要买木材，刘日亲自跑东北去了，一去两个月，音信全无。已经11月了，东北那是什么天气，妻子挂记着他连棉衣都没带去。"那不把人冻死？"一天天候着他归来的消息，妻子终于忍不住去挂长途电话。

等了将近3个小时,终于通了。

"冷吗?"数千里外,刘日只听得传来妻子这么一声,接着就是如同落雨般的喧嚣充满话筒……

终于回来了。又听说工地夜间闹"鬼",人们都怕去值班……这个地点,早先是个"崩人"的刑场,你不知道这儿曾枪毙了多少人……农业学大寨,这片一二十年无人去动的荒地被开发过一部分,砍芦苇、种地,挖出不少人骷髅……无人值班总不行,你怕鬼,偷木材的人可不怕鬼。可是有人说:"半夜巡视,人一走动鬼火就来。你不怕你去试试!"

刘日真去试试。一去竟在那儿宿了一夜又一夜……整整一冬。

一天半夜,小孩肚疼得厉害,妻子急得没法,连夜到办公室去找刘日。办公室毫无踪影。机关值班的田文龙忙说:"走,我带你去找!"

古城蜷缩在夜色中,一路暗瘆瘆的,工地上一堆一堆黑魆魆的暗影。七弯八拐,终于在西北角一个工棚里找到刘日。

工棚四下透气,北风顿时在做妻子的耳里格外尖利地喧啸起来,棚内还有一条水沟通到棚外,从那里正流来股股冷气……

"你怎么在这里?"妻子又急又气又疼,"孩子病了……"话又哽住。

9 就像一棵树

晚秋的初凉湿润了古城路面,所有商店、机关都僵硬地沉默着,路灯是瞎的,墙上是破碎的辨不清颜色的肮脏的标语,房屋与房屋之间的空隙后面是一片黑暗的郊野，郊野里有树和树的影子……麦子都收完了，爱情也像到了成熟的季节。

那是70年代初的一个夜晚。即使还是处于那个"浩劫"中的年月，"恋爱"仍然通行在这座古城的马路上，但是父母关注，乃至干预儿女"人生大事"的门闩也还相当顽强地横在一些青年男女的中间。

现在刘日与一位姑娘默默地行走在这座古城冰凉的马路上，也因为在他们的中间横着这样的"门闩"。

也难怪，小伙子那时不过就是个乡下的教书匠。那时候眼镜即使叫人产生"学问"的联想，也很难令人随之生出什么"美感"。小伙子偏偏还架副眼镜。而且在那不久以前，小伙子还被认为是个"反革命"（在这古城里甚至小有名声），而且家庭还是农业户……

但是没有谁比这姑娘更了解他了。河北正定师范是本世纪初北方一座颇有名气的学府，在抵抗列强侵略，致力民族振兴的岁月中，那里培育过20世纪一代又一代学生们鼎新革故的图强精神……他们正是在这所学校读书时的同学。

当人生被压制到最低点，许多人都视他如草芥时，这位姑娘慧眼识刘日，爱上了他，那么，还有什么"门闩"能够拦阻住这位姑娘呢？

她就是刘日的妻子，芳名陈淑珍。

结婚之日，他们将两个"单身汉"的铺盖搬到一块，就算是完成"大事"了。

婚后，他们有两个孩子。1987年4月，我第一次见到他们一家人时，他们的女儿刘芳已读高一，男孩刘明正读初二。两个孩子让人一望便觉得像——教师的孩子，而且像——那种至今尚未通铁路或者连公路都还没通的山区小学教员的孩子。

陈淑珍在正定当教师。学校里的女教师们到她家来玩了。在正定，刘日兼管基建，参与或主持了建造正定立交桥、县委宿舍楼、县委办公楼、常山影剧院、常山公园……经营过的木材你说不清楚有多少，老师们猜想淑珍家的家具一定很不错。

在他们家，教师们发现了好多箱子，数了数，一共12个：装书，装鞋，装衣服……

"呀，怎么全是纸的？"

"两毛钱一个，"淑珍说，"供销社多的是，我去买的。"

有什么办法呢？结婚十多年了，当丈夫的仿佛还没有考虑过家里也需要家具。孩子大了，东西多了，各种物件不能像旧货铺那样陈列满地。心里烦，陈老师甚至学会了唠叨，可是当丈夫的很有耐心，又好像根本没长耳朵。一天，她真的生气了，把自己埋进被褥和一大堆衣服中，举着它们，咚咚咚走到院子，全扔到地上。刘日看到了，说："晒晒也好。"

刘日的哥哥给他们送家具来了，一个立柜，对刘日说："你自己拿去漆一漆，凑合着用吧！"

淑珍的父亲也送家具来了，一个立柜，一个写字台。

儿子到工地看父亲来了。看到工地上那么多木板，想到自己每天做作业的那张书桌有漏洞了，立刻来了精神，高高兴兴地拾了一块书本大的小木板，谁料被父亲发现，遭一顿教训，儿子乖乖地放下木板走了。

鸡蛋的价格长了不少，上街买蛋还费时间。淑珍想自己养几只母鸡，这需要插个鸡栏。工地上"只配当柴烧"的破木板也堆积如山……刘日掏出5元人民币，交给了司机刘洪海："帮个忙，替我到木制社买些废木条。"

两捆破木条买来了。陈淑珍就自己动手搭起来。

多少次，淑珍抓紧时间对刘日说："放着暖暖和和的家不回，要睡那样的地方，就是值班，也不会像你这样天天值。"可是刘日仍然夜复一夜宿在工地。淑珍终于气得跑到工地上，把他的被子抱走了。

这个夜晚已是零点过后的时辰，淑珍抱着被子走出了十来米，忽听刘日说："你不能抱走。"她继续走，刘日又说："这么晚了，你从这里抱东西出去，人家看见了，说你被子里裹着什么东西带走了，你怎么讲得清楚？"淑珍站住了。呆了半晌，走回来，把被子扔回他的床上，泪水汪汪地独自走了。刘日说："把我这手电带去。"

一天，淑珍在锅炉边只觉得一阵晕眩，摔倒了。"低血糖。""半边身子不能动了。"又赶上工程质量需要"把关"的"关键时刻"，刘日抽不开身，只好托人把淑珍送回娘家。

躺在车上，半边身子不能动，十多年的往事却在眼眶里打转……听得见少女时代热恋的心音，什么是爱，你如果真正痴情地爱上一个人，那时候世界上的一切包括自己，都仿佛不存在了。那是一种不计对方名利地位只讲爱慕的精神，那是一种无我忘己的存在，那是要把自己有限的一切都奉献出去，在自己钟情的世界里认取一个超越自身的境界……你如果没有这样真正地爱过，你就不会理解什么叫牺牲……一座大楼建成的时候，你听到人们赞扬刘日，说他既做到了建筑的高质量，还创造了每平方米的最低造价，而且没拿公家的一根铁钉一块板皮，以为这是多么了不起的事……只有你知道，那其实没什么。有人爱拿公家的东西，有人就是爱那个"不拿"，而且爱得要命！你如果没有这样爱过，你也就同样没法理解其中的乐趣……多少年了，从认识他起，他就是这样一个人：就像一棵树，种在哪里，就对哪里的土地和天空爱得如同热恋，拼命地生长着自己的枝枝叶叶，为的是"让我们通过自己使这个世界更美一些"。说起来像一个中学生写的作文，可他就是这样一个人。从当初，到现在，多少年了，自己爱的不就是这样一个人吗？……

娘家到了。

送她的同志要走了。淑珍说："跟刘日说，抽空去看看孩子。我，叫他放心。"

10 一个伟大的行动

梅山宿舍楼终于建成了。

如果说，刘日第一次分居，分的是别人经手建起来的房，那么这次"梅山宿舍楼"可是他亲自管的基建。人们照例说：让刘日分。

刘日与副县长号喜林一起，又把房子分下去了。分下去后，他的妻子和孩子又一次与他共同失去了搬家的机会。

正定县副县长王幼辉同志被选为河北省人大副主任，一家从梅山宿舍楼的新房搬到石家庄去了。县里决定：把王幼辉的那套住房给刘日。可刘日心里却惦记着农业局农艺师王连泉亟待改善的"住房问题"……又把房子让给了王连泉，说："这是县里分配给你的。你们收拾一下，尽快搬进去。"

梅山宿舍楼共两座，这时候刘日已亲手为县委县政府机关的100余户人分配了100余套新居，而他们一家住在哪儿呢？……

我的家乡在南方，雨季在春。河北讲"春雨贵如油"，雨季在夏。河北还是全国降水变率最大的地区之一。不下便不下，一下便特大。落雨的日子，院子积水，孩子们放学脚踩着垫在水中的砖块一颠一颠地进去——那里是他们的家——一家三代五口两间24平方米。

暴雨淹没了天空，孩子们从关紧的玻璃窗内望着院中的积水一点一点吞没砖块……这是一个小院，院内共住着4家人，紧挨着刘日这家居住的是一位以淘粪为生的光棍汉，门外永远放着粪桶与粪勺，上面永远麇集着绿苍蝇。暴雨到来之前，绿苍蝇就从刘日家的窗户里飞过来避难……现在绿苍蝇飞到孩子们做作业的台桌上、本子上，打也打不尽，赶也赶不尽……闪电的光明继续亮进屋来，雷声风声暴雨声，在孩子们听来好似号啕大哭……

——父亲，你为什么要这样？

孩子们实在想不明白。

孩子们用三角板在作业纸上画出了三座大楼。姐弟俩你一言，我一语：能不能分到新房，分到哪一层哪个方位的新房，都说是可以标志着什么的……父亲已经是常委了，就是一般干部工作这些年照排也排到了……

"爸，凭什么，咱们不能住？"孩子们终于忍不住发问。

"就凭还有比咱们更困难的。"父亲说。

入夜，千家万户都坐在电视机前时，孩子们难得去看电视。

1983年前后，河北城乡不少人喜欢买零件请人安装电视机，一台12吋黑白电视机花180元就够了。刘日也请人装了一台，也用去180元。转眼间，河北人大都"鸟枪换炮"看上了大"彩电"。但刘日家——到1987年，我在他们家看到——仍是那台土造"12吋"。孩子们难得看电视不知是因为作业多，还是因为看起来就得时不时摆弄那天线。

极萧条的几样家具已经用旧了。板缝裂得插得进手指了，还没有上油漆。

洗衣机是"波浪"牌单缸的,已用多年,如今一开起来就"山呼海啸"震耳欲聋。

没有冰箱。一张活动饭桌吃饭时搭开,吃完便收起。

沙发上盖着长毛巾,一屁股坐下去,就露出里头的麻袋布……

——所有这些,都是刘日当上县委书记后,刘日的家中景象。

有一句民谣说:"你扇扇,我也凉;你做官,我也强。"

有一回淑珍说:"你当县委书记,我和孩子都没沾一点儿光。"

刘日望着妻子,老老实实地说:"是。"

正定县的领导们说话了,要专门盖套房子给刘日住。那样就不可能分给别人,别人也不可能去住。

房子真盖起来了,但是刘日调到无极去了。

正定县新任县委书记刘名学同志来了。新书记也得有房子住,而盖给刘日的那套平房正好已经完成,确有善于"尊敬"的人觉得那套房子给新任书记住是合情合理谁也不会有意见。

新房的钥匙也到了新书记手里,但是这位曾毕业于天津大学的书记刘名学操着浓重的四川口音说:"刘日同志不仅辛苦,而且对正定有功,不能人走茶凉……"于是派人将钥匙送到刘日家。

可是刘日又将钥匙送回县委办公室。

刘名学知道了,说:"不行,得再往回送。"

办公室的同志又到了刘日家。县人大副主任刘福申同志也专门来到刘日家。可是陈淑珍说:"刘日早交代过了,不能给县里添麻烦。"……孩子们望着钥匙去了又来,来了又去,心里酸溜溜的:大考前复习功课,同学都不愿到咱们家来,父亲虽调走了,可我们和母亲还要住下去，这已经是"最后的晚餐"了，再放弃还等到何时？

也许刘日真的不该这样。可刘日真的对家里人说：我已经走了，我们就不能再享受这待遇。这房子也是县里的，你们能住下去就不错了。等到你们学校住宿条件好了，有了新房，再搬过去吧！

"这是一个任务！"县委书记刘名学很慎重地对办公室主任张五普说，"你亲自去一趟无极，代表正定县委，把这个钥匙送给刘日。"

张五普深恐自己一人力量不够，带上办公室的夏新明、甄小波一起去了，相当郑重，相当恳切：你建了那么多房，分了那么多房，可你一家人却没住上一套像样的房子，我们心里不安呐！

刘日也相当郑重，相当恳切，就是不收。

这个星期六夜晚，刘日从无极归来，照例朝家里走去，一进院子："怎么没灯？"

正诧异，邻居出来了，又高兴，又难舍："搬啦，搬啦，今天下午搬啦！"

刘日立刻返身向那套新房去。新房灯光明亮，刘日一进门，就冲妻子发了脾气："为什么搬了！为什么搬了！"

妻子和孩子们无言以对。

屋里正坐着县委办公室的同志，他们笑了，他们等着他来发火呢！为什么搬了？"这是一个任务！"他们必须完成。

"刘书记，"有人说话了，"你就这么点家当，俺们一会儿都搬完了。"

正是这个星期六下午，正是这样一个行动，刘日的"家"终于搬到这个——共计76平方米（超过规定居住面积1平方米）的新居。

这真是一个伟大的行动！

朋友，我告诉你：1988年，在刘日的新居里，已经有了"彩电"，有了冰箱。

又一个星期六夜晚，一张《参考消息》报纸上躺着5000元人民币。

刘日微笑着说："刘芳，刘明，过来，给你们都存上一点，要多少？"

女儿刘芳说："这可是脚镣子，手铐子。"

男儿刘明说："志士不饮盗泉之水，廉者不受嗟来之食。"（那是他课本上的一句话。）全家人都笑了。

一个雪天之夜。我随刘日从石家庄到正定。小车刚在刘日家门外的胡同口停下，正遇刘芳从胡同里出来。

"这么大的雪，上哪？"我问。

"去学校。"刘芳说。

"快考大学了。"刘日说。

"来。"小车尚未熄火，司机说，"我送你去。"

"嚄，那还行！"刘芳一闪身，笑着跑走了。

天完全黑了，雪地里泛着白光。望着她在光影朦胧的雪地里高高兴兴走去的背影，我不禁想，她是不是也像母亲那样，已经学会了怎样分享：从这个家庭里得到的乐趣。

是啊，高三了，明年就要考大学了，未来的路，每一步都得靠自己去走！

第 3 章 追求与抉择

天阴天晴,日出日落。既然所有的路途都不可能平坦,既然纵有再好的向导仍需自己努力登攀,那就不必抱怨,不必哀伤⋯⋯

1 胜利的星

什么是人生最大的困难?

青春时代,你一定也有过许多美丽的幻想、美好的愿望,你一定也有过慷慨激昂的雄心壮志。

但是,若干年后,你那个幻想、愿望、雄心壮志还没有实现甚至还没开始,是因为你生存的那一片世界里到处都横着阻碍你前进的"路障",你无法逾越,还是因为你终于深感太难而自我放弃?

理解刘日的钥匙
也许,还装在
他童年的口袋里

你来了,冀中平原上,一个小不点,大雾包围着你……但是你来了,你脚步毫不犹豫,富有节奏,就像踩着音乐。

你的祖辈都是农民,你爹辛劳半生,终于在别人的屋子里跟你娘结了婚,后来生下了你。

解放区的天
是明朗的天
解放区的人民

好喜欢
……

那一年，爹抱着你，多么高兴，爹说：天晴啦，出太阳啦，就叫刘日吧。

那一年，娘抱着你，去看大军，娘多么高兴。过去的时代已经过去啦，从今往后，你再不会有你爹那样的经历了。

背着娘亲手为你缝制的小书包，唱着童年的歌，你上学了。爹曾有幸看到你读完了小学一年级。但是不久，爹就病逝了。

那一年，娘40岁。那时候即使是为着养家活口，也有重建一个完整家庭的需要，但是娘独立地挑起了这副担子。娘没念过书，娘只对你说过，娘小时候也很想念书的，可那时不让女孩子念，娘还为此生过一场大病……说这话时，娘的声音与神情都仿佛回到了她自己的童年……如今娘总对人说：

"俺刘日会念书，俺刘日要多念点书。"

那是你娘的骄傲。从一年级到六年级，你的成绩一直是你娘的骄傲。

可是六年级刚刚读完，就在这个夏天，当同村的孩子们拿到中学的录取通知书时，娘领着你，找小学校长来了。

"俺儿子……"娘才开口，声音就哽住。

校长韩桂林把目光转向刘日。刘日的双手垂着。这双手曾骄傲地举到胸前，接受校长亲自为他颁发的奖状，但是现在，韩校长只能说："大婶……甭找了。要是按成绩，取一个也是他。就是……他哥那事。"

这还是"饿得谁都不大管谁"的年代，他哥那事怎会影响到他呢？可是录取不录取．那是上面的事，校长实在权力莫及了。

娘领着他走了……娘把他们兄弟生出来，直到把他们拉扯到这么大，娘把所有的力气都使出来了，娘已经够疲倦了，还能要娘怎么样呢？

校长望着这娘俩走去的背影，可能想过：这孩子会是个有出息的人？可你想象不出——他还这么小，今后还能怎么样？……逝去了，隆然在耳的掌声，再不会有人为你的学绩颁奖。

的确，那时候有谁能想到：若干年后，你会是一个县委书记，你会一次又一次面对轰鸣如雷的掌声。

那一年，1960年。

你生来第一回亲身体会到了"权力"的力量。你想过，假如有一天，我也能有某种权力，我就决不能让这种事在人间重演！

但那时你只渴望读书，你太爱算术了，你的考卷常常被老师当场批改后挂在教室外当标准卷——让同学们核对正误。你甚至知道"算术"在中学就该叫"数学"啦！你崇拜华罗庚，你还知道了世界上有一个"诺贝尔奖"，并且惊异：华罗庚怎么没有获得那个奖？后来你居然知道了世界上根本没有诺贝尔数学奖，你百思不解并失望得要死，但你仍然雄心勃勃，"数学是一切自然科学的基础"，老师就是这么说的。对科学的热爱甚至使你在多年后——将要"从政"的前夜——有过"痛苦的抉择"，那时候你戏称自己"误入仕途"，你根本就没想到：你有一天会走到这条要求你"恩德慈及苍生，精神系于万有"的道路上来。

那是你生来第一次写信……第一次贴上邮票，第一次把信扔进邮筒给数千里外的哥哥寄去一个问题：哥，我去你那儿能有书读吗？

那也是你生来收到的第一封写给你的信，拿着信你想把封口拆得整齐一些，可你还是把它撕破了——但是你终于读到了你日思夜盼的答案，你满耳响着哥哥的声音：来吧！来吧！

于是你来了。

踏着眼前肮脏的小路，你把童年抛在脚后。来送你的只有你家那条黑狗。那是因为临行前你把娘拦在门里。

"娘，不用送俺，就祝俺一路平安吧！"

说得那样轻松，就像苏联卫国战争时卓娅之弟——舒拉上前线时对母亲说的一模一样。

舒拉不让母亲送，是因为一道上前线的同学中有法西斯制造的孤儿。同学们约好了，谁也不让母亲送，要不，有人会嫉妒的。可是刘日，你此时此刻如此这般的出门远行，有谁会嫉妒你呢？

13岁，从未出过远门，你将独自一人离开家乡——河北省行唐县，到内蒙古草原上那个在一般的地图上都找不到的煤矿……相传民国时，死刑犯越狱逃跑了，当局追捕，一旦发现罪犯是逃到那儿挖煤去了，就不再追究了。就那么一个地方，你哥就是在那儿挖煤。

你一转身离家走了，眼前仍能望见母亲身后——嫂嫂那双泪水汪汪的眼睛。那时你还不太明白：嫂嫂干吗哭得那么伤心？但是那时，在这个世界上，彼时彼刻，就真只有你的春华正茂的嫂嫂——会对你深深羡慕：你将到你哥那儿去了，没有更多的铺盖，寒冷的内蒙古草原，你将去与你哥共一个铺盖，相互取暖，共度艰难，而她却不能。

不久前，你的同学已经成群结伙地沿着有人安排好的路升学去了，你将踏上由你自己选定的班车去奔波……怀里揣着哥哥为你特制的"地图"，你将先乘班车到一个小火车站，从那儿乘火车到北京，又从北京去内蒙……乘了火车还得再乘汽车……但是没有关系，寻找未来的道路已经开始。

正是童年时他必须无条件接受的这件——他本来毫无准备的事，教他生来第一回如此成功地明白了：人生的路，就在自己脚下。

就这样，你来了，13岁的少年，这不是流浪。这是你人生的早晨。在冀中平原深秋的景色中，迎着茫茫的雾，你的脚步毫无犹豫，富有节奏，真是踩着音乐……哼着少年时代心爱的歌，就像携带着你必须携带的行李：

> 我们自幼心爱的一切，
> 宁死也不能让给敌人。
> 共青团员们集合起来
> 踏上征途……
> 我们再见吧，亲爱的
> 妈妈，请吻别你的
> 儿子吧！……
> 再见吧，亲爱的故乡，胜利的星
> 会照耀我们。再见吧，
> 妈妈！
> 别难过，莫悲伤，
> 祝福我们一路平安吧！

2 儿时，梦中的灯

北风和深秋一同来到了桌子山。这儿"天高皇帝远"，他到这儿仿佛有一种"逃脱"的感觉。但是由于种种原因，他仍然未能立刻上学。

站在北风中，天空灰蒙蒙，太阳好像升不起来了。眼前都是乌黑冰冷的煤块，他自己仿佛也变成了一个煤块。抬脚向一个煤块狠狠踢去，煤块骨碌碌滚到山坡下去了……难道自己真的就像那煤块一样被抛弃了？

他在忧伤中还没有醒过来，一个大巴掌盖到他脸上清脆而响亮。于是他看清了，面前立着一个满面怒气的黑大汉。这大汉没看错，这坡上就只有你这个百无聊赖头发贼长的外乡小毛鬼。没错，大汉家那冬日挡风的玻璃就是让你砸破的。

那时你明明知道面对比自己强大的人不能使用拳头，但你却疯狂地使用了脑袋，你把脑袋当做煤块一般忽然朝那大汉撞去——于是你听到了一记更响亮的声音，看到铺满煤灰的小路向你迎来，宽容地接纳了你，于是你索性躺下了。你睁着眼睛，仰望苍茫的内蒙天空，耳闻大汉扬长而去的脚步声，享受着有人打你的痛快……一丝和着煤灰的苦咸的滋味溜到了你的唇边，你也细细地品着，身下厚厚的煤灰温柔得像地毯，你在那儿躺了好久，庆幸没人来干扰你……

这事你从未告诉过哥哥，不用人教，你已经学会了像哥哥那样小心翼翼地保藏着自己的秘密。

"你哥是好人。"娘很早就一遍又一遍地告诉过你。
你很相信。
"你哥很聪明。"嫂嫂不止一次地这样对你说过。
你当然也相信。
16岁，你哥曾当过一段教员，"吹拉弹唱都会来一点"，那时候能把那些玩意儿弄出不同的声音就很叫人佩服。你哥教小学生，也在夜里教干部。有一天，仿佛是突然被县武装部长看上了，提拔他去武装部当总务。

应该说，那武装部长对你哥相当信任，信任到把他当心腹……他们筹划着要把权力范围内掌管的一批公粮放到哪儿去，待过些日子没有风声，再取出来卖了好价钱……他们想到了你哥，因为你们家土改时分得的房子挺大，"够放那些粮食啦"！

他们非常信任地把你哥叫到一个房间，把这桩绝不会轻易告人的事告诉了你哥。你哥为难了，不知咋办。

"爹，你看咋办？"

谁知你爹是个一辈子不知道狡猾的汉子，当即把你哥狠克一顿，末了吐出二字：

"不沾！"

你哥心里轻松了，回去如实告道："俺爹说不沾。"

部长满脸笑容，对你哥说："好，好，那就算了。"

但是不久，部长在另一个场合说："这小鬼不听话，还让他回去教书吧！"于是你哥又去教书。

"三反"、"五反"，那批麦子的事还是被别人揭出来了，因为部长们把它藏到了另一个人家里，终于卖了分了……他们做了检查，受了处分，消息传来，娘说："俺俊杰没干那蠢事，保住了俺家的清白，这多好。"

这时候你哥教书的确教得挺好。

那也许是真正可以发挥你哥才能的地方，那一年教小学高年级毕业班，那个班升学率竟然跃居全县第一。

仿佛天生就是学生的朋友，你哥多高兴。高兴得叫人嫉妒，而那嫉妒的目光在你哥看来都以为是"钦佩"。

1956年的考试又结束了,学生们一出考场都奔到你哥面前。望着他们一个个喋喋不休又遗憾又欣喜的神情,你哥也是欣喜的……可是出意外了,班上一男一女两个你哥最得意的尖子学生(你永远记下了那两个学生的姓名:男的叫李发海,女的叫白荣菊)竟然没考上。

两个孩子找老师来了。他们哭着,非常伤心。"俺出考场都对了标准卷……"你哥还记得他们当时满心欢喜的神情。

"这里面有问题。"你哥甚至觉得这里面好像跟自己有点什么关系。

你哥无法沉默,带着学生,就找县教育局反映问题去了。

"这样吧,俺们开个介绍信,你到考区去给学生们查查卷。"

可是考区不让查。又找教育局。教育局说:查!

一查就出来了。卷子被涂改过,笔迹与墨色都不一样,往太阳上一照——层次分明。

有了证据,你哥就告到县里,要求:严办涂改者。并且毫无顾忌地送涂改者一个罪名:破坏国家考试制度!很快,当事人被召到县里,反省了一个星期。教育局说:这事要严肃处理,通报全县,凡该升学的给予升学。

受屈的孩子们真是乐坏了。你哥也乐。可是不知什么弯弯曲曲的原因,这事又压下了。那两个学生盼啊盼啊,当别的孩子们都已经坐进中学的课堂的时候,他们还是没有盼到入学通知书……问题渐渐莫名其妙地严重起来……整风反"右"开始,那本应被通报处理的人忽然又掌握起这个学区"运动"的权力。一天,人家也送你哥一顶帽子:"煽动学生向人民政府闹事!"

你哥不服。你哥就被揍了。那个你哥曾告他"破坏国家考试制度"的人亲自动手……其实那时你哥服也罢,不服也罢。就这样,你哥 22 岁，当上了"右派"。

连书也教不成了。你哥回到村上干活。

"出粪去吧！"

村上最重最脏的活要数出粪。最初，你哥这个"书生"干得真是又差又狼狈。但总干这活，倒渐渐练出技巧来。

"本来干别的活一天只能挣 10 分，你哥出粪一天就挣 40 分。"娘说。

"别拼命。"你嫂也总说。

"你哥就知道铆着劲儿干……你哥是好人。"娘总是不厌其烦地说。

北方冬日茅厕底下冻着的玩意儿，当地人谓之"刨'黄金塔'"，你哥那些熟练的动作又利索又潇洒，干得叫人看了眼花缭乱，联系着高工分，甚至都叫人羡慕了。

眼前总望见那盏昏黄的小油灯……夜深了，你还趴在桌前，眼睛溜圆望着你哥写申诉。你真佩服你哥那字怎么写得那么漂亮……"一年又一年，留的底稿都装满柜子了。"为了让人看起来舒服，蝇头小楷，就是这样，硬是练出了一手"字帖样"的好字。

你哥也上访过，跟谁说谁都同情，可就是"不好解决"。但你哥还是写啊写……那盏昏黄的小油灯就这样一直陪伴着你的童年。

什么叫顽强？你现在明白了，你只要一想起那盏——在你梦中也亮着的——小油灯，你就知道了什么叫顽强。

可是哥哥为什么这么顽强？

"哥，老写老写，没用，干吗还写？"油灯下，你问过你哥。你哥什么也不告诉你。但渐渐地，你自己也学会写作文了。你自己就读懂了……"共产党像太阳,照到哪里哪里亮……"那是你唱过无数遍的歌,那是学校、书本、老师给你的知识,而现在你从哥哥夜夜不眠的灯光中如此实在地看到了:你哥所以不停地写,那是因为他相信党!……你爹啥字不识,要是没有共产党,俺家连个搁书桌的地方都不会有……娘把吃的油都省下来,供你哥点灯,夜夜不停地写……这就是你童年时,你这个"坏蛋"哥哥,你的家,所感染了你,使你获得的对党的最实在最深长的认识。

回望儿时的生活,真像茫茫大海中一个又一个的小岛,即令你有再好的记忆也无法将它们连成一片。但哥哥桌前的灯光,就像那些岛屿上的航标灯,它在你遥远的一生中都将不灭地闪现。无论你走到哪里,记起童年的景象,就像听到大海的涛声……

3 飞翔的视线

哥哥的那两位学生永远地辍学了,我不能成为又一个他们……终于被获准"考一下看",你的成绩摇动了煤矿中学老师的心,就这样,少年刘日终于坐进了中学的课堂。

继续与当地的孩子们保持着一定的距离,不愿让人知道你为什么远离家乡……蒙辱的记忆,曲折的路途,你把它们收藏进你灵魂的仓库,你保管着它们就像保管着你的财富。

哥很沉默。少年刘日感到那沉默中有一种力量。那力量仿佛也传染给了你。节省了与他人交往的时间,你更专注于学习,这又培养了你集中精力的能力,这能力不是从哪门课程中能学到的。"我知道我的成绩能使我哥高兴,我就非常想让我哥高兴。""你为什么不是第一名?"听到这声音,你就惭愧得仿佛自己没有及格。一天,下课后,老师叫住了你,你一阵心跳,不知发生了什么。

"刘日,你愿意到矿务局中学去读书吗?"

你不知这是什么意思。

"那个中学在市里,你应该到那里去读。我们这里半工半读……"

你还没有反应过来,又听到老师说:

"转学的事,我可以帮你转。你哥能同意吗,要不要我去跟你哥说?"

……踩着铺满煤灰的道路,这一天,你忘记了你哥"有啥事,别到矿上来找我"的吩咐,弓着腰钻进巷道,第一次,你知道了——哥哥原来就在这样的地方挖煤。你至今记得你们兄弟俩坐在那个巷道里,你哥往你肩上重重拍的那一掌:

"去,去,兄弟,去!"

哥哥的声音在内蒙上空回响……走出巷道,路亮了,天高了……城市中学在想象中向你奔来,你第一次有了一种飞翔的感觉。

中学的图书馆不大,但你在那儿认识了鲁迅,郭沫若,茅盾,巴金……认识了巴尔扎克,托尔斯泰,高尔基,奥斯特洛夫斯基……你一小时一小时地拼命阅读,你在书中看到了一个你十分同意的意见:不幸可以锻炼人也可以毁灭人。你当然自视为前者。

也许多数人从书本中最早获得的翻江倒海似的陶冶不是哲学而是文学。书籍非常有效地延伸了你的视线,往日不幸的感觉消融了,积淀的忧郁化作一种情感,这情感能升到高高的内蒙上空,弥满天下。

　　　　什么是人生最大的幸福
　　　　什么样的青春值得歌颂

雷锋、雷锋
……

大喇叭激荡人心的歌声在广场飘荡……你在几千双眼睛的注视下，你在急如暴雨的掌声中，又一次登上领奖台，你夺得了全市统考数学第一名！

你站在领奖台上，看到了你的故乡……你的童年之乡依然存在，你的理想没有被流放。新的学绩意味着新的起点，校长的鼓励，老师的笑容，一代一代我们走来了，没有谁能阻止你走向明天。

你的名字一再出现在市教育局领导的公文夹……初中三年级了，快毕业了，有一天，班主任异常高兴地告诉你：

"市里有个计划，打算送几个尖子到北京去专门培养，其中有你！"

多么欣喜啊，欣喜得自己的一颗心都盛不下了……你把你的欣喜装进信封，寄给了远方的娘……你盼望着接到——总是由嫂嫂亲笔写的信，接到信你就听到了母亲的声音，看到家乡的小屋，嗅到高粱的气息……可是，尚未接到那封盼望中的回信，哥哥所在的矿上却收到了你们家乡的来信，要你哥：回去接受改造！

哥在矿上呆不下去了，家乡有他的妻儿老母，他不是一个可以随便浪迹天涯的孤人。

哥在矿上呆不下去就意味着刘日没有了上学的经济基础。

无法逾越的极端困难！

再见了，我的中学！

再见了，亲爱的老师！

就这样，登上归途，你又一次辍学。

火车穿过内蒙草原，向东向南，隆隆驶来……哥俩坐在煤堆上，不停吹拂的风弄得他们满头满脸一片滑稽。

你的心情当然不会轻松，可你却意外地发现：你哥滑稽的脸在阳光下泛着微笑。

你哥从远方收回眼来，突然跟你谈起了你嫂……你的眼前重又看见你离家时嫂嫂泪水汪汪的眼睛，于是你发现了：在世界上，还有一种能使人在痛苦中忘掉痛苦的伟大情感！

你长大了。

4　骄阳下散步

15岁，现实又一次粗暴地撕碎了他童年的梦。

这时候他已能比较清醒地意识自己的处境和位置。可是他——即使醒着，还是想把他的童年之梦做下去。

一个人假如沿着与环境相适应的路一直走下去，可以一步步接近目标；一个人假如一直怀抱——似乎与现实环境——不相适应的幻想，那会是什么结果？

> 我们新中国的儿童
> 我们新少年的先锋
> 团结起来，继承着
> 我们的父兄
> 不怕艰难，不怕担子重
> ……

家乡小学教室里涌出来的歌声，仍如少先队的鼓点撞击着他的心……父亲已经死了，哥哥还是"右派"，我是应该对科学有所贡献的！……童年精神犹如一只展翅的鸟，仍在飞翔……也许正是对童年精神的执拗坚持赦免了他抉择的苦恼。没有彷徨，没有迷失，他决心要让他所遭遇的一切环境服从他的意志。

初中尚未毕业，他居然狂妄地想：要用三年读完高中……时间太长。他决定在家用一年时间自学高中的全部课程。

他真的雄心勃勃地开始……这恐怕是难以企及的事。但是，一年之后，他真的报名——要考大学。

准考证的获得似乎太容易。他填了表，填得非常认真非常郑重。在志愿栏，他雄心勃勃地填上："北京大学"，"清华大学"。

面对"是否服从分配"那一栏，他笑了一下，然后毫不犹豫地写上："不服从分配"。

可是临考之前，他突然被叫到县招生办。

他被通知：你的准考证无效。

"为什么？"眼睛都要蹦出眶。

"不为什么，你还太小。"

"我17岁了！"

"那是虚岁，最小也得17周岁。"

他实在无法理解——怎么还有这么个理由！

辩说。无用。不能考就是不能考。

招生办的门外阳光明亮。那是7月的太阳。庭院中的树叶垂头丧气，他在空坪散步，人们从坪上匆匆走过，向他投去惊奇的目光……仰头去望太阳，太阳明明照耀着他，可他既不觉得温暖也不觉得燥热……阳光空虚，眼前腾起一层雾，雾下是一潭流不动的死水，后来他听到一个大踏步的脚步声一直响进一个办公室。

"那就考个中专吧！"他听到一个（像是别人的）声音。

是因为早已粘住衬衫的汗水，还是连眼珠都红了的面孔……有人答话了：

"你想考个什么中专？"

"就考个管饭吃的中专！"

"师范？"

"沾！"

就这样他重填表……就在那办公室，将那支老式大头黑钢笔从上衣口袋拔出来（笔身都是汗，用手抹一圈，其实没抹掉），转转转——唰一声出了帽，望望那用秃了的笔头，他忽然聪明地发现：填表认真不认真其实不重要……最后他那笔头粗鲁地在志愿栏中抹下了四个字："正定师范"。

就这样，他开始了跟正定的不解之缘。

多年以后，他是同班同学中最后一个"毕业分配"的，当他终于站在正定师范老校长的夫人面前，校长夫人非常热情地对他说："你可以回家乡工作，也可以在石家庄地区选择任何一个县、市……"

这时候，刘日感到自己已经"回不去了"，因为他在正定当过"现行反革命"……

5 勇敢的代价

"小兄弟，你今年多大了？"

"18了。你呢？"

"80。"

进"黑帮屋"的第一天，这个18岁的青年"反革命"就同一个80岁的"老黑帮"分在一个组。

这80岁的"老黑帮"是这所学校的老校长，大名韩范卿。

"你是不是鬼剃头了？"一天早晨，韩范卿问。

有两个多月没洗脸没刷牙没脱衣服睡当然也不会有镜子，谁知道呢？

"你认不认！认不认！……"头发被揪住往墙上、地上一下一下撞。对，准是这原因，头上秃出了拳头大一个圈，就是那家伙的拳头。

不能认，当然不能认！……为人进出的门紧锁着，为狗爬出的洞敞开着，一个声音高叫着，爬出来吧，给你自由。我不需要什么自由……"你带头认了，就解放你。"那个叫杨淑平的女同学认了，认了就判了6年……别人的嘴在吃饭了，一边吃还一边批斗俺们……同学，都是同学啊！男同学任意吐来唾沫，女同学自重一点，任意泼来她们刷碗的水……冬天到了不叫穿棉衣，叫光着脚到屋外冻，一冻几个小时……课桌上放着课桌，课桌的课桌上再放椅子，"刘日，站上去！"他就站在那椅子上，头顶天花板，腰还伸不直……最下层的桌子突然被人踢翻了，他从上面飞下来……车轮仗，政治攻心。7天7夜……年轻，前面的3天3夜他还行，后来……啊……吃并不是最重要的，睡重要得多！锥子扎，烟头烫。为的是让你清醒清醒……"你是冷还是热？说你冷你在冒汗，说你热你在发抖。"让我忘掉你的名字吧，女同学，你的嘴里怎么会冒出这样的声音……真想躺啊，躺下去吧，哪怕地上有屎有尿也躺……魂不附体了，终于体验到魂不附体了……所有的精力不是用来对付他人，而是用来对付自己了……

不能认！

……想点什么吧……想起来了，那个"故事大王"……那是他儿时崇拜过的一位老头……父亲崇拜土地，母亲崇拜观音佛，嫂嫂崇拜哥哥……他崇拜过这个赶大车的不识字的但很会讲故事的老头……故事真是好听，远远近近的人把他的名字都忘了，就叫他"故事大王"，可他还记得那故事大王的名字叫王大中……对，就是王大中……从家乡到那个火车站，就是他从那儿乘火车去内蒙的那个火车站……单程30里。对，他常常就坐在他的车上跟着他许多次往返于家乡与那火车站……清晨，出了村子，鞭儿一抖，老头就讲开了，去一路来一路，口里永远都浸着白沫……无论把车赶到哪儿，立刻就有人来帮他义务装卸……一天过去了，夜晚到了，老头家又坐满了听故事的大人和小孩。他吃过饭，洗了脚，就盘腿坐在他那方——人们永远会为他空着的炕位上。他举起了烟管，点着了烟，"今日讲啥哩"，然后就讲开……那时乡戏总在"庙会"才有，电影也很稀罕，他的故事真帮许多男女老少度过了无数愉快的时光……人们从他的故事中更加懂得了人该怎样相互依存……他没有钟没有表，但他总能像钟一样准确地——总在那一时间讲完他的故事，然后人们恋恋不舍地散了，然后乡路上遗下一串串相互关照的声音，然后老头合上门，心满意足地睡了……啊，真想睡啊！……老头死了，老头死的时候，村上许多人都去为他送葬……老头的一生同样很光辉！……

"赵志刚死了活该，不死活埋！"操场那边刷出了大幅标语。赵志刚这小子昨晚跑了，跑出去在火车道上徘徊了一夜，天放光明时倒睡到铁轨上去了……赵志刚的身体变成了许多块……赵志刚的娘来了，老人才看一眼就疯了……

橡子打断了三根。血尿。创口化脓,同衣服粘在一起了……成千成万的人像被推土机推坟墓一样被推到绝不会由自己选择的深渊,成千成万的人被教导成不负责任的英雄。他娘的,虎毒还不食子……人类是这个星球上最有能力自相残杀的动物……童年过去了,第一次如此鲜明如此混浊如此完整如此破碎如此深邃如此原始地感到自己是一个人,人,人!

怎么光想过黑夜,不想过白天?白天他们又精神抖擞了。恐怖与光明同来……白天原来并不都光明,"神圣"的原来不一定神圣……他想打架。那个关在一起的老师真不是人,老告密,那双眼睛总让人想起一条夹住尾巴窥视的狗,得找机会教训他……雄起起去食堂打饭,"你为什么给我吃这个?"他大声喝道。"你是反革命!"啪——他冲那大师傅肥脸狠狠就是一拳,可惜他期待的那一记痛快之声没有响,大师傅一避,那一拳滑开去。他捏紧拳头,想再来一下,但他已被卷进"愤怒的人群",他必须为他的勇敢付出代价了……

"刘日!你这个死不低头的家伙,看我们怎么叫你低头!"

他的头到底低下来了,脚朝上,有一根绳子帮助系着……没尝过滋味的人不知道眉毛有多么重要。现在眉毛长到眼睛下面去了,没有眉毛这道堤坝,汗水涌到眼睛里真是受不了,鼻尖像滴泉,不止是鼻尖……望着地面上汗水制造的形象,他想起了在遥远的内蒙中学上过的地理课……汗水在地上黑压压一片,汗水在地上继续一分一毫地扩张,膨胀……这像什么?墨西哥?……黑非洲?……行唐县?……无论如何,这不能叫娘知道!……

娘来了!好久以后他才知道娘是搭乘一辆拉猪的车来到正定……那么远的路啊,娘双手抱着亲手为他缝制的棉衣站靠在卡车的一个角落里同猪待在一起，北风呼呼迎头猛吹，脸、手都冻得没有知觉了，还时刻要警惕着以免被脚旁的猪咬一口……"我们告诉你，你娘给你送棉衣来了，棉衣我们保管了！""俺娘呢！""走啦！"……一阵死寂后，他爆发了："混蛋！你们混蛋！"他哭了。第一次哭了……娘！娘！他在心里一声声地呼唤，世上再没有比这更伤感情的事了，你们这些东西都是谁生的谁生的啊！坐牢还让探狱啊！你们可以扣下我的棉衣但不能不让我见娘啊！……好久以后，他才知道，村里已经开了大会。那些到他村里去调查他祖宗调查他哥哥的人已在那大会上说："你们村又出了个反革命，再过一段，要是不判刑，就回来当'四类分子'了！"……娘，俺没那事，俺跟哥一样是好人！他们要判了俺20年，俺40岁出来还要跟他们打官司！……娘，你没看见俺也好，你要是看见俺这不人不鬼样你会更伤心的……他终于获得了一种安慰，默默地祝福着娘行走在归途……

"革命的同志们，快到会场去参加会议……"高音喇叭在叫了。

他起身去了。

"我就是革命的！"

会场里坐满了人……找张板凳坐那里，看你们敢叫我走不，敢叫，今天这会就让你开不成！

居然没人开口叫他走。光是盯着。哈，他胜利了。他对一种强大的外在力量表示了蔑视。人要不懂蔑视就不懂自视。他的父辈没教过他蔑视只教他恭敬，看来不少人可能终其一生都不曾真正懂得这种气质。蔑视是排他的，但却需要忘我的勇气！"横眉冷对……"就是。他知道了有的人值得尊重，有的人就没法叫人瞧得起。他觉得那些审问他的人简直连一句聪明点儿的话都问不出来，这使你感到：把他们当成对手都不免泄气……大会要解放那个告密的老师了，他霍地一声从凳子上立起第一个发言。那个老师从没告过他的密，这他知道。因为他不认罪是公开的，用不着告密。他这是为他的"同类们"采取行动。他也没什么"私仇"可报，他是公正无私的。他把那告密者说得"如同剥笋"，无可遮拦。人们听得津津有味，就像欣赏"狗咬狗"。哈，他又胜利了。"革命的同志们眼睛雪亮"，毕竟没有丧失听的能力和甄别能力，那个告密者的努力终被宣布无效。

黑帮屋里，他这个年龄最小的居然变得最能让人感觉到他的存在。

"刘日，你看我这个问题，最后会定成什么？"他的长辈们一个个忍不住都想找机会同他聊一聊，一边聊一边也还注意着有限的尊严。

"他们给你弄上几条？"他认真地问，同时不忘自己对对方应有的尊重。

对方开始一条一条地说。

"就这几条？"他又问。

"对。"

"还有吗？"

"没有。"

"没事。他们这几条是放屁，最后什么也定不了。"

仿佛他掌握着对这帮人定性的权力似的。人们与他聊后，真能感到某种程度的"放松"，哨声一响，去吃饭都有点胃口了。他也从中感受到了一种特殊的喜悦和畅快。

开除。逮捕。解放……一个热热闹闹的"黑帮集体"最后竟凄凉地剩下了刘日一个人。

死不认，捕不了，但也无法解放……如今关于"毛泽东思想能否一分为二"的问题显然已经不再可能会成为一个需要辩论的问题，但刘日读师范时,《中国青年报》上开展讨论,那情形可不一样……那时候只要有两个人证明你说了什么,你就不好办。刘日的事——有6个人证明他讲了3句反动言论:两句反毛,一句拥蒋。

问题辣着。

6 卧龙岗

这个地名使他想到了诸葛亮。

他不知道这个地方为什么叫卧龙岗。这不重要,重要的是这个地名竟能给他以某种安慰。

岗下有一幢三间一串的大屋,屋里曾有人上吊,房前屋后都是坟地。三间屋子六个大窗户,没有一块玻璃。只有一床被褥,你怎么抵挡北方的冬天?弄点麦秸吧……弄点麦秸加在身上也不行。这是一个需要认真对待的"自然"问题。

发现一大堆玉米轴。向一个老师要了几根火柴一块磷片(他至今也没有学会吸烟)。每晚就用一根火柴。用一根火柴就要点着玉米轴可不是易事,这给他带来了动脑筋的趣味……火终于生起来了,玉米轴烧出好闻的香味,青年刘日就坐在那儿面对火光展望渺茫的前途……3个月没脱衣服睡没洗衣服没跟人说话,不知谁讲过:沉默是造就伟大的因素。那话跟烧着的玉米轴一样放出光明……他自信:自己夜夜燃着的这一堆火光肯定不逊于哥哥当年夜夜长明的灯光……

> 在波浪滔滔的赣江旁,有方志敏同志战斗过的山岗;在白雪皑皑的森林里,有杨靖宇将军住过的茅草房……

我们是共产主义接班人，继承革命先辈的光荣传统，爱祖国、爱人民……不怕困难，不怕敌人，顽强学习，坚决斗争……

天将降大任于斯人也，必先苦其心志，劳其筋骨，饿其体肤，空乏其身……

童年精神仍在火光中燃烧……那位80岁的老先生一字一句教给他的一段"孟子曰"，他也一遍又一遍地吟诵……假如不是这样，他不知怎样才能送走这些黑夜，迎来天明。

哥哥还是"右派"，自己又变成了"反革命"。现在，他更加深有体会地接受了这样一个事实：世界真复杂，好人也会被弄成"坏人"，但好人毕竟是好人，坏蛋毕竟是坏蛋。

也正是这些，使他在若干年后——居然当上县委书记时，是那样坚定不移地认为：看一个人不能只看社会给了他一个什么名声，而应该看他这个——人的质量。

发现屋里有钱，有粮票，有饼干……谁扔的？……啊，谁扔的或许也不是最重要，最重要的是：虽然都是人，却有很大的区别……重新坐在玉米轴燃起的火光前，他仿佛望见了远古时代祖先在山洞里燃起的火光……人为什么会成为人？原始人如果不是相互依存相互关照，怎能战胜原始力量比人要强大许多的虎豹豺狼？"劳动创造了人"的最深刻的含义也许还在于：原始人在劳动中首先创造了相互依存相互关照的相互关系。学会使用石刀石斧棍棒弓箭都不是最重要的，最重要的是：伴随着人类的诞生，相互依存相互关照的温暖就是人类须臾不可或缺的生命之光！

记住吧，永远记住吧：永远不要因自己蒙受的灾难而使自己的心也变得凶恶。假如那样，自己也就还原为野兽。

记住吧，永远记住吧，你一生中做人的任务只有一个：竭尽所能去关怀他人为他人造福，并在其中，获得你自己的幸福，只有这样，才是人类的——生之路！

玉米轴燃出好闻的滋味，通红的火光照着他走过千年万年千万年……他还看到在人类走来的路上，人与人之间的差别一直都存在，不同的好恶不同的追求使得人们追寻幸福的道路变得分外复杂，那么需要一种符合人类幸福生存的秩序来保护人们之间的正常关系，也就须臾不可或缺……

半夜跑步，莫名其妙地大声喊叫，跟疯子差不多……但是没有关系，他觉得自己的一生是需要有这么一番经历的。相信吧，卧龙岗下的这段日子肯定是在一天一天地减少。那么，除了仔细品味，倍加珍惜，焉能虚度！

他坚信：蒙屈的人，一经解放，会释放出比常人更大的热量与能量。

正是这样，当他终于有机会当上县委书记时，竟是那样热心大胆地使用——那些仿佛"落满尘埃"的人。

去解手，热尿洒在矮墙上，突然发现矮墙那边有个老头赶着毛驴在耕地……他望得出神，真正地出神！啊，真是羡慕！……什么时候能到一个深山里去，一头毛驴，种点什么，远离人群，那多好，多好啊！……

回到空屋，他继续有足够的时间来观赏自己的"羡慕"，这时候，他对自己的"羡慕"有点吃惊……是疲倦了，胆怯了？……

人的一生能有多长……哥哥的形象出现在脑幕里已经隐隐绰绰地使他联想到老年闰土……20岁了，已经当了两年"反革命"……不能等！

若干年后，当他当上县政法委书记，县委书记，有机会为他人落实政策时，人们听到他经常说的一句话是：

"人能活几天，事情都得赶紧办，还等什么呢？"

他开始写上访信，一坐下来就觉得这经历好像早有过……不管怎么说，现在轮到他写了。

他节奏快，同时寄给中央、省、地、县，可是杳无音信……日日夜夜，儿时记忆中那盏昏黄的小油灯总在燃烧着他的灵魂，他警觉了——就像哥哥已经替他等待过了——他意识到他不能再在那些——在正常渠道之内都不敢作出自己决定的小官僚身上浪费时间。

7 拿黄金也买不到

省府的大门真是难进。

他完全像个罪犯那样沿着大墙窥探从什么地方可以进去。

终于发现有个小门，终于看见挎着菜篮的人在那儿进进出出。畏畏缩缩肯定是不行的，他扯扯衣服，像模像样朝那门走去。哈，进来了，他已经踏在围墙内的小径上了。

一本正经地问寻到了省革委会副主任马力同志的住处。

"我叫刘日,我有事要跟你说。"当确知站在他面前的就是马力时,刘日说。

马力望着这个刘日,想不起来他是谁。迟疑一下,说:"坐,坐吧。"

刘日坐下了。马力又说:"啥事,说吧。"

一说就说了 1 小时零 5 分钟。马力的妻子张绪芝同志不知什么时候来给刘日倒水,然后也坐下来听。

马力夫妇竟然都相信了,同情了(那是凡事都兴"调查"的时代,马力未凭调查,仅凭自己的判断),刘日从此一辈子记住了:世上最让人心情舒畅的莫过于——平等。

"好吧,我跟你去说!"

马力当场答应愿为这个一小时之前突然冒出来的小青年出力。

马力真的出力了。正定师范很快为刘日一案组织了一个调查组。

但是 6 个证明人谁也不愿再来证明自己曾经诬陷人。

刘日又去找马力。马力又找石家庄领导。正定县又组织了一个由一中、三中、师范三个单位组成的调查组。

刘日与调查组一谈谈了 8 个小时,细心地为调查组提供推翻伪证的方法。一位老公安对刘日提出的分析很感兴趣,就行动去了。

也许世上有好些事本来并不难做,问题是必须有人认真负责地去做。师范学校那一届的学生都已经分配了,天南地北,老公安和他的伙伴们走了许多路,终于从 6 个人那儿又——取齐了证据。6 个人证明他们是从谁那儿听说刘日讲了哪些反动的话,如果把这一过程绘一个图,也许会给你留下某种格外难忘的印象:

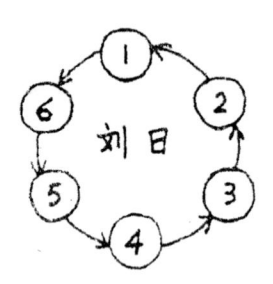

如图所示：1是听2说的，2是听3说的……6又是听1说。6个人正好形成一个圈，把刘日包围在里面了。但6个人证词的运动方向又正好构成一个圈，他们竟没有一个人是听刘日说的。

调查组的负责人武善勤同志情不自禁地对刘日竖起了大拇指："你是实事求是的模范。"那位老公安拍着他的肩膀："年轻人，你真是有骨头，有心眼。"

前景对刘日又变得光明起来。如今这一切都已经成了历史。如同儿时暗自保藏着那些"被迫远离家乡去读书"的"遭遇"一样，他也将这段"曲折"深深地收藏进自己灵魂的仓库，很少去"翻动"。但是有一个景象他总是无法回避经常要想起：

那年月他最怕听的声音就是——高音喇叭里传出——口吹麦克风的声音和用手指敲麦克风的声音——听那声音人就立刻从地铺上弹起——竖起耳朵听——听高音喇叭里将宣布——今日批斗谁……

这景象在他当上书记有机会一次又一次地面对麦克风时，便总是无法拒绝地一次又一次在脑海中重视。

于是，他从来不用口去吹麦克风也不用手指去敲麦克风。

等待分配的日子里，刘日回了一趟阔别已久的家。

踏上童年时赤脚走过的乡路，青年刘日向他的家走去……娘，我回来了！……他在心里一遍又一遍地说。

他踏进了家门，全家人立刻高兴得像过节一样。娘哭了，嫂嫂哭了……泪水滋润着笑容。

但是，他看到哥哥毕竟比过去更沉默了，嫂嫂的青春也过早地凋谢了，娘则迅速地衰老了……于是他明白了，当你在"前方"头破血流忍饥受冻经受种种磨难时，你的亲人们在"后方"为你承担的苦难一点儿也不比你少……

"有希望了，有希望了！""答应啦？""不是，找了多少回了，也没人跟我这样聊家常哩！"这是多年以后，无极县60岁的叶春霖老人找刘日落实政策回到家跟老伴的一番对话。

在刘日当上正定县政法委书记、无极县委书记的日子里，有着同叶春霖老人相同感触的人，大有人在。

"家里人都好吗，替我问他们好！"

乍听起来，你都感到惊讶。但不定什么时候，刘书记就出现在你家里，看你家里人来了。

"我们这儿还有谁心情不愉快没有？"

当人们幸运地得到煮酒话当年的反思岁月，这是正定、无极的干部和知识分子们听到刘日常问的又一句话。

如果你理解了刘日的昨天，你还会在他今天的人生中不断看到他去日心灵的印迹。

他就是这样一代人，同共和国一起长大，当五星红旗高高飘扬之后，也唱过"披荆斩棘奔向前方"，这毕竟是一条前人没有走过的路，我们能以豁达的心情容下历史沉淀的痛苦，但却不能轻易忘记那以青春和生命付出的代价！

要踏上新的人生之旅——要到乡下教书去了。临行前，刘日去向马力夫妇道别，道谢！

马力夫妇非常高兴。这时，马力的儿子也认识刘日了。就在这间居室里，马力望望自己的儿子，又望望刘日，十分感慨地对刘日说：

"年轻人，你想想，这些年，你那个地方也有那么多人吃了饭，不干别的，就围着你这样一个'小鬼'做文章，花了不少时间和精力锻炼你，这是拿黄金也买不到的。今后，对你一生都很宝贵，很有价值！"

8 我要见郭沫若

马力真有眼力。

那场浩劫不亚于一次地震，一场战争。那个年代曾逼着人自己把自己送到祭坛上去，但是刘日始终没肯。也许恰是劫后的土地为刘日准备了宽阔的舞台，中国这么大，到处都在呼唤着杰出的人成为他们那一方土地上真能带领人们重建生活的领导人⋯⋯但是，1968年秋的那一天，刘日告别马力夫妇走出省府大院，还一点儿也不会想到他有一天会成为一个县委书记。

"你当'官'是从哪一级当起的？"

曾经有人这样问过他。他笑了笑，说：

"中华人民共和国职务最低的一级主任。"

"什么主任？"

"班主任。"

那时候他教书的所在地是正定县永安公社中学……不久前，当他站在正定师范老校长的老伴面前，听对方十分热情地对他说，石家庄地区18个县、市，愿去哪儿，任你选……他选择了正定。这不仅因为老校长的老伴也挽留他："就留在正定吧！"还因为他想到：自己在这儿有过这样一番经历，无论如何不能轻易离开……现在他在永安中学教上了高中部的数学，而且当上了两个班的班主任。

窗外的空气不停地扑到他脸上，他感到空气是很具体很实在的。假如有一个观察仪，那一定能看得……他的头脑又开始无边无际地幻想。幻想使他感到幸福，那幸福也跟空气一样实在。

现在他坐在火车上，是要去北京，去中国科学院。那个地方——自童年时开始——在他心中便是最神圣的科学殿堂。他的怀里揣着一份关于自然科学的24个设想，他打算去敲开那个殿堂的大门。

请不要以为这有多么可笑。他的那个设想曾寄给清华大学土木工程系杨式德教授看过。杨教授很快给他回了一封相当热情的信，肯定他的设想是很有意义的。同时告诉他，要实现其中任何一项都必须得到国家支持，要靠各门科学的综合研究……个人是无法完成的。他受到鼓舞，一放假，就登上火车来了。

"我要见郭沫若。"一进中国科学院，他便信心十足地说，其情状镇定得就像当年要见马力。

工作人员问明事由后，感到根本没有让他见郭沫若的必要。

他感到必须先说动这些人，于是开始口若悬河地说，终于有两个办公室人员接待了他。

"你的想法不错，但是，"其中一个女的说话了，"你要争取得到地方政府支持。还是回去吧！"

刘日听愣了。"地方政府支持？这不是科学院该支持的事吗？"他感到还是得找郭沫若，又强调说，"让我见中国科学院院长郭沫若吧！"

硬撑软磨，毫无办法。甚至没法知道郭沫若住哪里。就这样碰一鼻子灰，回到了永安中学。回来后，不甘心，他又给郭沫若写了一封信。

可是，信去如同石沉大海。

在相当长的一段日子里，他一直想不明白。

"淑珍，你说，郭沫若怎么能够不回信呢？我给他的又不是申诉信之类。"

要理解刘日的那些设想，也许真的莫过于他的妻子陈淑珍了。

1960年，饿得肚子瘪头发昏的时候，他也没停止过他的那些胡思乱想……班上集体去拾麦穗，看到麦田里还有许多麦粒拾不起来，眼前就浮现出磁石吸铁和钢笔在头发上摩擦后可以吸碎纸片的形象……于是就想：什么时候能发明一种机器，从麦田里开过去，麦粒全部都被吸起来，肚里就能多装点馍啦！……

这当然是儿时的幻想。这些幻想只能博得已经是大人的陈淑珍理解的一笑（这些幻想当然也不在"24个"之内）。但"24个"中的每一个都不同程度地使陈淑珍不能不跟着"认真思想"。

"你怎么会想这上头去呢？"那是姑娘第一次惊讶。

"其实，我早就想了。"刘日说，"咱们小时候不都听说牛顿发现引力，是从苹果落地受到启发吗？那时候，我跟王大中去火车站玩，看到搬运工扛大箱，那多重。那重量也是地心引力造成的。要是能有什么东西可以挡住地心引力，把那东西放在箱子下面，那我们用一根钓鱼竿就能把那个大箱钓走。那多省力。"

"这……不会想入非非吗？"

"你看电多厉害，人一碰上会电死你，可是包上一层绝缘线，再摸，没事了。"

"可是，引力能被隔开吗？"

"如果说小时候是瞎想，那么现在我们知道，世界上的一切东西都是物质的各种存在形式。物质不能被创造，也不能被消灭，但是我们可以去发现它。现在问题的关键就是要寻找有没有不被引力吸引的物质，你看磁石就专吸铁，连铜都不吸。在地球引力范围内，也不是所有的东西都贴紧地面，云就飘在空中，大的冰雹从天而降连牛都能砸死，那冰雹在天上也够重的。我就想世界上肯定有某种物质不被地心吸引，或者被吸引的程度很低，哪怕相对低也不惜，只是这种物质我们还没有发现。"

"你有什么办法发现呢？"

"不一定要我发现。我提出来有意义，全人类都可以去争取发现。地圆说、大陆漂移说最初都是假说。你看李政道、杨振宁……过去人家都说'宇称守恒定律'，那是长期以来多少科学家都公认的。1956年，他们二人突然想，不对，人从中间破开，一边有心脏，一边就没有……美籍中国物理学家吴健雄等人为此做了几年实验，终于证实了李、杨提出的'宇称守恒定律'并不普遍适用，至少在基本粒子弱相互作用的领域内宇称不守恒，这就是著名的李杨理论，人家获得了诺贝尔奖。"

那时候，人们都在"斗私批修"，淑珍听到这些，真如同听到来自另一个星球的声音。

"你想，"刘日继续说，"要是人类发现了一种能阻隔地心引力的物质，用那物质制造火车、轮船，可以大大增加运载量并减少动力；用于星际航行，将肯定是人类飞向宇宙的重大突破！"

淑珍的心都要飞起来了。

那时候离中国科学大会的召开还有将近10年，那时候中国的科学才子也被输入"狠斗灵魂深处私字一闪念"的运动系统。刘日却在教书之暇将他的灵魂沉浸在他的"24个"设想中，如痴如醉……仿佛生来就有一种好发奇想的特质，还有许多在刷牙、洗澡时突然冒出来的想法，许多想法都还远构不成"设想"……但那"一冒一冒"却使他激动，也使淑珍激动……历史上每一项改变了人类文明进程的进步都能追溯到某时某人头脑中的某个"闪念"，任何事物的促进都比不上一种新的想法。人如果没有了异乎寻常的想法，人世间怎能姹紫嫣红气象万千？……那些想法，那些设想，在那个科学如同遭受放逐的年月里，装满了他们恋爱和婚后的日日夜夜，为他们清贫的生活平添了异彩。

若干年后，徐迟的报告文学《哥德巴赫猜想》出现在他的书桌上，他从灯下抬起眼来，自言自语："哥德巴赫猜想，不就是一个猜想吗？"

那时候，也只有陈淑珍理解这句话的全部内涵。

9　清华园，你听着

也许我们每个人天生都能"好发奇想"。

因为意识是物质高度发展的产物，在我们生下来的时候，我们的大脑——就已经由我们的祖先帮助我们发展了几十万年。

但是，为什么有的人思维特别活跃？又是什么妨碍了另一些人的思维呢？

"寒风像刀子。"这话讲得不错。这是承认"无形"也像"有形"，看不见的东西决不等于不存在……

雪停了。四野都是皑皑白雪，唯独路面像一条被照亮的灰色带子……刘日骑在一辆自行车上，自行车其实并不自行，要自行其实也不困难，什么时候安个……已经骑到哪儿了？骑到哪儿都没关系，只要一直骑去就会到达。

脚下突然踩空了……从河北师范大学出来时老师就对他说："天都黑了，你要骑好，别滑倒了。"……他曾经滑倒，其实不是滑倒是病倒躺在途中不省人事，一辆三轮车把他送到石家庄红卫医院，又转省三院抢救，醒来后他被告知患了胰腺炎……那位三轮车工人走了，他是谁？连名字也没有留下，这一辈子再不会知道他是谁了。没有关系，来日方长，有机会也像他那样，那就是对他的报答……他没有滑倒，自行车还在路上行驶着，但是无法由自己来掌握速度了，他必须下车了，是链条打滑掉出来了。

下车。

他脱下手套，开始第8次还是第10次上链条。油污又沾了他一手。他抓住踏板用力一旋，后轮飞转。听着那飕飕转动的响声，他一跃而起，跑到路边将手插入雪地，白雪在他手上被揉碎了。他拍拍仿佛干净的手，将手重新藏入手套，蹬上车子继续骑。

从石家庄到他所在的中学有50里地，长达4年，一到星期天，他就往返在这条道上，风雨无阻……踩着身边呼呼的风声，他仍在继续他始于童年的梦，他还想上大学，甚至想出国留学。机会不能等待，必须自己去争取。他买了大学数学系的全套课本，他相信自己有数学方面的天赋，而且着迷得要命，这兴趣这天赋都不能随便抛弃。

可是高等数学实在不容易啃，他必须寻找导师。他把不懂的地方都记下来，然后一到星期天，他那辆叮当乱响的自行车就冲出了他的校门。

那时候还没有"自学考试"这一说。他的求学精神真可谓"程门立雪"。河北师范大学那些——耳边都还能听见教室玻璃的破碎声的——数学系的老师真是感动，他们都调动起积极的思维为他设计最集约的道路。

"北大"来招生了。那是他当年曾梦想过，并曾有机会在一张表上"填过一次"的第一所大学。

那时已经不兴考试兴"推荐"，他希望能有人推荐他，可是没有。

"我自己找他们去。"他说。

"试试吧。"淑珍说。

找到了北京大学来招生的人，一接触，"你说你叫什么名字？"，招生的人来兴致了。出身是雇农，本人表现也很好。"这没问题。"招生的人把他的名字高高兴兴地带到了县教育局，可是，来问题了……

"他哥哥是'右派'……你们敢要？"教育局局长说。

招生的人愣住，一阵踌躇，最后说："算了。"

"不能算了，我要去北京！"

"人家能要你吗？"淑珍生怕他到了北京，又遭冷落，那会是什么样的心情。

"我直接去找清华大学的校长。"

他出发了。这年没等放假，等到国庆节，他买了车票，又一次上北京。这时候，清华大学已是他心中的"第一志愿"。车轮飞奔，他的心中翻滚着自少年时离家远行奔波至今的遥远路途，脑海里一次又一次地涌现出马力的形象……那些在他们自己职责范围内都不敢按自己意见办事的人又一次深深地令他万般遗憾。他相信他现在就拥有的数学水平，绝不亚于已经在清华园里读书的学生水平。他不相信这么大的国家，这么多的大学，就没有他的半张桌子一个座位，他想他这次是不想回来了。

他走了不止一个办公室，无望中他无异于剖腹开膛又端出了他那"24个设想"，他不惜口出大言说他一定能在清华园把他的"24个设想"不断充实丰富起来。他说他不是一个可有可无的学生，他总有一天能为"清华"争光……但是他照例失败了。

那是北京10月的天气，他就穿着一件单衣。那一夜他是在清华大学的校园里凉了一夜。路灯被夜雾包裹着，斑斑驳驳的树影下他像一个幽灵。本来他可以去火车站过夜，那里人多热气也多。干吗没去呢？是为了在清华园凉上一夜也是好的吗？

第二天清晨，他离开了清华大学，走出校门，忽然转身，冲那大门大声喝道：

"清华园，你听着，总有一天，我要来领导你这个大学！"

10 抉择

1974年，刘日加入了中国共产党。

假如人生中没有足够与温暖相匹敌的经历，你就很难真正体会什么是温暖。

党相信我！——那时刻，那就是他人生喜悦的全部。

他在教学方面的才能一点儿不逊于当年他的哥哥。自1968年以来，他当上班主任之后，又陆续当上了高中数理化教研组组长，教导主任。

他的姓名甚至被初中的许多学生记住了。

他的姓名开始为许多家长熟悉。

他的名字传到了县里。县有关部门想要他。公社书记突然感到发现了一个人才。这人才公社书记舍不得放走。

同年,刘日当上了公社中心校长。

一当上中心校长,免不了也搞开了"中心工作"。下乡与农民打交道,农村生活唤起了他童年生活的许多记忆……肮脏的小路,烂猪圈,缕缕炊烟从破旧的屋瓦上升起,狗竖着耳朵在张着裂口的屋门前吠叫……儿时,也许正是这些,使他那么热爱科学,渴望科学能够改变这一切……几经曲折,自踏进师范的校园,他更如鱼入海遨游于知识的大洋,他渴望能在科学上有所创建……但是现在,一个他不愿去想的问题闯进了他的脑子,并且是如此没法拒绝地纠缠着他:为什么,都长这么大了,农村还是这样穷?……不少农户在冬天缺少烧炕的柴草,一家老小挤在一炕。猪在墙角蹭痒,蹭出一个大槽,把乡村小学的教室都快蹭倒了,没有钱修缮……那一张张被北风吹干的脸,岁月刻下的皱纹,萎缩的表情,忧郁的笑容……是那样容易使他想到爹,想到娘,想到哥哥和嫂嫂……还有那种随随便便欺负老百姓的"官"——他算是看到了——那种无视人的尊严人的生存,损害了他人甚至不以为然的"官",不只在上一层才有,那种恶势力在最基层的乡村也绝不鲜见,这种人妨碍了农民的生活,加剧了农民的艰难……所有这些,与他一直如醉如痴地向往着的科学梦,是相距多么遥远啊!

"刘日,我们研究了,打算提你为公社副主任。"

也就在这一年的一天,公社书记在一次会议后,找到他,这样对他说。

这当然是因为他在乡村中心工作搞得不错。

这事毕竟来得太突然了。他说:"这……我得考虑一下。"

"考虑什么,大好事,我们都定了。"

可是他必须考虑。要知道,他即使是在下乡的日子里,包里都还装着"高数"课本。

那是他一生中极其重要的一夜。

那时候也只有妻子知道他面对着人生最重要的抉择。

如果没有过寄托着一生全部心血的追求,便无所谓抉择的痛苦……少时独自离家去内蒙,青年时一腔激情去访科学院,晨赴晚归多少日子孤车往返省城师院,行程贯中国……粗暴的打击,无端的摧残,受辱的痛苦,受挫的忧伤,男儿也泪下。几经曲折,几经磨难,几度奋起,几度抗争,全因紧紧地抓住了那个追求。所有自觉的路途,所有的哀愁喜乐,分分秒秒也全部盛满了那个追求。天阴天晴,日出日落。既然所有的成功之路都不可能平坦,既然纵有再好的向导仍需自己努力登攀,那就不必抱怨不必哀伤。有志者百困不疲千难不避万死不回汲汲于承继再造,就总有获得成功的希望。正是这样,一程一程,将打击视为鞭策,把辛酸化作喜悦,才走到了今天……

今天,即使有心读大学未能如愿无心当校长当上了校长,却并不妨碍清晨起来继续昨天的路程。去搞中心工作实际不过是去当"参谋"。假如易职去当"主任",乡村有多少具体事桩桩都系着每个具体的人,难道还能"一心二用"?难道在清华园门口的那一声喝就意味着内心深处已有意于"仕途"?不,著名科学家任校长的不乏其人,那只不过是渴望清华园这中国第一流的科学学府该有能不拘一格广纳天下优秀学子的领导者来担此大任！……

　　这是一个惊心动魄的长夜，这个长夜也只有他的妻子陈淑珍能听见他内心犹如乱石穿空浪拍巍崖的涛声！

　　这是一个足以将人生划出两个段落，足以替人生立上一块"界碑"的抉择。要真正理解他是怎样完成了他的这一抉择，也许只有在他未来的人生中才能窥见答案。

第4章
视民如伤　始能少误

多少年来，轰鸣的掌声中，我们屡屡看到领导人给人民发锦旗、奖状或奖金……为什么在这儿，人民却给他们的领导人送匾，而且绞尽脑汁要给他们的领导人发奖金……

1 一串"小碎步"

你可以想象，经过如此抉择后，继续踏上他的人生之途的刘日，那是什么模样？

应该说，正定和无极的老百姓都应当永远感谢当年这位满怀喜悦大胆提拔刘日的公社书记。是他为刘日创造了这样一个重大的抉择机会。

刘日也永远感谢这位及时地重用他的公社书记，是他使刘日从此开始将他个人的才智——因能调动起许许多多人的才智——得到千百倍的释放。

只是，这位卓有功勋的公社书记很快就发现自己无论干什么都好像被遮盖在刘日的影子里。于是公社书记决定派他到一个叫三角村的大队兼任党支部副书记。

这在名义上决不是排挤刘日。三角村是北方农业学大寨的典型，派刘日到那儿去，是"加强那儿的领导力量"。

在那时，那是一个"哪一位公社干部都对它敬而远之"的村子。省、地、县的红点，"老大气象"，陈毅、陈永贵、纪登奎等不少中央领导人都到过那个村子指导工作，大队干部们认识的大"官"多，公社干部去那儿似乎不算什么。那个村子的党支部书记就是当时的正定县委书记苏立道同志兼任。

然而天赐良机。工作之便反而使县委书记经常接触到刘日。不久，苏立道同志对公社书记说："看起来，刘日这人不像你们说的那

三角村 刘日曾在三角村大队兼任党支部副书记。

样嘛，嗯？"

由于这个"典型"村同县里的特殊关系，县委组织部长也经常到这个大队。县委组织部长并未特别留心，就注意到了这位兼任党支部副书记的干部是如此吸引了他的视线。职务的敏感，使他很快认定：这是一个不可多得的干部。

1977年，由于县委组织部长的热心推荐，地委组织部注意上了刘日，想调他。苏立道同志知道了，又忽然想到：这是一个人才，不能放走。

于是，刘日于这一年，告别了他在永安中学教书以及任公社党委委员、副主任共达8年的生活，重新回到他曾在那儿读书并蒙受冤屈的正定县城，当上了县革命委员会办公室的一位资料员。

若干年后，正定人说："俺们刘书记升官就像京戏里的小姐跑台——全是小碎步。"

那么，让我们看一下刘日自1977年后的履历吧。也许尽管颇像"小碎步"，你仍能听见他踏上这条路后嗵嗵走来的脚步声……

    1978年 正定县革命委员会秘书组组长
    1979年 正定县政府办公室副主任兼外事办公室主任
    1981年 正定县委办公室主任

1982 年　正定县委常委、办公室主任
1983 年　正定县委副书记兼政法委员会书记
1985 年　无极县委书记

2　新思索

还记得那个杨淑平吗？"你带头认了就解放你。"她认了。于是就被解放到监狱去了，一蹲 6 年。

她就是曾跟刘日一块当"黑帮"的那位女同学。

她今天在哪儿呢？

她已经不知多少年没写过信了，也从不会有人给她写信。自从出狱回到家乡——河北省行唐县东秀村，她甚至不希望任何人注意她。

这一天，她突然收到一封信，目光一触到信封上印着的"中共河北省正定县委员会"几个字，眼睛便好似被烫着，心中一个战栗……她关上房门，撕开信封，取出信……读完信，她在镜子里看到了自己……学生时代青春焕发头上扎着两条小辫的模样消失了，永远消失了，如今一头灰发将耳朵连同面孔都快遮起来了，她双手捂住了自己的脸，泪水从指缝间掉下来……

信是刘日写的。

这时候的刘日只是一个秘书，一个县委书记的秘书。这事不像是他工作范围内的事，甚至不是县委书记的事。但是他给杨淑平写去了信。希望她："来一趟。"

她来了。

这时候她的履历表上,"家庭出身"那一栏还填着"富农"。

这时候,曾将刘日提拔进城的那位县委书记苏立道同志已经改赴他任了。新任县委书记叫冯国强。刘日把杨淑平的事讲给了冯国强听。冯国强很信任他的这位秘书。于是,法院院长马鹤飞同志来了。

"希望你们能在一周之内复查清楚。"冯国强说。

一周。果然查清。平反。发给杨淑平200元冤狱费。又开大会。

冯书记的工作作风给刘日留下了深刻印象。那是刘日生平头一次体验到,亲自参与替人平反冤狱的喜悦。

"大会让你上去讲一讲。"刘日说。

"不。"她一个劲地摇头。

"讲几句吧,让大家都听到你的声音。好不容易才有了这个能讲几句的机会啊!"

"……"她仍是摇头,连声音都没有了。

终于什么也没有说。

"你干啥不走正中,光靠墙根走?"这天,刘日与杨淑平走在一块,又问她。

她抬眼望望刘日,仍是什么也没说,继续沿墙根走。

"还记得赵志刚吧?"

"记得。"

"他要挺下来,多好。那家伙声音大,教书,准能让教室里每个学生都听得清清楚楚。"

母校的墙上,"赵志刚死了活该,不死活埋!"的大幅标语又在他们眼前重现。

"下一步,"刘日又说,"我们帮你跑工作吧!"

她好像有点笑了,点点头。

不久，她当上了人民教师，成了国家干部……大姑娘了，该结婚的时候她踌躇着终于不愿在家乡结婚，到山西省一个县嫁给了一位比她大10岁的煤矿工人……她走了，离开了正定，也离开了家乡行唐。临走时，来给刘日告别。刘日送她上路，能说什么呢？

"一路平安！"刘日说，"一路平安！"

"我有罪。"那人一开口就说。

"当时的情况，真像你讲的那样吗？"办案人员问。

"是。"那人又说，"我一定好好改造。"

这是在狱中。这个犯人叫郎建华。这个案子是冯国强同志平反的一起冤案。刘日只是从案卷中知道这人原是个电影放映员，有一天，在他放映的电影里，非常重要的领袖人物的脸上突然出现了一道非同小可的痕迹……他认罪了，说自己在那天夜里是从地上捡起一块小红石子夹在那胶片与放映机之间，结果就造成了那痕迹。他被判了15年。

这类故事在那年月并不鲜见。这人根本没有申诉。但县委书记冯国强亲自复查这个案子的日日夜夜却给刘日留下了深刻印象。作为冯书记的秘书，他看到，夜深了，常委会结束了，县委其他领导和一般干部们都回家了，冯书记又在他的办公室里搬出——被他调来的——案卷来研读，其认真程度真不亚于研读文件。

"那是一个人的命运呵！"冯书记说，"刘日，你有什么看法？"

"他说的那个日子，我算了一下，"刘日说，"是个没月亮的日子，怎么知道是个小红石子呢？"

冯书记又决定把那部片子调出来看。

片子还被封存着。片子被调来了。刘日按郎建华交代的方式做实验。他选了多种小石子，试图夹在胶片与放映机之间，但是怎么也夹不住。那么用手按住小石子吧。按住了，胶片上倒是被划出了痕迹，但那是一道"实线"痕迹，而判定郎建华犯了"现行"罪的那道痕迹是"虚线"。反复实验，都弄不出郎建华"那种痕迹"。至此，案情该可以清楚了：郎建华的口供有假。但为了慎重，冯书记又派人带着片子专程到北京电影制片厂，请技术人员反复实验，随后得出结论：那个痕迹根本不可能是人为的。

冯书记办案认真、细致到这程度，真可谓拥有了"铁证如山"的把握。

现在冯书记又派人到狱中跟郎建华见面。郎建华仍然自认不讳。这已经是他服刑的第 9 年了。

当办案人员把"调片复查"和"北京之行"都告诉他后，他呆了一阵，接着就哭了。哭了一阵，像是醒过来了，这才开始说：

"当时，有两个放映员，这事也肯定不是他干的。但人家是共产党员，我过去是三青团员，我只好自己认了。"

随后又说："我已经坐了 9 年，只想再耐心等过 6 年。"

……

郎建华出狱了。这事给刘日留下的印象却久久难忘。他总想，"再耐心等过 6 年"——6 年！一个人怎么有这么大的耐心？

一个又一个非常具体的人的生活和思维，现在也像那难解的数学题那样，开始深深地吸引着刘日。新的生活在使他产生新的思索，许多普通人的经历在帮助他——使他"现在的思维"也日益活跃起来。

3 子弹没有弹性

当35岁的刘日被提升为正定县政法委员会书记时,正定县一位39岁的农民被判了死刑。刘日的提升,就仿佛是冥冥之中有谁安排了——要他再来看一看这位死刑犯。

这是1983年底,一张盖着中级人民法院大印的死刑批复书由县政法委秘书李书勤同志送到了刘日办公室。这是刘日一生中头一回审阅死刑批复书:

> 你院一九八三年十一月十四日报核的李连锁盗窃、故意杀人案,经研究决定,以抢劫、盗窃罪判处李连锁死刑,剥夺政治权利终身,望照此制判宣判。

这时候只要刘日看完后说一声:"按上级批复执行吧",政法委秘书就可以立刻通知有关单位……一条生命很快就会在一声枪响中结束。

"书勤,"刘日看完了,说,"通知'四长'请他们下午都来一下,把案卷也带来,咱们再研究一下。"

李书勤不免意外……研究一下?在从重从快打击刑事犯罪的非常时期,这个案子刑侦人员已辛苦侦破了三个多月,终于弄清案情,并经初级、中级两级人民法院审理审核,已经批了,还有什么好研究的呢?……好吧,研究研究,李书勤通知去了。

"四长"是公安局长,法院院长,检察院检察长,司法局长。"四长"们接到通知的时候同样有点纳闷。因为他们对案情都已经很熟悉了。这个案子，连罪犯本人都供认不讳哩。

我们不妨先来看一看被告为自己描绘的这样一幅犯罪图吧：

农历七月十八，那是处暑过后的第2天。半夜过后，被太阳烤了一天的村子凉下来，正是人们最好睡觉的时间。他带着一把手电出门了，顺着胡同，来到李长海家墙外，从墙头翻爬了进去。先到东屋，发现炕上单独睡着一个女人，那是李长海老婆，他不感兴趣，又到北屋。北屋的男人是李长海，正睡着，呼呼地响。手电光闪一下，他找到了李长海的裤子，从裤兜里弄到了钥匙。他放下手电，把钥匙悄悄插进了抽屉的锁眼……他想弄点钱，没想到先弄出了响声。"谁？"李长海在炕上突然叫了一声。他一听就慌了，赶紧逃。李长海起来就追，边追边喊："有贼！有贼啊！"他跑到街门洞，李长海还一直追来，这时候他拿起一把早就放在那儿的镢头，猛一下朝他当头一镢，他就倒了……

犯人的供认与实际案情都能对上。他说李长海老婆那夜单独睡在东屋，事实是李长海那晚同老婆吵架了。预审，起诉，直至开庭审判，犯人都供认不讳。

让我们再来看看开庭审判时甄别手电筒那一幕吧。那手电筒是罪犯留在现场的重要物证。刑侦人员在现场把它取获后，一直未与罪犯见面，因而也是甄别罪犯的重要物证。

"被告，你回答，你作案时用了什么工具？"

"镢头。"

"大声点。"

"锨头。"

"还有什么?"

"手电。"

"还有什么?"

"没有了。"

"你的手电呢?"

"掉在长海家里。"

"你的手电有什么特征?"

"是铁皮的。"

"还有什么特征?"

"是两节的。"

"还有什么?"

"电门上有个红疙瘩。"

"什么样的?"

"是方块的。"

公安人员出示电筒,许多双眼睛都看到果然是个只能装两节电池的铁皮手电,电门上也果然有个方形的红疙瘩。

"被告,你回答,你电筒里的电池是什么牌的?"

被告盯着那电筒,迟疑一下,说:"三个圈套着的。"

静极了。

许多双眼睛都盯着审判人员那双旋电筒盖的手,电池被倒出来,公审人员举起了电池——三环牌!

这是开庭审判之日许多双眼睛都看到的事实。它在等待着刘日

"再研究一下"。

是刘日对此案有所怀疑吗?

没有,完全没有。他刚刚就职,此前从未经手此案,没有任何理由可以怀疑这个已经判定的案子。

那么,刘日还要研究什么呢?

下午两点。"四长"们来了。几大本案卷来了。直接参加办案的人员也来了。

"刘书记,你还想了解什么?"

"我都不了解。"刘日说。

"四长"们相互望望,一时不知说啥好。

"你们汇报一下吧。"刘日又说。

这个案子历时百天,刑侦人员做了那么多工作,要汇报起来那该有多少话?"从哪儿讲起呢?"有人问。

"从头讲起吧!"刘日说。

是的,问题就是这么简单。为什么刘日还想"再研究一下",就因为他想他对这个案子还不了解,那就必须了解。他也不是不相信公检法部门的同志,问题是"人命关天,死不复生",这事毕竟太大。为什么还要再拿给他看一下,听他一句话然后再执行呢?那就意味着在自己这儿还有一份职责。他肩着这份职责就不能把他的意见完全建立在"相信"上。"相信"是一种富有弹性的意识,子弹却没有弹性。

4 警惕经验

还是听汇报吧。这个下午,刘日一边听汇报,一边不断地打断汇报人员的话，提出问题，这使得汇报越来越认真。渐渐地，所有在场人员的思维都被不知不觉地高度调动起来，气氛变了。

就在这个下午，就在听汇报中，刘日从同志们提供的各种细节里捕捉到了几个——他"无法放心"的疑点：

1. 被告供认"翻墙而入"，刑侦人员未能在墙上找到明显的痕迹。

2. 被告人说被害人睡觉时是头朝外，但被害人说是头朝里（因抢救及时，被害人没死，他所诉说的情况除此一处，其余都与被告供认完全一致）。

3. 发案这天，本村还有位妇女被人偷走一条裤子，被告供认也是他偷的，却交不出那条女裤。

4. 最早怀疑被告的是被害人，他说："像是……"

这些，还远不足以动摇这个案子。刘日想的这几点人家也想过。任何有经验的公安人员都知道，案情的复杂性还包含着这样一面：

罪犯是在黑暗中和一种紧张的心理状态下作案，对作案中"所见所干"的某些印象完全可能在当时就是不完全清晰的，加上时日一长和犯人思想斗争的反复，还可能使印象更加模糊；被害人是在毫无思想准备的情况下突然遭到惊吓和打击，其脑印象也可能在当时就被放大，甚至出现幻象，事后意识仍可能出现错乱和模糊。因之，罪犯与被害人之间所述的个别情节、细节绝对吻合反而值得一疑。不绝对吻合，是可能的。

刘日没搞过刑侦，对这些经验也许还缺少足够的认识，可他仍然固执地想：可能只是可能，"可能"仍是一个富有弹性的东西。

就"这些"汇集到他的头脑里，由此而生的思索足以令他"翻江倒海"了……经验当然重要，领导者对"经验"二字都不陌生，"试点总结经验推及全面"……试点其实就是实验，实验可不是靠经验，起码主要不是,那是创新,就像发明创造……成功的经验能给人某种安全感,但人要是躺在经验上,就难免不吃经验的亏。人类所有的经验都只能说明过去,而我们每天遇到的事都是新鲜的。我们需要经验,但我们也同样需要高度重视——警惕经验!……注重精确、严密,也不等于轻视"可能",数学还有模糊数学呢,问题是要多考虑几种可能,尽量穷尽它。数学可能真的帮了他不少忙。少年时喜欢用各种方法来解同一个命题的训练使他很早就抛弃了单项思维。两小时的考试时间他总能用一小时多些就把卷子答完,剩下的时间就是把那些需要验证的题用另一种解法再解一遍。那时候他一边听汇报一边差不多就像解数学题那样开始从这个刑案中——捕捉给出的条件,他假设——

假设侦破从被害人那句"像是李连锁"开始,被告在某种(X)因素下违心招认……如果上述条件成立,那么就可以再设一个"假设"。

假设被告不是凶手,那么对案情中已"置疑"的那4点便可作出如下解释:

1. 翻墙而入,这是编造供词最容易想到的方式。

2. 被害人很快就惊醒了,这也容易在编造供词时猜想——该是头朝外睡。

3. 另有妇人被偷了裤,要被告认,那就认了吧,杀人都认了呢。

4. 被告两年前曾参与盗窃被判过6个月徒刑,作为同村人,这也容易使被害人产生那个"像是……"。

此外,还有最重要的一点:被告还被认为——破坏现场。因为,案发后,被告很快就到了现场,他夹在众多乡邻中,看到那把钥匙还插在锁眼上,竟去拔了下来——这一行为被认为是罪犯有意混淆:那钥匙上的指纹究竟是作案时留下的,还是此刻拔钥匙时摸上去的。这推想不无道理。但这一切也就告诉了我们：被告于案发后就到了现场，在公安人员赶到之前，他能在现场清楚地听到被害家属对前来探望的乡邻们讲述的发案经过。那么，他就能将那些发案过程的细节完全"招供"出来——这一点可不是假设，是案卷中明确地给出的一个确凿条件。

思索到这一步，没有谁能阻止他要复查此案了：

"人的生命只有一次。我们共产党人必须对人民的生命高度负责，有半个疑点也不能把人送上断头台！"

尽管没有人希望自己办错案。尽管要来动脑子重新考虑这个由自己判定的大案是不是错了是一桩痛苦的事情。但是这时候，会议室里，许多人已在重新考虑了。法院院长谈道：有些问题，原来也考虑过，为留有余地，我们向上呈报时，判的是无期徒刑。

刘日听了，一时无语……现在需要的是尽快同大家重新认真分析案情，真的需要仔细研究了。现在需要的是"刀下留人"，迅速集中起大家重新思索的案情疑点，向上汇报，要求复查。

散会了，他回到家。很快就有同志、长辈前来劝说：如果错的是你？如果你没有办法推翻这个案子？这是从重从快打击刑事犯罪的非常时期……如果将来给你的档案里写上一条……你这一辈子，在政治上就墩住了……刘日用了很大的耐心来听——有的显然是对他相当关心的劝说。但是疑点明明摆在那儿，他没有办法视而不见。如果当"官"都只为自己着想，怎能保障老百姓权益？——这话我们平时在会上都知道这么说，可这却不是为着说得好听的啊！

他果断地向上级提出3条建议：

1．暂缓执行判决李连锁死刑的批复。

2．由县人民法院向地区中级人民法院申明我们的意见。

3．立刻抽调县公检法骨干，对李连锁一案进行复查。

5 模拟实验

这个建议得到了县委的有力支持，得到了地委的有力支持。现在抬头望望他自己贴在壁上的一张条幅：

慎思明辨　笔下千钧

感触已非去日可比。

夜深人静时，他还在他的办公室里阅卷，仔细斟酌那经三个月侦察而积累起来的那么多文字——那已是一个相当复杂的世界——他仔细琢磨着那些材料之间的关系……鸡都叫了，他感到头晕，想呕吐，然而一声声干呕，除了仿佛要把心脏吐出来之外什么也吐不出来……他体验到了什么叫"呕心沥血"……

12月15日上午，刘日和复查组的同志一起来到了本县新城铺乡小吴村发案现场。现在让我们来看看这个在意识深处实际上仍存留着"科学梦"的人是怎样在出事现场搞开了"模拟实验"。

模拟之一：

刘日自己模拟罪犯，操起镢头打算袭击追击者……脚步声越来越近（假设的），追击者到了，"罪犯"举起镢头——镢头越过"罪犯"头顶向后——"嚓"一响，刃部先在（罪犯身后的）墙上凿出了一个小坑……

"现在来比较一下罪犯留在墙上的另一个坑吧！"刘日说。

在场的同志此时都看到：两个都是锐器坑，经仔细比较，两个坑的形状、大小和所处的高度都相似。

刘日所以要搞这个模拟实验,是因为他从"八大本"中看到,李连锁供称:墙上这个坑是他锛倒人后,将镢头一扔砸的。

"现在我们可以肯定,李连锁那供词不对。"刘日又说,"因为镢头裤重,刃轻,扔出去只能裤先着墙,砸的坑应是钝器坑。"

这是个简单的"物理"现象,仍然可以实验。刘日让别的同志试了两回,果然都只能砸出钝器坑。那么罪犯在现场留下的这个"锐器坑"就只能是在刚才"模拟实验"的那种情况下——由刃部凿下。

那么,这个判定被告犯了杀人罪的决定性的一锛——供述与事实不符,纯属编造,不能成立了。

模拟之二:

这个政法委书记亲自——仍像罪犯一样慌慌张张——从一个麦秸垛快速跑到发案的街门洞,计380步,一看表,正好3分钟。接着,刘日又从街门洞跑到被告人家,计46步,22秒;又从被害人弟弟屋里跑到发案地点,50步,24秒。要理解刘日这个模拟实验的意义,我们必须先了解:

1. 被告曾经供认:他锛倒人后,是沿大街向东出村,向北穿过棉花地,再往西跑到一堆麦秸垛前,然后从麦秸垛爬上邻家屋顶,再穿过屋顶回到自己屋里。

2. 刘日到被害人李长海家访问他的母亲和弟弟。李长海弟弟20来岁,他说:"那天半夜,俺们刚好醒着,忽然听见墙那边俺哥喊有贼,俺马上跑出去,看到俺哥已倒在地上,说贼顺大街跑了,像是连锁,看他在家不?俺跑去找连锁,一喊,他应了。"(刘日明白,李连锁是个单身汉,村人都说他不务正业,不在家的日子是常有的。李长海要弟弟去看看,是要证实一下他今日在不在这个村子。但刘日却从中听出了一个极其重要的线索。）他接着问："你是一听到喊就跑出来了？""是啊，俺们刚好醒着。""一跑出来还看到别人了吗？""没有，就俺哥倒在地上。""你再仔细想想，从你听到你哥喊，到你叫应李连锁，有多长时间？""最多两分钟。"刘日又问李长海母亲，李母说得更明确："那晚，上半夜，俺小孙女一直哭，俺哄她睡，她刚睡着，俺把她刚放落枕哩，就听长海叫'有贼'，声音都变啦！……"李长海的弟弟想了想，又补充说："不到两分钟。"

现在，我们就明白了刘日亲自像罪犯那样跑了两趟的意义，也能听懂刘日当场相当自信地说的这番话了：

"你们想，李长海弟弟是马上就赶到现场的人，从出事地点到李连锁家这条路也摆在这儿。他说'顶多两分钟'是可信的。而李连锁顺大街跑到那个麦秸垛就得3分钟，如果按他自己交代的跑了那么一大圈，还上房，至少也得10多分钟。这就可以判定：李连锁交代的逃跑路线也是编造的。实际上，他根本没有'作案时间'。"

同志们震惊了。

当然，这一切毕竟来得快了一点。有钦佩的，也有半信半疑的。但不管怎么看，像刘日这样——处心积虑地替被告寻找破绽以攻破他自己编造的谎言的政法委书记，他的同志们的确还没见过。

现在刘日决定要见被告。因为他还无法回答这个问题：如果他不是凶手，为什么要认？

6 实践问题

夜。白炽灯下。刘日与县委书记习近平及县委办公室主任刘维平等同志一起旁听提审。

"既然不是你,为什么要认?"

"俺怕再挨打。"

"预审、开庭都没有打你,为什么还认?"

"开头认了,再反口怕再挨打。"

"考虑过认下来的后果吗?"

"俺想到了劳改队再申诉。"

"不是你,根据什么交代案情?"

"那晚他弟来叫,俺去了他家,他们说的过程俺都听到了。"

"为什么去拔那钥匙?"

"俺坐那儿,那东西垫着俺背。"

"怎么知道那把手电的红疙瘩是方块的?"

"俺见过。"

"怎么知道里面是三环牌电池?"

"猜的。这一带都卖那电池。"

刘日面色铁青。立在他对面的一位乡派出所干警脸色鲜红。

"李连锁是在什么情况下供的?"刘日问。

"开头他不承认,"脸色鲜红的干警迟疑半响,"看他狡猾,抵赖……把他捆起来,揍几下,就认了。"

有人掏出了香烟来吸。刘日不会吸烟,只是不停地用手指捅着鼻梁上的眼镜框,喉间发出一声又一声的干咳。

——揍几下,就认了。真是轻松。一个无辜的人,要认下这大罪,他是不是太不经揍?……李连锁还在做着到劳改队再申诉的梦,可他已经为自己制造好"证据确凿"……作为一个人,保护自己的能力是不是差了点儿……可是,假如有一天我们自己也因种种"原因"

受到怀疑，假如也碰到这样一位以为我们"狡猾"的"英雄"，你又能怎样施展才能？想象一下吧，有口难辩的严重场面……李连锁与那"英雄"无仇无怨，这就更加值得重视，因为那"揍几下"不是挟私报复，会被认为是"代表"国家惩治坏蛋……李连锁孤身一人，如果就这样在一声枪响中了结此生，将再不会有谁替他鸣冤，这案子会永远正确。那使李连锁"招了"的人会被认为"有成绩"，可以"再接再厉"，那么……怎么保证老百姓真正受到法律的保护？

问题还在于，这不是一个理论问题（理论上我们的法律早有明确规定），这是摆在一个执法者面前非常具体的实践问题。不久，刘日在同一个案子里，将再次生发相同的感触。

李连锁是无辜的。真正的凶手是谁？
否定了一个答案后，一个新的问题随之诞生。
这个问题同样躺在刘日的头脑里，挤走了他夜复一夜的睡眠……在常委会上，他是说了大话的："争取一个月内，捉到凶手！"有人说："弄个李连锁都弄了三个月，现在一个月能行吗？"

他说："不要忘记，三个月，同志们已经做了大量的排除工作，我们现在做的，是'三个月'努力的继续，应该争取行。"话虽这么说，可是要拿真正的凶手，谈何容易……时间一天一天过去，他一趟一趟去到小吴村……1983年将要过去，新的一年就要来了，凶手连个影子都没有……京广线上火车轰轰的声音一趟一趟碾过他的大脑……

小吴村位于正定县东北部，地处正定、新乐、藁城三县交界处，刘日七下小吴村，明察暗访，终于被他发现了一个"重大嫌疑对象"，经多方共同努力，取得各种证据后，确定"就是他"！

可是这个"他"不知去向……在实施追捕的过程中，1984年元旦到了，新的日历在刘日手上一页一页地翻过去……1月10日……1月15日……离刘日"说大话"的那个日子一天天逼近……1月18日，那是刘日所说"1个月之内"的最后一天。就在这一天，一封电报送到刘日手里：

<blockquote>收审王新平为核实情况请速来人广东省曲江县马坝火车站派出所</blockquote>

"真是兄弟单位帮了大忙啦！"刘日激动了。

立刻派三位公安人员前去押解。三人出发时，刘日特意嘱咐："给你们一个大任务，一路上，对他不许辱骂，好生款待。"

三人出发了。这一夜，从正定城西经过的京广线上火车的声音，更是隆隆不绝地陪伴着刘日的睡眠……三人到达广东马坝火车站派出所，一看，果然是"他"——河北省藁城县刘家佐乡吴村铺人王新平。

三人回来了。一路上做到：对犯人"连训斥都没有"。

接着就要讯问犯人了，刘日又对专案人员说："任何情况下，都不许诱供、刑讯逼供。"

一个多月过去了，王新平所有的口供中丝毫也没有涉及盗窃凶杀李连锁一案。专案人员严守纪律，也一句都未问及此案。

王新平，23岁，具有高中文化。到了3月份的最后一天晚上，他在专案人员对他又进行了长达3个小时的讯问后，不耐烦起来，干脆出言顶道："你们别费劲了，判个无期或死刑吧！"

1月中旬捉到王新平，已是农历甲子年春节前夕，为审此案，办案人员整个春节期间都在冰天雪地里走县过村查寻证据。在整个审理过程中，办案人员汲取前鉴，对王新平连骂都没有骂过，但是现在，他们的忍耐力临界……但是，刘日在里屋旁听。

"刘书记，你先到别处去歇会儿吧。"有人走进里屋，对刘日说。

刘日立刻听出了弦外之音，立刻严肃说道："不准刑讯逼供是铁的纪律。谁要捅他一指，纪律论处！"

作为政法委书记，刘日本来不必这样具体地紧紧盯住这个案子。公检法部门应独立办案，党委不宜干涉过多，但为什么又要设个政法委书记？他就是政法委书记。他就想摸索一下，在中国，这政法委书记该怎么当？他还想，80年代了，那种"大刑伺候"早该绝迹，岂止是一个李连锁、杨淑平、郎建华、赵志刚……刑讯逼供是冤假错案之源！

他说："我就不信，不动罪犯一指，就不能让他开口？"

王新平渴了，刘日说："给他端水。"

王新平饿了，刘日说："给他弄饭。"

王新平想睡了……想睡！刘日深知那滋味……"叫他睡。"

王新平就在审讯室睡着了。

……同志们，我们已经做了大量工作，要珍惜我们的工作方法……是的，这些日子里，同志们还走访过王新平的母亲，回来跟王新平拉过家常，并转述了王母希望还能见到儿子的心愿……还在王新平被捕获之前，刘日读到王新平的一则日记，日记写道：

> 今听说×村××家被抄，其经过是这样：清晨两点左右，一绿者由东而来，先在被盗家转了一圈，后又上房四邻观之，见无睡者，乃入其家，视东屋有妇者一，北屋其夫与两孩在沉睡，便来至北屋拿了之钥匙，开其屉，即把睡者惊醒，

在其问者谁？绿者边走边说我，其追之于门，绿者见事不妙，抄起镐向追者击之，其头部受伤乃倒于地，其妻在东屋问怎么了，闹什么？倒者曰："有贼！有贼！"其见倒之，奔街而走。

这则日记上标明的日子是 8 月 25 日，发案日期是 8 月 26 日天亮之前，王新平记的是"昨夜"的事……作为外县外村人，王新平能在这个案子还来不及传到外村的时候就将发案过程的详情细节如此准确无误地记在他的日记里，这不啻是一个重要证据，还无异于是一则比在审讯里招供出来的供词还要可靠的原始"自供"。刘日在读到这则日记时，不仅仅看到了这是一个证据，还看到这青年毕竟是一个有高中文化的人（尽管文中不乏言词不通之处）……刘日与王新平谈话，便特别劝他"也多想想过去读过的书"……

王新平醒了。就在这夜，同志们继续努力，给他阐明：你犯了罪，证据确凿，你不供，也能判。让你坦白，是为了挽救你。只有坦白，才有希望。顽抗到底，那就是继续走向末路。

就在这个夜晚，王新平招了，终于在专案人员始终未问及"8·26"血案的情况下，全盘招出"8·26"血案，还招出前后两年来所犯下的 60 多起入宅盗窃案。

7　影响不好？

看起来，这个案子该不会再有什么问题了吧？这时候，刘日又像当初替李连锁寻找"破绽"那样，开始"假设"——假设王新平那则日记是后几日写的……假设不止王新平一人作案……假设那一镐头不是王新平镐的……假设……带着这些"假设"，专案人员又经过广泛调查，用证据将这些假设一一驳倒。这时，所有的同志都放心了。

1984年4月17日，这个案子经石家庄地区中级人民法院审理判处王新平死刑，缓期两年执行。《人民日报》记者武培真等人到河北省第四监狱见到王新平时，王新平告诉记者："我犯了滔天大罪，可是政府没虐待我一次。我真服了，所以宣判后我连上诉都没有。"

应该说，这个案子的准确性没有任何疑问了。但是李连锁还关在狱中，怎么放他呢？在这个问题上给刘日增添的感触就更大了……请听听这些最温和的意见吧：

——抓他对，放他也对。因为李连锁有前科，有嫌疑，不能不抓。

——打他是不对，也怨他胡乱编造，给咱们工作造成多大麻烦。放他，也要批评他。

——不能道歉，一道歉就麻烦了，这种人会闹个没完。

还有一种意见认为：就这样无罪释放，他一点儿事都没有啦？这人过去偷过东西，咱们可以再挖出他一点儿事，判他个一年半年，也不算捕错。

刘日听到这种意见后，立即予以抵制。但是：

4月过去了，李连锁还关在狱中。

5月过去了，李连锁还关在狱中。

6月来了，李连锁还关在狱中。

释放李连锁的工作似乎并不比抓他容易。

不少记者赶到当地采访，但在多处遇到阻力。石家庄某报奉命停止了记者的采访。理由是：影响不好。

《建设日报》终于在头版以整版的篇幅要报道此事。

《河北日报》终于在头版以整版的篇幅并配了一篇600字的评论

员文章号召全省共产党员向刘日学习。《河北日报》深知此稿非同一般，必须绝对保证真实性，对稿子反复修改，核对7遍，他们说："够慎重的了。"

但是，这两家报纸都终于没有发成。

《人民日报》于9月22日终于要发了，但是，也没有发成。

《人民日报》于10月份再一次上版要发了，还是没有发成。但《人民日报》终于在"海外版"发了一小块。

《人民日报》记者武培真与正定县委宣传部副部长高培琦终于勇敢地在1986年《法律咨询》期刊上以《现代〈十五贯〉》为题作了连续报道。

现在，让我们来读一读他们报道中关于刘日回答那几种意见的意见，以资鉴别：

"我以为这几种意见都不对。应该公开平反，赔礼道歉！"刘日激动地说，"我们共产党员要讲真理不要讲面子。不要因为我们是公、检、法，是政府，就不愿在老百姓面前认错。中央办了错事，都毫不掩饰，而是总结教训，做决议，发文件，开诚布公地向全党全国人民检讨，为我们做出了榜样。我们作为党和政府的基层组织难道还要羞羞答答的？！"他又心平气和地向大家分析："对于李连锁，我们不能用共产党员、用无产阶级战士的标准去要求他。他为什么瞎说，是因为我们搞了逼、供、讯，他无法忍受。他不可能像革命先烈那样，在酷刑和邪恶面前脸不变色心不跳。许多人都做不到，我们不能责怪他。他说谎，责任在我们，而不在他。是我们工作中的失误给他带来了巨大的痛苦。这件事反映出我们的思想

上图：李连锁无罪释放证明书
下图：李连锁出狱体检表

1983年，刘日被任命为正定县委副书记兼政法委书记。上任伊始，正定县39岁的农民李连锁被判处死刑，剥夺政治权利终身。在那个从重从快打击刑事犯罪的年代，刘日通过审慎的询问，发现疑点，立刻向上级报告，要求"枪下留人"。随后通过一系列艰苦卓绝的调查复核工作，在1个月内还李连锁清白。李连锁最终被无罪释放。

水平和业务水平还有很大差距，我们应该襟怀坦荡地承认错误，认真总结经验教训，不仅要实事求是地对待别人，也要实事求是地对待自己，才真正像个共产党员……"

《法律咨询》是分3期连载的。发出来后，没有谁再喝令他们停载。因为那都是无懈可击的事实。天也没有暗下来，相反，人民看到了光明——再一次领略了党中央开光明磊落之风，以使地方党组织和地方司法机构效法的良好风气是多么宝贵！

1984年6月9日，是李连锁无罪获释的日子。这一日，刘日与几十位同志一起来到监狱。牢门开了，刘日上去握住李连锁的手，开口便说：

"李连锁同志，10个月冤狱，让你受苦了。现在，我们代表县委、县政府和县司法机关的领导同志前来向你公开检讨，赔礼道歉！"

刘日长时间握住李连锁的手，发现他全身不停地颤抖，又问他身体状况，李连锁也答不上来了……同去的公、检、法、司的领导同志以及办案人员也相继上去和李连锁握手……这一双双手的出现，也跟10个月前手铐出现一样都像从天而降……一声声道歉同一声声囚车的尖啸一齐在他的头脑里鸣响，可这是天壤之别呐，李连锁不能不震惊！

有人曾认为对李连锁这种人当面道歉会"闹个没完"。但刘日说："怎么能等他闹呢？……"他一出狱，手里就拿到500元冤狱费、120斤粮票。同样的车子，把他送到县医院检查治疗，又把他送到县招待所住下。当窗外的街道呼呼向后跑去的时候，他的耳朵里仍听到囚车的鸣叫之声……可是不同啦，真的不同啦！……

这个日子，大家都挺高兴。这个案子办到这个地步，总算圆满了吧？可是刘日回到办公室，刚刚坐下，又站起来了，总觉得还有什么事没办完。

刘日又到招待所去了，见到李连锁，坐下来，跟他聊家常，聊着聊着，就对他说：

"连锁，你的责任田已经安排别人种了，你又是单身汉，俺们就在城里给你安排个活干，沾吧？"

这时候李连锁仿佛仍处在梦中，光知道点头连道谢的话都说不出来了。

不久，李连锁就被破例安排到县建筑公司去看工地。考虑到他的吃和睡的问题，刘日又与建筑公司书记赵玉荣商量，把他安排到一个有食堂有宿舍的地方。

李连锁开始上班了，有了一个住处，刘日又来看他了。

"连锁，40了吧，该积点钱娶个媳妇好好过日子了。"

这时候，李连锁听了，心里一热，可仍不知该讲些什么。40岁了，娶媳妇，这在他听来，好像听戏一样。

"连锁，你有啥困难，随时可以来找我。"刘日又说。

刘日走了，李连锁还痴着。这段日子，李连锁总梦见神仙，他说："突然出现，又突然没了。"

刘日真请人帮助李连锁说对象。7月的一个黄昏，李连锁身着崭新的工人制服，来到刘日办公室，刘日请他坐在沙发上，又跟他谈起介绍对象的情况。还替他盘算如何攒钱、存钱……李连锁很早就失去父母，也失去了接受良好文化教育的机会，还犯有前科，在村里也遭人轻视，如今人们说李连锁因祸得福，他自己也的确想不起来在他一

1984年夏天,无罪获释后的李连锁轻松地与刘日(左二)等人交谈。图中穿背心的就是李连锁。

生中什么时候跟人家说过"谢谢",但是在这个黄昏,他忽然"扑通"一声跪在刘日面前,声泪俱下:

"你真是老包啊!"

让我们再来看一看王新平在狱中的状况:

《人民日报》记者武培真等人到河北省第四监狱看到王新平时,发现这位被判"死缓"两年的青年囚徒对自己的将来竟很有信心。

王新平对记者说:"我来到监狱没一个星期,就捎信叫我弟弟把我中学的课本给我带来,我要在监狱里考大学。"

8 第一块匾

北宋名臣包拯曾任职的开封府就在今河南开封,因廉洁正直,执法严峻,不畏权贵,时称"阎罗老包"。包公任职不独在河南,一生中还多次出使河北四路，足迹遍及冀南、冀中辽阔地区。其职也不独审案，还掌管军事戍边，开发实业，安抚民众等军政大事。其间，打围、移帐、赈粮、放赦、修城诸事都亲自操劳，可谓鞠躬尽瘁，劳而无怨，终其一生。包公的故事在河北民间代代相传，老百姓有口皆碑，能讲出许多《包公案》里根本找不到的故事。刘日儿时从"故事大王"王大中那儿听得最多、最受感动的也是"老包"的故事。河北老百姓若称谁为"老包"就无异于最高的赞誉了。刘日为李连锁平反冤狱一事在未见任何文字报道时，已在民间被传讲为"民间故事"，这使得往日似乎"警鼓稀鸣"的正定县政法委员会忽然繁忙起来。

这条街南北走向，全长有350米。街上出现了一个青年妇女，她把衣裳脱了，嘴里喊："看，看，清白的……"立刻有许多男人女人大人小孩围着她，她又脱裤子，继续叫着，继续说："清白的……清白的……"

女人疯了。

人们围着她看。

但是没有人管她，她的丈夫被抓到监狱去了，她的儿子饿死了……

这个故事出现在正定县北关村的大街上时，刘日只有9岁，在他的家乡行唐正背上书包上学堂。

但是28年后，那位女人的丈夫忽然给刘日写来了一封信。

读完信，刘日首先就想到了那个村子……正定这座古城城墙方圆就有四十里，历史上曾是京师屏障。古城营建时，在北门外还专门建一关隘，称北关。1937年，日寇攻打正定，首先在北关遭到了抵抗。

日寇攻入北关，疯狂施暴，见人就杀。直到将没能逃出去的男女老少驱赶到一户院落统统杀光，又从地窖里搜出18人，用刺刀一个一个挑，有17人被挑死了，只有一人没有致命，从血泊中爬了出来……现在给刘日写信的人就是这个北关村的人，这人在那年村庄遭血洗之后参加了抗日队伍，抗战胜利后，他又参加了解放战争，解放战争胜利了，他又参加了抗美援朝……现在他给刘日写信是讲叙他自己28年前的一桩冤狱。

写信人叫张庆祥。

"……我是个老党员，但被开除了，现在还想跟党讲讲话……我坐牢也坐过了，现在70多岁，快入土了……我只想在我死的时候不要把这个污点带进棺材……"

一个苍老的声音在刘日耳边像古老的大钟那样鸣响……他反复读着这封积郁28年的来信，想从中理出一些可值思索的东西，可是，比起那些曲曲弯弯写了一摞纸的上诉信来，这位写信人所提供给他的情况的确太简单了，全部搜集起来，就是：有一天去干活，看见麦场失火，他赶快跑回村，敲钟喊救火。火灭后，公安局来了，找不到有什么别人会放火，有人怀疑是他自己放的火，他就被抓走了，随后就是县法院判了他3年徒刑……

"他为什么要放火呢？"刘日想，现在至少有这个问题，咱们得把他弄清楚。

刘日找了法院。

"这是一位对革命有过贡献的老同志，可能有冤情，请给复查一下吧！"刘日说。

法院同志查了案卷，一看，就感到——我们今天办案真是比过去细多了——如今时隔28年，面对过去这个案子，真是无从入手。况且眼前急需要办的事不少，哪里顾得上？

"那就把卷子给我吧！"

就这样，简单的案卷如同珍贵的文物到了刘日手里，成了刘日反复翻阅的读物。

但是具体办案还需公检法部门的同志，刘日又同公检法部门的同志一起去了北关村。

时过境迁，现场早没有了。在渺茫的希望中，刘日不厌其烦地开了一个又一个座谈会，绘出了一张又一张原景图……

先后五下北关村。

借用一句古话：真是苍天不负有心人。竟然找到了当年真正的纵火人——一个当年只有9岁的小女孩，如今37岁。

是一位80岁的老太太讲话了……20多年来，老太太总做梦，梦见小小（张庆祥的小名）被抓到汽车上装走，他媳妇哭着一路追……老太太讲着，泪水在脸上横流着掉下来。人们听着，知道那疯媳妇叫人瞧清白的事儿也整整折磨了她28年。她说她要是没把这事讲出来，会"死不闭眼，到了阴间，阎王爷也饶不过俺"……老太太详细讲了她的孙女当年是用"火绳"玩火，失了火后又如何吓坏了跑回来，家里人也如何吓坏了，千叮万嘱"不能说"……村上老太太的知交也讲出："那年她心里堵得慌，私下跟俺也讲过"……

这一天离开北关村时，那一家人的话仍久久地在刘日耳里响：那时，俺一家人都不懂，9岁的孩子，还不到追究的年龄……

1987年春天，我是在正定县委办公室副主任高恒智同志的家里看到这块大匾的，匾上刻着：

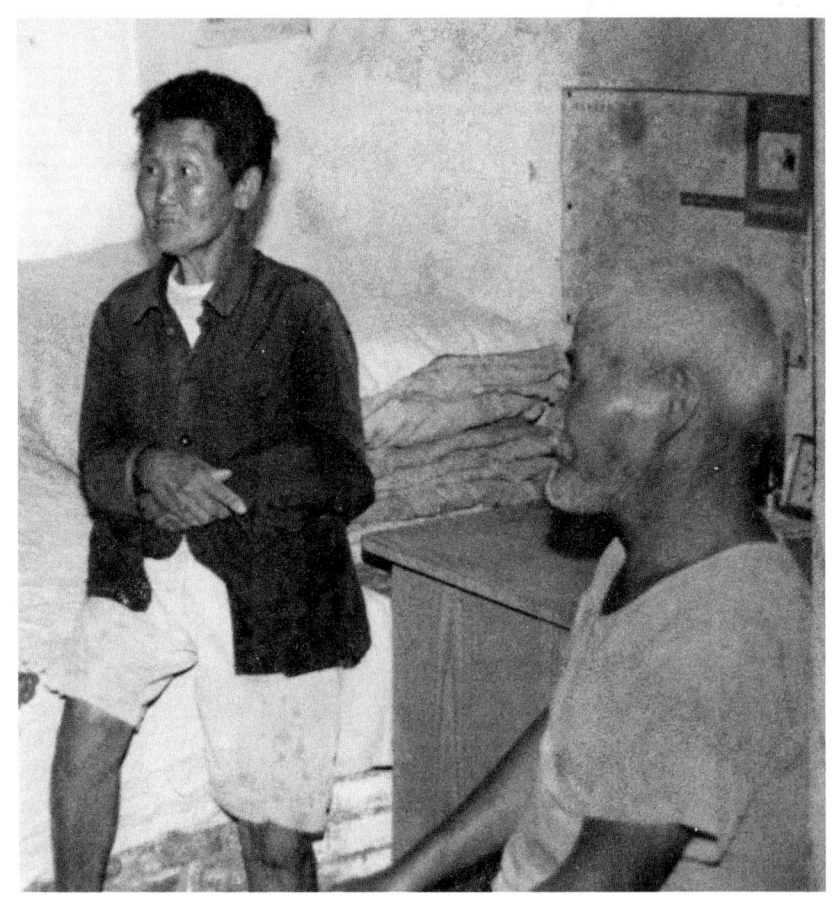

上图是张庆祥送的匾，下图是张庆祥夫妇

张庆祥，正定县北关村人，是一位曾参加抗日战争、解放战争、抗美援朝的老党员、老军人，因被误认作纵火犯，被判了3年徒刑，蒙冤28年。刘日任正定县委副书记兼正定县政法委书记时，曾五下北关村，最终找到了真正的纵火人——一个只有9岁的小女孩。张庆祥被平反，并恢复党籍。这块匾是张庆祥全家亲手雕刻的，那上面镌刻着张庆祥全家28年的坎坷经历。

敬赠刘日书记：
为民作主　伸张正义
北关村民张庆祥全家

这是河北人送给刘日的第一块匾。

这匾是张庆祥全家人亲手雕刻的。那上面镌刻着张庆祥全家 28 年的坎坷经历。那也是中国农民用一种相当古老的方式表达他们最深长的情感。

当年，张庆祥出狱后，找到了他的疯媳妇。有谁知道，他们经过多少磨难，吃了多少苦，流了多少泪，才治好了她的病。忍辱负重，相依为命，夫妻俩又生下了孩子，又把孩子抚养成人……1985 年深秋，那是张庆祥夫妇人生已入黄昏的季节，当为张庆祥平反、恢复党籍的决定送到他家时，他们全家的一块"心病"才算彻底告愈。一纸"决定"，如夕阳照亮老人余年，泪水和笑容已挂满全家人的脸……这时候，除了刻一块大匾，他们全家再也找不到表达内心情感的方式了。那是一个举家未眠的夜晚，全家人团团围着……一个大匾就这样诞生了。

"刘书记呢？"张庆祥抱着大匾来到正定县委大楼。

"调走啦。"人们告诉他。

"调哪儿去了？"张庆祥呆住。

高恒智看到匾，明白了张庆祥的来意："我给你挂电话，刘书记调无极当县委书记了。"

张庆祥抱着匾在办公室里等。"咋就调了呢……咋就调了呢？……"张庆祥像是问人，又像是自言自语……电话通了，张庆祥立刻站起来。

高恒智放下电话说:"刘书记说,咱们都是共产党员,不要送这东西,还是拿回去吧!"

张庆祥嘴唇哆嗦了,半晌,没出言,先用手拍胸膛,噗噗有声,连拍几下,说:"好,好,俺这个共产党员,俺要把这块匾送到北京,驮到中央组织部去!"

于是,这块匾才被高恒智代收下来。高恒智是个又高又壮的河北大汉。1987年的那个春日,他领着我去他家,我一踏进他家院子就被他养的两条大狼狗吓一跳。"别嚷。"他冲那狗轻喝一声,狗不响了。我细看,那大狼狗其实被铁链拴着,但我踏入院时仍觉得脚下不踏实。进了屋,这个当上县委办公室副主任的河北大汉就拿出了那块用布包着的沉甸甸的大匾,放到桌上,把布一掀,说:"共产党的干部像这样,我真服了!"

是啊,多少年来,轰鸣的掌声中,我们屡屡看到领导人给人民发锦旗、奖状或奖金……现在我们在这儿看到了人民给他们的领导人送匾,还看到富起来的人民绞尽脑汁要给他们的领导人发奖金……还有的老百姓通过"关系"去买来部队的"军呢"做了大衣,要送刘日……一位老红军知道刘日什么也不会要,面对刘日,突然来了一个——立正,把手一举,送他一个军礼!……

尽管刘日本人和县里各级领导都曾再三劝阻,我们仍然没法知道有什么办法可以阻止老百姓不给刘日送匾,或说:何日方能止住。

90年代第一春,64岁的老汉王振羽背着一个大麻袋来找刘日。打开麻袋,里面是个用牛皮纸包着的东西。打开牛皮纸,里面是一块大匾。大匾以"蓝"为底色,代表"青天"。匾上方的正中刻了一轮红色的太阳,太阳的下方是纠缠在一起的乱云,表示"关系网"。

人民公僕

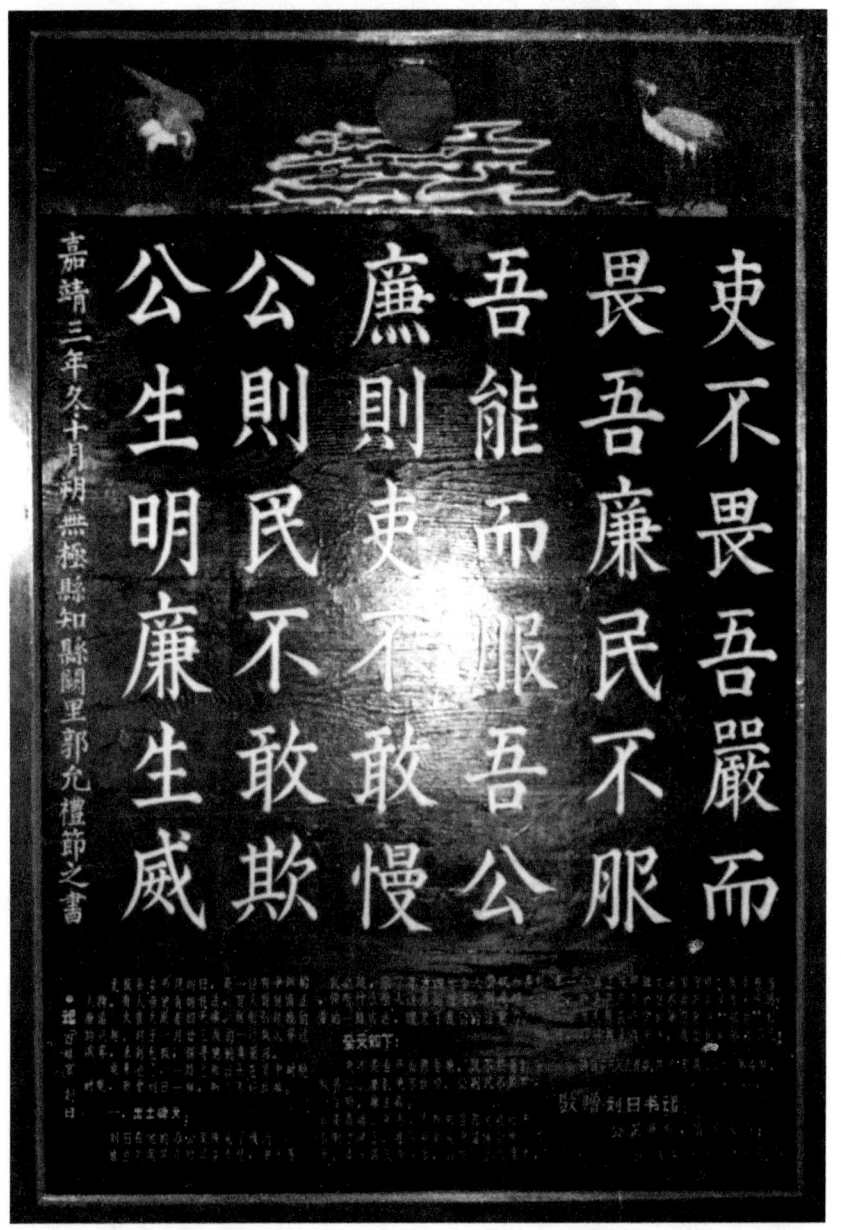

吏不畏吾嚴而畏吾廉
民不服吾能而服吾公
廉則吏不敢慢
公則民不敢欺
公生明廉生威

嘉靖三年冬十月朔無極縣知縣關里郭允禮節之書

木刻官箴

← **这匾上的四个字，当然不是作家送给刘日的，是人民送的** 王宏甲说：在无极，我所见的老百姓送给刘日的匾，有木刻的，也有玻璃镜框的，有农民自己亲手雕刻的，也有请人制作的。这些匾从未被悬挂，搁在书橱顶或床铺下落满灰尘。这张照片，保留着把匾放在两张椅子上拍照的模样，是个有代表性的情形——拍照时被拉出来，擦去灰尘，拍完又塞回某个角落。假如我说我无意于赞扬人们送匾，不知会不会太不尊重人们的感情。乡下人为什么要给刘日送匾？这恐怕是个无法回避的问题。有人说，农民想感谢刘日，也有想送他家禽和土产的，可他什么都不会要，就送匾了。我想这未必是送匾的深刻原因。刘日调离无极后，这些匾也逐渐流失。有人告诉我，有的匾是用很好的木头雕刻的，谁谁拿回家锯开做切菜的墩板了。

连起来看就是：阳光驱散（象征着"关系网"的）乱云。匾上方的两侧还各刻着一只仙鹤。匾的正中黑底白字刻着郭允礼的那则"官箴"——黑白分明。"官箴"下还有许多小字，其中有两排字是：

敬赠刘日书记：
公正廉明，清风长存。

这匾是这位64岁的老汉自己设计，自己制作，自己雕刻的。一共用去1个月零3天。全匾含标点一共357个字，老汉连自己的名字都没有刻上，只用一个"民"字代替了。

当你站在这块匾前的时候，你会想到什么？或许，当像刘日这样的"官"遍布天下时，便是老百姓无需再给刘日送匾之日了。

"国之兴也，视民如伤，是其福也。"这是《左传·哀公元年》里的一句话。意思是说，一个国家要兴起，若能看待老百姓就像看待受伤的人一样，十分爱护，这就是"福"。

刘日说：我看到这句话，很感动。我们一旦为"官"，便负有体恤万民之责，如果能以这种心态看待老百姓，才能使我们的工作尽量减少失误。

第5章
创造：生之光华

古老的土地上满载苍生万有的期待，
你的血液中正响动着什么声音？

1 挖地寻根

在河北的日子里,我曾亲眼看见一个农民将一条被单铺在县委大院门口,那农民还将被单四个角拉平,随后就那么躺下去,脸朝下,趴着。这一趴,县委书记的小车开不过去了,就得停下来。那农民于是骨碌一个翻身跪在地上:"冤枉啊——"一声长唱,就哭诉开了……

我不禁心中一栗,都80年代了,包公的轿子早换成了小轿车,何以老百姓拦"轿"告状的方式竟没有变?

刘日说:"官不悔判——这也跟拦轿告状一样悠久。"

天空白得混浊。小孩的眼睛紧挨着白蜡条扁篓的边沿向外望雪花……他们的身子装在那篓里,那篓放在一辆小拉车上,他们的母亲也坐在车上。车轮在他们的耳边咯噔咯噔地响着,拉车的是他们的父亲。

要过年了,他们又向县城去。村子离县城有40里地。这一对夫妇和他们的孩子在这条路上这样走着已经有好几年了,已经不知往返过多少回。男人的名字叫王不止,人们称他"告状不止"。那时候小男孩4岁,小女孩才1岁;如今一个9岁,一个5岁了……这幅风雪拉车图一会儿使我想起日军进攻下的撤逃,一会儿使我想起当年河北人民往前线送物资,一会儿又使我想起那部叫《马背上的摇篮》的电影……可以毫不夸张地说,这对孩子是在小拉车上度过的童年。

如果说那个曾安于在狱中"再耐心地等过6年"的电影放映员——耐心实在太大了,那么这个告状不止的人又怎样呢?

"我们对他已经忍无可忍了。"在一次信访工作会议上,信访办公室的同志对刘日说。

"要是他再来,我们对他怎么办?"又有人说。

是的,怎么办?请你也帮着想想,怎么办?

……他来了,进县政府大院,把板车一架,提着车轮,领着老婆孩子就走到那个他已经很熟悉的办公室,进门把车轮一放,这个办公室的人就什么也别想干了。他的案子是法院判的,政府部门干涉不着,这道理已经跟他讲过不知多少遍了……孩子还小,突然就在办公室里拉开了屎尿……天黑了,他们回不去了,又没钱。办公室人员表示了最大的忍耐和最美好的同情,还替他们去找住的地方。天一亮,他们又来了,早早地候在办公室门口。推他走也不走。小孩又在办公室拉开了屎尿……

"他再来,就把他抓到公安局关起来!"有人提议。

"其实,他被公安局、法院都关过。"又有人说。

是的,都关过。他认定法院对他的判决是错误的。法院也认定对他的判决是有根据的,完全正确。他仍然一次又一次地去要求重新判过。把他轰出来,就在大门口静坐,老婆孩子,一坐一群。没人理他,就骂;有人理他,更骂。只好把他抓起来。一关,他不想走了,还得把他赶出来。

"应该叫村干部管管他。"又有人提议。

"村干部也管不住他。"又有人说。

是的,管不住他。以党支部书记为主的几个人曾经把他吊起来打,而且不止一次,可是每次放下来,伤还没好,又来了。

"这么说,这个人对我们还是信任的。"刘日说,"像这样的老上访户,他们为什么老上访?我们还是要慎重一下。"

落雪的日子,要过年了。

二十三,糖瓜沾;二十四,扫房日;二十五,磨豆腐;二十六,要炖肉;二十七,做菜席;二十八,油锅炸……这些年,农民生活的变化使得河北农村这些习俗有了真正实在的内容。孩子们在这几天里都是扳着手指数日子。"今儿啦,明儿啦,大后天,初一啦。"孩子们成群地跳着唱着从门外走过。王不止夫妇却把他们的两个孩子关在门里,两个小脑袋只能从门缝中向外望啊望……

王不止忽然将那门大开了,吼道:"看看看,看吧!"随后,又奔向他的车架,将车架套在车轮上……他一家又出门了。出门时,大门就那么一合,连锁也不用。一家人就在那小拉车哈噔咯噔的响声中,风雪无阻地向县城移去……

王不止一家开到了刘日家,正赶上刘日一家在吃饭,王不止忽对他的老婆儿子下令道:"吃,咱也吃!"

刘日一家被这突如其来的举动懵住了。王不止又说一次:"吃!"随后抓起馍就带头吃起来。

"吃吧,吃吧,都来吃!"刘日让出座,王不止一家都吃开了。

王不止的上衣5个纽扣掉了3个,剩下两个还有一个没扣,帽子歪扣在头上,鼻尖下总悬着一珠鼻水,鼻毛伸出鼻孔。他很快就吞下两个馍,不吃了。

"再吃吧!"陈淑珍说。

他摇摇头，不吃了。

"俺跟你说，"他突然又对刘日说，"俺不是吃你的，是吃共产党的！"

刘日到了乡里，乡干部告诉刘日：王不止这人不沾。

刘日到了村里，村干部告诉刘日：王不止这人不沾。

刘日到了王不止家，刘日自己呆住了——王不止的家简直不像家。

为告状，王不止的土地撂荒了，一撂荒，村上按规定将他的土地收回。他没有土地了。为告状，王不止将他的5间房子拆着卖，竟卖了3间。时值隆冬，没有烧炕的柴草。还剩不到10斤的玉米面是装在缸里。锅台正中的墙上贴着一张灶王像，画像上与灶王在一起的是灶王奶奶，左右下角还依稀能辨出画上有一只狗和一只鸡——所谓"狗守门，鸡司晨"。就这张灶王像也不知是哪一年贴上去的。

刘日在村上开座谈会，开会的有老人有青年。可是会上除了干部和少数人发言，许多人都不吭声。

刘日到与王不止打官司的那户农民家去看。那户农民一幢崭新的房紧挨着王不止的房，一家兄弟4个，相当精明，日子打发得很不错，同村干部关系也好。

刘日让两家都把房契拿出来看。王不止说："俺没有。丢了。"另一家拿出来了，是张同治十年的文书，不足为据。

终于有人告诉刘日："唐山地震那年，有一辆汽车从土墙和一棵树的中间开过去。"

"那树呢？"刘日马上问。

"刨了。"

"是什么车?"刘日又问。

根据好几个人的描述,刘日的小车司机说:"可能是苏联嘎斯车。"

"县里哪个单位有这车?"

"武装部有。"

刘日立刻从县武装部调来了一部苏联嘎斯车。车已经很旧了,但大家一认,都说:就是这样的车。

"树根刨了表层的,还有底层的呢?"刘日又吩咐挖地寻根……冯国强书记当年派人带着电影片子去北京电影制片厂找技术人员鉴定的故事掠过他的脑幕……为了慎重,他把县林业局的技术人员也请来了。

这个村子叫王家庄。这个日子是王家庄少有的热闹日子。有谁见过一棵被刨多年的老树现在有县里的干部调来人马要刨它的余根?王不止家门外的一块地面被村人方方圆圆地包围着,地面、树上、房顶,到处都是人……开挖了,你不知道有多少眼睛望着那上下舞动的镢头如同观看挖金挖银挖宝贝……挖地3尺,到底寻到了尚存地下四通八达的根。

林业局的技术人员把树的中心位置确定下来了,用竹竿树起了那棵树的标记,再让嘎斯车往"树"与房子的中间开。一开,车过不去了,一切也就清楚了:王不止的那位邻居盖新房时肯定是挪动了地基,把房子挤到王不止房前,占了两家共有的地面,把王不止的路都给挡了。

但是挪了多少呢?刘日指挥着,让把那棵竹竿往外移……直到嘎斯车刚好能从房子与竹竿的中间开过,然后又在那棵树的中心位置再立一根竹竿,这样就可以来量一下宅基究竟挪动多少了:两根竹竿之间的距离加上树的半径,就是宅基挪动尺寸的最小值。这个数字是4尺2寸。

据此,刘日胸有成竹地认为:这桩民事案件有理的是王不止。

但是这日夜间,刘日躺在床上,忽然又想:不对,王不止家今天还多了一处"墙头",这"墙头"在地震那年还没有。而这"墙头"今天的存在显然也会为嘎斯车的通过造成一定距离的"障碍",假如不减去这"障碍"的距离,那么求出的"最小值"就亏了王不止的那位邻居。

第二日,刘日再赴王家庄,又调去了嘎斯车……这样,又求出了宅基挪位的最小值应是3尺8寸。

随后,刘日又逐一访问了他们两家的近邻,不止一个人告诉他:挪了,挪了三四尺。

人们说出的这个"三四尺"与刘日"实地勘察"所得的数字如此吻合,是很有价值的。

刘日一次又一次亲赴王家庄,对这个案子的调查,工作做到这地步,可说是够认真够仔细对双方都够负责,所得出的结论也够"确凿"的了。

但是,刘日终于碰到了——看起来他解不开的难题。

2 夜半敲门声

王不止的案子是地区中级人民法院判的。地区中级人民法院终于派一位副院长和有关人员到正定来了。

在正定县委常委办公室里,一场辩论在激烈地进行着。在这次辩论中,刘日甚至失去了好脾气,拍了桌子。但是,末了,副院长坚持认为对王不止的判决是正确的，坚持认为他们绝不会在这样一桩小案上弄错。

副院长代表着地区法院，刘日只能代表县政法委。地区法院的裁决无疑具有比县一级政法机关的意见更高的权威。

这确是一桩小小的民事案件，不同于李连锁那个"人命关天"之案，地区法院也专程前来复议了，维持原判，这还能惊动谁放下繁忙的工作，来再成立一个什么专案组吗？

当老百姓在"民间故事"里把刘日传讲为"刘青天"的时候，也有一种议论在一定的机构和会议桌上纷纷扬扬：专爱替人翻案，以显示自己高明，贬低别人无能。

但刘日就是刘日。刘日也不是全知全能的。地区法院能坚决认为自己的判决是正确的，自然也有证据和理由。本文写到这桩案事，无意于谁对谁错。本文只是对一位县政法委书记——能对这样一桩小小的民事案件——如此认真负责的精神不能不感到可贵。

当地区法院维持原判以后，面对王不止这样一个人，刘日又只得转而去做安抚工作。

"衣食足，知荣辱；衣食不足，不知荣辱。"刘日对乡干部、村干部都这样说。

为了在权限范围内尽可能安抚好王不止，刘日包括复查此案已经8次专程去那个距正定县城40里的小村，找干部谈话，希望对王不止这位老乡要给予理解。又让乡里、村里救济王不止，给他粮和钱。乡里、村里给过几回。又让村里把原分给王不止的土地还给他耕种。村里另给了王不止远地、差地。

"俺不要!"王不止说。

刘日又下去了。他亲自与王不止一起走到那地,又亲手挖了十几个坑,看看土层多厚,末了,他对王不止说:"差是差一点,但一亩八顶一亩。还可以。"

王不止坚决不要。

王不止的老婆病了,一病竟病了几个月,躺着起不来了。两个孩子守在床前惶惶不安,瘦脸上两个眼睛贼大。

没有办法。王不止必须用钱。

刘日又设法替王不止去乡办厂找活干。可是哪个厂都不要。终于有三个厂愿每月各出15元,共45元。然后让王不止到新城铺乡中学去打钟,扫地。

那学校离村子5里地,王不止每天去,每天回。可是老婆刚能下床,王不止又来了——仍然告状不止。

人们劝王不止的老婆:"你也劝劝王不止吧,把个家弄成这样,你们怎么不怕苦?"

王不止的老婆说:"他这人从小就吃苦,哪会怕苦,就是咽不下被人欺负这口气。"

"砰砰砰……砰砰砰……"一天半夜两点,有人在县委大院敲办公室的门,一个一个挨着敲……这夜刘日值班,就睡在办公室。刚刚入睡,被敲门声惊醒,出房一看,是王不止!

"咋拉?"刘日问。

"俺孩子快死了!"王不止声音都变了。

"快上医院。"

"没钱不给住。"

"走！"

刘日抓上衣服与王不止一块上医院，路上知道王不止已上他家去找过他。到了医院，把王不止的小孩安顿好后，刘日要回了，王不止又喝住他，问：

"俺那事咋样？"

"先把孩子的病看好吧！"

又有一天，王不止突然窜到刘日家中，刘日一看吓了一跳——王不止把头理得精光，胡子刮光，连眉毛都刮光了，两眼发直，对刘日说：

"你说吧，你还管不管？管，俺就等你。不管，俺就不找你了！"

3 新"设想"

他越来越感到有许多事情自己实际管不了。

自从将那个无辜农民从枪口下救下来，自从《人民日报》记者武培真等同志将他的事登载在《法律咨询》那个杂志上，找他解决问题和给他写信的人不仅把他忙得够呛，而且使他实实在在地感到了自己的卑微和渺小。有一天，他收到一封字迹幼稚却相当工整的信，信是江苏省兴化县某乡某村一个小女孩写给他的。小女孩用她非常有限的文化向刘日陈述了她父母的一桩"冤案"（她父母连她的文化都没有），信纸上有点状的浸开的字迹，这使人猜想小姑娘写信时流了泪。小姑娘在信里还放着一张邮票，并在信的最末写道："刘日叔叔，邮票附一张请求批示。"……

从事科研，你可以把你知识的触角伸进各门学科，你不断装备你的知识，甚至可以超越权威，你自己成为新的权威，成为别人超越的对象。可是从政，你会遇到一个很难逾越的障碍——权限。可是没有了权限，行吗？这是一个比数学更复杂更难解的问题。

面对着一个一个具体的人生，面对着老百姓基本的生活状况……人首先应当谋求生存，然后才求发展。现在他比任何时候都更加理解了马克思那个科学头脑对劳苦大众的关怀。

所有这些，都是海阔天空的学生时代从未达至的人生体验。生活正在日益为他展现出一个更加实在也更加广阔的天地。

当然，他现在所奉职的岗位就是他立足的土壤，让"一冒一冒"的设想，也在这土壤里破土萌生吧。他相信，一个对社会有益的思考，如果能为这一片土壤接受，发芽，生长，那同样能获得普遍的价值、宽广的效益。

他想，从事政法工作，自己首先得把好两道门：

1．从社会到监狱之门。

2．从监狱到地狱之门。

前者包括"罪"与"非罪"的区别怎样才能有效实施，也包括如何利用全民的力量来搞好社会治安，保障公民利益。

后者包括如何有效防止错杀，也包括：即使是该杀的能否考虑不一定杀。

他的一些设想，也许不乏"幻想"的成分。但他自己在任政法委员会书记期间，对大案、要案，做到了"五个亲自"：亲自听汇报，亲自阅卷，亲自勘察现场，亲自核对证言，亲自跟犯人谈话。对死刑犯在判决之后，执行之前，他都亲自去跟每一位死刑犯谈过3～5次，反复问：

——有没有冤枉？

——还有什么话要说？

——知道什么重大的犯罪团伙吗？知道什么重大的抢劫杀人案吗？……知道就讲出来，这是最后的机会了！

令监狱管理人员惊讶的是，他甚至问：

——家里有没有什么重要的祖传秘方？有没有什么重要的文物？……有就贡献出来，我们可以考虑再给你一次重新做人的机会。

死刑犯人面对着这"最后的谈话"，常常"失声痛哭"。有的说：这一辈子要早有人给我这样谈话，我也不会走到这一步；有的说：这一生，实在没有什么东西可以贡献……

离开犯人，走出来，刘日说："没有办法了，执行吧！"

80年代，中国在改革大潮中出现了各种各样的"承包"，河北省正定县突然弄出了一个"治安承包"。与此同时，广东省高要县也出现了治安承包。

1984年10月，公安部部长刘复之同志到正定来了，就在正定县大佛寺方丈院的正屋里，刘复之听了刘日关于治安承包的汇报和有关政法改革的一些设想，当刘日谈到关于改造罪犯的七条意见时，刘日每讲一条，刘复之称："好！"刘日讲完七条，刘复之说："很好！你有敢干的精神，有十一届三中全会精神！"刘日听了很高兴，心想，自己的一些想法，有些人听了说是"胡思乱想"，可国家公安部长还连声说好，可见总还是有点道理吧！

治安能承包吗？不久，整个河北都学正定搞起了治安承包。全国各地也相继——像一南一北的高要、正定——推开了治安承包。

1985年6月，最高检察院检察长杨易辰也到正定来了。

"你这里经验不少，我现在跟你订货了。"杨易辰对刘日说。

这天，也是在正定大佛寺方丈院的正屋里，北京随员，省、地、县来人，坐的站的一屋人，杨易辰坐在一把交椅上听刘日谈一个（已日趋丰满的）关于政法改革的方案，才听不久，杨易辰突然问："有材料没有？"（因为刘日汇报时，手里半张纸片都没有。）刘日说："弄了一个。"

杨易辰拿到材料时，又说："以后还有什么，都给我一份，你寄来。"

刘日说："你收得到吗？"

杨易辰："怎么收不到，你写北京杨易辰就行。要不，你直接给我送去。"

刘日："送去，你那门我进不进得去？"

杨易辰："这样，给你个电话号码，你到北京给我拨电话，我肯定到门口接你，走时送你到门口，行吧？"

这日，杨易辰只顾与刘日促膝长谈，不觉时间已到中午11点30分，杨易辰的随员催他"看看表"，杨易辰竟生气了，一摆手说："我要听到2点。"

若干日子后，杨易辰的秘书张德利告诉刘日：杨老带走的那个"方案"，高检的几个副检察长都圈阅了，并通过中央政法委交给了公、检、法、司四部讨论，并上报了中央书记处。

这个消息使刘日很意外。

1985年，作为县政法委书记的刘日，对中国政法改革的思考又到了一种如痴如醉的地步，翻阅了大量有关法律的书籍，真可谓不读不知深浅，一读深感自己所占有的知识实在还太少。

这年，适逢中国政法大学来干部中招生，这个"机会"再一次唤起了他的"大学梦"……有谁能理解一个当上县政法委书记的人还想去当一名法律系的大学生呢？

全国政协委员、河北省人大副主任王幼辉同志深深地理解了刘日。他似乎深信，这个人一旦得到深造，是终能为中国的政法事业做出一番什么来的。于是他为刘日亲笔写了一封长达2600多字的推荐信。

但是刘日最终还是没能实现他的"大学梦"。

4 一根火柴

王幼辉同志在正定跟刘日一起工作过，他在推荐信中曾这样写道：

> 刘日同志很有一种不知疲倦的工作精神，常是身兼数职，毫无闲暇。近年来，先后担任了铁路地道桥工程、机关家属楼、县委办公楼、常山影剧院、荣国府等大型工程的总指挥工作，各项完工工程都实现了质量高、速度快、造价低和安全无事故。5年多时间，除春节期间回家探望卧病的母亲外，没有歇过一个节假日。工作17年来晚上12点以前基本没有睡过觉……

我不知道读到这封信的人是不是会生疑：这样的长信连篇累牍充满这样的东西，这信是怎么写出来的，真有这样的人吗？

刘日此生未能当上大学生，已成为历史，不必遗憾。重要的是，他总不会让他脚下的步子闲着，努力迈去，路就延伸。

在刘日当上县政法委书记的时候，同时还任着县委副书记，这似乎使他有了充分挥洒精力的机会……改革的时代，古老的土地上满载苍生万有的期待，而他的内心仍奔涌着一如既往的创造热望。在力所能及的范围内，他不会满足于将他的设想只写在纸上，在刘日任"总指挥"的若干建筑中。其中有一座——"荣国府"。它的诞生将有助于我们理解他日后当上无极县委书记时，大刀阔斧地干的一桩桩事。

你如果看过电视剧《红楼梦》，你就已经看到了那座荣国府。电视剧里的荣国府恢弘壮观，如真如实，因为那是一座真真实实的"贾氏府第"。《红楼梦》就是在那里拍的。

这故事的开头很偶然。起初是正定县西北街铸造供销公司得知中央电视台拍摄《红楼梦》打算花38万元搭个"荣国府"的景，并设法弄到了搭这个"景"的活。

这个公司需要本县有关方面的支持，张庆华通过工商局局长任瑞海把这件事情反映给县有关领导。

"这件事，"刘日一听到这件事眼睛就亮了，他几乎没有踌躇便说，"让他们不要承包了，由县里来办。"

"简直霸道。"这个公司的人愤愤不平了，人家好不容易揽来的活让他一下就给断了。

可是，他没法不断。

"38万元搭个景，拍完就拆了？太可惜。"他想。

"世界上有座巴黎圣母院，雨果就写出了一部《巴黎圣母院》。《红楼梦》中的荣国府是虚构的，但咱们可以把它造出来！"他又想。

——可是造一座荣国府不是一两个38万能解决的。

——它可能需要10个38万。

——有那钱不会多盖点活人住的宿舍?

——荣国府到底在江南还是江北,红学家都争论不休,突然就想盖在正定,会不会是笑话还不知道呢!

人们议论纷纷。

他继续想:"荣国府不就在《红楼梦》中吗?谁能将它从艺术中请出来,盖在哪儿就在哪儿。"他还记得有个资料说曹雪芹是河北人,自曾祖起三代任江宁织造,雍正时受政治斗争牵连,其父被免职,家产被抄,随后始迁北京……那么把荣国府造在河北总比造在江南有道理……

然而不管这设想多么诱人,"反对者众"……天平就像跷跷板似的倒向否定意见一边。想象一下吧,刘日就坐在跷跷板朝天的那头,是不是有些滑稽。

但是当时的县委书记习近平同志和县长程宝怀同志赞同了这个设想。

常委会开起来了,问题被郑重其事地端到桌面上。

会议室飘着香烟和热茶的气息。有一段时间是沉默,听得清杯盖碰着杯身的轻响。

中山装、布鞋、眼镜,一副人们司空见惯的模样。刘日能用什么语言说服大家呢?

"这么想吧,中央电视台为啥同意把'景'搭在咱们这儿,我看那是因为咱们正定是座古城,城墙方圆四十里,同保定城就像双胞胎。"

刘日开始说了,就像平日里跟谁聊家常。可这些,谁都知道……正定与保定,这两座历史上曾是规模相当的京南重镇,你仅从它们的名字就能瞧见它们作为京师屏障的雄姿……城墙高3丈，上宽2丈。城墙内有大片土地，即使被重兵围困，也奈何不了他们种粮自给。任何从南而来的武装力量要想攻取北京就必须首先攻下正定，然后是保定……

"你再看石家庄，是座新城，它没有古建筑。到本世纪初，它还是个'井四'、'不足百人'的小村。但现在它连郊区有160多万人，改革开放，生活水平提高，这百多万人还能一下班一挂锄就往窝里钻？"

刘日继续往下说，河北的历史、地理、风物，在他口里常常如数家珍……"沧州狮子定州塔，真（正）定府的大菩萨"，这是河北三大宝。沧州狮是中国最大的铁狮，定州塔是中国最高的砖塔，这两宝都离石家庄太远，只有咱们这个42臂举高22米的大菩萨——中国早期最高的铜菩萨，离石家庄最近。河北还有赵州桥，还有西柏坡、苍岩山，那也远。如今石家庄往北发展，正定往南发展，都快连起来了。

何况正定还有那么多塔寺：华塔，灵霄塔，澄灵塔，须弥塔，大佛寺，广惠寺，天宁寺，临济寺，开元寺……一个县城内有这么多塔寺恐怕全国也找不见。还有钟楼，还有6米高的风动碑，上面刻着1959个字，风一吹，它就动了，但是千年不倒……正定还是常山赵子龙的故乡，咱们已经造了常山公园……作为重点文物，国家级的就有4处，省级的有9处。可是这些，目前有多少人知道？咱们现在正需要造一根火柴，把这些古建筑群都点亮。这根火柴就是荣国府！

想想吧，《红楼梦》一上电视，它就给咱们做广告了。石家庄是河北省会，每年有那么多会议，能不打发些人到咱们这儿来花点钱？只要把荣国府盖起来，把人吸引来，咱们完全有条件把正定这座古城变成石家庄的后花园。再说,这儿还是京广线必经之路,每天进出北京有多少人?北京又是有多少万人的城市?从北京来咱正定,火车就是4小时,同乘汽车跑一趟八达岭十三陵又差多少时间?

……认识刘日的人都知道他极少用提高嗓门来支持他的观点,他需要加重语气时偶尔使用手势,但更显著的特点是把那句需要加重的话放慢速度,你可以对他的话感到钦佩或者反对,但不可能无动于衷。

"历史很有意思。"他常常这样说。他对历史所抱的兴趣可以一直追溯到儿时从"故事大王"王大中那儿听到的许多历史故事,尽管那些故事大多不见于正史。不定什么时候,他口里蹦出一个典故,你没听清那些杂着古语的话中有一两个字究竟是什么字,他便用手在虚空中给你写出来,再不行就借助于笔。他记的那些史事常常相当精确,也有的不一定十分精确。但是没有关系,他醉心的是那些史事传递出来的精神,并有一种实不多见的凝聚力能将许多零散的东西组织起来,这时他就像是那些集合起来的东西的统帅,你弄不清他胸中究竟还藏着多少兵马。但有一个感觉你会很快明确,就像大兵压境。

他又讲了个历史故事。

"石家庄为啥成为今天的省会?本世纪初,'正太铁路'的枢纽原是定在咱正定的。可是那些遗老遗少们说:'这会冲了正定风水',纷纷进京去找王士珍。王士珍当北洋军阀的国务总理兼陆军总长,做官从不任用乡亲故友,连本家子弟也没一个在他手下干事。谁进京找他,吃住任便,想跑私没门。可这回他却利用职权将铁路枢纽往南移了15公里。这下好了,石家庄就此从一个全村只有4口井的小庄发展成今天这模样。要不,咱正定早发展得不知咋样了!"

也许说服人靠道理,打动人还需要感情。一种携着远见的思想的力量可能使你一下子就越过思前虑后的抉择过程，将你迅速席卷而去，更何况没有人愿当 80 年代的遗老遗少……

——常委会通过了。

5　一条连水都没有的小河

超凡的计划感动了中央电视台。这个工程实际上不只是一座"荣国府"，还包括荣国府大门外的一条"宁荣街"。它们的建成会给拍摄带来极大的好处，《红楼梦》剧组也感到意外的高兴。

北京故宫博物院总工程师王卜子被请来了，中国古建协会工程师杨乃济被请来了，中国人民大学教授、红学家冯其庸被请来了……刘日被任命为这个工程的总指挥。专家们来了，他倒茶，削水果，忙得不亦乐乎。

开始工作了。贾母的荣庆堂，贾政的荣禧堂，林妹妹卧室，凤姐儿厅院，乃至周瑞家的与人厮混的小屋……刘日与专家们日里夜里都去神游过许多回。荣府中合算起来，大小房屋有四百余间，还有那些錾金彝、文王鼎、汝窑美人觚……还有凤姐儿炕旁的银唾盒，那玩意儿可不像今天的大痰盂……一个数字跳到桌面上——500 万！

理想和现实吵架了。500 万元肯定节约不出来。"能盖小点儿吗？""不行！""那就吹灯了。"……

天平又一次逆向倾斜。

这是非常对不起的。没有这么多钱。"这东西要搞起来是个大包袱。""大祸害……"反对之声如潮涌来。

县委又一次召开常委会。

一个人可以在平时表现出崇高的品德，却不易表现出才能。一个人大约也只有在遇到非常复杂难弄的事时,他的才能才会变得让我们容易识别。

那时候刘日也差不多言尽词穷。那时候他仍然固执地说的一句话,已很难不被理解为"伟大的空话"。

他说:"不就是钱吗?相信吧,咱们不花正定一分钱,也要把它盖起来!"

夏日,冀中平原的天穹上,云彩褪尽了,太阳赤裸而雄浑,公路好像一块生了锈的大铁板,小车从那上面碾过去。

小车驶进了华北机械厂。这是一个数千人的厂,关庆尧厂长和他的副厂长、总工程师、总会计师都出来了。

关厂长与刘日热情握手,这握手给这个不凡的计划输入了最早的血液,还使计划扩大了。中午,关厂长宴请刘日及其随从。双方频频举杯。

——为荣国府干杯!

——为中国第一个旅游机场干杯!

"华机"之行,争取到了46万元投资。"华机"是个造飞机的厂。刘日提出正定出场地,"华机"出飞机,两家联营,建旅游机场。关厂长欣然赞同。"华机"的支持,无异于为正定开辟第三产业安上了翅膀。

前期工作付诸实施了,为把正定古建筑群的"现代效益"最佳地发挥出来,他们选择了大佛寺以东的地带,一下子拆迁了几十户,花下去几十万元。

可是中央电视台的38万元突然变卦。

令人始料不及的还有——华北机械厂委托农行调查该投资项目经济前途,调查得出"没前途,没效益"的结论——46万也靠不住了。

加上农行不同意——在信贷方面,他们具有经济监督的职能。如果连贷款这条路也走不通了,那还怎么干呢?

完了。

家乡,你真穷啊! 500万元,不是小数目,还想不花本县一分钱……年轻的书记,汲取教训吧,人不要等到失败的时候才想到谦虚。

这时候,谁也很难相信这个"设想"的可行性了,只有一个人例外,那就是:他自己。

"我要去一趟中央台。"刘日说。

"去吧!"习近平说。

"去吧!"程宝怀说。

当初,热情支持刘日这个设想的就是这两位县主要领导,现在面对着拆成"一片废墟"的几十户……他们都没有退路了。

北京,中央电视台。

刘日与副县长师文山和两位副局长来到了这里。他们是来谈判——无人邀请的谈判。

他们找到了副台长阮若琳同志。

不管对方是不是有兴趣听,刘日毫不含糊地谈出了3条意见:

1. 我们草签了意向书后,《河北日报》登了头版,全国包括香港有12家报纸转载了。你们想吹要在报上申明理由。

2. 按你们意见,我们已经迅速拆迁了40户,花费40万元,如不干,这损失你们要负责。

3. 如果你们不予理睬,这场官司我们要打下去。

中央电视台失理吗? 未必。

——用 38 万元，我们完全有把握按时搭出一个可供拍摄的景。你们想建一座真的，这主意不错。可是你们自己没钱，这不是开我们玩笑吗？剧组一经成立，一日万金，绝不能坐等，何况全国亿万观众都在等着看《红楼梦》，我们没有理由在你们这条连水都没有的小河里翻船！

6　七彩的光

　　早晨的太阳，黄昏的落日，都在这儿转动着七彩的光。

　　这是宽阔的停车场，每天都有数十成百的车辆载着成千上万的游客在这儿来了又去，去了又来。据说在这儿收取的停车管理费，一天的收入就抵得上过去在这儿种庄稼一年的收入。

　　这停车场是随着荣国府的诞生而诞生的。

　　《红楼梦》剧组曾在这儿居住、拍摄。《红楼梦》也早播放过了。从那以后，又有许多电视剧陆续不断地在这儿拍摄。正定县按"时间"、"面积"收他们的钱。但是当我站在荣国府门前的宁荣街上望着这一切，想想它是怎么建起来的，仍觉得还是有点不可思议。

　　这是一条崭新的清代商业街，街市两旁屋宇高森接栋连檐，店院林立旗幌相望……"广聚号倾销各色银两"，"收买黄金首饰"，"本铺自办南北果品"，"本铺诚造供佛高香"，"各色宫灯"，"简笺贴套"……那雕花窗牖、锲图瓦当，那匾额楹联、穿堂屏风……都会使你感到仿佛突然来到 18 世纪……当年林妹妹初到宁荣街，坐在轿子里，"从纱窗中瞧了一眼，其街市之繁华，人烟之阜盛，自非别处可比"，如今想必更是。宁荣街 51 家店铺早已全部开张，店前还有许多零卖小吃接铺连摊。还有随处可见的照相乐趣——林妹妹当年无论如何欣赏不到。你站在街上看不到一根电线，入夜两边的角楼店铺却灯火辉煌。荣国府旁还有一个跑马场，那里嘚嘚的蹄声不时撞击着游客兴奋的心。

1987年"五一"前夕，我从北京去到那儿，看到中外游客排着长队进荣国府。人们可从中路直去欣赏贾府的"日月烟霞"，也可从西路循黛玉进府的路线去重温《红楼梦》。我走中路，正门前是一对神采奕奕的大石狮。踏上石阶的时候，我忍不住伸手摸了一下这贾府里"最干净"的东西。

荣国府这根"火柴"果然点亮了正定的旅游业。为此服务的就业人员至1987年已达500多人，其中照相的就有96家，除去店铺，卖小吃的还有120余家，停车场有7个。正定县委办公室的人说：在那里就业的个体户，你已经没法知道到底有多少万元户。荣国府自身的门票收入是每天数千元至万余元不等。荣国府建成之前，大佛寺门票收入是年11万元；之后增至月收入8万余元。那"第一个旅游机场"也已开业，已有数万在平时未必舍得买机票的男女老少上天兜过风了。机场月收入在6万元左右，而机场投资不含飞机是20万元。荣国府工程因做到了（如王幼辉那封推荐信中说的）"质量高，速度快，造价低"，总投资实际只用了420万元，而荣国府建成后，头一年就收回200万元。

"这不是一座工厂吗？"正定人说，"它还不用油不用电（除照明）。"

这只是荣国府自身的效益。因"荣国府"而带来的各项经济效益之和约在1000万元。这个数字可信不可信，你姑且疑之，但今天正定的干部们都会说：那里还有许多效益肯定是无法用金钱计算的。

"从文学中走出来的形象化实体。"

"综观古今中外,哪一部文学名著有此幸运,值得后人将它还原为生活的本来面貌!"

"与其说是经济建设,不如说是艺术创造。"

……

国内外不少报纸都这么说。文学家、红学家、古建筑学家都给予了很高的评价。报载周汝昌先生还指出:荣国府建在正定正好是建在曹雪芹的故乡,因为曹氏祖籍灵寿,古为真(正)定府辖,曹氏乃灵寿人,不仅有县志可考,而且有新发现的"石碑为佐证"。如此精确的巧合,那是刘日当初也想不到的。

"死,意味着出生过。"这是意大利女作家法拉奇说过的一句话。我想,假如刘日当年在荣国府的事上败下阵来,未必不是失败的英雄。

如今每当回顾荣国府的建设过程,刘日总不忘提起习近平和程宝怀,他说:"当初如果没有他们两位主要领导的支持,那是不可想象的。"

1987年4月23日,《文汇报》载:"……所以,经多次可行性论证,并经中央有关部门批准,最后决定投放款项在正定古城兴建一座荣国府。"我仔细想想,这话也没错。不过,如果细说会丰富一些。

1984年刘日赶到中央电视台的当天下午,中央电视台开会研究。次日上午,双方正式签订合同。

真应该格外感谢中央电视台。也许是在那夏日又闷又热的谈判桌前,刘日依然保持的令人肃然的冷静,也许是一个人在忘我状态下专注于一项奋斗所释放出来的热能与其说是才华不如说是艺术,这在一个不缺艺术空气的团体中还是有人能辨认出来。

小车又一次驶进了华北机械厂。临走时,刘日又一次向关厂长表示了衷心的感谢！这些造飞机的人们的眼光到底比一般人更高远。

那么现在让我们来做一道算术：38 + 46 = 84（万元）

显然不够。

1984年10月1日。石家庄市委书记贾然在酒宴中听了"荣国府"的情况汇报，当场拍板，拨给20万元。

还不够。

河北省人大副主任王幼辉设法从浙江借了10万元。

还不够。

又从华北药厂、省文艺基金会、省乡土公司……共集资430多万元……2000多立方米的好木材从东北隆隆运来，特殊的砖、瓦、石在按计划投入生产，同年11月，荣国府以最快的速度度过了它的"难产期"，破土动工了。

如今正定人都为荣国府骄傲。那里面有许许多多同志的辛勤汗水。而一个人，如果能将他的远见卓识变成很多人的行动，并使很多人都活跃在为自己为他人造福的生存之中，那又是一种怎样的喜悦！

7 落日的红光

"你们别笑，真能成的。"这句刘日曾经说过的话，如今真的变成了现实。

照说，刘日该比任何人都更加高兴。可是，这一成功的尝试使刘日"一冒一冒"的设想更加活跃，他仿佛每时每刻都被一种巨大的引力紧紧地拽着拖着，想停也停不下来，这使他在1985年11月7日反而感到了一种从未体验过的失落。

1985年11月7日，是刘日被提升为县委书记到无极上任的日子，照说他也该更高兴。可是不。

　　这天，是石家庄地委的小车把他直接送到无极去的。他的上级和下级都可以把这看成是"工作积极"，可有谁能理解他那时刻的心情呢？

　　小车路过正定时，望着古老的城墙在车窗外风驰电掣地消失，他仿佛听到钢筋从混凝土中剥离出来的响声……什么是爱，你如果没有真正如痴如醉地爱过，你也就不会知道什么叫感伤，如今正定就像他的恋人，舍不得离开她反而不愿立刻去见她。他的心中已经建筑起一个更恢弘的计划……就像钢筋混凝土那样，他似乎已经把他的未来与正定凝在一起了。

　　如果没有一座恢弘壮观的荣国府和一条万象纷呈的宁荣街摆在那儿，我会把这个规划看成是一个中学生灿烂的幻想。

　　"40里城墙，这是得天独厚的啊！"刘日的眼睛在镜片后给我一种又深又远的感觉。

　　我是坐在1987年秋天的一个黄昏里打量他的这个规划。我想象着中宣部曾经来人看过这个规划的情形，似乎能理解他们当时也被"迷住"的神情。

　　"我们已经有了清朝一条街，"刘日说，"这是典型的18世纪清代风格建筑，宁荣街上的店员可考虑穿清代服装接待游客。我们还可以建成秦朝一条街、汉朝一条街……你看开元寺在这里，位于今天常胜街西侧，这寺始建于北魏兴和二年，原名净观寺，隋开皇十一年改为解慧寺，可以在这里考虑弄出隋朝一条街；华塔在这里，生民街东侧，始建于唐贞元年间，这里可弄出唐朝一条街；凌霄塔在大众街北侧，据1982年9月塔基地宫内出土宋崇宁二年石函铭文记载，这塔始建于唐，宋仁宗庆历五年重修，那么宋朝一条街……每个朝代的建筑、用具以及店员服装、礼仪，甚至所使用的语言，都可以有各自的特点。可以把正定的每一条街都规划起来。远在'北京人'时代，我们的祖先就在这里生息繁衍。将来人们到正定走一趟，就能从'山顶洞'一直走到中华人民共和国。标志着新中国的大街，我们要把它建得最漂亮、最现代化。你知道我们正定还有两处仰韶文化遗址，两处奴隶制时代的殷商遗址，那是真货，正可利用。总之，游一趟正定，对中国的历史文化也多少有点形象化认识了。"

"那能行吗？如果那样正定城不是成了……"我不知该怎样措辞。

"中国那么多县城，为什么不可以有这样一座县城呢？我们可以称它为'中国历史城'。中国有几亿学生，夏令营可以考虑到这里走一趟，课本里的知识都更形象了。如果做到，那你凡拍古代片也都会想到我们……"

"那就成了中国的好莱坞了。"

"干吗要说是中国的好莱坞？正定就是正定，中国的正定。"他又说，"现在拍历史片，这里找一处城墙，那里找一座庙，到处跑。咱们弄成了，就能给他们节省经费，他还不来？他来了，总不能带那么多群众演员吧……那咱们的人都有事干了。这不仅可以提高咱们地方的文化水平，咱们的老百姓还能更富一点。这样，这城又是中国的电影城了。"

接着，他又谈起关于"世界性"的"旅游城"的构想。他说：从长计议，将来可以让滹沱河有水，沿滹沱河岸，咱们可以建高级别墅，法国式、美国式、捷克式……当然也要盖个相当漂亮的中国式，咱们可以接待科学家、文学家、工程师、教授、劳动模范和普通工人、农民……到这儿度假，旅游，也广泛接待各国游客。你想，每年来华旅游的外国人有多少，咱们弄出了这些，他来一趟中国能不来咱们这儿吗？有了这些，咱们还可以在城外建一个大型的体育场，把世界性的比赛吸引来……

"我还想建一座'炎黄大学'，"他又说，"这是我想了很久的一个愿望。我总想中国要有这么一所大学。它应该是实行特殊政策。它招收的人数不一定要很多，但要招收全国才华初露、最有潜力的人来上学，可以聘请中国第一流的教授来执教，一个教授就带那么几个学生，不信培养不出中国第一流的人才。咱们只要弄出了这些就会有吸引力，若干年后，它的吸引力应该超过北大和清华……但是现在，纸上谈兵啦！"

他在沙发上靠了下去，坐垫上的麻袋布又露出来了，他下意识地拉拉沙发巾把它盖住……我望着他无言中苦笑的形象，心想：这是他自己终未能读上北大清华的一种愿望转移么？

他的妻子下班回来，进门后知道我们在扯什么，就笑一下，什么也没说。但我还是想起了他妻子曾讲过的一句话："他是个永远也长不大的中学生。"

"这像讲笑话，是吧？"他在沙发上又坐直，"我们盖一座荣国府用的都是别人的钱，搞建设没钱不行。不过，我们会富起来的。"

我理解了。那1985年冬天的"失落"。不是不想当县委书记，问题是他的这一揽子规划离开了正定这座古城去那个连铁路都没有的小县就真的只能是空想。

黄昏浓重了，玻璃窗上映着落日的红光。我起身告辞。走出屋，我望见冀中平原上，太阳将要隐没之前，锦绣般的灿烂竟愈加辉煌。

1987年秋，刘日家胡同外还是一片基建后尚未整平的"道路"，小车每次从这儿开出去，都像乘船坐在海浪上……走出好一段了，我忽然想：刘日搬进这个新居也已经快两年了，为什么就没人及时地把这路平一下呢,是不是我们天天都这么走,已经感到很自然?

这年秋,我在北京王府井书店买了一本《中国名胜词典》,还在柜台上,我便去翻阅河北省的名胜,我能从中查到河北9市48县的数百条名胜,而无极县竟一处名胜也不见,连县名都不存。

这样,我便又一次望见了这位曾雄心勃勃地想使用他有限的职能与他的人民一道发愤图强(干一番让世界都可能对他们发生兴趣的事业)的县委书记当初的心境。

但是,没有关系。地委领导的决定是正确的。无极在历史上就被称为"三等小邑",说的是这片土地除了"农耕",别无"雕巧之技"。那么,无极便更具有一个农业国的农业县的特征。把刘日放到这样一个地方去,他这棵树,将在这片土壤里生长出更富意味的枝枝叶叶。

这一年,他37岁,作为今天的县委书记,算年轻的了。一种生机勃勃的力量,并非在职位而是在他的精神上日益长大起来。相信吧,不久就会有新的激动人心的事向你招手。

第6章
千里始足下　高山起微尘

不论世上已是什么季节，希望总在沃土之中。掬一捧很早以前就憧憬过的泥土，我们上路。

1 道坎路攻车

"无极县"的界牌扑面而来，分外夺目。小车驶进无极地面，他精神为之一振。不管你心情如何，你已经进入了这片土地的"引力"圈。

冀中平原的风忽然灌进了车厢，因为你不由自主就摇开了玻璃窗。

"打开干啥？"小车司机问。1985年11月7日，的确不是7月需要凉爽的日子。但那时，你推了推眼镜是觉得眼睛要隔着两层玻璃看窗外，不够方便，是吗？

"不能再快点儿吗？"你重新摇上车窗后，这样说。

"再快，你就要坐'碰碰车'了。"司机说。

的确，刘日已经看到不断朝他迎来的路面是有缺陷的。再快，车轮就很难避开那些缺陷——道坎路攻车，屁股也坐不稳，还妨碍速度……不行！"这条路老了，要重修！"一个意识就这样在他头脑里诞生。

司机笑了："这样的路多的是。"又说："这条路有7米宽呢，算还可以的了。"又说："那要你当地委书记差不多。"又说："你当地委书记也修不过来。"司机是地委大院开小车的司机，常为地委书记开车。他知道，石家庄地区的公路，要说该修的躺在那儿有那么多条，照排也排不到这。关于这路是不是要修，他觉得自己比这个县委书记有把握。

不错。修路要钱。要大钱。是经费问题，不是该不该的问题。刘日估摸，重修这条路，拓宽它——所需经费至少要建造两座荣国府的，可能还不止。

但是搞经济建设，一是能源，二是交通。无极县没铁路，就这么一条7米宽坑坑凹凹的破路，发展速度怎么快得起来？……

"这条路必须修，一定要重修！"

这就是刘日上任第一天，未到无极，已在心里决定要干的第一桩事。

但是刘日的意识好像突然停住……他看到公路两旁平展展的农田像是竖起来，撞在他的脑门上……

2 十万火急

需要与可能之间常常隔着一条遥远的路。但只要是立刻能干的事，刘日便刻不容缓。

那么，"下车伊始"，除钻破堤滩，刘日还干了些什么？

不论你住在南方还是北方，这件事你都不陌生。你走在街上，看到脚旁有一条石灰白线拉过去，白线碰到哪座房子，哪座房子的墙上就会出现"拆"或"拆进几米"的字样……这项工作是国家城建部统一部署的。这一时期，"反对精神污染，建设精神文明"是各级党委必须高度重视的工作。城市面貌焕然一新有益于陶冶人的精神。这件事也早在全国的村镇展开，叫"村镇规划"。

无极县共有209个村，刘日到任时，已有90%的村镇按图纸进行了拆迁建房。这样的事，对刘日这个热衷建设的人来说，该会如何支持……可是，下车伊始去钻破堤滩，一下子跑了若干村子亲眼看到了乡村拆迁建房的景象后，就在他上任的头一月，他十万火急召开了全县"三干"会，他在会上宣布：

"全县目前的'村镇规划'工作，必须立刻停下来！"

不论你出言多么委婉，这都无异于宣布：县里前段时期的这项工作有毛病。

刘日是代表县委宣布的，但这绝不等于班子里"一致认为"。几年后，风风火火的"告状"，其内在原因可以一直追溯到这时。"新官上任"，此举，在有些人看来，还无异于"一个人否定了一班人"。而这时候持不同意见者还完全有理由认为：他们这些工作都是严格按照中央文件精神，按照国家城建部的统一部署严格执行的，而且层层布置下来，层层都这么做……而且工作颇有阻力，"我们这房子刚刚完工，盼望多年刚搬进来，别……"各种各样的理由，前来说情的不少，但主管部门甘当骂名也把工作开展下去了。"必须服从大局，拆！"尤其在县城面貌的更新方面，县里自上而下——作为任务——领导们都认真负责亲自抓，不可能重建的房屋，就发动买涂料刷新。一时间商店里各色涂料为之一空。不够，去石家庄调……短短时间，无极古老的县城，果然顿时色彩缤纷，鲜艳夺目，俨如一座新城。人们走在路上，精神为之愉悦……可是这位县委书记，才来没几天。突然一声："停！"让全县的乡镇都停下来。

国家城建部大，还是县委书记大？

该听谁的呢？

"听'实际'的。"刘日说，"如果文件与实际发生误差，那只能让文件来符合实际。"

他又说："这道理很简单，如果衣服与人体不合适，总不能把肉剐掉。"

这话惊心动魄。但喜欢使用"骄傲"、"狂妄"、"目无上级"为武器的人也会很高兴——并不费劲就找到了靶子。你不怕得罪人,那么有人还高兴你"树敌",甚至帮助你树敌……等着瞧吧。

一个"临时领导小组"成立了。这是由县委、县政府成立的,并调动纪检部门、政法部门、信访部门、农工部、城建局……相互配合,协同工作。

"同志们,"仿佛是非常时期,一个又一个会议在抓紧时间召开,刘日在会上反复说,"现在,这是一件各级领导都必须认真关心、共同出力的非常重要的工作,我们一是要全面理解中央文件精神,二是要认真听取和尊重群众意见……"

这时候也有人为刘日担心,若说这项工作重要,还容易让有些人联想到这一举动具有某种"严重性"……但不管怎么想,人们已经知道了,无极县的"村镇规划"工作不是喝一声"停"就结束了。所谓"停"是把前一段做的"那一套"停下来,而新的一套正在开始。

"就这么一个'村镇规划'工作,难道还藏着什么大问题吗?"

从这种部署中,一些身在无极,但过去未经手此项工作的干部也不免疑惑。

这时候,城建局甄局长责无旁贷地仍有大量工作要做。新的领导如同开动起一列火车,他这位昔日主管这项工作的局长现在至多也只是火车头上的一个车轮,不论你现在是怎么想的,你都被带着转动了。

尽管如此,甄局长仍然心怀忐忑,总觉得这事……总有一天要出事。

3 让他们去见见老百姓

事情真的来了。

这一日，甄局长直奔县委大楼找到刘日，进办公室，见刘日还在与别人说话，他等不及，开口就说：

"刘书记，出事了！"

"什么事，这么紧张？"

"地区今天接连挂来了两个电话，第一次，劈头盖脸就把我克了一顿，说，'怎么搞的，谁叫你们停下来？'，也不等我解释，他就啪一声把电话挂了。第二次，就送来一句话：'国家城建部要追查这件事！'"

刘日说："你别紧张。这事与你无关，如有责任，是我。"见甄局长仍站着，一副不安神态，刘日又说："国家城建部也好，谁也好，给农民经济造成这么大的损失，他们不检查自己，还追究我们，我正等着他们呢！"

不久，果真来人调查。一行人先到了城建局。甄局长又来找刘日。

"他们来了，怎么办，你见不见他们？"

"不见。"

"那……"

见甄局长仍站着没动，刘日又说："你告诉他们，让他们去见见村里的老百姓。这对他们有好处。"

甄局长走了。那一行人也真的下乡调查去了。

那一行人下去了，他们将看到什么？

有一点可以肯定，他们已经看不到刘日当初看到的景象，因为乡村正在起变化。

在这桩事上，刘日好像生气了，为什么呢？

"下车伊始"之后的那些日子，刘日看到的乡村景象也许是他一时难以忘记的……一个又一个村子，道堵了，污水排不出去……有的大街中心被挖得横七竖八，那是一幢一幢新的宅基，有的已经垒起墙来了，竖在街中央，碉堡不像碉堡，工事不像工事……"为什么这么盖？"刘日问。"这是按规划盖的。"村干部告诉他，"按新规划，大街不在这儿啦！""那在哪儿？""呐，在那儿！"村干部指给他看，他看到一幢一幢的民房，有的已经拆了，一片废墟；有的巍然不动。"这几户，死顶着，就是不拆。谁敢动，跟你拼命！"……他是来钻破堤滩的，看到这番景象，还属意外。老百姓听说这是新来的县委书记，哗一下把他围住了，当着村干部的面讲了那么多意见……东侯坊村农民李山虎气愤填膺："俺花了 3000 元盖了新房，房子还没干，又得让俺再花 2000 元才弄得起来，这样折腾，俺受得了吗！"……

走了一村又一村，他算是真正体验到了：什么叫怨声载道。

问题严重，必须全面调查。

一调查，各种问题都装满了他的口袋：

> 无极全县 209 个村已有 204 个村进行了建房规划，有 183 个村已按规划进行拆迁建房。按规划改建，是好事，一些村镇规划本来是计划用 10～20 年时间来完成的，但现在硬要在两三年内突击完成。这些规划也不是因地制宜，而是强求划一。无论村大村小，街道都要求横平竖直。所有房屋一个模样，一个水平，横成排，竖成线。有的还要求施工、用料、设备、外形一个样。不管你的房屋盖了几年，也不管

农户同意与否，不管有钱没钱，必须按规划拆迁重建。

调查还表明：盖一处新房，最低要花 3000 元，全部按规划建，全县需投资 3 亿多元，相当于无极县 1985 年工农业总产值，等于 1985 年全县全年机动财力的 100 倍。

由于新旧宅基的交换、变迁，户主之间不断发生矛盾，全县为此类事发生口角而导致打架斗殴，已知的就有 208 起，有的已致残。

最糟糕的还在于：一些干部打着"规划"旗号，利用职权占好宅基地，大宅基地，同时对亲朋好友给予照顾……全县已知的就有 100 多个村镇的群众来人来信反映干部在这方面的特殊化问题。这些问题本身已造成群众的不满情绪，加上对一般群众采取行政命令、强制手段，更加剧了干部同群众的对立，有的地方甚至已达"一触即发"，随时都有发生严重事件的危险……所有这一切，就是刘日上任后，呈现到他面前的乡村景象。

由于拆迁建房关系到家家户户的切身利益，这些规划涉及面又是如此之广……刘日还能按捺得住吗？

尽管现在这项工作，倘说是"新的开始"，莫如说是在"收拾残局"；尽管这样做有可能得罪一些人，但已经顾不得了。

"同志们，一个老鸹窝，你捅了它，那老鸹还叫几声呢！三中全会后，咱们的老百姓刚刚缓过气来，有的人做了 30 多年建房梦，才刚刚建起房来……咱们不能这么干呐！这件事出发点是为老百姓好，可事实上老百姓承担不了。咱们硬这么干，就损害了他们的利益。咱们还要带领老百姓创造好日子，就要老百姓相信咱们。现在老百姓在这件事上跟咱们较着劲,咱们成了啥?这件事如果不马上纠正,咱们会失掉民心,那咱们还能干什么呢!"

这就是刘日的声音。1985年11月,这位37岁的县委书记,"一双竹筷,一个大海碗",来到无极,能够在上任的当月便十万火急不留情面地把这一事态立刻制止下来,并着手纠正,就因为他的声音打动了无极广大干部的心。

那一行人下去后,刘日还等着他们回来,可是一直没有等着。

问甄局长。

甄局长说:"他们下去看过了,回来就走了。"

刘日说:"怎么就走了,我还真想跟他们谈谈!"

4 通讯员刘日

"我们只能制止一个县,石家庄地区有13个县,河北有137个县……"不等有人再来追查,刘日自己就开始写调查报告了。因为他还不满足于在本县把这桩事制止下来。

报告写出后,他分寄给了上级有关领导部门,希望对这事能引起重视。

可是时间一天一天过去,一月一月过去,没有任何一家做出什么反应。

这怎么也像过去写申诉信那样……这怎么可以不理不睬呢?

全国还有2300多个县……找新闻单位吧!他于是把报告变成了"报道",直寄新华社。

新华社在大量来稿中,突然看到了这篇报道不像报道,报告不像报告的文章,但他们辨认出了它的价值。

刘日在全县三级干部会议上作报告 在会上,他讲制止大拆大盖。他掰着手指说:"我们一是要全面理解中央文件精神,二是要认真听取和尊重群众意见……"他还说,"同志们,一个老鸹窝,你捅了它,那老鸹还叫几声呢!三中全会后,咱们的老百姓刚刚缓过气来,有的人做了30多年建房梦,才刚刚建起房来……咱们不能这么干呐!"

1986年7月6日,新华社将这篇文章印成《国内动态清样》,送到中共中央政治局。文章署名印着:通讯员刘日。该件最末一行用黑体字加括号印着:此件增发河北省委邢崇智同志。

邢崇智同志是河北省委书记。

现在,让我们来浏览一下,此后所发生的一系列反应吧:

7月14日.即新华社印出那份"清样"的第9日,新华社又将该文印成《内部参考》发到全国每一位县委书记手里。

7月23日,新华社再次将该文编入《内参选编》印70万份,发到全国每一个乡。

8月31日,《河北日报》头版头条登出《一个模式急于求成 大拆大盖 劳民伤财》,副题是:无极县采取措施制止脱离群众的村镇规划。

9月26日,《人民日报》登出《村镇规划岂能一种格式 大拆大盖实在劳民伤财》。

此时，无极县城建局甄银忠局长，见着刘日，已是满面春风。的确，全国那么多县，他所在的县这么果断就制止了大拆大盖的"村镇规划"，他就是走到地区去，也可以春风满面。

5 路，还是要修的

上任途中诞生的那个修路愿望仍在心中嗞嗞生长。但是他首先遇到了一个"经济外"困难：这条路重修就必须加宽，加宽到 12 米，在无极境内有 28 公里，将占用沿线多少耕地？……口袋里永远装着电子计算器，掏出来，用手指压压压……一个数字跳出来：180 多亩。

这 180 多亩土地显然都已分给农户去耕种，若收回，将使多少农户减少耕地，你怎么去向这些农民要土地？"给你调整吧！"那么牵一发而动全身，更将动到千家万户，而这些土地现在能动吗？

要知道，1982 年．全国农村实行了家庭联产承包责任制后，思想开通的农民已在分给他们的土地上拼命施肥，心存疑虑的还在踌躇着：这土地给俺们能用多久？哪一天会不会重分？这花下去的成本和力气会不会有一天突然又变成……1984 年中央 1 号文件及时地让全国亿万农民领到了土地长期使用证——党中央说：15 年不变。

这无疑是激动人心的。这意味着一个农民完全可以放心地在你的土地里安装上先进的灌溉设备，你完全可以考虑把通往你的土地的道路修得理想一些……政策多变的时代已经过去，15 年不变，这是党中央给农民的权力。让农民与土地都发挥出前所未有的潜能，这无疑是引导着我们这个农业国的农民向富裕前进的伟大决定。

但是，刘日现在却居然这么想：就这么 15 年不变，行吗？

如果仅仅是为了修路，想动那些土地，人们可以劝他不要轻举妄动，因为想修一条 12 米宽的路看来还是后天的幻想。

但是，这个意识在刘日头脑里产生后，不断"活跃"的结果竟发展到——他认定：即使不修这条路，这些已经分定的土地，15 年不变也不行！

如果仅仅只是这么一个"意识"，还不至于怎样，问题是一经意识到的，刘日便会想方设法把它变成行动。这样一来，关于这个新任县委书记的议论就更加热闹了。

——刚刚领到土地长期使用证的农民一颗心才落地，老老少少正扳指算计各自家庭的"三五"计划，你又去折腾他们？

——党中央都说 15 年不变，你算什么东西！

现在，刘日要干的这事，显然不同于当年建荣国府。你如果请示，你可能得到善意的告诫；你如果开会研究以示民主，你的习惯于"谨慎"的同行也很难成为你的盟友；而跟你保持沉默的距离，并不意味着不是在等待你的失败！……但是没有关系，不同意见保留着吧，别人怎么看，那是别人的事，如果他觉得这事该干，他甚至不会等待批示才行动。

北风在冀中平原上吹拂的样子仍跟昨天一样。落雪了，寒气把车窗玻璃弄成朦胧一片，从车窗上望出去，公路上的坑坑凹凹就像医生读 X 光照片时荧光屏前闪过的一个又一个阴影。

路，还是要修的。不管怎么说，今天不能总跟昨天一样。刘日的心里仍滚动着那个关于"速度"的计划。他相信：一个领导人如果只知该干什么是不够的，他还必须能做到该做的事。

现在他是去找地委领导。

滹沱河已经流不动了……远古的辘轳，近代的水车，如今无极田园年年回黄转绿靠的是机井。无极的第一口机井是1952年打出来的，现在无极早已是个名副其实的"老井灌区"，如果说靠山称"山民"，靠水称"渔民"，那么无极人凭井汲水浇灌——便是"井民"了。村民聚在一起，"同吃一蓬沙，共饮一层水"。爱井视如亲人，给井取名，"杏花井"、"麦芒井"、"枣芽井"、"满月井"、"灯笼井"，千音万韵，绝少雷同。民间偶有想不开的自寻短见也绝不肯投井……近几年地下水位下降，打井深度年年增加，如今许多地方已要打到百多米深才能见水。老百姓说，农忙时用机泵抽水浇地，"一眼抽水水满管，两眼同抽水半管，三眼齐抽水滴答"，电能空耗，柴油白烧。如今电又紧张，柴油比电还贵……搞经济建设，一是能源，二是交通。我们的水利资源和能源都已经遇到了——很难靠谁支持能解决的困难，那替我们考虑一下"交通"吧……如果说井是无极人的"恩泉"，那么，请支持我们修一条"恩路"吧！

刘日在心中千思万想，搜肠刮肚，反复寻找着可望得到上级支持的种种理由。

"你看呢？"地委大院里，刘日对有关领导说。

"打个报告吧！"地委领导不愿损伤这位年轻部下的积极性。

一式多份。刘日真的打报告了。给地委、行署和交通等部门。但报告被安置在各个抽屉里休息。"火车在石家庄地区就那么'呼'一下过去了，挨不着边的县多的是。"人们觉得这根本算不上理由。

6 我在前线

"为什么这些分定的土地一定要再动一动，不动不行？"刘日说,"我们都下去看一看吧,县委机关只是一个指挥所,我们的阵地在下面。"

"俺村有些土地撂荒了。"仍是下车伊始的那些日子,北苏村干部对这位新来的县委书记说。

"为什么撂荒?"刘日问。

"那地又远又小呗,不值得种。"

"说具体点。"

"就说周桂芬家吧,5口人,6亩半地有15块,其中两块就一两个畦,牲口也使不上,只能用锨翻,浇水离井台又远,不值得种。"

"像这样的农户有多少?"

"多的是。"

"上车,看看去。"

谁能说清,他下车伊始的那些日子里,眼里看到了多少东西?

北苏村第8队每户均包土地13～15块,最小的地块只有半分……史村农民赵小勇说:"俺为浇两畦地也要装卸一次机具,放一满垄沟水,太划不来。"……西东门乡农民张兰水干上修配业后,因地块太散无人接包,那地也撂荒了……固汪村一个农民在零散地种玉米,不追肥不浇水,亩产仅100公斤,低于全县平均水平300多公斤……高头村14队5亩地分给36户,谁也没法种,全都撂荒了……郭庄乡张家庄村有个老光棍,持有1亩3分地的土地长期使用证,同乡磁河店村有个寡妇带着3个孩子投奔他来了,于是5口人,耕种1亩3分地,所产粮食如何维持生计?……劳改人员刑满释放回来了,可是土地分完了,无土地耕种便又四处漂泊,不但生活无着还可能是社会潜在的不安定因素……庄里乡柳见村原有三台大型拖拉机,两台"康拜因"联合收割机,因农户地块过散,机具派不上用场,已有两台"大拖"廉价处理,两台"康拜因"闲置生锈……北虎村投资100万元建人造金刚石厂令人振奋,可村内无空地……高头村随着养牛业的发展要建冷库也无空地……社会主义终究要向社会化大生产发展才能实现自身,乡镇企业的发展受阻怎么行?……

"必须全面调查!"当着"大拆大盖"被制止下来后,他又组织人员下去调查……情况被陆续汇集起来,不完备的部分,就像门捷列夫预见化学元素周期表中还有新元素未被发现,他请同志们再去调查……现在可以知道,全县原有1875个生产队,农户承包地块5块以上的500多个队,占29%。有的多达七八块,最多的竟达15块。全县务工经商户想转包土地而无人接包,造成撂荒的已近200户。全县破坏性经营土地有405亩。由于地块零散,农户在浇水用井上时常发生矛盾,民事纠纷增多……由于土地撂荒,一些农户已难完成国家定购任务和集体提留任务。房家庄村240户,就有26户已属于"完不成"户……

办公楼又静寂了,窗外是一片熟睡的土地,雪花无声地降落。每晚的电视,除了半小时新闻,实在没有更多时间来喜爱其他更加丰富多彩的节目。独自一人,离他的家数十里之遥,这倒使他有很多时间来考虑许多问题……

15年不变,为什么不说16年或14年,根据什么呢,用电子计算机算过吗?

——象征。很大程度上赋象征意义。象征着长久和稳定,象征着意志和决心。象征的力量比精确的数字更能鼓舞人民。说15年不变是对的。问题不在这里,问题是首先必须把土地分好,分得有利于发展生产,分得有利于最大限度地解放生产力,让老百姓满意。

——平均主义。从农业土壤中生长出的平均主义也是一种理想。好地哪能都让少数人占？肥地瘦地搭配着，远地近地高地洼地靠路地"鸡狗田"家家有份几乎是合理的，这便是"地块零散"的原因。你能有什么办法呢？……但是，农作物从种植到收成需要十几道工序，像这样——劳动力与劳动机具不断重复奔走于分布四方的零散地块，老百姓为此付出的代价太大了……况且，这种现状，绝不会只有一个无极县如此，仅此一项，全国每年将有多少劳力物力和时间抛在东奔西跑的路途中？……

——机械执行的惯性和惰性。两种互相包容的机械因素加在一起，完全可能在执行中合成若干机械的错误。

抽象出若干因素，他便看清了这是一个具普遍意义的问题。

现在，他比任何时候都更加清楚地看到：中国的县一级几乎无所不有，机关，工厂，农村，商店，学校，医院，银行，税务，法庭，监狱……它已是一个相当完备的小社会。在中国，也只有这一层同基层联系最广泛最密切。它是中国经济建设和各项改革的前沿阵地。是中国各管理阶层，各经济环节互相沟通联络形成各种经济活动的最宽的管理中心和活动中心，也是各种信息获取、加工的要塞和传输中心。它对各项政策、法令的反映也有如温度计一样敏感。

"上知政策，下知民情。外知信息，远知趋势。"他说，"我们必须首先做到这些。"

灯光罩住了办公桌，桌上铺开了稿纸。地面的寒气穿透了他的鞋底，用手指捅捅鼻梁上的眼镜，不知手指和眼镜哪个更凉，但他知道他还有好些重要的事得马上做……

他说："一个党的干部仅仅不当'贪官'是不够的，咱们还不能当'支应官'、'糊涂官'。"

他说:"中国县一级的领导工作,应该起到一个'胃'的作用,对政策,对民情,首先应当消化、吸收,变成血液,才能对整个社会的机体发生作用。否则,要我们干什么?"

现在,他也比任何时候都更加意识到自己所处的位置:"我在前线!我在这个农业国的前线!"

党中央已经把指挥一方的任务交给我们,如果前方阵地上发现情况,我们没有权力把仗停下来不打,我们失去的时间已经太多太多,我们没有权力蹲在战壕里观望等待。那么,摆在一个前线指挥员面前的还能有什么别的选择吗?它只能是:

1. 面对情况,该怎么办立即着手去办。
2. 把情况报告司令部。

7 追随民心

雪消冰融。转眼间,春意盎然的世界又吹拂起宜人的暖风。

北京。1987年3月27日。

一篇署名刘日的报告样文章又被新华社印成《国内动态清样》,送到中共中央政治局,并分送各省省委书记。

4月1日。石家庄。河北省委书记办公室。省委书记邢崇智在"清样"的右上角签道:"请解峰、润身同志阅。"

4月3日。河北省省长解峰在"清样"的左上角签道:"请肖万钧同志了解研究。"

4月4日。河北省副省长张润身同志在"清样"的字隙间签道:"同意解峰同志意见,可在研究的基础上搞个试点,摸索经验再行推广。"

4月的冀中平原雾薄了，薄得天一放亮就没有了朦胧的诗意。晴朗的日子，阳光色彩温柔。车旁巴掌大的小镜子不断映出路边的庄稼，绿得如同翡翠。

小车上坐着河北省委和石家庄地委派来的调查组，他们到无极调查"调整土地"问题来了。

小车从石家庄出发，他们绕道走了一条远路。因为无极沟通外界的那条干线已经动土重修——是的，就是刘日在上任途中想修的那条路，已经开始全面动土重修。该路工程总造价需1600多万元——3个荣国府的造价还不止。

毫无疑问，这是一个走得很快的变革时代。处在这个时代，也许正有不少"瞬息万变"的事儿呢！

毫无疑问，我们已经迎来了一个可以阔步行走的机遇，问题是你是否知道怎样去走。

小车到了无极县城，很快又去了刘日当初去过的北苏村，然后是陈村……你已经可以想象，既然那条老路已挖了重修，那路旁的土地——涉及500多户——能不动吗？调查组到无极农村，看到无极县已将调整土地的事干清楚了。

"你们都愿意吧？"

"愿意。"

"有反对的吗？"

"这事对俺们有好处，还反对啥？"

……

省农村政策研究室副主任周省身同志和调查组的同志们兴致勃勃

地走了一村又一村，问了一户又一户，像是分外珍惜这个能与农民直接对话的机会。有人似觉奇怪：不知县里用了什么办法——居然能使他们的农民在调查组的任何人面前都说着几乎一致的话。

回到县城，周省身同志很兴奋地跟刘日谈起了他们将写的调查报告。他说：我们已经拟出了三个标题……这篇东西，与其说是调查报告，不如说是为你们写一份经验总结。

是的，无极有经验。但在这儿，我就不费笔墨去谈无极经验了，因为这不是最重要的。中国的县委书记们，只要意识到自己的位置，不负重任，都能根据各自的地方情况干得甚至可能比刘日更漂亮。

有人说：刘日，你一来，开发荒滩，制止大拆大盖的"村镇规划"，调整土地，都像是把你的意志强加于群众。

刘日说：不，我们只是在追随群众的愿望。

8　创造吸引力

这年金秋，我与刘日乘小车第一次驶向那条新路。车至半途，刘日忽然一声：

"快，关窗！"

被他一叫，我才注意到前方正有漫天白灰扑来，身旁的车窗是半开的，我忙摇窗，瞬间曾想"可别摇得更开"，不幸果然是，慌忙往回摇，就在将窗摇紧的一刹那——一线东西冲进车厢，与此同时我听到像是一盆水泼到车窗上，玻璃立刻像糊满泥浆，窗外一切都不见……

鼻子里顿时奔窜着石灰的气息，小车内纷纷扬扬，我们身上都落了石灰。才一会儿，我又惊异，车窗上的"泥浆"竟一丝儿不见，窗外又是明朗的金秋。

这条新路，中间7米的混凝土路面已全部完成通车，两边各2.5米的柏油路面仍在加紧施工。不知何故，有一堆石灰卸在公路旁，一辆大卡车朝我们开来，车轮卷起了石灰……这就是造成刚才那个"场面"的原因。

你是否觉得这条路修得挺快，这钱从哪儿来？

刘日说："我们一个县力气不够，可以联合那三个县……这条路从正定东行，先到藁城县，再到无极县，再到深泽县，四县同时请愿，力气就大了。"

我说："你去找那三个县？"

他说："是啊，我找他们书记。"

"他们怎么想呢？"

"他们也早想修啦！早提过啦！我说，我们打了报告，你们嗑印子吧，咱们试试看。"

"你当时肯定能成吗？"

"我想，要成。"

"为什么？"

"既然我们地区有好几条路都要修，钱有限。如果零敲碎打，那能干什么，只能修修补补。要改革，要建设，决策上既不能老想一口吞下一头大象，也不能总当修补匠。我们几个县联合起来，全长有50来公里，修建它一条像模像样的大道，效益就大了。我们是一个伟大的国家，现在是个机会，我们必须像模像样地逐步强大起来。上级会支持的。"

我又问："1600多万元，你们县出了多少？"

刘日老老实实地说："全靠国家支持，我们还穷，一分没出。我们的老百姓还赚这'1600万'里的钱。去年10月开工的,去冬,今春,几县人民齐动手,100里地平原,千军万马,那场面,激动人心!要不,哪有这么快!"

汽车仍在公路上跑……有一阵,我发现我渺小的心也仿佛沾染了某种庄严的色彩和恢弘的气势,跑到很远很远的地方去了……我想我的民族在发明了火药之后到想到要造子弹,是在尝到了别人射来的子弹的滋味之后,这期间好几百年时间不知怎么就流失了。这原因我们在读书时被告知是封建制度或封建生产关系阻碍。可我们能造出火药那时的制度也罢,生产关系也罢,分明不输人家,怎么到尝到子弹的滋味时就不如人家了呢?也许我们一直就感到我们的刀棒箭戟很好使,在这上面没有什么问题需要解决。也许也有人想到过"子弹",但说不定又有人觉得造出了子弹岂不抹煞了武艺高强的将军与一般兵卒的区别……也许还因为中华民族从来就没有为掠夺他人侵吞他人去绞尽脑汁地琢磨过什么……有人曾讥笑我们造火药是为了放焰火——在宋代就能造出"火树银花不夜天"的节日景象,这没有什么需要羞愧的。当我们要造子弹的时候,那也是因为我们学会了保护自己。但我们毕竟是一个伟大的民族,我们不仅必须生存下去,我们还应当强大起来!……古人曾说"新官上任三把火",如果刘日也有"三把火",那么,制止"村镇规划"、"调整土地"、"修路"这三件似乎火急火燎的事,大约可算。可为什么都有人持异议,有的甚至是很强烈的异议呢?也许最温和的持异议者大约就认为那些是"本来就这样",不觉得有什么问题需要解决,或"还能怎么解决"?历史学家说:在社会长期稳定和超稳定的社会,新的东西迟迟不易问世。但我们是处在革故鼎新发愤图强的时代,能谨慎地善于发现问题并身体力行试图解决,纵使其事虽微也弥足珍贵!

不记得话题怎么又扯到"吸引力"上。

刘日说:"吸引力也是靠创造的。你知道西安那座古城,北京城早先无论如何比不上西安。北京古称燕和蓟。秦始皇统一中国后,修天下之路,修到蓟城,这蓟城才开始较快发展起来,成为秦王朝的一个北方重镇。又过了1500年,元代著名学者刘秉忠重新规划设计,元朝把这座古城一下改建成了当时世界上最壮观的城市,结果把元以后的皇帝全都吸引去了。"

我说:"你一上任就想修这条路,也是创造吸引力?"

他说:"从这条路开始吧,路都不行,还讲什么?"

正是10月,窗外是12米宽的大道,两旁待浇柏油的路面恰似两只张开的手臂向我们迎来……当我们没再说什么的时候,奔来的世界里,似乎仍轰鸣着一种如钟如鼓如管如弦的声音:

不论世上已是什么季节
希望总在沃土之中
千里始足下
高山起微尘

掬一捧,很早以前
就憧憬过的泥土
我们上路

第7章 为什么不全神贯注

那是远古时代人类之所以成为人类不可或缺的东西；那是人类跨越种种艰难同舟共济走到今天不可抛弃的东西……

1 生产队散伙之后

"中国农村取消了生产队一级,行吗?"

1986年春,刘日那不安静的头脑又这样想。

这是不是胡思乱想?可他的眼里已经看到:生产队取消后,似乎村人都变成了"散兵游勇"……催收征粮,计划生育,宣传法律,修井,修路,治安,公共卫生……中国的人口,农村占绝大多数……几个村干部只得通过喇叭面对千家万户,嗓子喊哑了也见不着外头是不是有人听……生产队散伙之初,这里推行过"党员联系户"制度,这是为适应家庭联产承包责任制而出现的新事物;一个党员联系几个农户……但是随着农村改革的深入,农村产业结构调整,农村商品市场开放,农民参与流通,不少党员多是农村中的能人,此时离乡离土外出从业也大多捷足先登,"党员联系户制度"名存实亡……

"党员不党员,区别5分钱。"老百姓这么说。

有的党员连5分钱也不知交到哪里。因为地一分,各管各,支部虽存,党小组不知在哪里了。传达中央文件,过去是先党内后党外,如今:

"大喇叭一喊,党内党外一块灌。"干部们这么说。

随着经济的发展,不讲"两极分化",两极的距离显然在拉开,"三缺户","钉子户","劣迹户"……东合流村农民张焕成一家3口,本人拐老婆呆儿子精神不正常,人家还称"累赘产"……近几年,许多人富起来了,但也还有一些人,在相比较之下——贫穷显得更加突出,这些人都需要帮助……毫无疑问经济是在迅速发展,发展了才显出层次，但迅速发展的农村经济基础也对农村上层建筑提出了新的要求，怎么帮助那些困难户，怎么使村一级的工作适应全体村民的要求，符合全体村民的利益？

中国农村取消了生产队一级……难道还能恢复起来吗？不恢复……在成千近万的农民与几个村干部之间是不是缺了一个什么"元素"？

面对刘日那么活跃的思维，没法判定他的思维究竟是正确还是荒谬的时候肯定是有。但什么是正确？世界在时间与空间上每时每刻都在发展变化着，那么，一切的真理实际上都只是为探索为发展提供了一个新的起点。多年来，我们常常都相信我们是正确的所以我们才付出那么多努力，为这努力我们甚至付出了很大的牺牲，但在我们走过来的路上，我们仍不断地发现：那路上已经发生了不少谬误。因那谬误我们才作出新的选择。新的选择饱含着我们的希望，希望能否变成现实仍有待于实践的裁判，如果放弃探索则无疑要坐等新的谬误。也许只有对我们充满信心去干的事仍能不断谨慎地发出怀疑的追问并进行不倦的探索，才能减少谬误接近真理。

2 "老八路"又进村了

"刘书记，"一天，县委组织部长谷平安对刘日说，"要说支部工作困难，没有比北苏村更困难的了。"

谷平安是一位大学毕业生，刘日平日里就称他"工作主动，善于思考"，而北苏村党支部书记何宝林是个 26 岁的年轻人，也是个敢于并善于积极思考的干部，现在刘日一听谷平安满面笑容地来讲北苏村支部工作的困难，料想那里可能做出了什么新事，立刻对谷平安说：

"来，慢慢说，说具体点。"

"这个村，"谷平安说，"党员离土离乡外出从业的就有50多个，占'联系户'党员总数的一半还多，剩下的党员多数年老体弱，文盲半文盲几乎占到三分之二，他们的文化素质和本身精力都没法帮助那么多普通农户，所以'党员联系户'实际上就剩下名称了……"

"说下去。"

"但是，那个何宝林，找青年团去了，'咱们联合起来做点好事吧！'他说。不久，还真给他拉起了一支200多人的队伍，无偿为困难户服务，工作干得有声有色，老百姓说：'老八路又进村了！'"

"好！"刘日脱口而出，思绪则已经接上了他那个"生产队取消后是不是行"的问题。

在刘日的反复询问下，谷平安的汇报已经是够详细的了，但刘日仍嫌不足，末了，连说："好，好，咱们再找何宝林去！"

北苏村是个拥有5000多人口的大村。该村有个兴隆寺，寺内碑云："寺后有苏烈坟……"苏烈是唐朝人。据说苏烈坟内藏有"当日谷"，此谷可当日种当日收……这传说能流传至今，可以看成是古人向往温饱的愿望今人也有。当农村进入第二步改革后，农民向往温饱的愿望似乎一下子变做"争当致富先锋"……许多年轻力壮、头脑精灵的党员都走了。26岁的党支部书记何宝林正年轻，还是精灵中的精灵，何宝林却没有走。他还站在他的土地上，关心着这些事情……小车到了北苏村，找到何宝林，两位书记坐下来一谈就谈了几个小时。

"都愿意干吗？"

"愿意，不愿意这年头还拖得动他们吗？现在都快有20个服务小组了。"

"每组几人？"

"一般是党员5～7人，团员3～4人。"

"怎么分工呢？"

"根据街道和居住地点，划分服务范围。"

尽管其中有不少话此时是"再听一遍"，但刘日听得津津有味，末了，他说："宝林，你可是帮了大忙了！"

接着，刘日又去找党员、团员们谈，又找村民们谈。所以这样，是因为他有一个问题要考虑：义务劳动，雷锋精神，这在有些人看来已是遥远的传说了；在这"人心思富"的今天，像这样的无偿服务，能坚持多久，可行性如何？党员、团员们，特别是青年团员告诉他：

现在的日子好过是好过多了，就是不好玩。

咋不好玩？冰冰冷的，白天去地，自家人看自家人，晚上回来还是自家人看自家人。

政治评分就是没钱，那阵队里干活可热闹。

晚上记工分，听读报，学唱歌，听人吵架都好。

现在天一黑都不晓得干啥好！

白天事做掉都不晓得干啥哩，还晚上！

电视又不好看。

现在那日子没有啦！

……

刘日去问困难户，困难户给这位县委书记搬凳子，倒大碗茶，他们都说：

好啊，叫俺想起了当年的"农救会"。

好啊，叫俺想起了"互助组"。

好啊，叫俺想起了"老八路"。

也有人说：不收钱，这可不好，俺们穷，没大钱雇人干，那也得付饭钱啊！刘书记，你给他们说说吧，要啥也不收，俺们担心……长不了。

刘日感动了，真的感动了。

他又去找何宝林："宝林，谢谢你，你们真是帮了大忙了！"又把村民们的一些想法告诉宝林："好好总结一下，研究一下，看看是不是也搞一些有偿服务。总之，坚持下去。这事让我好好想想……得好好想想，可能要到你这儿来开一个大会。"

3 没有记录的思维

当着一项决定付诸行动，伴之而来的可能有文件、简报、会议记录，乃至新闻报道。但产生这项决定之前的思维却常常不会有什么记录。可这些没有记录的思维却常常就是这项决定的灵魂。

当着一项决定又变成许多人的行动时，尽管那没有记录的思维人们很难看到，可那思维是存在的。

月色星光在冀中平原上漫步的时候，又是他思索的美妙时辰。有谁会想到，他在白纸上正画填着这样一张表格样东西：

	生产队	党团员服务组
1	是生产管理机构，管全队的生产生活	不负此责。可随时准备承担乡间诸事，扶助部分人生产生活
2	是经济实体，却不适宜发展经济（至少是现阶段）	非经济实体，有益于促进经济发展（在"人为人"的人类意义上，前途无量）
3	按劳取酬	无偿服务

一张表格显然无法框住他的思维。

经济发展了，农村人不比过去缺钱花，这是一个因素；

可人还有受人赞扬受人尊敬受人爱戴的需要，这是一种精神上的补偿；

不完全是精神，还有社交的需要，互相了解互相理解互相认识互相交流的需要。

还都需要某种机会，某种表现形式。

青年人可在这过程中找到合乎心意的对象；

邻里之间若有误解有积怨也可得以化解；

人是不甘寂寞的，干完了自己的事，总还想干点别的什么；

不干正事就干邪事，无事还生非。

人类的一切财富实际就是物质与精神两大类，

精神的实际存在与舆论宣传。

我们曾一再信奉"精神变食粮"，但脱离实际就几乎走到"崩溃的边沿"。

改革使经济基础发生了变化，人的精神需求该是更多了。

不能满足于只给人民宣传一种好的精神，还应琢磨人民精神上需要点什么。

中国人在学外国人的科学技术，外国人却在研究中国人的精神。

舍身取义舍己为人先天下之忧而忧后天下之乐而乐为人民服务雷锋精神……在北苏村党员、团员以及普通群众的精神世界里保存着包括大集体时代在内的不少过去时代叫他们相当留恋的东西，那是什么？那是人与人之间互相关怀的温暖，互助互爱的喜悦、乐趣和幸福感。那是远古时代人类之所以成为人类不可或缺的东西；那是人类跨越种种艰难同舟共济走到今天不可抛弃的东西……北苏村的团员们没有忘记过去岁月中曾获得过的温暖,他们的父母兄嫂在青春期的美妙时刻里曾有过的闪光的东西还令他们羡慕,这可有意思。那些共产党员们也对他们年轻时唱过的歌哼之动情:

> 我们年轻人,有颗火热的心,
> 革命时代当尖兵。
> 哪里有困难,
> 哪里有我们。
> ……

可见金钱也不见得都在人心里占着多大位置。一个不轻易抛弃自己昨天优点的民族,才是有希望的民族。

干!坚决干,这是百年大计,千年大计!

如果说刘日是个太好"幻想"或说太富于"理想化"的人,那是因为过去的日子留给他的印迹太深……老人们曾告诉我们:苦日子是不会忘记的。可我们这一代人还知道:当苦日子随着岁月消逝的时候,那些曾帮助我们度过那些苦日子的人们所给予我们的关怀和温暖却永远留在我们心中。我们所以深情怀恋,是因为它太珍贵。

如果说那些没有记录的思维是某个决定的灵魂,如果这种灵魂导致的决定能产生不凡的作用,那是因为那灵魂已经不完全是他自己的。

他说:对前人精神财富的继承和发扬,那就是我们奉献给祖先最好的花环。

4　赶着小毛驴来了

一个决定就这样作出来了——县委在北苏村召开了有全县各乡、村党、团组织参加的现场会。县委发了文件，印了简报。1987年2月7日，中共中央组织部说话了——要求无极县委汇报"党团员服务组"的工作。省委组织部、地委组织部也一同前往。此后，见诸于各种记载的新闻报道接踵而至：

2月8日，《人民日报》率先发表了：《发挥农村党员模范作用的新途径——河北省无极县建立"党团员服务组"的调查》

3月23日，中央人民广播电台在新闻节目中播出：《建立"党团员服务组"，充分发挥农村党员先锋模范作用》

7月16日，一篇署着刘日姓名的关于无极"党团员服务组"的文章又由新华社印成《国内动态清样》被送到中国最高领导层。

两个半月后，中央人民广播电台又在10月1日——国庆节这天早晨——以5分钟的黄金时间于头条新闻再次报道。

同日，《中国青年报》以《大潮新歌》为题报道了他们的"活动纪实"。撰稿人是中国青年报记者台恩普和通讯员马记贞，文章一开篇就写得很有气势：

> 冀中平原，滹沱河畔的无极县，正流传着一个响亮的名字——党团员服务组。在农村改革大潮中，无极县通过村村已建起来的1750个"党团员服务组"，神奇般地带动全县9450名党员和6200名团员，围绕农村"两个文明建设"，开展起技术培训，政策宣传，法制教育，扶贫帮困，调解纠纷等各项无偿服务。服务组成立一年多来，那种种因经济改革

的冲击而在党团组织中产生的无所适从、无所作为的心态消失了,全县党群关系密切了,党在农村的中心工作顺利推开了,党员和团员的先进模范作用重新被调动出来了。这一新的活动方式引起社会各方的重视,中共中央组织部称它是"新时期发挥农村党团员作用的新途径"。

这篇报道的篇幅近半版。从报道中可以看出记者在无极农村采访时很受感动,采访也是相当深入仔细的,请看这些记载和有关数字:

> 南焦村东边原有一条3华里的公路,自划分责任田后,一些人在路旁挖了五六十个沤粪坑,平日尘土飞扬,一遇下雨,满路泥泞。乡里督促填坑修路,急得6名村干部满街扯破嗓子地喊,挨门逐户地叫,真是"燕子做窝——辛苦了嘴巴"!但是,几年过去,公路一次也没有认真地修整过,粪坑却越来越多,最终连一辆架子车也通不过去了。人们称它是"愁人路"。去年秋天,调动了群众的积极性,推土填坑,挑担拉车,不到三天,一条直通乡政府的平展的大路出现在人们的面前。
>
> 这仅仅是个普通的"小镜头"。遍布全县的千百个党团员服务组,带领群众把"愁人路"变成"康庄道"的生动事例,岂止发生在一个南焦村!
>
> 如今,哪里有问题,哪里就会出现助人为乐的服务组;哪里有困难,哪里就会钻出为人排忧解愁的党团员。一年多来,无极县的"党团员服务组"通过组织劳务队、机具班、牲畜组,共为"三缺户"调节机具2241台件,帮助饲养耕

畜1860头，收割庄稼9100亩，播种142 000亩。面对农民对科学文化、致富知识的需求，服务组登门讲，串户教，为全县举办地毯、编织、刺绣等技术班346次，培训农民技术骨干10 380人，同时还为农民发展商品生产筹集资金110万元，提供商品信息近万条，并给8500名缺乏致富技术的群众铺路搭桥，帮助他们加入各种联合体。

……群众从"党团员服务组"真心诚意的服务活动中，看到了共产党的形象。一年来，全县已有4600多人向党组织递交了入党申请书，400余名青年加入了团组织。

……一年来，全县从"党团员服务组"中选拔的后备青年干部中，38人担任了党支部书记或村主任。

在刘日的卧室里挂着一张大表格，表格里填着全县355名负责干部的单位、职务、姓名、年龄、籍贯、任职时间、文化程度。那些在"党团员服务组"活动中提拔起来的负责干部的姓名也都在那张表上。

当然，使刘日感到欣慰的还有：如今全县的农户都按居住地，多则四五十户，少则二三十户，被划分为一个一个的"被服务组"，由村党支部开大会或张榜公布。因为，谁能说哪一户在漫长的日子里都不发生困难呢？现在每一户都知道自己属于哪个组，都感到自己有了很具体的依靠。这样，每个"被服务户"的成员，就相当于过去"生产队"的社员，而每个"党团员服务组"就是新时期的党小组、团小组，承担起了过去"生产队"应当关心农户各方面困难的职责。这样，党团组织在乡村的作用得到了很大的发挥，农户们把"党团员服务组"看做自己的靠山，"党"和"国家"的概念，在农民的意识中变得具体了。

刘日常常站在屋里，面对那张"干部图"想点什么，他对他那些干部的了解，可说已如同在大脑里建着一座档案库，那表不过是一张"索引"……不论他想些什么，他自己最清楚：假如没有这样一支遍布乡村的队伍，假如不是这样的活动使这支队伍的力量得到体现，假如不是这样一支队伍的行为凝聚了民心，再好的愿望，再好的设想，再好的决定也会流于空想或空谈……"调整土地"，"开发荒滩"，"培训技术"……在很大程度上都是靠着这支力量推开的。

"人心齐，泰山移。"正是在这个意义上，你理解了："这就是人民创造历史！"

于是，到了三夏三秋，那些因公致残，因病缺劳力，因计划生育刚做了手术……正需帮助的农户，组里会有人及时地告诉他们，什么时候有多少人就会来帮助你……到那时，他们会在灶上煮点吃的，泡好大碗茶，然后站在门外，当你看到某个老人露着一列没齿的孩儿似的牙龈兴奋无比地冲屋里唱道："来啦来啦，开着拖拉机，赶着小毛驴来啦！……"你就会感到：那就是中国乡村正在走向兴旺的最动听的歌！

5 人海阔，无日不风波

在无极乡村，我还听到另一些——也是普通人生存的小故事，那时候，我想起了元代姚燧《阳春曲·失题》曲里的这句词。它唱出了人世阔如海，没有一天风平浪静。那时候，我也仿佛又见刘日办公室里挂着的那首诗："衙斋卧听萧萧竹，疑是民间疾苦声……"

故事之一：喷雾器爆炸案

一个农用喷雾器里填满了炸药，轰隆一声巨响，一个女子和两个男子一起炸飞了……这故事发生在楼下乡马桥村。

刘日在办公室墙壁的地图上找到了马桥村。村子远离县城在西北边上，村庄西临磁河故道，唐时村人就在磁河上造桥好与外界联系，据说桥成后是个骑马人走马试桥，村庄因此将名改为马桥，可见村人对与外界联系何等重视……村庄离藁城县很近，彼此间联系历史悠久，那个喷雾器轰隆一响，把两县都惊动了。

那女子是位四川女，从四川出来，先是同藁城县一个农民过上日子。不久东越县界，走过那条已经干涸的河，来到马桥村同一个马桥农民过上了日子。那藁城农民知道了，告到法院。

"你说她是你老婆，你又没有结婚证，怎么保护你啊！"

"他们也没登记！"

是啊，这些人一块过上日子都没办过什么手续，很难说该保护谁，那么调解吧。有关部门的确出面调解过，叫无极马桥这农民给藁城那农民出点钱。马桥这农民没出。这女子又死活愿跟马桥这个……于是炸药就响了，三条生命就结束了，就剩下那四川女从老家带出来的一个小女孩和小女孩经久不息的哭声……

故事之二：王老师逃婚

"王老师逃走了。"

"人家不愿意。"

……那个村子不小，近5000人，那个乡村中学，她一走她那课就停了。那村子叫西郝庄村，也是远离县城在西南边上，但交通却是方便，四面都通公路——东北两路都通县城，西南两路转眼间就到县外去了。她突然失踪，校长找，老师找，学生找，可就是不知她奔往何方。

她的父母更是急得不知如何是好。一切都筹办好了，亲友们把礼都送上门来了，她却逃走了。

她爹王殿锁老汉一直是个受村民尊重的人，多少年来村人有啥为难事少不得要找他拿主意。他和老伴没有儿子，这女儿是他们——从她4岁时就抱养来的，虽是女的，王殿锁却有目光，认为小姑娘聪明伶俐，只要长大有出息同样顶立门户。夫妻俩于是一直爱如掌上明珠，想尽办法供她念书。小姑娘也有志气，终于念出来当了中学教师，但是这一回却临阵"叛逃"，弄得她爹娘不可收拾。

女教师出逃是因为念师范时就有了恋爱……养父母却希望她嫁给他们的一个亲侄子，这样可以亲上加亲，于家庭互相照顾于家族续接香火都有万种好处。

姑娘不愿是显然的。但姑娘有一天却被两个老人的耐心所吓倒——养父母不打不骂甚至是不声不响光喝不吃地躺了7天7夜，眼看奄奄一息，村人围了一屋，姑娘终于招架不住只好违心应诺，心想先应了再慢慢做二老工作。

岂料二老见姑娘允诺，能爬起床后便紧锣密鼓操办起来……眼看婚期已到，姑娘没有办法只好走为上策。

……连夜逃到了邻县的男朋友那儿，又与男朋友一起找到了无极县妇联。妇联的同志最能理解这般苦衷，自是安慰一番。又说：

"你们要真心相爱，我们可以帮助你们先登记。"

但姑娘说："我已经登记过了。"

妇联的同志说："登记过受法律保护就更没事了。"

但姑娘又说："我……不是跟他登记。"

讲这话时，姑娘就望了一下站在门边那个穿西装结领带与她同来——也是当教师的那个不声不响的小伙子。

这就麻烦了。

不久妇联的同志还知道麻烦事还不止这些。

"没打她没骂她。登记也是她自己去的。"王殿锁老汉说。

"不同意为啥还叫买这买那？"村上人都说。

是啊，为什么？姑娘说那时候她毫无办法就想多要东西，大彩电，弹簧床，梳妆台……心想要得多多的，对方拿不出只好作罢。谁料她过低估计自己，公办教师国家干部自然值钱，人家认那价。她要啥就给啥。姑娘慌了又说要房子。房子就房子，两间东屋很快也盖起来，又宽敞又漂亮，一应东西摆进去，就等她去住……她就跑了。

"她这么干是合哪一门理哪一门德呢？"村上人说。而且她同那男的登了记那婚姻便受法律保护了，她登过记又跑去找另一个男的这算什么呢？……

故事之三：霸丧

从前，我只听说过霸道、霸房、霸田、霸妻等等，从未听说过霸丧。我的家乡在南方，印象中即使两家有架要打，遇着人家办丧事也会暂时偃旗息鼓的。

这故事发生在东侯坊乡。这东侯访，据县志载：有汉侯坊陵高耸如山，是汉朝皇亲国戚的陵寝。两千年过去留下来的只是一座黄土高丘，俗称"大疙瘩"。但多少年来无人敢去挖丘取土，嫁女娶媳妇诸般喜事都避它而行。邻近几村的名字则与之直接联系，称东侯坊、南侯坊、北侯坊等。这个霸丧的故事出在这个与古代皇亲陵寝有着这般关系的地方，有什么历史渊源么？

据说这一日天空阴沉，东侯坊乡有一户大姓人家突然蹦出40多人到了郝家，这时候郝家正在办丧事。这些人冲什么来呢？据说他们满腹的意见源于本家一个80多岁的老太太。

老太太年轻时丈夫突然死去，此后一直守寡，所以她不单是这家人的活祖宗而且的确功德无量。据说这家还遗传一种心脏病，从老太太丈夫那一代算起，3代就死了11人，都是30多40来岁好端端的突然就死于心脏病。现在他们突然奔出几十号人来是因为：本家有个媳妇名叫月花，她丈夫（就是老太太的儿子）也死了，老太太希望儿媳妇跟她一样守寡，可是媳妇不愿守，硬是嫁给了本村郝姓人。不料跟她过来的17岁的大女儿去砖瓦厂拉砖坯也突然死了……也死于心脏病。这家有意见，这就浩浩荡荡"说理来了"……

故事之四：砸碎犁铧拌炸药

楼下乡林中村也远离县城在西北边，有磁河故道环绕东、西、北三面，又恰与前面讲过的那个马桥村隔河相望。

一天，村中有个名叫双海的青年农民一声不响地将自己关在屋里，一心一意地砸碎了他的犁铧子，然后拌进炸药，安上雷管，带上电池，拉开房门就出发了……

双海的妻子名叫金香，婚后生了个男孩，令人羡慕，可他们自己却吵架不休。一次双海打了老婆，老婆出走，到了邻村嫂子家，任她男人怎么叫也不回。

她嫂子名叫小英，丈夫是石家庄工人。金香长年跟她嫂子一块过，村上有人说出各种各样的话……这家庭纠纷也调解过，但金香回去只睡了一个晚上，第二天又离村走了。

林中村早先紧靠磁河，古时曾遭磁河水患湮村毁庐，村民才迁到这地势较高的林木丛生处建村。如今林木已是罕见，地势仍高。双海夜不能寝，半夜都会起床骑车放坡下来——到邻村小英家门外——去转悠，去骚扰。想到砸砸门，想到扔砖块。没人理睬，又骑车返回，上坡，一路猛蹬，大汗淋漓气喘吁吁。

村人说："差不多天天都来，不晓得累。"

金香则任他怎么闹："俺死也不回！"

如此折腾两年，双海终于就砸了犁铧子……

故事之五：王不止又来了

这是发生在正定的故事的延续……农历丙寅年，刘日到无极的第一个春节刚过完没几天，王不止夫妇到无极县又找刘日来了。

这日，天完全黑了，王不止夫妇终于看见了县城的灯光。正月，北风卷着家家户户门前五颜六色的鞭炮碎屑……路上绝少行人，偶有几个不怕冻的小孩在路上跑来跑去放鞭炮，王不止夫妇总算问到了县委大院。

"两个孩子呢？"刘日问。

些时未见，王不止夫妇瘦得不成样子，又一年了，也不知他们今年春节是怎么过的。

"刘书记，"王不止也没回答刘日问话，就说，"俺们找谁谁都不理，只好再来找你。"

刘日说："俺现在调无极来了，你的事俺真的管不了了。"

王不止夫妇走了百多里路，听刘日这么一说，一时间俩人的眼睛都像没油的灯那样暗下来。

刘日慌忙给他们倒水，叫人去给他们弄吃的……又耐耐心心听他们诉说，可是末了，刘日能说什么呢？无极无极，整理"村镇规划"

留下的后遗症，调整土地，开发荒滩……几个大战场！末了，刘日说："王不止，俺跟你说，不管怎样，有政府，有法律，你自己千万不能乱来。你去找律师吧，行吗？"

"找律师要钱，"王不止说，"俺没钱。"

刘日说："俺给你钱！"

6　无权坐等争议

1987年4月10日，即新华社将刘日那篇关于"调整土地"的文章印出《国内动态清样》的第15天，中央人民广播电台播出"无极县建立'党团员服务组'"的第19天，中央人民广播电台于清晨新闻节目又播出了一则新闻：河北省无极县创办道德法庭。

据说这则新闻在1987年播出之后，在听众中有过不同反应。

——什么叫道德，什么叫不道德？

——几千年来，我们的道德观已被推举到至高无上的宝座，人们相守着它就像寡妇必须守着贞节牌坊。

——报纸上也开辟过"道德法庭"专栏，那是通过舆论……像这样煞有介事地建立一个"道德法庭"，符合宪法吗？

——一篇报告文学干脆写道："男人和女人无论谁充当叛逆的角色，今天都会被带到'道德法庭'的被告席上，于是我就有些疑心。这种'法庭'大概原本就是一个很古老很古老的祭坛？"

——办这样的"法庭"是进步，还是倒退？

我在中央台播出这则新闻后的第12天从北京去了无极，到那儿，知道无极要办这种法庭时，也早有争议。

"争议可以拓宽人们辨别是非的眼界,但眼里看到的是非仍然需要去解决。"刘日说,"乡村里的事情已在发生,我们没有权力坐等永无休止的争议而让下面的事情发展到不可收拾。"

无极县的道德法庭于去年春天创立,历时年余。让我们还是搁下争议,先来看一看他们已经干了些什么?

那个名叫双海的青年农民带着拌有犁铧碎片的炸药包出发了。"砰"地一声,门在他身后关上,没再回头,没有落锁,骑上车就走了……所幸的是,他那砸犁铧子的响声曾一下一下地从他家那结着蛛网的窗子传出来,勾起了几个小孩的好奇心,小孩们扒上窗子去看……于是村干部骑着自行车追来,双海被拦住。

"你想炸死你老婆?"

"俺不炸老婆。"

"那你想炸谁?"

"炸我嫂子。"

……双海虽被拦下了,但他的妻子和妻嫂仍感危险就在门外。这时,适逢无极县道德法庭成立,她们姑嫂告状来了。

要按法律,这青年农民的行为算个"犯罪准备"或"犯罪未遂"未尝不可。但他的妻子与妻嫂不告到法院告到"道德法庭",这是因为她们的愤怒还没有到要他去坐牢的地步吗?

立案。调查。随后就开庭。

这次开庭是在当事人所在的乡——楼下乡。

双海、金香、小英三人都按时到庭。

法庭:"双海,你还有什么话说?"

双海:"她为什么有家不回家?"

……

法庭："金香,你说。"

金香："他打俺,俺送死去啊!"

双海："俺是讲她干吗不跑回娘家?"

法庭："金香,你再说。"

金香："俺那阵……俺娘要俺换亲,俺跑了,得罪了娘,俺没法……"

金香哭了,小英接着说:"双海,你不要没良心。你知道你咋伤了人家的心么?那早,金香跑到俺家来,你俩结婚,金香还是从俺家去你家的,是俺送去的,忘啦!你打她,她没路了,俺才留了她。俺也送她回去过,你自个说,她头天去咋第二天又跑出来了?她跑出来还能跑到哪儿去?俺要再把她推出去,还不把她往死里推啊!"

不知你听了这些有何感觉——像那么回事,还是不够惊心动魄(要惊心动魄就要炸药包响的时候),他们的道德法庭立有《章程》,其中说:在开庭审理过程中,"应尽量保持宽松、和谐、诚恳的气氛","又要保持'法庭'的庄重性和严肃性"。

根据章程:道德法庭的"组织机构"由公安局、司法局、法院、民政局、宣传部、妇联会、共青团等有关部门的人员联合组成。声称是:"对社会风气实行综合治理的松散组织。"

根据章程:法庭还"允许当事人或与案件有关的亲戚朋友及知情人发表言论,讲行辩解或公证"。

这次开庭,经过如是审理后,接近尾声的对话便呈现出如下气氛:

"你还懒不懒?"这是双海之妻金香的问。双海道:"不懒。"金香又问:"你还猜疑吗?"双海说:"不猜疑了"金香:"俺……要自由。"双海抬眼望妻子:"你……要什么自由?"金香:"俺想回娘家就回娘家,想去嫂子家就去嫂子家,你不能干涉,沾吗?"双海说:"沾。"

你会注意到,这时候法庭的审理人员已经退而变成了听众……这时候金香转过脸来望审理人员,忽然又说:"不沾,他这人说话不算数。过去好话都说了几大筐了,一回到家就忘了。"

小英又说:"是啦,空口无凭,立字为据。"

法庭便问:"双海,你愿意立据吗?"

双海:"立据就立据。"

于是当场立据,以下就是——天下独此一县在这种场合下——被告人立的字据。

字　据

　　从(今)以后在(再)不打架,在家务上男女平等,经济上平等,不互相才(猜)族(疑),要互敬互爱,勤劳致富,回去把孩子领回去,两个人有事商量,当致富家庭先锋。

　　不干涉回娘家。

　　保证她家的人生(身)安全。

接着是年月日,双海的签名和指印以及有关公章。

我的面前还摆着一封小英后来写给妇联的信,我反复读了好几遍,斟酌再三,还是决定也摘抄于后。我把它视为——出自这样一位乡村妇女的书信体"纪实文学"。

　　……我认为,人毕竟是有思想的万物之灵,怎能像风车那样随风转动呢?有些领导戴着有色眼镜看人,颠倒事(是)

非，造成了更多人的痛苦，在不明真相的虚张声势的影响下，不讲调查研究，捕风捉影，捏造简报。

简报发下来了，似乎平息，但是人受到的创伤永远不能平息。

简报像污水那样向我泼来，逼得我分辩的权利都没有。如今，有你们，有王、刘同志那为民为工作的红心，感动着我，我非常感动。为此，我向县妇联全体同志表示要用实际行动，为中国的妇女争气。

7 墙头诗的启示

300多年前，一个王朝将要灭亡的时候，这个村庄诞生。兵荒马乱中，最初就是几户乡民从北焦村搬迁出来，到这块荒地上立村，希图能有一个新的开始。尽管离开了老村北焦，他们还是给新的家园取名后北焦。如今后北焦已有近2000人。

一处新墙上，贴着一张纸片，刘日站在那张纸片前，观看良久，那纸片上其实就写着4行20字：

新房两三处
奶奶找房住
本村有此事
是谁谁清楚

这是一首墙头诗，没有作者。某天早晨，它变成了儿歌，跳跃在大街小巷小姑娘们的"橡皮筋"上……这是什么？这是乡村人们自觉或不自觉地用一种舆论的形式谴责不道德的行为。

一个创办道德法庭的设想，最初就是从这首墙头诗上萌芽的。

因为《潘杨讼》把杨家将和潘家父子的故事传播得天下皆知，本世纪初，西南汪村几位潘姓农民到南侯坊看戏，适逢上演《潘杨讼》。一潘姓农民说了句"俺潘家把杨家折腾得不轻"，不料被一杨姓老头听见，振臂一呼，杨姓云集，那潘姓农民竟遭一顿拳脚。这是什么呢？

因为几百年前出了个秦桧，这秦桧还没生在无极，可是无极某村岳姓人几百年间竟不与秦姓人通婚，这又是一种什么力量？

尽管这故事令人啼笑皆非，但中国民间确有一种了不起的崇善力量。

回县城的路上，刘日就一直想着这些东西。

应该说：一件事受启发可在一瞬间，但抉择它却不是一时的灵机触动。如果不能深切地理解自己的土地、人民及其历史文化，便不可能信心十足地那么干！

乡村里还有许多事，单靠"党团员服务组"帮忙帮得了吗？各种纠纷、争斗大都不是因为困难而引起，有些老人的困难，是因为子女都不帮助，甚至不供养，那么，这里……首先，那子女缺的是"德"……都说"人言可畏"，小说、电影里都描绘过"人言"甚至可杀人，那么，有人能用"人言"来作恶，咱们就不能用它来行善？……报上办过"道德法庭"，但乡村的事太多太具体，单靠报纸喊一喊哪够呢？得调动起全民的舆论力量，但是，但是……这里还有不少东西要考虑……几千年的文明史大抵就伴之以几千年的道德训诂史，给人们带来过利益也带来过灾难……

一个老太太的形象浮现出来，她是正定旧时的"贞节女"……刘日去看望过她，快70了，那真是"青春的容颜像一只鸽子永远飞出了她的巢穴"……换帖。她就见过那帖。帖是"冰公大人"①送来的。终生不忘帖上最显眼那4字："敬求金诺。"她针针线线织了荷包织了鞋，为的是让男人能从针脚线行上窥见她的心手之灵巧。但男人当年就跟吴佩孚的队伍走了，当兵去了。第二年她如约去当媳妇，见过男人在家时用过的各种衣物……然后是等，等她男人回来，一直等到今天还没回来。那是多大的损失！你说她没有七情六欲？但那里也可见封建教育的力量……

真不可小看"意识"的力量，但也不能滥用之……"狠斗灵魂深处私字一闪念"，我们为此付出的代价也决不可忘。什么是自私，自私是一种损人利己的行为，而每个人自身的利益——只要那利益不损害他人利益——都是正当的，他如果不知道为自己着想，没能力为自己着想，咱们还得替他着想，共产党不就是为人民谋利益的吗？个人利益与自私不难区别却必须认真区别……通过扬弃把先人的智慧继承下来，还可以大力弘扬社会主义的新道德……我们得有一个最容易为老百姓接受的形式，这形式又能直接为老百姓排忧解难……当他的想法渐次成熟，他就开始找人商量，开始召集会议。

他说："中国的法总加起来已有1000多条，但民间还有许多事法律管不着。外国的法不论它有多少条，也同样有许多事法律管不着。"

他又说："等法律管得着都坏事了，干吗要等坏事了再管呢！"

他还说："我们办道德法庭，不是要把道德供奉起来……"

---

① 即俗称的媒人。

8 天职

握着这只手时,我头脑里浮现出一个"待人诚恳工作扎实的农村出来的干部的形象",但刘日说:"他是个大学毕业生。"

对一些读过大学的干部,刘日常常怀着某种特殊的羡慕并格外珍视,一些思辨性较强的工作,刘日常常建议委任他们去干。现在,他就是负责道德法庭工作的县委常委。

他叫傅金亭。

"霸丧"案的审理,就是他亲自主持的。

开庭那日,审理的地点也在那个村庄。两家的人都被叫来了,那位80多岁的老太太也请来了,济济一庭。

"俺不要财产。"那位名叫月花的媳妇说。

这是审理已近尾声的一幕。

法庭再次宣读"继承法"中的有关条款,对月花说:你丈夫去世,你们夫妻的财产是属于你的。你再嫁,可以把你的财产带过去。但月花接着说:

"家也穷,也没什么财产。"

"房子总有。"依法,还有3间房该归月花。

"俺不要房子,"月花仍低头,"叫老人卖了当生活费吧!"

老太太坐在法庭上老泪纵横……他们家族在本地人多,但就老太太"这一支"来说,月花一走,就剩下孤老婆子。老太太为本家"这一支"守了大半辈子寡,临到这阵——为本家坚守到最后一兵一卒时——法庭问老太太还有什么话要说,老太太说:

"俺要孩子……他是俺家的根!"

月花现在的男人说:

"她要同意，俺们把她接来一块过。"

我无法预计无极县创办"道德法庭"一事，对别处的人们有无启示？中央人民广播电台播出那则新闻后，首先对此予以重视的单位是妇联——全国妇联、省妇联、地妇联都很快相继来人。

在无极的这项工作中，县妇联主任甄申国和她的同事们的确做了大量工作。"女教师逃婚"一事，最后也在那个村开庭审理，为女教师业已"登记"的"婚姻"办了"离婚"手续……当县妇联的同志用小车把王老师送回村，送到她父母面前时，母亲紧紧抱住女儿，边哭边说："看俺打断你的腿不……"

有人曾问刘日："你们办道德法庭，有什么根据吗？"

刘日说："有啊，为实现党风和社会风气的根本好转，我们把这条写进道德法庭的《章程》了。"

1987年初，刘日在石家庄忽然又遇到王不止夫妇。

这回，未及说话，刘日便见这对夫妇眉宇间露出十分难得的笑容。

"刘书记，"王不止叫道，"石家庄市中级法院打算审理俺的事了。"王不止一向不肯称自己那事为"案"。

正定县原属石家庄地区辖，王不止的案原是地区中级人民法院审理。1986年下半年正定划归石家庄市辖。听说现在市法院愿意重新审理，刘日自然也为王不止夫妇高兴。

他说："祝你们成功吧！"

"王不止完了，不会告状了。"

这是1987年5月3日，在刘日家，正定县委办公室主任高恒智同志突然说的。

刘日问:"咋啦?"

高恒智说:"腿被打断了。"

我问:"谁打的?"

高恒智:"就是王不止跟他们打官司那家的兄弟。"

刘日:"咋回事?"

高恒智:"王不止去刨他们房子,他们兄弟追出来。王不止跑到家里,他们把他房门砸开。王不止又跑到野地里,他们兄弟又追到野地里,在野地里把王不止一条腿打断了。"

我不禁栗然,似不信,又问:"你怎么知道?"

高恒智说:"拉来啦,他老婆用小车拉来啦!……小车,仿佛又见那年冬天,王不止的小孩坐在白蜡条扁篓里向外望雪花……那时候是王不止拉着妻子拉着孩子去告状……男孩12岁了,会帮忙了,4月初,帮着他娘把王不止从40里外拉到县委大院。那天下午,小车一到,大院围了好多人看,那女孩也8岁了,母子三人哭作一团,别人看了也流眼泪,王不止却干瞪着眼,没泪。"

"后来呢?"我问。

"县委分管政法的副书记刘素宽来了,说:'马上送医院。'"

刘日半日无语。

我仍然无法知道,假如无极县没办道德法庭……

但我们都会知道,中国的县一级真是无所不有……他们审理过:经商掺杂使假,子女不供养老人,耍钱放赌,宅基纠纷,横行乡里,寻衅滋事,以及包办婚买卖婚偷婚干涉寡妇再婚……这些事违反社会公德或侵犯人的权益却不一定触犯刑律(人称:法律管不着,村里管不了，难倒干部，气坏群众）。这个县能以这样一种自觉不错的方式去企图淳化民风，祛邪扶正，并为城乡百姓解决一点实事。或许，这就够了。

或许，面对"道德法庭"这4个字，人们仍不免会想：道德就是道德，法就是法……假如我们把这4个字只看做一组符号，他们使用这组符号所代表的形式做的许多事无疑是难能可贵的，但假如换一组符号，也即另取一个别的什么名称，是不是会更好一些呢？

或许，还可以这样看：世界上所有的法律都是对人类的行为作出一系列的事后裁判，中国却有这么一个县，企图将那些可能"走向监狱"的人在半途上拦下来，先告诫一番，劝你别往那里去……这天下独此一份的事，是否值得社会学家、法律学家或其他有关人士注视一下？

刘日说：人类为了保障自己创造的利益，又特别创造了三种保障方式，一是教育，二是制度监督，三是法律制裁。有些人可因接受了第一种方式而成为自觉地对社会有益的人。有些人不够自觉，那就用第二种方式去帮助他。还剩下一些人，无视第二种方式并践踏它，那就请他接受第三种方式。还有极少数人，连第三种方式也不顾忌，那就只好杀掉。但是，我们不要忘记，绝大部分人是愿意"好"的，即使想往监狱走去的人，把他拦下来，教育一番，也大都能行。作为执政者，这就是我们千方百计欲为之的天职！

我不禁想，刘日已经不是政法委书记了，但他苦心甘意地要办道德法庭，也许仍是他当年——把好从社会到监狱之门——那个"施政方略"的一种延续，或说是：在新岗位上的另一种表现形式。

有人说："刘书记，你是不是也想得太多，太劳神了。"

这里不无关心。

但刘日说:"不是想得太多,是乡村里的事太多。什么叫劳神,咱们也没去种地,让咱们干这工作不就是要劳神吗?咱们漫不经心,老百姓就要承担体力和精神上的很大损耗。全神贯注,好多事还不一定能办好,甚至不免失误,为什么不全神贯注!"

第8章
为什么不全力以赴

望一望月下思睡的土地，掬一捧家乡的气息，你听到老乡的鼾声，就看到了他们的梦境……

1 没有工夫叹息

贫困！贫困！贫困！

多少个日夜，这些字眼像一个个秤砣坠在他的心上。

尽管已有"党团员服务组"帮助农户解决一些困难，但"贫困"因"贫"才"困"，纵有"党团员服务组"也无法乐观。

你自己有什么困难，你可以通过种种努力去解决，可是你有什么办法帮助许多农户搬开背在他们身上的"贫困磨盘"？

什么时候，才能真正把"贫农"变成历史！

无极有多大？524平方公里。这相当于0.9个新加坡，1.6个马耳他，8.5个圣马利诺，20个图瓦卢，24个瑙鲁……

有人说：县委书记是一个地方的"小皇帝"。

若果真能意识到自己这个位置的历史责任，你就真的只能"枕戈待旦"，"闻鸡起舞"。你站在这块土地上，耳闻八面来风，凝视无线电波从天宇间送到你眼前来的五洲图像四海音响，你没有雅兴沉湎于惊讶，也没有工夫叹息。

是的，世界上已经有很多我们青少年时代见都没有见过的"风景"，但是，我们还没有性格来爱你。

回望历史，你知道"贫困"这是我们无法拒绝的历史也是我们无法回避的现实。

你看到还在清朝中叶，正定知府郑大进——一个有心研究辖县乡风民俗的府官——当年蹙起双眉惊异无极子民朴拙端得"府舆之最"

的神情。正是这位府官在穷尽辖县风情后，为《无极县志》作序，不无慨叹地写道："极民朴拙，勤于农耕，无雕巧之技。"

"三等小邑"，"面朝黄土背朝天"，多少年多少代，无极人似乎除了谨守"正经八百的庄稼汉"这个千古垂训——引为"门户荣耀"之外，还能有什么别的辉煌之途，无怪乎人称：耕地之具，有安平人送来；犁刀，待山东大汉翻新，车马挽具乃至尺把长的鞭梢，也赖于辛集的皮货商；就是牲畜，也总是由操着异地嗓音的外乡人吆喝着赶来……

祖祖辈辈传下来，沿着炕头——地头走完一生的路线加起来，能把地球踏遍多少趟？可是延至民国初年，据说去过正定回来的人，便被视作如同去了一趟京都，乡人听其讲述见闻，欣喜之状有言为证："啊，看景不如听景！"据说民国年间，南侯坊有一张姓大汉因与家人斗气出走，行至郝庄滹沱河北岸，疑是到了"天涯海角"，问人道："前边还有庄户人家否？"……

无极，我的家乡，我的人民！追抚你的历史，我们没有眼泪辛酸……近年来，多少农民，多少共产党员，纷纷背井离乡，谋学技艺，寻找新的谋生致富之途，那不能不是一个勇敢的选择，我们无法不支持！

他们中的确已经飞出了一些"领头雁"。林中村共产党员杨军山致富后，突然自费去日本考察……杨军山回来了，刘日高兴得仿佛自己去了一趟日本。与之长谈，问这问那，其情其状也仿佛当年乡民询问那些去过正定回来的人。

"极民不比谁差，我们要自信！"刘日说，"把杨军山自费去日本考察，回来又为村里新上的羽毛粉厂的事印成材料，发到下面，让全县人民都知道！"

那是1986年初,刘日初来无极不久,在党员中搞过一次思想测试,发现63%的党员怀抱"吃的是白面细粮,住的是玻璃砖房,穿的是涤纶的确良"……这里显然有颂扬农村改革后生活变化的因素,我们的人民容易"知恩知足",令人感动,但领导者若能不满足于让人民唱颂歌,才是具有足够信心和力量的体现。我们自幼被教导"生在福中不知福",但我们今天不仅要自信,还要知不足而奋起。组织力量撰写《现在的小日子差不多了,还是差得多》等文章,配合国内外经济发展形势和本县致富先锋快马还加鞭的具体事例一起在无极广播电台向全县播放……要搬掉人们身上那块"贫困磨盘",首先得让他意识到,不要背久了反而像一件衣服那样穿着……作为县委书记,这些属于意识形态方面的工作,你都用心良苦地做了。既自信,也放胆。

但是你用什么来支持你的自信?许多身强力壮精明强干的走了,率先离土离乡干别的去了,留在"一亩三分地"里的还是绝大多数,怎样帮助这绝大多数,是我们更重要也更艰巨的职责,难道这经营了数千年的"一亩三分地"就真的再做不出什么大文章?

10万亩荒滩虽然已经开了,但它的前景还要到明天、后天才能呈现,面对眼前的现实,还是再想想这一亩三分地吧!

1986年,你初膺重任,已经穷思苦索,动了多少脑子;身先士卒,做了多少实事。你以你"一沐三握发"、"一饭三吐哺"的精诚以及你的反对者们都不可思议的席卷三军的才情在辖下广泛地凝聚起了党心与民心,你们筚路蓝缕,披荆斩棘,似乎已经扫平了可以进军的路,现在,你真的感到自己才智的贫乏了……

1986年10月,他开始亲自写信,一封封,向外发信求策。

1987年3月15日,又以县委县政府的名义,印发《致全县知识分子的一封公开信》，请知识分子向各行各业的领导"献计献策"。

有人说这是"花架子"。但是，你如果心里也坠上了那么几个"秤砣"，你就知道：贫困，才识的贫困，那是领导者最要命的贫困。

"得先治治自己啊！"刘日说。

2　万元田

会场。地头。老百姓的炕上。

相似的场面反复出现过：

"想富吗？"刘日问。

"想啊！"

"弄上一亩几分地，种韭菜吧！"

面粉韭菜饺，北方人祖祖辈辈都吃过，谁不会种韭菜？人们有心无心地听着。

"俺们可以教你们用 4 种办法种，就看你想赚大钱赚小钱。"

"咋算小钱？"

"1 千啊，一亩地收 1 千元。"

有人来了精神，一亩地就算种两千斤粮，那能拿几个钱，1 千元还算小钱？

"咋说？"有人问。

"一亩种 1 千元，叫露地韭菜。你要是想一亩地种 3 千元，你就搞个小拱棚。"

一亩地 3 千元？有人笑了。

刘日继续说："你要是一亩地想种它 5 千元，你就搞个小暖窖。"

更多人笑了。

刘日说:"你们笑?别笑。你们要是想一亩地种它个1万元,你就搞个日光温室。"

哄堂大笑。

刘日也笑了。

笑了一阵,刘日说:"你们慢慢就不笑了……"

刘日笑了,这是因为他有点"办法"了。

要想在一亩地里种出1万元收入来,当然像神话一样诱人,但对相当一部分老百姓来说,什么是"地热线"、"压膜线"、"纸被",在神话里也没听过。日光温室,那是什么样子?而且又说"技术性很高",在"育苗"、"定植"、"病防"方面,甚至连"采收"都很讲究,否则就拿不到那些收入。尽管种菜世世代代种过几千年,可这要种出"1万元"的技术,那是一种怎样的技术,农民们借助神话也想象不出。而且还要一次性投资3000元,这3000元从哪里来?而且投下去真能收回来吗?而且真能长出那么多韭菜,卖得出去吗?要知道大家都种,那会有多少韭菜?韭菜不是麦子,不能颗粒归仓藏起来……

"刘书记,你种过吗?"

"没有。"刘日说,"但是俺看到了。"

不只是看到了,看到后,老百姓将考虑的那些事,刘日也考虑过了。把农业局、科委、科协、农行、物资局、供销社都召来,像要打一场"大仗"那样,认认真真开过几次会,他才敢跟老百姓讲大话。

人家电视广告上现在都讲"三包",咱们给你来个"四包一保"咋样?

你说没技术,农业局、科委、科协的领导在这里,他们给你们包教。在县里设有"咨询服务办公室",每天有人值班。播种、移栽、扣棚、采收，什么时候有疑问都可以请教，还给你免费赠送技术书，我们还会定期下来巡回指导，这行吗？

你说没钱，农行的领导在这里，咱们以农行为依托，以信用社为基础，给你包发专项贷款。

你说没搭棚材料，物资局和供销社的领导都在这里。种子、农药、专项化肥、薄膜、竹片、草苫……这些专项物资由他们给你们包供应。

你说怕销不出去，农业局、供销社……咱们给你包销。

你说怕种不到那么多钱，那么好吧，咱们定个合同：只要你认认真真按时按技术要求去做，咱们保你一亩地一年收入6000元。达不到，咱们县财政还包给你补足。但是超过6000元呢？超过部分咱们分成吧，怎么分，你们自己说，我说"三七"开，咱们县里要小头，拿"三"就好。这样行吗？

什么叫苦口婆心，什么叫"父母官"，无极乡民种了多少辈子地，几时听过一个"县官"这样对他们说。

"老乡，这就等于咱们吃了饭专门包你们当万元户，而风险全是县里担当，你们再不干可就对不住我们啦！"

1987年11月20日，在县供销社礼堂开了一个——有县各有关部门，各乡党委书记，村党支部书记，村长以及农民代表参加的大会。刘日把这项工作看做一个"系统工程"，一个"战役"，必须通力协作才能成功。这次会议，无异于一次大战前的总动员。

蔬菜专家，河北省农科院蔬菜研究所主任穆德山是无极这项工作的总顾问，也是无极"日光温室技术"的传授教师。穆德山说："韭菜播种时间，4月15日以后的半个月都是黄金季节，最迟不可超过5月10日，超过就不妙了。"为了保证种子质量，穆德山亲自前往陕西去选种。但是由于种种原因，尽管穆德山比谁都急——4月15日，出战的日期已到——至关重要的两万斤种子尚未运到战场。

无极县主抓这项工作的是副县长孟凡林。孟副县长操心操劳，于4月15日如期召开乡长会，各乡把任务都领去了。

4月22日。穆德山风尘仆仆将第一批种子1万斤十万火急运到。丢下一句话："赶快播，还是黄金季节。"又走了。

电话繁忙。呼叫四乡，催拉种。

4月26日。第二批种子1万斤又运到。至此，种子全到。

4月27日。刘日、孟副县长又组织各乡书记在甄村乡高家庄开了一个现场会。再次催督火速拉种，此时，"黄金季节"就剩3天。

刘日说："万事俱备，只欠东风。现在就靠你们去组织，去实施了。"

5月4日。孟凡林接到通知，将于次日晨6点去河南开半个月会，对"播种事"不放心，下去跑了一趟，看到情况，大惊，火速赶回来，与农业局副局长安贞悦同志一道立即向刘日汇报。

"各村拉种子总共才拉了20%，已拉去的种子，有不少还在乡里！"

刘日从椅子上弹起来，脑袋里充满了如同古钟般的轰鸣……仿佛隔了好久，才听到蔬菜专家穆德山从遥远的地方传来的声音：种子隔了年，发芽率下降50%以上……要见效益最晚不能超过5月10日……芒种见麦茬，麦收在即，再弄不上，这事就完了！……不下决心6月10日也弄不上！……他抬起手来，看表，秒针"嘀嗒"作响，时针正指着9点，窗外正是北方入夏的夜晚，繁星满天……

"立刻通知！"刘日一字一句，"书记在书记来，书记不在乡长来。谁接电话谁负责去找，乡里不在找到家。通知要干脆利落，现在是夜

9点，12点，务必到会！"

县委大楼。灯光齐亮。

几台电话同时响起了呼叫声……

"什么会？这么急？"

"不知道。有车吗？"

"没有。司机找不着。"

"你等着，我们的车子马上去接！"

县委的小车，政府的小车，农业局的小车……相继冲出大门，驶向公路……

不久，某上级领导批评刘日，半夜把乡干部弄来，"神经病"。刘日无言以对。但他似乎有点明白了，神经病是怎么发生的，要是没开那么一个会，他不知道自己会不会得神经病。

3 开学了

人还没来，刘日已坐在会议室里等着。

县委大楼的"彩电"刚才还在播着纪念"五四"的节目，现在关上了。大楼里只有人的脚步声和说话声。

农业局副局长安贞悦揣着闻得见油墨气息的《播种进度表》候在楼梯口。

无极的乡民们，此时正在干什么？看电视，聊天，睡觉……或许也在做着致富的梦，但干什么都想不到这大楼里的人们此时在想什么。

小车冲出县委大楼的声音和形象都能唤起安贞悦许多熟悉的记

忆，去年元旦才过不久，他坐了小车坐火车，往承德去……那时候他还不是农业局副局长，是新能源办公室的副主任，年前的一天，坐在新能源办公室里，报上一篇报道辽宁省海城县搞日光温室的文章突然吸住了他的眼睛，他揣着报纸就找刘日去了……现在他要去参加的会议是全国在承德开的一个"地热开发利用效益评价交流会"，他到那儿，是石家庄地区唯一的一个参会"代表"。"一定要把经验带回来，在无极开花结果。"他没敢怠慢，会议期间，找专家、教授，也不管人家是否乐意，开口就谈："我们无极……"承德地区隆化县，是董存瑞英勇献身的地方，在这个地方看到了他们利用地热搞温室蔬菜生产致富的经验……他们地处北纬42度，无极是北纬38度偏北。他们能，咱们也能。回来汇报、研究，又请专家共谋策划，终于贴出了广告……

那已经是兔年的春节过后，一张张声称教人种菜致富的招生广告贴往四乡。广告说：专家讲课，办学3天，收费3元，保你一年后成为万元户。

这就是这桩事面世的开端。

安贞悦亲自去贴广告，并到集贸市场去向赶集的农民做宣传。有人觉得，"都像卖膏药的"，提出疑问："你们说是要开辟一条重要的致富之路，干吗不召集开会布置下去，在这儿穷喊？"

是的，他们一开始就考虑过要推广这事。不宜靠行政命令。

安贞悦说："咱们早想过啦，就因为技术性强，这不是传达文件。首先还得真有心学，花了时间花了钱，来了才能认真学，回去才会认真干。刘书记说了，咱们的农民家底本来就薄，经不起折腾，这事只许成功，不许失败。"

安贞悦个高体壮，曾在乡里当过8年党委书记，要说开会没少说过话，但到这集贸市场来做宣传还是稀罕事。但他显得很兴奋，心甘情愿。年前，他只不过拿了那么一张报纸去给刘书记看，可那以后，刘书记不定什么时候就出现在他的办公室："老安，你看看这张报纸……"或者是报纸，或者是资料，你都不知他有那么多文件要看，还有这么些关于日光温室的资料他是怎么看到的……

安贞悦说："在乡里在县里干了这么多年，从来没有受到过这么大这么热心这么具体的支持，我这手脚都活动开了，能直接干一点事，舒服呐！"

开学了，学习班就办在县招待所会议室，那待遇其实不亚于开一次会。

人来了，一数人头，58人。最小的16岁，最大的74岁，有男有女，还有一个外县的。"收不收？""收，都是老乡！"就这么一支队伍，要推广一条致富之路了。从河北省农科院邀请来的两位蔬菜专家穆德山、徐兆喜就要面对这样一班——无论年龄还是文化水平都呈阶梯状的——学员讲课，刘日握住两位专家的手，笑着说："没有关系，这是咱们的星星之火，明天就会燎原。"

专家，县委书记，县长，人大主任，副主任，县有关部门的领导，58名学员郑重合影留念。

这个日子是1987年3月4日。

专家深受感动。豁出来了。使出全身解数。必须使用最通俗的语言来覆盖这"阶梯状"的学员。人生难得一次这样的教学机会。认真使用这3天。3天不够，又加了1天。

3月20日，穆德山、安贞悦带着部分学员，共11人，驱车前往距无极500里地的邯郸地区永年县参观——那里已经搞出了河北省第一家"日光温室"。

4月2日，无极县成立"太阳能温室蔬菜协会"。发展会员50人，大部分是农民。人大主任朱志英任名誉理事长，副县长孟凡林任理事长，安贞悦任第一副理事长，离休老干部王英和张段固乡柴城村45岁的农民杨同锦也被选为副理事长。穆德山被聘为协会顾问。

"刘书记任什么？"有人问。

"他什么也没任。"安贞悦说，"但他是总后台，这事就是他弄起来的，大伙放心，他啥时候也不会忘记俺们。"

"太阳能温室蔬菜协会。多好听！"刘日来了，满脸乐，"咱们农民跟太阳跟蔬菜关系密切，要致富，得懂科学，要有正确的技术才有可靠的效益。"

自此，定每月2日为协会学习日，每个学习日都有专家来讲课……中国农业科学院教授刘宜生、北京农业大学教授聂和平等人也来教授过这些"特殊学生"。

两年后，无极太阳能温室蔬菜协会会员发展到1550人，成为全县最大的一个科技协会。

秋天。柴城村42岁的农民学员朱分队按捺不住心中喜悦，自己就把自己的收入报来了：大棚黄瓜4分地，一季卖了2000元；小棚西红柿3分地，一季卖了1100元。接着，朱分队与王增元两个农户承包了县农科所的30亩地，县里给他们贷款5万元，建起了日光温室。

一普查，就是这支队伍搞的小面积大棚菜。一亩地一季平均拿到了 5000 元。

"这些都不是我们特意挑选的农户，他们行，别人也行。"刘日说，"现在就看咱们领导啦！"

1987 年 11 月 6 日清晨 5 时，无极县招待所食堂顿时安静下来，张大师傅望着十来张饭桌上一只只空大碗，歇了一口气，自语道："走了，走了。"

这时候，一辆小车、一辆大车，风驰电掣，向 500 里外的永年县进发。大车定员 54 位，座无虚席，坐满了各乡乡长、部分村党支部书记和村长。

小车前头带路。孟副县长坐在车前座。刘日、安贞悦和县委办公室的一名副科长坐后座。

车过石家庄，安贞悦发现刘日说话声音不对，问："你感冒了？"

"哦，"刘日掏出一个药瓶子，倒几粒药，干吞了药片，随后问安贞悦，"你休息了吧，晚上？"

"歇了两小时。"安贞悦昨日下午开始负责通知，并把人员安顿到县招待所住下，夜里 12 点半，刘日还跟他通过电话。3 点钟，他就起来催张大师傅做饭了。

去永年县，是去看他们的大面积大棚菜。车到永年，无极的干部们看了四个村。领导的措施，现场的规模，农户的效益，群众的呼声，大伙都看到了。下午 6 点，开始返回。

归途中，刘日在大车上主持会议。

他说："认准的事，咱们就要全力以赴，坚决弄成功！有嘛困难，你们讲，我全力支持你们。"

最后，他说："永年了不起。咱们现在提出一个口号：一年学，二年赶，三年超永年！你们说行不行？"

"行！"

夜 11 点半。回到招待所，就餐。睡觉。次日上午做具体安排。散会。

1988 年 3 月 4—7 日，又办培训班。穆德山还请了他的同学崔海南一块前来讲学。

开学这天，正是龙年正月十七，第一期学员种的温室黄瓜已经端到大伙的饭桌上了。

在这期培训班，穆德山已经熟车轻驾，他说："我包技术。"

高级农艺师崔海南还是石家庄蔬菜公司的生产科长，他说："我包销售。"

……外地的成功经验请干部们看了。就在一星期前，高家庄现场会，本县农户在自己地里种出的大棚菜，也请大家看了……魏小偏弟兄四个，一亩地收入 12000 元……魏兵全 2 分地收了 3100 元，还清 800 元 "本钱"，还一举买了电视机、洗衣机、自行车……干部们把任务领回去了……工作做到这一步，怎么能这样？……

楼梯上脚步杂沓……县委机关的有关干部接到通知陆续来了。

4　飞行会

5 月 4 日正是农历三月十九，立夏的前一天，失却圆满的月亮高悬天穹，车灯追月色，一路赶来……

"到底什么事？"坐在车子里的人问前来接他们的小车司机。

"不知道。"司机的确不知道。

……不时地看表，"分针"越过 11 点 30 分，秒钟的声音格外响亮起来……

"能快一点吗？"

"够快了！"

街市银色的路灯扑面而来，城静了。

县委大院铁栅门大开，大楼灯火辉煌。

这是每一个乡干部车入大院的第一印象。

下车。快步进楼。刚上二楼，一张还带着油墨味的《播种进度表》递到他们手里。

不用说，都明白了。

表上印着 20 个乡截至当日的进度：20、150、空白、空白、空白……眼睛跳过去寻找自己那个乡……南流乡前来开会的领导心里怦怦跳，俺们还没动呐……突然看到"南流乡"那一栏印着个"4"字（副乡长弄了 4 斤种子）。心定了一下，还好，没光头。

人陆续到了，刘日坐在会议室里一声不吭，就看时间。20 个乡大部分是书记到会，小部分是乡长到会。12 点整。全部到齐。

"现在开会。"刘日说。

人们以为会听到很大的声音。然而没有，而且刘日才说个头，不知怎么就打住了。

灯光下，刘日仿佛老了 10 岁。

真想骂人啊！……可是，为什么他们迟迟不动，他们不知道误了农时，2 万斤种籽就全完了吗？还有我们已经做的大量准备工作，已经花下去的代价就要前功尽弃，他们不知道吗？……看到了，就算都看到了，相信了，可是我们计划的步子迈得比永年还大，他们只搞几个村，我们是全县铺开……去冬参观时，自己在车上提出：一年学，二年赶，三年超永年。按现在这样做，等于要一年就超过去了……一旦大面积生长，卖不出去……人说吃不了兜着走，那可是吃不了兜都兜不走……我们这些"县官"，失误了，突然来个调令，调走了。可是乡干部，村干部，他们怎么办？老百姓会端了他们的锅……但是，这些我们都想过了，也讲过了……省城石家庄是个大市场，近郊蔬菜区萎缩，远郊蔬菜基地尚未发展，市场预测我们已经搞过了，而且经过专家和专业人员调查，相当可靠。我们离省城54公里，属于远郊，我们正是抓住了这个机遇……党中央鼓励农民致富，党中央还叫我们调整农村产业结构，无极54万亩土地，拿出1000亩土地种菜不算太多吧……田忌赛马就是个调整结构的学问。扬长避短，认准战机就能取胜……已经是上合天意下合地利中合民心了……但是，仍然需要理解乡干部的顾虑……

"大家先汇报吧，不要绕弯子，都说实话。说心里话，行不行，能不能落实，有什么困难？开始吧！"

各乡先后汇报，发言大同小异。竟没有一个乡说这事不行，不能弄。都说："没困难。"

这时候，刘日感动了。他的声音大起来，大得像训人："其实，大家也知道，不是一点风险都没有。许多老百姓种大棚菜，还真是大闺女坐轿，咱们得扶上轿，还得一程一程送。工作很多，一步不小心，都可能造成损失。党政分工，不是叫我们高高在上。忠诚党的事业，就是忠诚于老百姓利益。已经认准了的事，为什么不全力以赴！要是都想当太平官，什么风险也不冒，农民什么时候才富起来……"

会议一直开到凌晨3点25分，最后，刘日说："现在，大家到食堂去，吃点东西，喝点酒。完了愿住下的到招待所住下，愿回去的，车子送你们回家。"

夜，3点半。食堂里一片舒畅气氛。"你们怎么样，连夜回去吗？"乡干部们互相问着。"回。""来，都端起来，喝一盅'同天喜'！"

酒使精神飞扬
醉也灵魂光亮
大路上——
奔波的同行

望一望月下思睡的土地
掬一捧家乡的气息
你听到老乡的鼾声
就看到了他们的梦境

让我们记住这个"飞行会"
车灯划破月色
驶向黎明
一路平安

5 绿色银行

就这样，508亩日光温室蔬菜和用其他形式种植的蔬菜共1000亩种成了。就在这时，筹划着"告刘日"的"碰头会"也在加紧进行——韭菜尚未长大——"烂韭菜"说已在街巷里风传：

"谁吃那么多韭菜，垫粪坑去吧！"。

"弄这事，都把他撅住了。"

"好出风头，这回叫风咬住他了。"

7月11日，就到了13名科局级干部赴省城告状的日子。

但是7月，整个7月和7月以后的日子，无极县更多的干部仿佛接到了一个无声的命令，空前团结……县政府下文对大棚菜种植质量进行普查，县人大主任、县"太阳能温室蔬菜协会"名誉理事长朱志英同志亲自带人下乡检查这项工作去了。各乡在党委书记和乡长的亲自主持下，一片一片，工作紧张而有秩序地进行着……种植户在路上拦住干部问："干吗要把刘书记调走？""刘书记要被调走了，咱们这事还沾不沾？"干部们说："沾，沾，沾！……"7月29日，农业局、县供销社、农业银行等部门在孟副县长的主持下起草了一个关于搞好农田贷款发放、物资供应、技术指导和蔬菜销售工作的联合文件，发往各乡镇……同志们，端出我们的党心、良心，全力以赴！……夜静了，12点以前，随时都有人把电话挂到刘日的办公室：

"刘书记，我们这里长势良好……"

"刘书记，今天县科协的人又到我们这儿来了……"

单位里一些根本不是学农业科学的知识分子给刘日来电话："有什么需要我们做的？……"学校教师给刘日来电话："我们还有很多学生……"

70多岁的政协副主席连克明先生在政协会议上说："我就怕刘日病倒了。咱们要保护刘日，最好的办法就是咱们也要想办法多分担一点他的工作……"

无边的关怀随着夏日的气温升高，浓浓郁郁，弥漫全县。秋天会到来的。等到高粱红了，韭菜绿了，大路上运载着乡民们的笑声时，让我们走进老乡家里去，分享一下他们的喜悦……

这是小西门村，叫这个名是因为历史上这儿曾有一座城池，如今城池早已不存，留下的是大片黄沙壤土，这个村子的黄沙壤土占耕地的80%。就在这片土地上，农民们搭起的"日光温室"在阳光下白晃晃的，一眼望去，比远古征战的帐篷更加耀眼壮观……请听听农民张打决的声音：

"俺听了刘书记两回话。第一回，刘书记说种果树，俺种了，现在快挂果了。明年果子俺要弄它1万元。第二回，刘书记说种韭菜，俺也种了，就一亩地，俺当年就弄了1万3千元。"

这是北丰村，磁河故道横贯该村南面。清代磁河发大水，有个叫东丰的村子被冲塌，部分村民迁此立村，便有了北丰。村中共产党员朱清亮，是参加过培训班的学员。你去找他，他会告诉你，他学习回来，如何在离休老干部王英的帮助下，搞了一亩地，一年收入16 000元。然后他又怎样去发展了5户10棚，黄瓜采收期达100天以上。说到这儿，他就格外得意了："安局长说，俺们这是创了全县的高产纪录。要去看看那5户吗？5户全脱了贫啦！"

这是西合流村。原名西河流，改"河"为"合"也是因为历史上厌恶水患。该村丁全喜联合6个贫困户一起搞了大棚菜。

丁全喜说："俺领的头，6户一举脱贫。"

杨村坐落在木刀沟南岸，历史上曾称"洋村"，也是因为常遭水患，一片汪洋。你知道如今木刀沟已是干沟。多少年那日子也很干涸。现在让我们来听杨村李双珍夫妇在搞大棚菜前后的一些"私话"吧。

"你咋不帮忙？"李双珍说。

"胡闹。"媳妇硬是连棚都不进。

第一刀韭菜下来,李双珍跳跳地跑回家,一沓钞票特意在妻子面前重重往桌上一搁。妻子一惊,望那钱,半晌,也没敢大声:

"全是啊?"

"点点吧!"

到底拿起来点,点了几张,给忘了,又从头点,终于把钱都摆好。

"两千二?"

"是啦。"

"哎,上哪?"

"上地,还有呐。"

"等等,俺给你炒几个蛋,吃完,俺跟你一块去。"

"钻棚?"

"你坐下吧!"

再看看姚村这几户吧。

康梦中夫妻都是残疾人,上有80岁的老母,下有三个孩子,一家六口人,生活艰苦还有债务,干部们上门去,说:"搞大棚菜吧,俺们帮你!"在党团员的帮助下,康梦中搞上了二分五地,卖得2800元。还清了500元债务,1000元"本钱",又用于扩大再生产(扩种一分五地),还剩下好几百元。一下子门庭都亮了。你去看他,他会对你说:"干部真行,这是帮俺们这些人找到了致富路。"

张破脚是个单身光棍,忽然新娶了个四川媳妇,那媳妇带来了两个孩子,又生下一个。5口人种一亩地。生活难以维持,媳妇不安心,"不如要饭去……"时时嚷着想走。干部们上他家:"搞大棚菜吧!别人不搞，你们可得搞！刘书记都替你们想着这事哩！"

张破脚搞了半亩，一年收入5000余元，家里突然就添置了结婚时也没做的家具。媳妇常拿布擦那家具。媳妇说："这活，俺也能干。有了钱，俺再多养点鸡啊什么，俺不走了。"

薛小忠有三个儿子，加他本人——一家四个木匠，庄户人有这手艺本是村中令人羡慕的农户，但是过去背井离乡走村串户辛苦一年一人挣不上1千元。听说搞"日光温室"能富，薛小忠想咱做木匠的做那玩意儿不比人差，也搞了一亩，一下子就弄了一万多元。老头子乐得跟几个儿子商量要做一个漂漂亮亮的大匾送给刘书记。村干部知道了，对他说："别做了，刘书记不让送匾。"

"咋不让？"薛小忠说，"俺一辈子就高兴过三回。第一回，赶走了日本鬼。第二回，土改分地。第三回，俺种菜当了万元户。"老汉把手一挥，"韭菜，一刀下去就两千元。这都等于俺一天弄它一头猪，一天弄它一头猪！……"

获得这些效益的农户有多少？"日光温室"全县亩产值平均9500元，纯收入6000元。不算太高，还大有潜力。但是，就这水平，已足够轰动。

一封封——大部分是用从供销店买来的信封和稿纸写的信件——农民的信件寄给刘日，什么话都有，什么模样都有。

都说富了怕露富。可这几位农民，却像报账似的把自己的一笔笔收入和盘端出。是相信刘日会为他们保密吗？

"您提出的'绿色银行'，在我们家乡的土地上已经实现了！……"这个写信人是回乡青年吗？

有的信只在信封上写明"刘书记收"，信文开头没有刘日的姓名，一开始就是三个字:"感谢信"。

"要是再有鬼子打来,你喊一声打鬼子去,俺们都跟你去!"

有的信在该写收信人姓名的地方画了个太阳,还涂上红色,绘上一道道闪光。

"头一年俺没听你的活,差了一万元……"

"都怨村干部训俺们不狠……也怨你,咋不狠点!"

1989年,干部们没再多费一句口舌,无极"太阳能日光温室"在原有基础上翻了一番。

6 白色革命

> 在很久很久以前
> 你拥有我我拥有你
> 在很久很久以前
> 你离开我去远空翱翔
> ……

这是西罗尚村贾敏生的家,他的妻子为啥笑得这么甜,新房里常常传出这支歌,他们为啥喜欢这支歌?

贾敏生曾是村庄里受人羡慕的"挺会读书"的人,可惜落第了……落第后依然留恋学校当过代课教师……可是日子太清贫。当村里的年轻人相继离土离乡去谋致富之路的时候,他下了几次决心,终于放下了他的教书课本,毅然离乡去闯世界。

一个书生样的小伙子,离开年轻的妻子,就这样起程了,"外面的世界很精彩,外面的世界很无奈,当你觉得外面的世界很精彩,我会在这里衷心地祝福你"……小伙子相信自己的文化和精明程度都不比村上的谁差。上内蒙包过旅馆,上山东卖过年画,上山西卖过炮,还上东北贩过皮子……雄心勃勃,露宿风餐,梦想踏出一条乡土之外的发财之路……但是他终于回来了,一副落魄模样。妻子跟他干架,亲戚瞧不起他,朋友也躲着他,他教过的学生说:"贾老师回来了,啥钱也没赚到,还拉了一屁股债……"是的,他分文未赚,还赔进去6000元……村里呆够了,外头的路走绝了,还落个被人瞧不起,他想到了死……就在这时,刘日来到了他的家。

"敏生,"刘日说,"咱们正需要你的文化知识。你跑了不少地方,吃了不少苦,说明有决心。搞日光温室蔬菜吧,带个头,给乡亲们先弄出一个样板来。"

贾敏生振作起来,弄了。没钱,为他贷款3000元。安贞悦作的保。1987年11月26日,一场大雪压塌了他的棚。半夜,贾敏生来找安贞悦。天一亮,安贞悦就与县供销社的两位同志赶到他的地里,帮他扶。刘日知道,也赶来了……就这样,贾敏生搞的八分六地,两个冬春收入2万4千元,还了债,盖了8间新房。真为村人搞"日光温室"树起了"样板"。

干部们说:"如今他是村里的技术能人,经济强人,社会香人。"

新房落成的日子,夫妻俩有商有量地给刘日写信,邀请刘日去做客,敏生对妻子说:"你有啥话说,讲来。"妻说:"讲啥哩,你写就是。"她只有笑容……

外面的世界很精彩,外面的世界很无奈,当你觉得外面的世界很无奈,我会在这里耐心等待。每当夕阳西沉的时候,我总是在这里盼望你,天空中虽然飘着雨,我依然等待你的归期……

几年前,像贾敏生这样,一心想踩出一条乡土之外的致富之路的人,在无极有数万之众,俨然一支大军。一时间,仿佛资本、胆量、青春、才智都被这些人从穷乡僻壤里带走了……谁曾想过,留在家乡的父老乡亲,连那些体弱身残的,就在乡土里开开荒,种种果,种种菜……转眼之间都变了门庭……就这两年,没有谁号召他们重归乡土,但回归"极地"的"极民"却越来越多……"生意越来越不好做了",拥挤不堪的火车上、旅馆里,屡屡能碰上互相倾吐愁肠的乡亲,"回去吧,还是回去吧!"……家乡的路都变了,家乡的引力在一天天增强,那就是对游子的召唤,如果疲惫了,你就回来,就在生你的地方,建设家乡。

黄壤上,一个个太阳能日光温室,雪白的大棚似波浪起伏,白光中透出郁郁葱葱常青的生命之绿,刘日说:"这是家乡黄壤上的一场白色革命。"

1989年,农历蛇年春节前后,一辆辆大卡车从石家庄出发,就沿着这条12米宽的路开来无极,从无极车似龙蛇般运走了一车又一车韭菜。

无极的干部、群众得意得不行:"俺们帮助石家庄市长保住了乌纱帽。"归来的游子不知其详:"咋说?""春节前,省长对市长说啦,过年要是吃不到韭菜,就像吃不到肉。你必须保证每人1斤韭菜,没有,关系到你的乌纱帽。""真的吗?""你没看到今冬连续28天阴,病虫害,他不上咱们这儿找韭菜,上哪儿去找?"

是否关系到市长的"乌纱帽"问题,老百姓也没亲耳听省长说过。但是民心自豪,千金难买。春节后,3月2日,农历正月二十五,石家庄市副市长、秘书长、省商业厅厅长一行人亲自到无极，送来了一面带石英钟的镜匾，却是有物为证。3月2—4日，石家庄市王副市长，省商业厅马厅长，还在无极开了"座谈会"，把无极认做他们的"蔬菜基地县"。"龙""蛇"之年的冬春，无极先后向北京、天津、保定、石家庄及一些兄弟县提供韭菜250万斤，黄瓜450万斤，芹菜85万斤。

更早些，1988年11月24日，国务院"菜篮子工程"领导小组到无极来考察。这个时候，刘日的那个"被告问题"尚未定论。刘日照例领着专家、教授们出城去看"日光温室"，求赐意见。国务院"菜篮子工程"领导小组的意见是："你们闯出了一条农民共同致富的路。"

看起来，无极的"引力"已在不知不觉中悄悄地发生了作用。

1989年1月13日，荷兰蔬菜专家卡梅宁一行由北京农大园艺系、北京农业技术推广站、北京蔬菜研究中心的教授专家们陪同到无极考察。一辆辆小车也是从那条大道驶来。

望着这一片土地上的"风景"，卡梅宁对刘日说："我是来学习的。"

卡梅宁是研究土壤保护方面的专家，实地考察后，他看到的是："这样一来，增加了土壤有机质，壤热物……"他说："这是你们国家的先进水平。"

关于无极的大棚菜，1989年，无极县最新编纂的《无极县大事记》中记着的一条是：

> 1987年3月4—7日，著名蔬菜专家、河北省蔬菜研究所主任穆德山来本县传授塑料日光温室技术。

"穆德山是我们的功臣，"刘日颇羡慕地说，"他那知识都发挥大作用了。"

7 "飞鸟形"结构

但是，无极有 54 万亩土地。如何使 54 万亩土地都发挥出更大的效益，粮食生产问题——那里还有一个更大的问题！

无极地处太行山山前平原，是河北省粮食商品粮基地县之一。1984 年，粮食亩产已登上 700 公斤台阶。刘日上任后，翻查几年的粮食生产资料，发现：1981—1984 年，粮食产量增长迅速，而 1984—1987 年 4 年间两增两减，产量在 700 公斤左右徘徊。

"还能抓上去吗，还有什么文章可做吗？"

要把肯定的答案写在辽阔的土地上，不能不是横在刘日面前的困难。

到处都在轰轰烈烈地考虑"经济""经济"的年月，究竟还有多少人在苦心孤诣地考虑"粮食""粮食"？

从县城到乡村，他看到在他周围的空气里就存在着这样 4 种意识。

1．以经济建设为中心后，领导者淡化了农业的基础位置。（但……粮食是基础的基础。）

2．农业包干后，土地分了，你别管了，农民自己会种。（会种是一回事，种好又是一回事。）

3．产量到顶论。（真到顶了吗？）

4．种粮富不了。（真富不了吗？）

用心良苦，但是必须考虑。当无极人口达到 43 万时，有 40 万是农民。当中国人口达到 10 亿时，有 8 亿是农民。"民以食为天，无粮则乱。"农业还是个良性循环……农业问题仍然是一个身在农业前线的指挥员必须认真考虑的大问题。

寻找原因,他思考的这一段话在他上任的两年后将被新华社印在又一份《国内动态清样》里呈送给中央政治局领导阅读:

> 在分析造成这种现状的原因时,刘日同志认为,农村改革后,粮食以高速度发展,主要是依靠政策调动了农民的生产积极性。当粮食达到较高产量水平后,传统技术和单项技术进行单因素、单目标的管理办法,已经不适应粮食高产再高产的需要。因此……

当然,随着商品经济日益发展,就是"种田能手"也感到光靠种粮赚不到几个钱。那么,如何提高种粮的经济效益,这问题也就日益要紧。

难呐!可是必须考虑。

夜已深,楼又静……那个时代仿佛已经很遥远了,那个时候对那些那么难解的数学题迷得如痴如醉,都不是因为它容易……如今你面对的是你生于斯长于斯的土地,你在想着数万万农民心底里实际存在着的问题。科技兴农!我们自己没有机会读到那么多书,但是有人读到了,找科学家去吧!

忽然一个日子,数十辆小车载着81位教授、专家来到无极,无极人见了纷纷伫步观看,不知县里发生了啥?

专家们讨论了"无极的农业怎么上"。北京农大的教授讲出了一个令无极人瞠目结舌的数字:"像无极这种自然条件,可以搞到亩产3600斤!"

刘日听了,眼镜片都顿时亮了:"那就是说,咱们现在还没拿到一半。"

可是，还有一半多怎么拿呢？如今干部们叫再上10斤，都代价太大，划不来。刘日说，这里有很多很现实的问题。比如水，水位年年下降，提高灌溉力都来不及。咱们拿到这些产量，已经费了九牛二虎……

专家们说：就是水，农作物的用水，就大有学问。不是越多越好，就在你们现在的灌溉水准上，如何节水，就有文章。别光顾挖井，要挖潜力。

专家们留下了一个足够无极知识分子和无极农民花大力去实践的方法：提高农业技术软件和农用物资硬件的配合率。

这就是说：提高科技普及率和提高物资、资源的利用率。别看这么一句简单的话，你听专家们倾吐衷肠你就知道专家们有专家们的喜悦和忧愁，谁不希望自己研究的成果能在辽阔的土地上开花结果。但是今天中国农村的农业科技普及率在专家们看来，一般的地区也只达到20%~40%。"也是一半不到。"无极也不乐观！还有多少知识可以变成财富，但是它们现在同数万万生产者还"互不相识"，这就是专家们面对中国农业现状焦急地想过最多的问题……刘日刘日，如果你当初走了科研之路，如果你也真研究出了一点什么，但是你研究的东西要是只停留在铅字里，鉴定书上，你会怎样……你失去了捧读那些荣誉证书的机会，但是你获得了推广它们的机会……作为中国农业前线的一位指挥员，刘日又看到了一个战场，意识到了——其间责任有多大！

当80年代结束的时候，无极县的粮食已有数千户农民的3万亩地亩产超过了1吨。单产已经名列全省第一。向"超吨粮田"进军，在农户们眼里已经不是前所未闻的"神话"。能够做到这些，还因为他们有一个重要因素，河北省农业科学院有十几位专家和工作人员从1986年起已经在这儿长住4年。

1986年，河北省农业科学院也在考虑这样一个研究项目：太行山山前平原高产县如何再上一个"台阶"。决定组织一批农业专家下去蹲点研究。下到什么地方去呢？恰在这时，刘日找上门去。负责这一研究项目的农科院副院长说："我就选无极了。"

经过两年的实验示范，专家们在无极的土地上总结出了"三省三高六配套"的栽培管理技术。这项技术可使小麦每亩省水40立方左右，省标准氮肥15公斤，省工30%，还可达到提高产量、提高经济效益、提高土地肥力的目的。这项技术在无极全县的普及之日，就能使无极全县的粮食产量和经济效益稳步地再上一个新台阶。

正是这些，使无极能够率先站在我们这个农业国——同等自然条件下——农业县的最高点。

1988年1月27日，一篇记者写的"内参"由新华社印成《国内动态清样》呈送中央政治局，文章的标题是："**刘日谈高产县如何使粮食产量再上新台阶**"。

同年3月7日，河北省科学院副院长郭合书一行11人到无极进行科学考察，双方就互相协作达成协议。

同年5月，无极县的大棚菜刚刚种下去的当月，国家农业部副部长陈耀邦率全国小麦会议全体代表到无极视察小麦生产。交谈中，刘日知道了中国科学院正抽调一批能兵强将在搞农业上的黄淮海战役，主攻方向是：中低产田如何向高产田进军。

刘日说：我们搞的是高产高效战役，主攻方向是从高产再向更高产进军。咱们大干三五年后可以同科学院那个战役配套。可能……我这样说，有点狂妄。

陈耀邦说：不是狂妄，是雄心壮志。

1986年1月6日，刘日在中共无极县第四次代表大会的报告中，关于无极农村产业结构的调整是这样说的："……形成以粮食生产为主体，畜牧业和林果业为两翼的'飞鸟形'经济结构。"

"飞鸟形"经济结构，饱含欲飞的意思，实现了吗？河北省有"畜牧四小龙"，如今第一条龙是无极……"田忌赛马"就是个调整结构问题，他总这样想，甚至这样对干部们说……到80年代末，短短几年，无极新植果树近9万亩，设施农业迅速发展……已是国家和省确定的太行山山前平原高效农业综合开发试点县，速生丰产林基地县，棉花生产推广中心，肉牛基地县，瘦肉型猪基地县，林果基地县，粮食基地县，以及平原绿化达标县。

请别小看这个"罗列"，这其中的任何一种"基地县"都意味着无极人的汗水和效益。被命名为"基地县"是要有实绩的，同时也能得到国家的一部分拨款支持。比如被确定为"粮食基地县"，就获得国家拨款370万元。

为什么，无极能在短短的几年中，接二连三、接三连四地做出一系列各方都无法不承认的事？我们可以琢磨一下刘日说的这样一段话：我们的工作必须超前研究，必须预见到事物运转到某个阶段将发生什么，需要什么。我们预先准备好对策，才能"兵来将挡"，"水来土掩"。否则，到时候要什么没什么，你前进的速度就要在时间和空间上停滞。

不论是开荒大面积种果树，还是发动大面积种大棚菜……都有人说："你也太冒险了。"刘日说："其实，我看都在把握之中。"

万有引力定律告诉我们：宇宙间的任何两个物体互相吸引，它们的质量越大，吸引力也越大。地球上的物体，包括人在内，不会"掉"到空间去，是因为地球的质量最大，引力也就最大。

刘日知道，要使无极县有更大的吸引力，那只有一个办法——强化无极质量。

第9章 为什么不用人之长

谁没有缺点,如果眼睛总盯着人家的缺点,那你都不要用了。用人就是要用人之长……

1　去监狱物色人才

"中国还有这么一个县，要用犯人！"

1986年10月，刘日领着几位同志来到河北省第四监狱，忽然说想在囚徒中物色人才，这事立刻就在监狱轰动了。

为什么刘日要这么干？

农村产业结构正在调整……要使城乡各项事业迅速发展，我们需要各种相应的社会服务系统——由简单的临时的服务向多层次多领域和系列化服务发展，没这些发展，我们这只"飞鸟"的羽毛就丰满不起来……人才的培养不是一日之功。百废待兴，百业待举之日，我们需要能提供各项社会服务的专门人才，需要招贤纳士。

可是谁曾见过——到监狱去招贤纳士！

刘日此举，从一开始就被他的反对者们指责为：招降纳叛！

"天涯何处无芳草"，刘日，你是不是又走得太远了。莫说有人反对，平日支持你的人也为你操心，你的上级又会怎么看呢？

但是，渴求赞赏——那是人类的童年心态，刘日虽然童心未泯，但他的童年季节毕竟已经过去。如果他认定此举必对人民有益，除非你撤了他的职，你没法阻止他不那么干。

这次，刘日甚至信心十足地说："我有法律依据。"

为什么，刘日要这么干？……难道真如民间常说"请来的和尚会念经"？……本县的人才都得到充分使用了吗？……也许原因亦在其中：一次一次关于用人的会议，总有人提醒，"他有问题……""他出过事……"刘日耐心听着，但听着听着就按捺不住了。

他说："谁没有缺点，如果眼睛总盯着人家的缺点，那你都不要用了。用人就是要用人之长，为什么不用人之长？"

历史也曾为人们留下不少恩恩怨怨，有意无意之间，那是演成"人际关系"的一部分土壤，如果你不想回避现实，你还会看到那种——总喜欢盯住人家"缺点"、"问题"的观念，不只是在一些领导干部头脑中有，在一般干部中也有。那观念有时甚至像"铁幕"一样把相当一部分人才挡在门外。他认为：一个人纵使确有缺点，那种总让人记住他那缺点的组织工作无益于发扬一个人的优点。这种工作方法也使那些被"另眼相看"的人自身精神容易灰暗，而对他们才能的限制则是一种很大的浪费。那么，有什么办法可以改变这种状况？思想观念属于意识形态的范畴，改变它，显然是一个县委书记应尽的职责。

富有意味的是，这位县委书记又讲了一个这样的历史故事：

从前，燕昭王渴望得到贤士，问郭隗怎样才能得到。郭隗说：我曾听说古代有位国君，想用千金去买千里马，花了三年时间也没买到，后来有位侍从跟国君说：让我去买吧！他去后，花三个月时间找到了千里马，但那马已死。他就用五百金把那死马的骨头买回来。国君大怒,说：我要的是活马，把死马骨头买回来有什么用？那侍从不慌不忙地说：君王，你还是高高兴兴地要下这死马骨吧，要是天下人知道，君王爱千里马爱到如此程度，连死马骨头都舍得花五百金，要是活马呢？君王转怒为喜。果然不到一年时间，就有人自动送来三匹千里马。

　　郭隗接着说：你燕王要是真想得到贤士，那就先从用我郭隗开始，像我郭隗这样的人都能受你重用，何况那些贤于我的人呢？他们不会自己投奔来吗？

　　于是燕昭王真拜郭隗为师，加以重用。不久，乐毅、邹衍等贤士都纷纷来投奔燕昭王。燕国得人，又能跟百姓同甘共苦，很快就富强起来……

　　刘日说："如果我们能做到，连蹲过监狱的人，我们都能大胆使用。那么，还有什么人才，我们不能用！"

　　为什么，刘日要这么干？原因还不止这些。

　　在过去的岁月里，像刘日这样终于没能读上大学，没能学到更多科学文化知识的人有多少……我们已经失去了很多时间，当我们幸运地获得了——可全力以赴——去进行现代化建设的机会时，面对无极现实，还得承认：我们确实需要引进一些专门人才。

　　早几年，还在正定，正定县想引进人才，与北京《丑小鸭》编辑部人才研究中心联系过，还在《河北日报》登过启事，结果没能如愿。1984年，无极县也在《河北日报》登启事，结果也没能如愿。

　　刘日说："北京要召人才，可能应者云集。像无极连铁路都没有，真有本事的人到你这儿来吗？"

　　1987年9月29日，《光明日报》登出一则"调动一人，押金四万"的消息，表扬北京三露厂招纳人才的见识与气魄。11月26日，《光明日报》又登出《十二万押金与一个工程师的流动》，这些故事就发生在北京，报纸的小标题霍然印道——

　　　　放人单位说：调出一人　押全十二万
　　　　要人单位说：思贤若渴　但无万金买士

可见在北京要招人才也不易，何况人才也在"涨价"。

"但是，"有人提醒刘日，"劳改释放犯……"

"什么'劳改释放犯'，这是一个错误的概念！"刘日回道，"释放了，还是'犯'吗？"

这是一个一说就明的道理，但不知怎么似被长期忽略了。

"我现在是中华人民共和国公民了，多少年了，才熬出一个公民……"这是刘日任政法委书记时，一个刑释人员对他说过的一句话，刘日久久不忘。

"公民还有两样的公民吗？公民所有的正当权益，人人平等。"这就是刘日抱定的法律依据。

"但是，劳改过的人，总让人不放心……"

"但是，"刘日说，"这就为我们招聘创造了条件。天下别处要不能正确对待他们，我们能，这就是我们的优势。我们要创造这个优势。"

为什么，刘日要这么干？也许原因还不止这些。

也是任政法委书记的时日，一天，有位农民找到他办公室来，开口就说：

"刘书记，俺是反革命，帮俺恢复反革命名誉吧！"

这绝不是玩笑。来人要求得非常迫切。这就叫——已经接触过各式各样无奇不有的来访者的——刘日也不免诧异了。

"咋回事，你慢慢说吧！"刘日费了好多口舌，才终于弄明白了这是咋回事。

来人姓潘，是正定县东权城村人。刘日知道这村子在唐开元年间曾是恒州恒阳城置恒阳军所在地，颇有些历史故事。这潘某的父亲则有些"历史问题"，所以被镇压了。"文化大革命"期间，同村某人跟他有意见，因拿准他那老爹有"历史"，便告他骂伟大领袖，于是他被捕了，按现行反革命罪判了10年。

10年铁窗，劳动之余闲着无聊，他就动脑筋，动着动着突然有了发现——没有的事也是可以弄成有的。于是生出一个动机，于是找人揭发：骂是一块骂的，那人还提出要杀共产党，杀村干部，先杀谁，后杀谁……如何如何，有时间有地点有声有色。于是那人也被抓起来。那人当然不认。但最终竟也认了。因为还多出"杀"一节，那人被判了20年，也进去了。

光阴一晃，10年过去了。潘某刑满获释。获释后无处可去就在劳改农场就业。那时大家工资都没涨，他每月挣60多元，单身汉自养自算不错，还不断有"出差机会"，那出差就是押车运盐什么的，坐坐车一天还补八毛钱，后来还长到一天补两块五，算很不错。

忽如一夜春风起，世间万般冤屈得昭雪。潘某冤狱也获平反。潘某也着实扬眉吐气了几天，但很快就忧虑了：一平反，农场就请他走。他不想走也不行。

"这里是有罪释放的人才够条件，你无罪，你不够条件，你走吧！"

他只好口袋里装着户口离开了农场。

那时候田已是责任田了。他原有三间房进狱时卖了。有个母亲早已改嫁。他忽然感到从未有过的失落。

这时候河北民间已在传扬着刘日如何如何的故事，这些故事已经把刘日创造得半人半神。潘某便带着一线希望来找刘日，真诚地希望恢复"反革命"名誉。

"没别人，俺家没别人，也不怕连累了哪个。刘书记，你有法子！"

这怎么行呢？

"平了反，俺就没饭吃了。"

刘日只好找乡里，找村里，让好好安置，后来还替他在土产公司找了个临时工干……可是，没隔多久，他忽然去强奸一个老太婆，这回是真正犯罪成坏蛋了。被抓走那日，他兴高采烈……

这故事搁在刘日心上已经好些年……为避免刑释人员"二进宫"，我们该做一点什么，是他当政法委书记时想过无数遍的问题……他想做的还不仅限于此，如果说他决心要办"道德法庭"是他过去那个——力图把好从社会到监狱之门的——"施政方针"的延续，那么，他现在想从刑释人员中招收人才的主张，还包含着这样一种愿望：对于已经进入监狱的人，他也想能为促进他们的改造做一点什么。

正是这样，他有理由认为：从刑释人员中招收人才，委实是个一箭数雕的好办法。

正是这样，1986年10月15日，一份天下绝无仅有的文件——中共无极县委无发〔1986〕47号文——被送到无极县印刷厂，印出500份。

发：县四大班子领导成员，各乡镇，县直各部门，以及有关单位。

所谓有关单位，主要指监狱。

2 一张犯人争阅的报纸

河北省第四监狱。1986年10月下旬。

这是个拥有数千犯人的监狱。

电子计算机"啪啪啪"将无极籍犯人名单都弄出来了。一看那数字，刘日想："嚯，我们那儿竟也有200多人在这儿坐牢。"

再看简历，没什么称得上"人才"的，但没关系，犯人来自五湖四海，无极的目光望向全国。

高墙下的会议室。

从门窗望出去，能望见远处的铁丝网……铁丝网那边能听到这边的笑声么？

无极县委的那份文件在第四监狱的政委、副政委、监狱长、办公室主任等干部们手中传看……文件刚刚念过一遍了，但就是还想再亲眼看一看。

政委施献堂说："肯定对。我们一定支持。一起搞。你们县委有眼光。"

副政委李新年说："你们这个思想解放。别人不敢想，想也不敢干。我们坚决配合。"

还有谁都说了些啥，不必一一叙述了……一生中最好的时光大都放在这高墙内陪犯人度过，近几年改革开放也注目过世界各国监狱管理……但是没见过这样的事。现在这事——倒是在这高墙内——监狱的管理者们以他们特有的职业敏感立时百分之百地认肯。

无极方面说了本县发展经济急需的人才，这些人才涉及：特殊种植，特殊养殖，机械特修，电子工艺，建筑设计，以及化工、轻纺、皮革购销……

会议室一角。有个同志不声不响地迅速记录，这同志是监狱办公室主任郝桦。他认定这种从未遇见的事肯定具有新闻价值。

1986年11月15日，河北省司法厅劳改局主办的《河北新生通讯》报，于头版头条登出：《一个大胆的人才招聘计划》。撰稿人：郝桦。

半年后，我在无极见到那些获释后即应聘到无极工作的同志，他们向我描述这张报纸到监狱那日被"一群一群的犯人围着看"的情景，那情景仿佛也在我的眼前晃动。时至今日，他们中有人还能十分流利地背出那张报上透露的有关那份文件的若干内容，有人则在箱子里还珍藏着那张报纸。

这是一张破了又补起来的报纸。它的主人告诉我，"这还是好的。有的被抢碎了又小小心心拼补起来。"

主人还告诉我，有人在狱中偷了别人的这张报纸，结果又被别人偷去了。

1986年10月，为招聘人才，刘日先后到过河北省第一监狱，第二监狱，第四监狱。

同月，河北省第四监狱副政委李新年同志带着几位监狱管理干部专程到无极，就无极招聘人才问题，双方进行了具体的商谈。

李新年见到刘日，非常高兴地说："我告诉你，我们收到的政治效益肯定比你们招几个人才要大得多！"又说："最近，狱中犯人的情况，你恐怕想象不到。"

3 别样人生

此前，刘日也没想到会有这么多人在铁窗里铁窗外给他写信。读着这些信，总觉得就像是在读一个又一个——别样的人生。让我们就借助这些信来窥视一下"这一角"吧。

这是寄自河北省第四监狱十二中队的一封信,写信的犯人说:"我明知我是个不技之人。"

……作为一个劳改犯,我是有生以来第一次听到这样的事。我很快就刑满了,首先考虑的也是自己的生活出路问题,并为此深深忧虑。虽然狱中有时也有各种报告会,有时也非常感人,但那正是缺少这些所以才要这样宣传,我对社会始终抱有怀疑。您的来临给了绝大多数犯人以内心的鼓舞。但大多数人马上泄气了。因为有一技之长的太少了。我也同样深深悔恨。真没想到世上还有这样的领导。

我明知我是个不技之人,但总报以饶幸心里(理)给您写这封不该写的信,请多加原谅吧。

我今年30岁,初中毕业,实际有名而不实。石家庄市人,市制药厂工人……原想做一名列车服务员走南闯北,或业务人员,未实现……由于法制观念淡薄,加上头脑中"哥们义气"重,走上犯罪,就这样。理想还是如此。做梦。"心比天高,命如纸薄。"

您的到来,使我无地自容。我虽知识缺乏,但我可以学,常言说:"士为知己者死。"我会努力学。

现在形势好了,政策正在逐步落实,但多年的习俗也是根深蒂固,表面文章与实际内容往往背道而驰……

前些日子,贵县一位曾失足的女同志作为"光明之路"报告团的一员来我狱作报告,其内容生动感人,催人心肝,我以为她遇上了好领导、好环境和善良的人。在这不久,您又亲临表态，使得我激情之下把我多年深埋心底的理想和愿望一并向您倾吐，我并不抱多大希望，只是心情驱使我忍□而行。但我又多么幻想您在百忙中给我一个回音，哪怕是我预料中的回音，我的心也就平静了……

这样的信一沓一沓寄往无极。写信人几乎都在署名的前面先写着"犯人"二字，写信人又都是等不及监狱推荐而纷纷自荐。

还有许多来自劳改农场和地方的信。他们或是从那张《河北新生通讯》上看到消息，或是从"同仁"处获得信息。

这是两封"刑释人员"的信，前者原是一位外语教师，懂"英语"和"世界语"。后者1961年毕业于保定师范学院，入狱前已有17年教龄。他们都有一种类似的感觉：**一朝犯罪终生受惩。**

……我原打算释放后还回到家乡从事外语教学，因为我毕竟在那片土地上奋斗过。可是县里（具体说是教育局的领导），我给他们写了好几封信，他们只冷冷地回了一封信，说我回去后只能代课，不享受（并且是永远不能享受）正式教师待遇。我的心冷了，一咬牙才到砖厂教育科上班。虽然天无绝人之路（砖厂给我转了正，为五级工，十月一日省里正式批准的），但是，这里仍留不下我的心……

这里闲得让人窒息。在这里待下去，等于在事业上判了我的无期徒刑！我今年26岁，尚未成家……若图安闲，我宁愿朽在这里。刘书记，求您相信我，给我建功立业的机会。我想当先进教师！……

……我是一位刑释人员，出狱后虽努力做得比一般人更勤劳，要求更低廉，总夹着尾巴做人，政治上仍受歧视，工资压低，和许多释放人员一样，感到"一朝犯罪，终生受惩"。所以一听到你们的消息，如觉满眼迷雾顿开，心神向往，向您恳请，请准许我到无极效劳。

　　特此呈请

　　能在信中自荐和请求"给个机会"的一般有些学历，但也有无学历的，便讲自己特长，如干脆写道："我会当采购员，一年给你赚10万元没问题，至于工作，做到大家认可。"还有不少信根本没有"自荐"也没任何要求，似乎就只是想"写几句"。

　　不论世上已是什么季节，哪一棵小草不呼唤阳光。当有人指责刘日"招降纳叛"，并在不久以后继续指责他"跟一些三教九流勾勾搭搭"时，可曾知道刘日心中都在想些什么。

　　在大量来信中，甚至有犯人从狱中——不知怎么——给刘日寄来了《申诉》……

　　这么多人愿到无极效劳，无极将用谁呢？

4 第一个被聘用者

　　那天下午，我正在画图，值班的犯人来叫我："快，来人了，三个人，找你。"

　　我问："哪里的？"

　　他说："无极的。"

　　我一听还愣着。当然，猜到是咋回事了，就是不敢信。那人又说："快去，在机建总队办公室等你。"又听我们劳改队教育科长张宗跃说："信去才几天啦，就来了，这县委书记干事才有魄力。"

那一天是元月5日，下大雪，零下20多度。他们是坐小车来的，有300多里地。

我到了那儿，看到我们劳改队的领导陪着三个我不认识的人，我不知道哪个是刘书记。介绍后才知道刘书记没来。当时向我介绍那三个人我都没记住，只记住"是刘书记派来的"。也不知那时头脑里想啥。监狱领导叫我："你自己介绍一下自己。"我就讲了，领导也帮着讲。最后是劳动人事局干部股股长彭国平……哦，是以后到无极才记住他的名……彭国平说："等着我们给你回信吧，我们回去汇报一下。"

2月份，我就收到了刘书记的信。

我是1980年进去的，判了8年，监狱给我减了1年。3月11日期满。我走那天，劳改队开了欢送大会，我们领导对大家说："你们看，他在这里自学成才，到日子啦！日子还没到，都在要他啦！人家无极县委书记把他聘请去了。现在形势大好，你们要好好学，好好改造。就怕你们没本事。党的政策是越来越好。"

那一天，是我们教育科科长王化勤送我到车站，他帮我提东西……有多少东西？就一个挎包和一个提兜。要开车那阵，我真想哭。

我坐车到了保定。多远？40里地。在保定下车，我想，现在上哪儿呢？2月26日，家里给我寄了35元路费，我想了一阵儿，还是想先去无极。就买了车票上火车坐到石家庄，又坐汽车，下午4点到了无极。

……你问哪个大门？县委大门。我问看门的老头："刘书记在不在？"

他说："你哪里的？"

我说："保定来的。报到的。"

他说："刘书记认识你吗？"

我说："不认识。"想想把刘书记的信拿出来当介绍信用。老头看了一下，就挂电话，放下电话对我说："刘书记下乡了。"

"啥时回来？"

"没准，经常一去好几天。"老头说，"你干吗不去找劳动人事局？"

我找到劳动人事局，讲了自己的名字，有人就说："哦，就是你啊，快屋来快屋来！"

好巧，他就是劳动人事局局长马占生。

马局长又问："刚到？"

我说："刚到。"

"好，好！先住招待所吧，现在5点，下班了。"又叫来彭国平。彭国平说："哎呀，到得这么快！"马局长又对彭国平说："安排好一点啊！"

彭股长和梁同志两人用自行车带我到招待所去，一个带人，一个带东西，就像老熟人一样。到招待所，他们要给我住单间，我口袋没那么多钱，想住多人的房间，但我没讲。后来单间满了，就住在2楼21号房，两个铺的。后来来了一个石家庄农业所的人。晚上8点，听说刘书记回来了，我就找去县委大楼。刘书记在开会，没见着。那一晚没睡……想啥？想得多啦，也想刘书记不知啥样。

第二天上午见到刘书记了。8点，刘书记又在与人谈话，我就在大办公室等。后来刘书记过来了。跟我握手了，说："小鬼，昨天就到啦！"一个姓田的主任来给我添水。刘书记又说："你坐下吧，坐下吧！"又问我一路情况。我说："我们那边轰动可大啦！"刘书记说："你给所有失足的人好好做个样子，前途光明！"

刘书记又叫我多住几天。我说我不行，多住几天就回不去了，一个晚上四块五呢！刘书记说："那没关系，招待所吃住不要你的钱。"然后就跟劳动人事局副局长甄国军说："你去办一下，吃住不要他自己掏钱，户口没来，暂时还是客人嘛，招待一下。"回头又问："你还有多少钱？"

我说："现在还能坐车回去。"

刘书记说："那我给你10块钱。"

甄副局长也说："我也给你10块钱。"

我拿了20块钱，心想回家没问题了。

9点钟，招待所来电话，说用人单位在招待所等。刘书记说："那你赶快过去！"

到那里，计委副主任刘永民对我说："我们计委现在下属有一个设计室，下面还有建筑公司，再下面还有8个队，分布在天津、大同、太原、石家庄好几个大城市。我们建筑已经打进大城市。你看愿上哪你自己挑。"

我说："听分配，上哪都行。"

刘副主任说："那你上设计室吧。"

下午，我去给刘书记他们辞行，我说我还是先回去转户口。我2点上车4点到了石家庄。到保定已是晚上10点，住了一夜。第二天早上才买了票坐汽车回家。

一到家，家里人说："你上哪儿啦，俺们到车站等你两天了！"

我拿出刘书记他们给的20元钱，啥也说不出，就哭。

这房间是阳面，单间。床铺、写字台、椅子、暖壶，全是新的。单位替他买的。书架上不少建筑方面的书。这些书从监狱那边寄过来就用去15元寄费，这寄费单位也给全报了。

我问：买这些书要花多少钱？

他说：400多元。

又问：全在狱中买的？

答：是。

我说：你出来时还要家里寄路费，哪来那么多钱买书？

开头两年是没钱，他说，每月就3元零花，不让喝酒让抽烟……那时，家里要不给钱，连烟也抽不起。我不抽烟，也抽不起。但1984年后有奖金了。你看，我们那里有机械厂、苫布厂、织布厂，还有机建大队、副业大队……当然不能白吃，要干活。活多啦。一个中队一个中队承包。那一年说是国家拿大头，企业拿中头，个人拿小头。我们小头一年就拿了300元，是一季度一季度发。大家一样不？一样。说有奖金，大家也都卖力。说是比机关上还高。不过我们犯人没工资，再多也就那么多。不过也就是1984年厉害。1985年我们还拿100来块钱。1986年就没奖金了。狱中买书那当然没有地方方便，我是邮购。

这房间坐落在建筑公司宿舍楼三楼。

为什么他被第一个录用，他曾经犯的是什么罪？此前，我已经从有关部门了解了他的情况，但我相信一个人内心里盛着的东西一定要比任何"白纸黑字"更丰富些。

他踌躇了一下。

小伙子的罪行是因为他18岁那年使一个16岁的女学生突然有了孕。

女学生没能掩藏住发生变化的身体，被家里人发现了，然后，就被锁起来。但女学生还是千方百计托本村一个男同学将一封信很快就送到使她怀孕的人手里。那封信没称呼没署名。但收信人一看就明白。时至今日，他仍能将那封信记得一字不差。

家里告你，我叔叔在磨刀子，要杀死你。快跑。家里逼我做手术，我没法，要去做了。你要不跑，我们就死在一块。

他没跑。这一年是《中华人民共和国刑法》实施的头一年，有关部门办案雷厉风行。他第二天就被拘留，3天后见到逮捕证，又过14天，就到狱中去过他的18岁。

他被送进监狱是依法判决。因为她是他的学生。两年前当他也是16岁时，参加高考缺了5分，就又参加另一种考试，然后当上了一个乡村教师。

女学生做了手术后没再念书，到邻县姥姥家去了。在姥姥家又设法给她这位教师的家人捎来话，让去探狱时告诉他——她如今在姥姥家，绣花、织地毯……在等他。

接到这话，满心都是阳光。好多年，那话还是他卧薪发奋的动力……1981年10月，他考上沈阳建筑工程学院"工业与民用建筑专业"大专函授班，学制3年。由于学习用功，劳改总队领导十分重视，第二年将他调到建筑设计室边工作边学。1985年他以优异成绩取得沈阳建筑工程学院函授大专毕业文凭。从那时到他出狱共设计7项工程（其中3项较大的工程通过保定市建筑设计院与河北农业土建系建筑设计室审核）均已竣工投入使用。

1985年5月20日，《河北新生通讯》以《重新奋起　自学成才》

为题报道了他的事迹。劳改总队为他报销全部学费并为他减刑。7年铁窗学到一门真功还拿到一个大专文凭，小伙子也有点"塞翁失马"的味道。

出狱的日子指日可待，他幻想着出狱后此生此世一定要对得起那位——曾因他的罪过从此失学为他付出了代价——至今还在等他的姑娘，幻想着出狱后他将同她完全符合法律地去再有一个孩子而不必去做手术……可就在他将出狱的两个多月前——1986年底，姑娘结婚了——她家人将她急急忙忙地嫁给了外县一个农民，姑娘又哭又闹，但还是被运走了……

"那，现在呢？"

"现在……我就不破坏他人了。"小伙子经过7年铁窗教育，对法已极为敏感（他也许没有想到，现在那女的说不定正是需要他帮助的时候，他放弃了他们曾经共同有过多年的追求，那就可能真的要让她一辈子付着高昂的代价。但是他却没有了——在现在也许同样可以通过法律去争取到的一种真正符合道德的婚姻的勇气）。

"我也不愿回忆这事。这事挺痛苦的。"他说，"我衷心地祝她幸福！"

夜，有人敲门。

一个我不认识的人，来找我的。

"来，快进来坐！"望着来人那肯定是伸不直的背，总感到他特别累。他仍站着说明来意，我立刻就感动了。"来，坐，快坐！"他就是那位小伙子现在的顶头上司——建筑设计室主任芦计永同志。

他身子不便，却这样一路弓着来替小伙子讲话："你……要是想把他的事写出去，最好别露名，小伙子还没结婚呢！张扬开，总有些影响。"

想想，尽管这个县已有个"无发……47号"文，不承认"影响"还是不行。我立刻答应。

他的身子埋在沙发里，我给他倒水，一边就想向这设计室主任也了解一下……我主动开了头，我说：听说你们的活很多。

他就说：过去乡村农闲搞建设，我们忙闲也有季节。现在乡镇都在发展，我们是忙不过来。不少活我们不能误人家只好推掉了。前些日子郭庄要盖个商场就是这样，只好让他们去石家庄找人……到外面找，收费当然高啦……小伙子来后设计的第一个工程是高头乡皮革厂厂房。几天就设计完了，不到一个月正式破土动工。如果到石家庄找人设计，按规定要800元，我们对发展中的乡镇实行优惠政策，就收协商价400元。小伙子现在又设计县饲料公司的加工车间，21米高框架结构有地下室的多层厂房，头麦收可设计完，7月可动工。他设计的部分按牌价要收6000元，现在也收协商价3500元。活多，大家也都是加班加点干。

设计室原有技术力量：两个工程师两个大学生一个中专生。芦主任对小伙子的评价是："工作能力不低于大学毕业生，估计今后还是业务骨干。"

我送他出房，望着他一路弓着走去的背影。不禁记起小伙子对我讲过的一句话："我们领导特好，室里几个同志也好。过节，总请我上他们家吃去。"

5 高墙内的掌声

谁也不认为这个犯人会有被招聘的希望。在他履历表上，文化程度那栏什么也填不上。

　　能干点什么的时候，干的就是补脸盆补破锅，他履历表上的大名叫莫破锅。

　　他的本领是：别人焊不了不能焊的东西经他一焊，行。在他手里铁能焊钢能焊铜也能焊一般常见民用和工业用金属他都能焊，好些不同金属也能焊在一起，同行看了也觉得像看"变魔术"，但那"魔术"管用，而且——经他焊的东西经久耐用——如果下回再断再裂，断裂的都不是焊点是非焊点。

　　在这方面，监狱为他提供了一定的表现机会。

　　但说到底他就是一个曾经走街串巷吆喝着修脸盆补锅的补锅匠。在那么多应聘者中，谁会注意到这个补锅匠？

　　刘日看上了他。

　　孔子收食客，有一技之长的就收。

　　这是刘日又给大家讲的一个故事。

　　　　有一回，孔子门下来了个饥民。衣衫褴褛。孔子的弟子问：你有何一技之长？来人不知所云。再问：你最能干啥？答：吃。又问：还能啥？答：睡。再问。答：喊。孔子闻言便说：你喊来听。那人张嘴一喊，众皆栗然。那声音比驴叫还大。孔子说：好，有如此奇大嗓门，收下吧！

　　　　孔子四处游说，忽在河南被人追杀，逃到河边，焦急中见对岸有船，众人齐声大喊，对岸全无动静，叫那"傻大喊"快喊，那人一喊，对岸船就划过来了……待追兵赶到，孔子一行已船去河心……

这还是"批林批孔"那阵听来的故事，本用来"证明"满腹经纶的圣贤还不如一个会吃会睡会喊的人实用……刘日记住了这故事，并在招聘莫破锅这个问题上用来启迪不同意见……竟也颇产生了说服力。

莫破锅获释到无极被安置在距县城6公里处的七汲镇。

"你挂个牌子吧，就写'奇焊大王'。"刘日对他说。

"只要给我3000元，我就可以办一个厂。"小伙子雄心勃勃。

乡政府给他一家伙置了6000元家当，还给他配了两个助手，办起了七汲镇电焊门市部。

请别小看他的"补锅术"。各种生铁机件裂了就没治，拖拉机、柴油机上的缸体也是，汽车上的好些部件也是。但经他一焊都能用了。乡镇企业还没到东西出点毛病就"扔大件"的时代，七汲乡镇企业项目已逾70多个，各种机具、机件还在迅速增加……在这个土地上突然来了这么个莫破锅，确不是个可有可无的人才。

七汲镇早于西汉时街中心就有一条古河流，乡民分居两岸，为往来方便，河上曾建7座小桥，桥旁都建汲水石阶。如今七汲镇西与本县城关相邻，东与深泽县接壤，公路甚便，往来车辆拖拉机很多，在这么个要道上有个莫破锅电焊门市部，收费低廉，能解各种焊接大小疑难，岂止造福本乡本土，委实造福四方。

不论刘日当初都想到些什么，有一点还值一提：刘日其人对那些不见记载也无专门教科书传授的民间工技相当重视。他相信，假如莫破锅有文化……他那些技术没准还能有大用。

"莫破锅，好好干吧，亮个招牌，张小泉、王麻子的剪刀能名扬四海，你这个莫破锅的名字也不错。"刘日此言，是在鼓励小伙子成名成家了。

有一天，刘日又对七汲乡党委书记弋宝栓说："看看吧，有合适的，给介绍个对象，小伙子35岁了呢！"

不久，果真有了爱情故事。不久，这故事会在莫破锅的改造之乡——河北省第四监狱引起很大反响。

掌声，急如落雨，越过高墙的铁丝网。

一次又一次，使远处过往的路人伫步望墙。

河北省第四监狱高墙内的操场上，坐着4000多犯人，4000多人爆发出的掌声可以叫铁丝网发出犹如拨动琴弦那样的声音。

讲台上站着莫破锅。

莫破锅万万没想到，他出狱时发誓此生再不能来的这地方，他又来了。而且站在讲台的麦克风前。

这是他曾经生活过的地方，台下还有不少熟悉的目光。

这是他非常熟悉的阵容——监狱列队跟地方上可不同，地方多是让女同志在前，监狱是让男犯在前。尽管如此，前面还是有不少饥饿的眼光不望讲台要往后看。这是8月，女囚们着衣最薄的季节。但是今天前面男囚的目光似乎忘记了朝后瞧。

他莫破锅从前也曾不喜欢别人站在台上总讲总讲，但他今儿自己也得讲，讲啥？刘书记说过想讲啥就讲啥，可现在脑子里就记着妻子——阿棉。在这个地方这个时刻想起妻子更叫他万语千言不知讲啥。他忽然说：

"我结婚了。"

台下肃然。

他又说："我妻子是庄里乡的。"

台下还是肃然。

刘日参加莫破锅婚礼 在刑满释放人员中物色人才，大约是刘日任无极县委书记时石破天惊的工作之一。莫破锅，这位毫无学历却有电焊一技之长者获释后到无极，被安置在距县城6公里的七汲镇。镇政府帮他办起了电焊门市部，从此莫破锅以他特有的"补锅术"造福乡里。此后莫破锅与庄里乡妇联主任恋爱结婚。

他又说："我妻子是个妇联主任。"

"哗……"龙卷风般的掌声不知从哪个角落响起，立时席卷全场。

掌声经久不息。霎时间叫莫破锅想起好多事……大约该讲讲刘书记参加了他的婚礼……该讲讲乡党委书记还有其他同志是如何为他操心，他自己又是如何跟那姑娘见面……"你不怕吗？"刘书记也曾跟那姑娘谈过话。姑娘说："怕啥，他好呢！"还说："人聪明，长得不错。"……啊，还有人讲"长得不错"……原先还想过在这地方讲话得注意，哪些当讲哪些不当讲都要小心，这会儿全不记得顾忌……掌声一次又一次拨动了高墙上的铁丝网，讲台下潸然泪下的男男女女盛况空前。

那个在监狱里拿到大专文凭的小伙子也上去讲了。

"四监狱"，他是第一次来。他和大家互不认识。但是他那"狱中自学成才"的故事"新生报"上登过，会议主持人一介绍，大家都不陌生。也许是受了感染，小伙子也讲了自己的婚事。但小伙子不像莫破锅那样说"我结婚了"，却一字一句地说："我领了结婚证了。"接着讲妻子今年 20 岁，比他小 5 岁，是机械厂一个国家正式职工，她父亲是个助理工程师……于是，一阵一阵的掌声照例卷过高墙。

这是 1987 年 8 月的事。河北省第四监狱是请刘日去作报告。刘日就带着几位招聘的刑释人员来了。在"四监狱"，刘日又亲自看到听到不少令他也感到激动的东西。"有的犯人就要刑满出狱竟感刑期太短……"李新年告诉他。因为像这样出去，要想学一门什么还不如眼下在狱中学有条件，而没学到本事怎么去无极呢？……

轮到刘日讲话了，刘日到麦克风前，啥也没说，台下就爆发出经久不息的掌声……

6 "扒界"出了叛徒

第二年，刘日应邀到河北省第一监狱作报告，又带去几名招聘的刑释人员。雷鸣般的掌声再一次在河北省第一监狱大操场爆响。

数千名犯人席地而坐，一位身穿警服的人，走上讲台，才说第一句："在座的未来的同志们……"

掌声立刻淹没了他的话。

"我今年 42 岁，"他继续说，"我这一辈子，被拘留过 11 次。判过两次刑，第 1 次是 1966 年 5 月 6 日，被判 7 年徒刑。1973 年 5 月出去，1974 年初又被抓进来判了 10 年……但是，我今天是无极县城关派出所保安队队长！"

掌声再一次淹没了他的话。

他是谁？不少罪犯都不陌生。他是"河北第一偷"董小路。

犯人们难以想象这个坐过 17 年牢的董小路，会变成警察……但是现在，身穿警服，头戴大檐帽，配着领章的董小路就站在台上，在跟大伙说话……

刘日说："在扒窃这一行，他是'科班'出身，读过专著，拜过师傅。这人要是去干坏事，危害不浅。要能用他干好事，那也是个奇才怪杰。"

董小路就是无极甄村乡东马村人。父亲在他的头脑里，他只知道是"烈士"。什么模样，那是靠想象也想不出来。他1岁时，父亲就在解放战争——著名的清风店战役——中牺牲了。母亲随后改嫁。他的名字是继父起的。

继父留给他的除了他的名字就是挨打挨骂的回忆。他想读书，继父总说家穷，读不起。继父原先有一个女儿，母亲改嫁后又生了一个弟弟、两个妹妹。家里的确很穷。为了讨得继父喜欢，他很小的时候就跑到别人地里把茄子、玉米抱回来。继父的脸色果然好看了。可那以后，他如果没从外面抱一点什么东西回去，继父的脸色就更不好看。无端挨打受骂的日子更平常了，童年就这样一天天过去……到了10岁那年，母亲记住了他的生日，母亲给他煮了两个鸡蛋，说："路儿，10岁了，该懂事了。"可第二天，继父又把他揍了一顿。他一怒之下，离家出走，回到他的老家……母亲改嫁后，曾将他的一个哥哥留在老家，但现在哥哥已经死了。他开始在集市上流浪，偷馒头，偷包子，偷水果糖……他想我不能死，从此就开始了他的扒窃生涯。

几年中不知挨了多少拳脚，但渐渐积蓄起一些"经验"了。漂泊的日子太孤独，他不能没有一个亲人，他投奔过他舅父，每往"从不空手"。

渴望提高技术，这愿望一天天强烈……终于拜投到一位师傅门下。师傅是位老头，在师傅那儿已有20多位学徒，最大的16岁，最小的12岁。

一天，师傅把他叫到跟前，对他说："吃这行，被'老公家'捉住，挨打是最狠的，怎知道你不会把这一行子里的事都抖出去？"

小路明白，这是师傅要将他"格外看"了，小路弄来一盆火，找来一根钢筋，塞到火里烧红了取出来，咬着牙，将通红的那头就往自己的小腿上戳，小腿冒烟，嗞嗞响着，发出焦味，直到师傅喊一声"停！"，他才把钢筋取出来。这时小腿上已留下一个洞，冒着污血，师傅没有说话。小路又将钢筋插入火中。师傅仍然没有说话。过了一阵，钢筋又红了，小路再次把钢筋从火里抽出来，这时刻他已经浑身大汗，全身发抖，但还是把通红的钢筋往自己另一条腿肚的相同位置戳去——小腿再次冒烟发出焦味，直到师傅又喊一声："停！"

就这样，师傅把他收为"第一弟子"。小路的小腿上从此留下两个很圆的疤，像一双眼睛，至今犹存。

那一年，董小路14岁。师傅何曾想到他到了年近40岁的时候会背叛。

董小路没上过一天学，他现在所有的文化最初就是从那部两卷本"专著"里啃出来的。两大本厚厚的专著是手抄本，没有署名作者，是师傅传给他的。那是两本《行话大典》和《技艺大全》，不只扒窃这行有用，举凡路劫，跑马，变戏法，修脚……24行，行话天下通用，走出去，一开口，就知道是否"同路"。曾经有人出过几千元不等的大价要买，董小路说："出再多钱也不卖。"

这就是刘日说的：他进过"科班"，读过"专著"。

从15岁到22岁，他就完成了他的"被拘留11次"，其中最长11个月，最短3个月，受"教育"不计其数。只要一放出来，他就重操旧业……除了台湾、香港、西藏他没去过，中国各省"哪儿好玩往哪儿钻"……1966年，终于被公安机关抓获，判了7年，送进河北省第二监狱。

在狱中他唯一想念的亲人是他的舅父……舅父家原先很穷，就靠着他的"偷"，替他把个穷家都"偷"富了……他想抽烟，写信给舅父，盼望舅父能给他送一斤烟叶来。可是信去如石沉大海，舅父不但没给他送来烟叶，始终也没来看他一眼……死了，最后一个亲人也在他的心里死了。

在狱中，他继续偷，偷铜，让刑满释放在劳改农场就业的人弄到外面去卖，人家卖10元给他5元，或者只给他3元，然后他就买烟抽。被发现了，把他铐起来，跑是跑不了，就从草席上拔出一根席草，把铐打开了，塞到草席下当枕头睡觉……有人来了，再取出手铐自己把自己铐起来。监狱的干部知道他是革命烈士的后代，曾以此教育他。可他想的是：我的父亲要是不参加革命，一家团圆，我也不会有今天。

第2次坐牢，换了个监狱，在"省四监"。这一次，他在狱中竟然也出现过"奇迹"。

"董小路变了。"干活卖力，守纪律……他被评为"积极分子"，可是谁知道他那时心里都想些什么呢？

他想表现好，早出去，杀人报仇！

他一刻也没忘记他这次进来之前在看守所被打的情景……他拜师傅时，也学过武术……戴着手铐就把4个看守打倒在地，结果……人总是要死的，他似乎"明白"了，但不能"白白死"。他想这是他这一辈子最后一次坐牢了，牢他坐够了，今后宁可死也不再坐牢。在这"最后一次"，他想尽一切努力表现好，早日出去，早日杀一个是一个，杀俩赚一，杀他三五个，拉去枪毙，他将唱着歌去，让世人看一看，我董小路是个不怕死的小子！——那时候，这就是他的全部理想。

就这么一个潜藏着"杀机"的危险分子，在"四监狱"又被选进了"积委会"，参与管理犯人。

但是就在这以后，情况发生变化了……董小路先是惊讶！渐渐发现了温暖，发现干部们变了……发现犯罪行为其实很丑恶……他果真被减刑1年零82天，提前获释。

董小路回到家乡。家里一无所有。这时候他真的考虑过"出路"，不想偷了，可走出去，很容易就看到"偷"——尤其是集市上，他不认识那些小偷，也能一眼就认出他们是干什么的……他忍不住，走过去了，凭他的"本事"和"资格"，把小偷弄到一边，令他们"交出来"，然后说："滚，再不许到我这个地方来！"后来感到以自己那老身份去诈小偷心里不舒服，就冒充公安人员"没收"小偷以及搞黑市贩卖者的"赃款赃物"。

"你是派出所的，还是师傅？"对方交出了东西，却心有疑惑。

"滚蛋吧！"他说。

不久，他又被无极县城关派出所发现，再一次被抓获。

时至这年秋季庙会。无极庙会历史也很悠久，旧时，女子不大出门，赶庙会则被认可。因而每逢庙期，连妇女也"远者大车以载，近者联袂而来"。延至今日，每逢会期，数千户国营、集体商业和个体商贾都云集一方，商品琳琅满目，洋洋大观，更非去日可比。男男女女赶庙会除参与经济活动外，还把这看成是一次难得的"旅游"良机……但这时辰也是"小偷云集"的时辰，每年庙会于欢笑之中都不免传出被偷窃者的哭声，那哭声也多是妇女，而且"痛哭者众"。

这年庙会上，董小路带着手铐，由数名便衣警察押着，走来了……董小路披着一件大衣，那大衣为的是遮掩一下他的手铐。董小路一路走去，一路告诉押他的人："那个是……那个也是……"

如此转了一圈，便衣警察就抓了20余人……这些被抓的人，有的已经作了案，扒窃到手，有的还没开始……抓到派出所，排成一串……其中，把无极前北焦乡某村的一个支部书记也抓来了……逐一审查，没一个不是（也有的不认，董小路去，对上几句话，对方都认了）。

"行，我看行。"李所长笑了。

李所长李震双1981年1月9日到无极镇派出所任所长，是个经验丰富，一心只知工作的老公安干部。所里干警街坊居民说到他都称：身穿警服，民无惧意。在董小路被收审期间，如果对他起诉，定个"诈骗罪"将他再次送进监狱也未尝不可。但李所长同董小路进行了长时间耐心的谈话后，决定给他个"将功赎罪"的机会。

凭工作经验，李所长知道从事这勾当，在他们那个"圈子"里，也是一个"小社会"，董小路能做到这一步，没有大决心则不能为。这无异于要断自己在那一行的"后路"……李所长上任以来，每年庙会，前来报案的都有五六十人，所报被窃金额少则三五十元，多则上千元……还有平时集日，报案者也屡屡不断，如果能继续使用董小路……李所长于是打报告向上报，获准。董小路在获释之日就成了派出所的一名"临时工作人员"。

董小路不负李所长信任，短短的时间里，挖掉了无极县8个"扒窃窝藏点"，抓本县扒手20余名，各地流窜无极扒窃和进行其他非法活动的520余名，收缴扒窃款2万3千余元。

无极县城关派出所的秘书兼管照相,每抓到一个扒手,给照一张相,在派出所一个房间的墙壁上男女扒手年老的年轻的来自各省竟贴满一墙。一时间,几乎把无极市面的扒手挖尽,以至各地扒手不敢到无极来作案。惊呼:"扒界"出了大叛徒!

但是,就在董小路工作了两年后,县公安系统招了一批正式的公安干警,上级下文规定:公安系统不准招用临时工。

董小路要走了,李所长非常舍不得,但爱莫能助。但李所长还是想方设法终于在棉油厂替董小路找了份活干,董小路于是又在棉油厂保卫科当上了"临时工"。

接着,刘日来了。当"无发……47号"文发到县直各部门,在刑释人员中招收专门人才的消息在本县传开,董小路去找了刘日。

一周后,董小路被调到城关派出所工作,户口由农业户转为居民户。

刘日说:"这样的专门人才不用,什么叫用人之长!"

7 一道"通缉令"

"扒界"出了大叛徒!刘日听到此说,非常高兴。

他说:招降纳叛有什么不好,要是能把这些人多争取一些过来,我们的队伍不是壮大了吗!

但是这年夏天,一个电话摇到刘日办公室:通缉莫破锅!

紧接着,董小路接到命令:莫破锅正从七汲镇往新乐县方向逃窜,立刻前去追捕!

"通缉令"是兄弟县公安局发出的,无极县必须配合逮捕。把这任务特别交给董小路,因为董小路曾跟莫破锅随刘日一起去监狱同台

董小路 曾被拘留过11次，被判过17年徒刑，有"河北第一偷"之称，刑满释放后，被用为无极县城关派出所保安队队长。刘日曾说："在扒窃这一行，他是'科班'出身，读过专著，拜过师傅。这人要去干坏事，危害不浅。要能用他干好事，那也是个奇才怪杰。"作者新书《永不失望》里对董小路日后的情况略有提及。

作过报告，认识莫破锅；还因为莫破锅个大"也有两下"，让董小路直接去对付他，比较合适。

董小路接到命令，登时头脑嗡嗡作响，他说："好像是要抓我！"董小路脱掉警服，只穿一件白衬衫带上手铐出发了。

时值盛夏，董小路全身燥热，不断冒汗，把白衬衫也脱掉，披在肩上……不容易啊，踏上这条路不容易……一般的扒手已经不敢踏上无极地面，除非他不知。但是，也有各路"高手"风闻他董小路，特意来试他锋芒……他隐约觉到自己的门牙还在疼……不久前，他一人遇上那一伙7个人，领头的那个甩给他700元，说："一人100怎么样？"他拿出手铐："钱人都要！"那家伙突然掏出一把榔锤，照面就是一锤，只听得一声山崩样巨响，他伸掌，猛吐一口——4颗牙齿落到掌上……就是这样，他也把那家伙用铐铐来了……他董小路如今已有了妻子、孩子，为了保护妻子和孩子，他今天走到这一步，还不得不在家里养了两条大狼狗……为了证明那狗的价值，他决定出卖它们，晋县公安局来人买去了，两条狗给了2500元，他接着再养两条……人生的路纵有千条，可咱们能踏上这条做人的路多不容易，破锅破锅，你也有了妻子，还是当乡妇联主任的妻子，你这是怎么啦！……董小路突然掏出步话机来呼叫。

"我看到莫破锅了！……"

有关方面提供的情况很准确，董小路果然在通往七汲镇的路上看到了莫破锅。

莫破锅也看到了董小路。一眨眼，莫破锅离开大路，往河滩跑了……董小路追去。

"破锅！你站住！四面都包围了！"董小路边追边喊。

莫破锅权当没听见。

烈日当空，茫茫河滩上，视野所及，就他们两个人……急如暴雨的掌声在脚步声中卷过沙滩，董小路蓦然大呼：

"莫破锅，你对得住刘书记吗？"

莫破锅站住了。

尽管公安人员此刻的确已在向这儿合围，远处已听得见摩托的声音……但是眼前，视野所及的地方，烈日下，茫茫河滩上，就他们两个人，董小路向莫破锅走去……轰鸣的掌声仍然在天宇间震耳欲聋，他们又一次相逢。

董小路站住了。他们四目相望，彼此浑身汗水在烈日下冒着热气。

董小路沙哑的声音再一次说："破锅，你对得住刘书记吗？"

莫破锅沙哑的声音说："不是我。"

董小路:"不是你为什么要跑?"

莫破锅无话。

董小路掏出手铐,莫破锅伸出了双手……

警车呼啸着把莫破锅装走了,董小路感到从未有过的失落……多少个日子,抓过多少个罪犯,为什么,都没有过这种心情?

掌声在耳边轰鸣
泪水已饮入喉中
滴滴浓似酒
颗颗醉如梦

世上的路,纵有千条
是多少坎坷多少磨难
多少鼓励多少关怀
才拥有了这条——
做人的路

一连几日,董小路闷闷不乐……"劳改释放犯"、"招降纳叛"、"引狼入室"……刘日的"招聘之举"再一次成为某些"干部"的靶子。

这日董小路下班回家,尚未进门,忽见儿子在一个柴草堆里掩藏什么,一种警觉蓦地窜上心来——走过去,三两下扒开柴草——他看到一个鸟蛋般大小的涂"金"小菩萨。

"哪来的?"他眼睛立时瞪圆。

儿子迟疑一下:"别人分的。"

"谁分的？带我去。"

儿子没敢吱声。

"你说，哪来的？……我跟你说过，要什么，跟我说，我买给你。你现在老老实实告诉我，哪来的？"

"偷的。"

啪——一个耳光，半晌，儿子才哭出声……他自己呆住了——泪水从他自己眼里滚下来……仿佛听到自己儿时的哭声……这是他第一次打儿子，儿子不是他生的，是他妻子带过来的，他是他的继父……儿子的脸上凸出五条红红的指印，同样的指印在他自己儿时的脸上也一再出现过，娘摸着他的脸，他咬着牙啥也不说，可他心里一辈子都没有忘记："继父打的！"如今他自己也当了孩子的继父，从妻子把孩子带过来的那天起，他就发誓：一辈子决不打他一下。他自己的女儿诞生了，他给女儿取名"警铃"。老天作证，他爱妻子带来的这个孩子比爱警铃还爱！可是现在，他的五个指印留在孩子的脸上，他头疼欲裂……他蹲下身去，听到自己的声音："你带我去，哪儿拿来的，咱们送回哪儿去。"

他牵着儿子的手，上路了……东中铺小学西侧，有一户人家，门敞开着，儿子站住了，说："就在那里面拿的。"

"别怕，走吧！"牵着儿子的手，继续往前走。敞开的门里有一个影壁，壁上有个小洞——那是个神龛——里头还插着香，儿子把手往那小洞一指，没吱声，拿眼望父亲。

他也没吱声，牵着儿子的手，继续进门，转过影壁，进到那户人家。

那户人家还不知道这事，拿到小菩萨，就说："哎呀，好家伙，你把俺们家供的神仙都偷走了，那还了得！"

走在街上，熟人碰见他："哎呀，小路，你没事吧？"

"咋啦？"他问。

"人家说，你又被抓起来了，没这事吧？"

董小路回到办公室，脑袋里还在嗡嗡响，他拿起电话，开始非常耐心地挂电话……把刑满释放后被无极县招用的人员逐一通知来，也不管人家是否乐意听，来一个，他开口就说：

"咱们走到这一步，不容易。不管咱们遇到啥，不管人家怎么看咱们，咱们都得对得起刘书记！"

来人说："我已经给刘书记挂过电话，请他放心。"

深秋的一日，刘日又接到一个电话，告知：事情查清楚了，不是莫破锅。

假若真是莫破锅，能说明这个"招聘之举"是失败的吗？

一天，刘日又得到一个消息：王不止出院后，犯法，夫妻两个都坐牢去了，在河北省第四监狱。

刘日说：我已经跟第四监狱的领导商量了，打算把王不止的老婆保出来，监外执行，她那两个孩子还没有成人……

8 "无发……47号"文

1987年4月26日，《人民日报》登出记者杨振武写的报道，标题占两行：

摒弃世俗偏见　用人不拘一格
无极县聘用刑释人员中的人才

此后，寄往无极的信件来自全国各地。

甘肃有位医生给刘日来信，写道："我虽然不是刑释人员，我也愿意按你们规定的那个条件应聘。"

东北一位8级电工写道："虽非犯人，愿往效劳。"

浙江一位法院干部在信中诉说了对这件事的看法，也盼望能应聘到无极为这项工作"服务一辈子"。

也有人来信未说应聘之事，只说他们单位领导如何不知用人，以至于他们"不是囚犯也如被囚"。

也有人担心，要是无极不一定需要……反得罪本单位领导，便在要求聘任的信中另要求："代为保密。"

也有监狱来信，要求无极县能寄一份关于在刑释人员中招聘人才的文件全文。

我反复读着这份经刘日斟字酌句的文件，耳边又响起刘日的声音：

"唯知使用而不知关心便很难真正使用。"

"共产党的宗旨就是为人民谋利益，总怕让人占了便宜，便不可能真正带领大家去创造利益。"

如果你也读到这份文件，不知你会想些什么？

谨将该文照录于后：

中共无极县委文件

无发〔1986〕47号

―――――★―――――

中共无极县委
无极县人民政府

关于在刑满释放人员中招聘专门人才的
规　　定

为了大力发展乡镇企业，振兴我县经济，经县委、县政府研究决定，除在本县内挖掘专门人才和在大专院校、科研单位、大型企业及社会闲散科技人员中招聘人才（已另有规定）外，还要注意从刑满释放人员中招聘那些愿意为四化建设作贡献，并有一技之长的专门人才。

一、招聘对象

凡刑满释放人员中，原是教授、副教授、讲师、工程师、农艺师、技师和其他具有一技之长的专门人才，都是招聘对象。

二、待遇

1. 政治待遇。凡是公民应享受的待遇，本人均可享受（被剥夺政治权利的除外），任何单位和个人不得歧视，包括入党、入团、当选模范、招工、转干、提薪和评定职称等，凡符合条件的，一视同仁。

2. 工作安排。凡被招聘的人员,我县将按照本人的意愿、技术专长、工作能力以及工作需要，对口安排到科研单位，县办企业，乡镇企业及其他一些能够发挥本人专长的单位工作。有管理能力的，可根据工作态度和工作实绩，安排到企业领导岗位。

3. 生活待遇。根据本人技术水平和工作实绩，在生活上给予优惠待遇。一是工资不低于相应人员的标准，对作出贡献的，根据贡献大小，向上浮动1～2级工资或给予奖励；二是在当地条件允许的情况下，尽快解决住房问题；三是符合条件的，尽快解决子女上学、入托问题；四是夫妻两地分居的，积极帮助解决；五是符合农转非条件的,可同样给予解决；本人和配偶及未成年子女是农村户口，愿来我县居住的，可解决县办商品粮，在本县范围内，同国家商品粮一样对待；六是招聘后又重新犯罪的，停止供应其家属县办商品粮。

三、招聘方法

1. 县成立招聘人才领导小组。(下略)

2. 凡愿来我县工作者，本人提出申请，由招聘人才办公室与监狱负责同志共同协商考察，经研究批准后即可来我县工作。

3. 过去已经刑满释放的人员，凡愿来我县工作的，欢迎与招聘人才办公室联系。

4. 遇到的其他一些具体问题，可由双方协商解决。

发：(略)

中共无极县委办公室
一九八六年十月十五日
〔共印500份〕

第10章 万民之业　乘众志乃兴

人皆有志,能尊重人,爱惜人,才能用人之长。能用人之长,便满目都是人才。"天涯处处有芳草",就该是这样理解的。

1 未必人间无好汉，谁与宽些尺度

倦怠的夕阳斜照着这寂静而幽隐的小屋，他的情绪却似阴雨日的黄昏般沉暮。那些蒙着尘灰的记忆他自己都模糊不清了，但人家还记得，档案上也记着。那已经远去了的工学院的生活却在悠闲的日子里不断从记忆中冒出来……他的那些同学现在都在哪里，都在干什么？他已经不愿与他们联系……青春时代的美妙时辰，他曾是同学中的佼佼者，但是他现在……没有人记得他寒窗数载的那些日子……他不是"调研"，"调研"还光荣，还可以出谋献策，他是干脆被免了。

那边的楼房里有一个寡妇，她也常常倚在门窗上发痴，是在思念死去的亲人么？……现在他幽隐的烦躁是不是也有点像一个还会思念的寡妇？他比任何时候都更加清楚：人有工作的欲望。他还只有40来岁，他有工作的欲望还因为他有产生那欲望的能力，而那工作的机会真的死去了吗？如今寡妇还能再嫁，他呢？

刘日来了。刘日对他很感兴趣，那可是刘日自己盼望了多少年至今也没能过上的日子……刘日详细了解了他的"问题"——"文化大革命"中的"问题"——但他不是"三种人"。有人说："文化大革命"毁了不少人……什么叫毁呢？

不用就真的毁了，用呢？

人事有代谢，往来成古今。特定历史岁月为人们留下的恩恩怨怨，常是自身始料不及，刘日不是没有尝过其中滋味……但他知道特定岁月倾巢之下安有完卵。我们都经历了多少苦难才拥有了今天，今

天"布大信于天下",我们当以豁达的心情容下历史沉淀的痛苦,团结起来共同奋斗,才能真正治愈历史的创痛!

无极有一个祁村,坐落在木刀沟北岸,据说春秋战国时有一位名臣在此受上大夫祁午之封,为纪念祁午,村庄故名祁村并沿用至今。那祁午是谁?《吕氏春秋》里记着这样一个著名故事:

> 一日,晋平公问祁奚:"南阳无令,谁可任之?"祁奚说:"解狐可也。"晋平公惊道:"解狐不是你的仇人吗?"祁奚:"君问谁可任南阳令,非问臣之仇也。"晋平公喜道:"善。"
>
> 又一日,晋平公问祁奚:"国无尉,谁可胜任?"祁奚说:"祁午可也。"晋平公又说:"祁午不是你的儿子吗?"祁奚:"君问谁可任国尉,非问臣之子也。"

解狐、祁午到任,皆政绩卓著,受国人赞誉。

这个被千秋传为佳话的著名典故同无极有着如此渊源,对无极的后代子孙难道没有教益吗?

刘日同那位被认为"有问题"的工程师坐在一起交谈了。

"你愿去乡镇企业吗?"

"愿去。"

"你本来是县办工厂的厂长,现在去乡办厂……"

"没关系。"

"那是个亏损的化工厂。"

"知道。"

刘日于是同县有关领导们共商此事……那位工程师于是走出幽静的小屋到那个简陋而喧嚣的乡办化工厂去了。那化工厂有个叫他一见那招牌便觉眼前晃起一片红晕的名字——东方化工厂。工厂太简陋了,几乎全是土设备,真是除了技术,简直无计可施。但是没有关系,工人们开始很高兴地叫他:"崔厂长。"因为崔厂长才来半年,工人们不单再不愁工厂发不出工资,而且奖金可观。一年下来,工厂摘掉了亏损帽,还清了贷款,还盈利5.3万元。第二年——1987年——盈利近20万元。1989年春天,崔厂长又带人到城北沙滩上开始边建厂边生产,至今,已建成一座崭新的具有一定规模的化工厂。

于是,1989年,一本新编的《无极县大事记》里有了这么一条:

> 1986年4月,工程师崔国英承包东侯坊乡东方化工厂,开发六种新产品,其中两项填补河北省化工生产空白,所产磷酸三钠远销东南亚国家。

然而能够赢利的厂长也不一定人家就对他没意见。

这个县办厂1986年实现利润140多万元,有人仍提议要——撤掉他。因为他有"作风问题","群众反映不小"。

刘日找他认真地谈话。让他"有则改之,无则加勉"。

刘日也找那厂的其他人谈话,听到各种意见,其中有一个意见比较一致:这厂长经营管理的确不简单。

于是刘日感到:这里就有许多我们要做的工作。

组织部门的工作,就是"用人"的工作。所谓用人者,取人之长,避人之短;教人者,成人之长,去人之短。如果要撤掉他,开个会,下道文,那是最简单的工作。如果以为这样最"安全",那么我们很可能还要为这种"省事"的"安全"付出更多"复杂"的代价。现在他能热心为工厂工作,能有一套经营管理办法带领大家为工厂创利，我们便当用其所长，而去其所短，难道不是我们党组织应细心去做的工作吗？假如他真犯了错误甚或触犯刑法，我们还有政纪、法律，用不着大惊小怪。何况"有人反映"是必须审慎对待的，如果仅因"有人反映"便撤之，那将很可能就是我们的错误。

刘日坚持让这个厂长当下去。

1987年，县里给这个厂的任务是实现利润170万元。结果：实现了270万元。

2 人材者，求之则愈出

作为医生，他一不是"祖传"，二不是毕业于"科班"。

高中毕业后，回到家乡——无极县郭吕村，眼见家乡缺医少药，全凭自学，就这样似乎"冒冒失失"当起了乡村的第一代医生。

他叫刘秉正。

1963年全国大部分地区洪水成灾，无极县是重灾区，庄稼被淹，房屋倒塌，各种传染病滋生，于是他这个刚刚学步的乡村医生突然被委以负责领导全公社9个大队防疫工作的重任。也许因为他所在的村庄是公社所在地，也许因为这一方土地上像他这样的"人才"实在太缺，他不只负责全公社的防疫工作，还兼管着本村的几十名患者……公社距县城15里，道路泥泞，去县城取药、开会、呈送报表、护送病人，全靠步行……匆匆赶去，匆匆赶回。那时候雷锋的道路就在他脚下，不知道什么叫累。惊心动魄的半个月过去了，几十名患者陆续转危为安，他却病倒了——急性菌痢中毒症，高烧40度，可是村里除他没有一个医生。

没办法，只好请一名乡村兽医为他治疗输液，结果治疗不当发生严重不良反应，全身发抖视力不清心律加速血压下降……幸得县防疫站张英魁医师闻讯赶来抢救，始得脱险。

抗洪救灾工作结束后，他开始思考自己新的行程。白求恩对技术精益求精使他惭愧自己的那一点"医术"。从此下决心系统自学理论。用了5年多时间学完了高等医学院校全部西医教科书，并攻读了中医的多部经典著作。

当刘日来到无极同他坐在一起交谈，看到他在自学方面曾涉足的种种印迹，想到自己当年亦曾自学"高数"的那些日子，不无感慨地说：

"老刘，你真是个有志之人！"

"男儿无英标，焉用读书博。"他渴望在医疗这一行里能有专攻，建树专长。

经反复抉择，决定攻"痔瘘专科"。

同几位随他从医的同事们商量，大伙都同意了。他们的卫生院，是个乡办卫生院，他和他的伙伴们全靠自学，他自己就是"老师"。他们从医则称"医生"；倘不从医，则是农民。自1981年冬天开始，他又带领着他的"几名主要医生"，真是风尘仆仆不辞辛苦地东走西奔，一年多时间跑遍了全国十几处名家的专科医院，登门拜访，求师若渴……终于，博采众家之长，中西结合精心配制，经多次失败而研制成功"831"注射液（命名"痔根净"）和9种肛肠科系列药品，对各种外痔、各期内痔、混合痔、肛门裂、肛肠直肠息肉的总治愈率达98.8%，且不复发。

从此，服务范围由原来的一个乡镇扩大到——如今已有24个省市自治区的患者前来就医；医疗对象从当地农民发展到全国各界人士，其中包括国家高级干部、高级知识分子、边防指战员和各行各业的人员。

1985年底，刘日来了，了解到自己的辖下有如此一班乡村才人，他说："这个小集体，真是集众家之长的典型。而且创业精神确实感人。"

刘日与县长开始为此奔波，也集各方之力，第二年，这个乡办卫生院经上级有关部门批准，一下子升格为县级医院。随后，一座近百万元的中医院在无极县城拔地而起，"无极县中医院"，"无极县痔瘘医院"亦由此诞生———一座大楼，两块牌子。

而早在医院尚未盖好之前，刘秉正已被正式录用为国家干部，并破格提拔为"两院院长"。

这就是无极干部说的："医院尚未盖好，官早封了。"

这就是无极老百姓说的："一步登天了！"

所谓"海阔凭鱼跃，天高任鸟飞"，在这时，才更显其魅力。而它的价值并不只是——刘秉正和他的伙伴们的才华因此得到了更充分的发挥——清代魏源在他的《默觚下·治篇九》中写过一句这样的话："人材者，求之则愈出。"——能够如此积极求取、使用人才，人才就会频出不已。

3 长风破浪会有时

"长风破浪会有时，直挂云帆济沧海。"

这是李白在《行路难》中写的两行诗。

求取知识的道路无疑是艰难的，中国知识分子的道路也自有其种种艰难。李白的这两行诗更令人想到中国知识分子在"行路难"中仍盼有"长风破浪时"，仍不忘能倾全力去建功立业的形象。

张承文 曾任无极县文化局副局长。王宏甲称之博有古典文学赏析能力，且是拍摄乡村题材难得的摄影艺术家。他用镜头记录了无极那些年的发展变化，积累了大量图像资料。1991年北京电视台拍摄大型电视报告文学片《无极之路》时，依靠张承文拍摄的大量历史照片，使该片的真实性、现场感在许多方面因"有图为证"而一目了然。本书和作者新作《永不失望》中未注明摄影者的照片大多数为张承文所拍摄。

看到刘日废寝忘食……联想到古时周公求贤曾"一沐三握发"……无极县文化局副局长张承文说："我从见到刘书记的第一天起，他那形象就一直在我心里……唉，我不知该怎么说。"

张承文在任副局长之前是个"文化馆搞摄影的"，由此上溯20多年，他是天津美术学院雕塑系的学生，"困难时期响应号召回到农村"，此后在家乡务农12年，1974年被"借出来搞展览"，后来到县文化馆当上了一个"美术临时工"，一个月挣36元。后来，馆里让他搞摄影，他接过了一架别人用了17年"老掉牙"的照相机，用这机子为"会议"拍照留"资料"都困难，哪里还谈得上拍"艺术照片"？农村的改革新貌，各界人才的复出……无论从哪方面说，他都想用相机去捕捉那珍贵的"瞬间"……他渴望更新设备，可一次又一次，得到的答复都是："县里也有困难，克服克服吧！"一个县更新一个照相工具都有困难，他拿几十元的工资又能节省出多少钱去买一套新设备呢？

刘日来了，在他上任的第61天——1986年1月6日，中共无极县第四次代表大会召开。刘日在台上作报告。

张承文有机会听到这个报告是因为他是来替党代会照相的。他端着他那个"老武器"在会场里忙得心里说不出啥滋味,一边照还一边担心:这一卷拍出来的还不知是啥样?

但他却开始被台上这位书记的报告吸引住了,他想:这次这个报告是谁写的,讲得这么实在。

一种预感?一种直觉?总之,他开始感到会场的气氛似乎发生了变化……他抱着那架老相机,去选镜头,去按快门时似也格外慎重了……也许是一种"天生的自卑"使他一向不善于直接去跟书记或县长们说一点什么,但是这次休会期间,他自己也讲不清楚是什么缩短了他走过去的距离——他走过去了,于是他有了跟刘日的第一次对话:

"刘书记,我这相机……不能用了,亟待更新。"

"你是……"

刘日问了他的一般情况,似乎都跟"相机"关系不大,可他听了心里总感到温暖,以至于一阵有限的谈话过后,他甚至后悔了……无极的上一次党代会是1971年1月召开的,整整过了15年才召开这一次党代会,这位县委书记刚来,看起来想振兴无极,会中会后有多少大事要做,自己却跟他说:"我的相机……"

但是,刘日很快就去找了县政府分管财贸的副县长,几天以后,由县财政拨款买的一套崭新的照相设备已经摆在他文化馆的一间工作"暗室"里。

拉开窗帘,暗室亮了——多少个日子,这是他走进暗室工作时,干的第一桩事。这似乎有点浪费时间,可他就是想看看明亮的光线下,他新有的这些设备上的光斑。

这件事很大吗?很重要吗?

似乎都不。

他凝望着这些新设备上的光斑，总想就这"暗室里的光斑"构思一幅作品，可怎么也想不出最理想的"佳构"，艺术最富魅力的地方在于"言外之意"、"弦外之音"、"景外之景"、"像外之像"，难道最美的意境真的永远只能存在于他自己的心中，不可捕捉？

但是从这以后，他的摄影作品在省一级的评比中多次获奖。

但是他心中最想拍的那幅照片，至今还没有拍出来。

从那以后的几年来，他就用这套新设备为县里积累了大批图像资料。被任命为文化局副局长后，仍然背着相机奔走四方跳上跳下照相不止。

"这就是无极的历史，这几年的历史，日新月异。"他说，"我生怕漏掉什么。"

仅仅是因为替他更新了一套设备，就令他感动不已吗？

"刘书记，你留一点事别人做不行吗？"他这样对刘日说过。

"事情都得赶紧办，人能活几天？"刘日说。

我一辈子都忘不了他这句话。张承文说。

这是我一生中心情最愉快的几年，一个人一辈子能有多少这样的几年？即使以后由于各种原因，不能做事，我也无憾了！

张承文说，这不是我一个人的感受。你去问问无极的知识界人士吧，随便问谁……每年春节前夕，家家户户都忙过年了，刘书记总问："咱们的知识分子是不是还有呆在斗室里的？他们有这'毛病'。"

"月良，刘书记来看咱们了！"她奔进房间，说这话时，声音都变了。

月良是她的丈夫，已经卧床3年。月良姓张，是河北省音乐家协会会员，酷爱音乐创作，3年前为组建县歌舞团奔忙，还是个活蹦乱跳的人，可是突然病倒了，爬不起来了，大小便都在室里，不久就转到了石家庄医院……此时70多岁的婆母也病危，女儿在幼儿园……"妈妈再没有时间来接你了，听话，跟老师再见！"就这样，女儿休园了……她自己还坚持着陆陆续续地上班，像"突击队员"似的干那些属于她的工作……同志们看她实在太紧张，分担了她的工作，她才得以专心照顾病人……但接着就是婆母去世，她没让丈夫知道，独自安葬了老人。此时丈夫的病也确诊为"肾病综合征"。一连串突如其来的不幸，真给她一种无法支持的感觉……亲戚、朋友、邻居来看她，安慰她，使她在那些日子里满心都翻滚着"谢谢"二字，但是她根本就没想到县委书记也会跑到她家里来……再有一天，就过年了……她是个一向酷爱整洁的人，现在她手足无措，不知说啥好，她说："家里太乱了。"

刘日说："说明你辛苦啊……有什么困难吗？月良的领导在这里。"

是啊，文化局的领导、县委办公室的领导也来了。

这个春节，她把家收拾得格外洁净，她不止一次地跟丈夫聊道："咱们都是很普通很普通的干部……"

但是，她是无极县唯一的一个——河北省果树协会会员。无极县开发了10万亩荒滩，种果树近9万亩，刘日说："她是我们无极的宝贝！"

她叫王中联。

就在这一年，她的丈夫张月良重新拿起已经搁下三年的笔，一曲《农乡景色美》于当年获地区音乐创作一等奖。

也就在这年夏天，王中联到乡下奉职去了——她被任命为庄里乡科技副乡长。

"中联，"人们劝，"像你这样的情况就不该下去了。人家都往上调,你怎么还往下调?"

当然,她不会没有困难。多少年机关生活,下班匆匆忙忙捎着买点菜,这在别人看来属于中国知识分子的辛苦事,对她来说,已经是幸福的回忆了……到乡里后,头一次回家,家里人刚吃过晚饭,她掀开锅盖一看,锅里就剩下半碗面条,她把那半碗面条吃了,问:

"怎么不炒点菜?"

"菜没了。"丈夫说。

"面也没了。"女儿说,"妈妈,今天你不回来,我们明天什么都没了。"

她转身就去厨房刷碗,泪水掉进盆里……夜深了,女儿睡觉了,她躺在丈夫身边,对他说:

"月良,我对这个家付出的太少了。"

"放心吧,"丈夫安慰她,"我们能自立了。"

"崇拜知识,赞美奉献。"这是他们当初恋爱、共同建立起这个家的基础……在过去的日子里,丈夫创作的歌曲有20多首分别在河北、山西、甘肃、湖南等省的杂志上发表过,那呕心沥血谱写出的一个个音符难道就是为了换取那一点菲薄的稿酬吗?若是,那还真不够买豆芽菜……她自己毕业于河北农业大学园艺系果树专业,1979年8月分配到无极县林业局工作,多年来,一直钟爱自己的专业,工作之余也写过十数篇专业方面的科普文章和科技论文在报刊上发表……1986年,家乡人民开发荒滩遍植果树,一下子在她的面前展示了一个很大的天地,工作量仿佛在一夜之间不知增加了多少倍……下乡已是家常便饭,办公室里再也听不到有关如何"请假休息"的"讨论"……和同志们一道跑遍了全县大大小小的果园,巡回指导,建立病虫测报站,定点定期观察记录,为把精深的东西变得简明易懂,必须为农民们编写技术资料，她自己就编写了各种技术资料30余篇，印发过6000多份……办大大小小各种类型的技术培训班60多次，听课人数达3000余人次……所有这些说明什么？说明有那么多事要干。

1987年，继刘日亲自向外发信求贤之后，3月15日，以县委、县政府名义《致全县知识分子的一封公开信》又发到全县各行各业的知识分子手里。

　　……我县农村、乡镇企业在生产、技术、经营管理等方面还存在着不少亟待解决的问题，振兴农村经济和乡镇企业宏伟目标的任务，很自然地落到了知识分子肩上。因此，县委、县政府号召你们，勇敢地挑起这个重担。义不容辞地为他们解决技术、管理、购销等问题，献计献策，出力服务……

　　同志们，科学技术是生产力，而你们则是科学技术的直接携带者，乡镇企业、农村迫切需要你们，振兴农村经济迫切需要你们……

这些文字，这些呼唤，出现在王中联眼前，她看到的已是相当具体的内容……她已经告别学生时代多年，她已经30多岁当了母亲，难道还那么天真吗？她也只有30多岁，大学时代的生活留在她的记忆里，仍是人生最珍贵的部分……70年代末毕业的大学生，是"十年浩劫"后有幸重新入学的第一批大学生，在学校重新刷亮墙壁重新安上玻璃窗的教室里，在过去几代大学生睡过的床架上……熄灯了，那时候我们唧唧喳喳都在床架上讲些什么？当我们终于拿到了钢印的文凭时，为的就是能有一个在机关里上班的资本吗？……崇拜知识，赞美奉献！……可是什么时候我们已经变得怯弱，为了追回我们学生时代的美妙时刻里最珍贵的，我们现在还得学习勇敢……中国有良知的知识分子，怕就怕他的知识派不着用场，如果他的知识受到珍视，那知识就很容易变做才华，而他的情志还会比他的才华更动人，他会做出常人不易理解的"牺牲"。

天亮了，王中联匆匆忙忙地去买了菜，买了面……又下乡去了。庄里乡沿着滹沱河岸，已栽上果树4000多亩，茫茫沙滩再不是眯人眼睛和不长庄稼的厌物，如今那是全乡人民脱贫致富实现经济腾飞的重要基地……不想重新回到县城吗？会想……但现在她想的是，如何吸收更多的回乡青年、复退军人、家庭妇女……学技术，乡"林果技术服务站"已经建立起来了，一期一期的培训班将有计划地开学，不只是梨果栽种技术……考虑到干部的致富问题，刘书记又开始鼓动机关和乡政府的干部们在阳台、在庭院种葡萄了，当然也鼓动农民在房前屋后种……这些事，本来都是我们搞园林的人该想到的，为什么总是从刘书记那儿先喊出来呢？……

世上的人真是多种多样，一天，一位乡民慌慌张张地跑来找她，报来一桩怪事：他们有148棵苹果树被人用斧头砍去主干一圈。那个出事地点在北靠木刀沟的朱家庄果园，她赶到现场一看，那148棵果树不仅嫩皮部被砍去一圈，创处还深达木质部，时值腊月二十五，气温零下20来度，眼看这些好端端的果树就要死去了。"救救俺们吧！"农民是这样说的。可这种事书本上也未见过记载，眼下又是果树休眠期，怎么救呢？死马当活马医吧，救死扶伤，就像医生包扎伤口那样，把创口全部严严实实地先包裹起来……到了第二年开春，从树身上砍下筷子粗的枝条，她开始了冒险的"桥接"——即通过枝条像桥梁那样连接起那20厘米的被砍处上下两端……细心保养、观察20多天后，桥连的两端都长出了愈合组织，148棵苹果树，除留下一棵——为做对比实验——没接，147棵树全部活了，不仅活了，这147棵经桥接的果树如今比其他长势更好——真是意外收获——一个科技成果竟这样诞生！

"奇迹！"1989年11月5日，省地专家15人专程到无极为此作了"早春大面积桥接配套技术研究"的科技成果鉴定，给予高度评价：实属罕见，属全国先进水平！

《河北科技报》为此刊登了王中联"桥接"的照片。你昔日的大学的同学们看到了吗？你的知识终于在你的果树专业上结出了创造之果，你值得骄傲！

《阿凡提的故事》今天已家喻户晓，作为中央民族学院维语专业的汉族大学生，从参加翻译《阿凡提的故事》那时起，阿凡提这个智慧形象就一直活在他的脑海里。作为当时大学的"高材生"，他还是团支部书记，1957年带领系上10多位同学去新疆搞社会调查，同随队的苏联教师发生了争执，不久竟当上了"右派"。毕业后，他被分配到克拉玛依油田当翻译，新疆"伊犁事件"后，他翻译也当不成了，被遣送回乡……这位新中国成立后，家乡土地上第一个进京深造的大学毕业生就这样又回来当上了农民……每当在家乡的土地上看到小毛驴就会想起阿凡提……但他虽"腹有诗书"却一筹莫展……1978年落实政策后，他先被分配到县文化馆工作了半年，后又调到县经委办公室。刘日到无极后，先把他调到政协，不久他被任命为县地方志办公室主任。

如今他两鬓已有不少白发，因双股骨头无菌坏死，已经拄了双拐，每当要坐椅，就得先在椅前站立五六分钟才坐得下去；而要走去哪儿取任何一件东西,也必须倚仗双拐站起来,先立上五六分钟,才能拄着双拐走过去……便是这样,他仍坚持工作。

他叫刘宗诚。

修史不比写其他文章,搜集、考证、斟字酌句,如数珍珠,他自己动笔已写出数十万字;而所有文字的编定还非他莫属。在这期间,还在省级以上刊物上发表了15篇关于历史、民族、县志方面的论文。也许由于职业修成的习惯,他与人谈话也言简意赅。

"同刘日是朋友了,"他说,"刘日重史,知识面广,还不耻下问,地区地方志办公室主任马丁同他一接触,就说他'是个具有学者风度的县委书记'。"

刘宗诚又说:"知识分子要觅知音,在知识界内也不易,一个领导人同知识分子这么知心,罕见。不是说只跟我们修史的做朋友,技术员、医生、创作人员、教师……莫不如此。"

"前不负祖先,后不负子孙。那只有当今身体力行,造福于民。"刘宗诚说,这是刘日经常说的。

"坦率说,"刘宗诚又说,"我这样工作,是受他影响,而我们办公室另外7人,是受我影响。我们这8人程度不一,但能干细的干细的,干不了细的就干粗的,大家都很努力。实际上,全县,在有形无形之中被他调动起来的力量,那是最了不得的。"

……

4 赠我一言,重于金石

火车从北京站始发,沿京广线向南……每要驰近那个——世纪之初本欲在这儿建枢纽的车站,他的心情就变得像那阴暗不定的夏日潮湿的下午。

那是他的故乡。最后一次离开故乡的那年的头一天，是中、苏、英、美26国在华盛顿签署反对法西斯侵略的"联合国宣言"的日子。此前第23日，是小日本偷袭珍珠港的日子，一夜之间，美国人团结在星条旗下……这一时期中国的两个政党也并起肩。这一时期日本正实施着把中国变成他们扩大战争的兵站基地与资源仓库的计划……他就在那时离开家乡，几十年过去，家乡留给他的印象仍是——古城大街上日本兵终日不绝的皮鞋声……

他研究的那个专业同战争似乎没啥关系，但在和平的日子里大家都很关心。"你该像保护自己的眼睛一样。"全世界都这么看待眼睛。他就是个眼科专家。他曾协助汤飞凡获得了联合国卫生组织颁发的国际防治沙眼金质奖章，并被聘为美国视觉及眼科学研究协会荣誉会员，还是世界卫生组织防盲咨询组织委员……但是，他已有38年没回故乡。他要远在海外倒也不足奇，他就在北京。

……早些年共和国的眼科事业在起步他没空回去，后来是不敢回去……尽管他那么早就离开家乡，家乡竟没有忘记他是谁的儿子，红色的喧嚣时代硬是要他记住"反动权威"、"特务"、"孝子贤孙"这些字眼并且真使他永世不忘了……于是几十年间，不知多少回乘火车从家乡门口经过，他都只是从窗口往外望一望……火车驰过，他便闭上眼睛靠在那儿长时间一动不动，就像一棵无根的老树任凭火车把他运往异地他乡……

突然一天，一个三十几岁的年轻人叩响了他的房门。

是刘日。

这还是1981年刘日在正定当县政府办公室副主任时候的事。这个科学家的名字毛泽东、周恩来当年都记得，他叫张晓楼。

这一年他 74 岁，他收到信时想不起来这是谁的来信，他打开信封，取出信，就先看信末的署名，也陌生，他从头往下读：

李维祯同志：

  冒昧致书，请原谅！

  我受党和人民的委托，于 1985 年 11 月来无极县任县委书记，时间虽短，却深深爱上了这块土地，可以说这也成了我的第二故乡。您是无极县籍人，因革命需要，离开这里建功立业于异地他乡，我想一定会无时无刻不在想念着自己的故乡……

李维祯是张晓楼的同学，中国著名药学家，沈阳药学院院长，中国药学会理事长。

是因为少年之梦未得实现而使刘日想从科学家那儿去分享一点精神上的什么？"

北京，同仁医院。1980 年。

刘日独自来到这儿。一问，二问，三问……全都热情答道："出国去了。""去日本。""去讲学。"

他是来找张晓楼教授的，扑了空。而听到的这些回答也确实勾起他许多往事的回忆，以至于他一时辨不清心中遗憾的是什么？

北京。眼科研究所。像墙一样的书橱里满目外文书。

见到张晓楼教授已是 1981 年夏。

眼科专家的眼前戴着一副金丝眼镜,这眼镜给刘日的第一眼印象就是:主人极细心。而第一次见面,第一次谈话,眼科专家也从这位同共和国一起长大的年轻人身上充满发现,并渐成忘年之交。

"家乡人民都想你回去看看!"刘日说。

没有什么惊人之语。但是萦牵教授的幽思,强烈的怀乡之情立刻涌动教授心扉,霎时间遥远的天桥仿佛一下子变得临近……但是,教授又将出国参加一个国际会议,不能马上回正定。这又叫刘日既羡慕又敬佩。

终于回来了。终于踏上了故土。就在1981年。

38年的距离——未曾想到是被一个不到38岁的年轻人沟通。

"张老,乡亲们都想请你看看眼,行不?"刘日问。

……不知几年了,在北京,张老的时间已无法用于看一般的眼疾。讲学、著书……他在家中突然被通知别出去,有小车来接他……上了小车,车门关上,车窗也关上,还拉上窗帘,待小车停下,下车一看,已是中南海……他给毛泽东看过眼睛,也给其他中央领导人看过眼睛。有一回也是这样被通知不要出去……随后被小车接到机场,上了飞机竟被运出国境……很快他已经坐在胡志明的面前,用他那戴着金丝眼镜的眼睛去观察胡志明的眼睛。那时候胡志明的一只眼睛对治疗已很不敏感,人们忧虑的是他那另一只眼睛……张晓楼对胡志明说:"这只好眼肯定坏不了,那只眼睛想办法给你治。但是,在这不行,要去中国。"这时候专家的权威高于一切,胡志明被接到广州,张晓楼说:"广州就行了。"半年后,胡志明的眼睛好了……现在面对刘日提出的问题,老科学家立刻答道:"行啊,你说看谁就看谁。"

刘日并没有为他指定看谁。都是乡亲。

38年没回故乡,多少年没看"门诊",老教授这时在故乡看上了"门诊",而且一看竟看了两天。随后,由张晓楼倡议,又将联合国卫生组织在中国的防盲普查点就设在正定,每年到正定普查两次,所用经费——用正定人的话说:"全由联合国报销啦!""还给正定许多仪器,用汽车去拉。"

同这位杰出的科学家相处的日子,的确不断唤起刘日自己过去生活的回忆。两代人的生活、境遇、理想、追求如同两头奔鹿在他胸间疾跑……残酷的战争曾使张晓楼放弃了家乡的私办医院远走异乡……但这一切却没能毁掉他的专业,他和汤飞凡有一天终于从举世瞩目的国际奖坛捧回中国人的骄傲!……巴甫洛夫曾说:"科学需要人的全部生命。"如今刘日对科学家的建树只有在心底永存着深深的崇敬。

离开家乡几十年了,第一次收到家乡县委书记的信。从写信的日期看,这位书记到无极还不到1年,也不知他是怎么弄到这地址的,李维桢在他的书桌前继续读道:

"治国有常,利民在本",我们希望我县的经济建设速度再快些,经济效益再好些,人民生活水平再高些,力争到2000年实现"翻两番半"。把无极建设成生机勃勃、繁荣昌盛的"小康之乡"。我想您听到这远大目标后一定会和全县40万人民一样豪情满怀,欢欣鼓舞的。

然而我们身在基层视野狭窄,孤陋寡闻,加之本县人才短缺,交通不便,科技基础落后,横向联系薄弱,要想崛起,腾飞,谈何容易,起步之艰难亦可想而知。况本人涉政未深,年轻短见,才疏学浅,经验不足,深感任重而力拙,唯恐有负国家重托。因而时为谋求大展鸿图之策辗转反侧，夜不能寐。经考虑再三，我代表县委、县政府以及全县 40 万人民，恳请您能在百忙之余暇，为开拓咱县"两个文明"建设新局面，毫无保留地抖开锦囊……

老院长感动了，反复读之，放下信，想象不出这个"刘日"是什么模样。

1986 年 10 月，无极籍在外工作的专家、学者、教授、总工程师、高级工程师……都很意外地收到了家乡这位县委书记的信。这些信无不声声呼唤"赠我一言，重于金石"，"尤其欢迎您亲临家乡故土，巡视考察，讲学指导，以赐我们聆听就教"。

……又想到一切无极籍在外工作的同志，一切曾在无极工作过如今已离开无极的非无极籍人士，刘日相信他们不论职务高低不论什么职业都会念着无极……这样，这信无论如何没法逐一写了，于是写出一封信稿送到了印刷厂……

　　人说"燕赵自古多慷慨悲歌之士"。在无极这块辽阔的土地上，不但产生过一代又一代的英雄豪杰，而且哺育了一批又一批能者巨匠。特别是在中国共产党领导下，我县在外地工作的人们中，各种人才如同熠熠闪烁的繁星。你们都是其中的佼佼者。今日诸多拜托，殷望尽力而为，以慰无极县委、县政府和全县人民一片诚挚之心！切，切。

　　……

5 乘众志与用众力

　　一种新的"抗癌药"与"阴道栓"剂将在无极投入生产。仅此将使无极获年 100 万元的收益。它的方剂就是由李维祯提供。

　　1987 年 4 月 21 日，李维祯专程回到故乡无极，刘日陪他看了无极各地，老药学家最关心的就是家乡制药厂。

　　1987 年 5 月 3 日，这位中国药学会理事长，将在北京主持一个药学界会议，离无极时，他对刘日说：我准备在药学界会议上抽出一定时间请专家们讨论讨论"一个县制药厂的发展"，就讨论无极。

　　人说走后门，这也是一种"后门"么？它竟让人感到温暖。

　　我丝毫也不想掩饰，当我读着这许多回信时，我是激动的。从这些相隔千万里的来鸿中，你会知道何谓民心、民情，何谓游子之心！

　　"你是怎么知道我的？"好些信一开头就这样问。

　　石家庄无线电一厂总工程师办公室周振英同志的信密密麻麻写上 8 大张，那由 20 多条建设性意见相互联系——构成的框架和内容不啻就是一个工程。

　　河北省委农村政策研究室刘殿辉同志的信写了 11 张，大点套小点，旁征博引天南地北可资借鉴的各类意见一时还真数不清……

　　这是一张手绘的地形图，干练的线条简洁的标记让人一望而知制图人经过某方面的制图训练，制图人是从事食品科研工作的，绘出的是他们研究所和他家在北京所处的位置……有的信在署名前恭敬地书道："您的乡民。"有的信则在署名之后再落个字道：拜。

　　这些信倾诉对家乡的思念，提供自己的工作情况，请家乡用得着时"随时发话"……于是，这种 8 分钱的投资，因沟通了贵比千金的乡情，竟使得无极在横向经济联系，实现农业产业结构调整，甚至为无极人赚"外汇"（因这种联系使他们赚本县之外的钱成为可观，他们如此称之）等许多方面好像突然添加了许多润滑油……

人说跑关系，这种"关系"又作何解？

北京市公安局十处科长高鹏同另三位同志干的这桩事，我若不是亲见"证据"亦难相信。

是由于"公安"这个职业对高鹏有什么启发么？他在北京这座上千万人口的城市里联络了 155 个在京的无极籍人，列出他们过去和现在的各种简况（细到电话号码和与经济工作有关的亲戚关系），并组织这些人——不论职务高低——在京开会研究怎么支持无极。

没有谁叫高鹏他们这么干，也不会有谁给他们奖金或者加班费，是什么使他们这样甘心情愿废寝忘食骑着车子到处跑？

令人费解的是，类似的事也发生在南京市、天津市、石家庄市、衡水市，这些城市的无极人也自行相互联络，开会研究如何为家乡出力。

1987 年，农历兔年春节，衡水市十数名无极人相约集体来探亲，并在无极认认真真地开了一天会。

人说文山会海，像这样的会，你会嫌它多余吗？

"谁不想为故乡出力，我们这样做，不过是以尽其才，以全其德。"这话有点幽默。

你可能不会相信，这个县委书记至今仍不吝时间在他的一个笔记本里干着一个中学生喜欢的事。

体操和音乐两个方面并重，才能够成为完全的人格。因为体操能锻炼身体，音乐可以陶冶精神。

——柏拉图

最易于使人衰竭，最易于损害一个人的，莫过于长期不从事体力活动。

——亚里士多德

百病生于气也，怒则气上，喜则气馁，悲则气滞，恐则气下。

——《黄帝内经》

这是刘日的日常摘抄，喜欢得要命。

有一天，他将这些摘录汇集起来，又让办公室的同志"再摘录些"，就印成一本《祝你长寿——健身知识集锦》。1987年元月，这本共计56页的"集锦"以中共无极县委办公室的名义作为新年礼物寄给了他们所能联系到的无极籍在外工作和曾在无极工作过的所有同志，这便成了又一个同外界联系的感情纽带。

清华大学

北京联合大学电子工程学院

太原工业大学

天津大学

山西

湖北

安徽

银川

陕西

太原

青海
中华人民共和国商业部
国家计划生育委员会
《文汇报》
青岛海关
秦皇岛港务局
……

请别小看这些谁都熟悉的省名市名单位名，从这些地方的某间房子某个院子某张办公桌上同无极发生的联系会为无极经济腾飞的翅膀不断增添丰润的羽毛……

1986年11月刘日给全县干部的一封公开信中写了这么一句话："乘众人之志者，既无不任也；用众人之力者，既无不胜也。"这是希望全县各行各业的干部，都应当善于这样做。

6 何世无奇才，遗之在草泽

邱满囤回来了。

邱满囤不是教授不是工程师，是个漂泊在外"卖耗子药"的流浪汉。

邱满囤是无极县郝庄乡陈村农民，3岁时娘去世了，四代人把他养大。1953年他入伍当兵，1956年当上"中共预备党员"，第二年因病复员回乡。在家乡他喜欢捉狐子撵兔子逮鱼，这时又迷上了抓鼠……除"四害"那年，每人要交50根老鼠尾巴，他便琢磨着"咋弄才能真给那家伙'判个死刑'"，于是开始养老鼠。

一年又一年，从不间断。村人对他干这事颇瞧不起。因他为干这事，连地里的正事也不好好干了。乡谚说："最亲是儿女，至厚是土地。"不安心种地的人，在乡人眼里，与"窃国大盗"都没啥区别。

他的"预备党员"被取消了。他有位当过县委宣传部长的姐夫曾无数次斥责他，要他："走正道！"

他继续养他的老鼠。

家一天天穷下来，生活已顾不住嘴巴，孩子饿得哇哇叫，可他照例把吃的拿去喂老鼠。一喂喂到半夜，蹲在笼边百看不厌千瞧不厌，瞧到半夜才爬上床……

"啊，"老婆惊醒，身子缩成一团……她嗅到一股老鼠味，恶心得要吐，觉得他男人就像一头大老鼠。

"你再不改。俺就跟你离了！……"老婆正年轻，跟他吵架。而他已经四面楚歌，现在就剩"家"这个最后阵地，心情本来不妙，吵着吵着就打起来。

女人披头散发，伤心欲绝，哭道："你是要俺还是要老鼠，你要老鼠你就跟老鼠过去，你说吧你说吧！……"

他没法把他的老鼠扔出去，他的年纪轻轻跟他结婚才两年的妻子终于离他走了。

离婚后，孩子也跟她娘走了。他独自一人，家里穷得叮当响，但他望着祖传的三间屋，开始感到他跟一群老鼠也住不了这么多，就开始"拆"着卖房，继续养老鼠。

北方冬日寒风呼啸，大雪覆地，他卖了房仍穷得7年没穿棉衣。大年三十，人家吃团圆饺子他啃着红薯片反正也没人瞧见，依然有吃与老鼠同吃。

孩子死了。消息传来，他着实难过了几天……但老鼠在笼中的叫声仍把他召唤到鼠笼边……三间房子分四次卖终于卖光了，无处栖身了，他就干脆离开家乡开始流浪。

一月又一月，一冬又一冬。四海为家。他走了一村又一村，一县又一县，一省又一省。一双胶鞋穿了11年，还"啪哒啪啦"在脚下响……1981年是农历鸡年，1957年也是鸡年，那个鸡年他24岁，他从24岁开始"琢磨"老鼠，刚好又一个24年，他已经48岁，就在他48岁这年正月十六——这个日子他终生不忘，因为就在这一日，他已经确定他可以随心所欲地给老鼠"判处死刑"啦！

他踢掉了那双到处漏风的胶鞋，换上了一双新胶鞋。不久，他就穿着这双新鞋走进了中国科学院。

6年以后，当他同刘日谈起这次去中国科学院的经历，还没细说，刘日便说："理解，理解，很理解。"

"我给你们送宝来了。"邱满囤走进科学院，信心十足地说。

但是谁相信他呢？不相信其实没关系，他们本该让他试一试。

邱满囤说："我可以就在这里，大白天就把你们科学院的老鼠引出来。"他拿出了他的老鼠药："用这药，我说药公的保准没一个母的来。"

人家更不信他了。

"请你出去！"

坐在刘日的办公室里，6年前的情景仍历历在目。

邱满囤说："街上卖鼠药的也没吹到我这地步是不？接待我的是个女的，说我神经病。我说我不是神经病，咱们实验吧。她说你要实验回你们当地实验去……"

刘日问："那女的是不是很胖？"

邱满囤说："比较胖，40来岁。"

刘日不知道是不是就是当年接待他的那位女同志。

邱满囤继续说:"又来了好几个人,他们连试也不让我试,就把我'请出去'了。"

听到这些,那科学院的大门、大厅、接待室,以及那些也是吃"科学饭"的人们的面孔、说话的口气,连同楼门口的阶梯,刘日都仿佛又看见了。

邱满囤回来了。是县科委党支部书记兰纯芝领着他来到刘日的办公室。

不久前,也是在这儿,兰纯芝前来"荐贤"跟刘日讲起了邱满囤……"老邱那鼠药真神,我见过的。"刘日听了,当即问道:"现在,你知道他在哪里吗?"兰纯芝说:"在陕西。"刘日说:"你马上给他写封信,就说我请他回来! ……"

邱满囤回来了。这已经是1987年夏天。54岁的邱满囤穿着一件白衬衫,显得很精神。

"你说怪不,"初次见面,他便自我介绍,"满囤这名是我爷给取的。眼下我弄这耗子药,还真想让乡亲们粮满囤,一点都不想让老鼠糟蹋。你信不,我在陕西省西阳村,用我那耗子药,一天就药倒1万7千多只,用架子车拉了7车。"他伸出手指比画着,继续说,"这码子事叫报社的知道了,用小车拉我去表演,我去了,到他报社里面去,一表演,他们也就洋鬼子看戏——傻了,你看,这不报纸登着。"

他掏出了一张报纸,刘日一看,《陕西日报》上果然登着,标题上还写道"大荔农民邱满囤灭鼠有奇方"。

"好家伙,"刘日说,"不简单。"看着报纸,又说:"陕西已经认你是他们的人了,还回来吗? 回来吧,同意不?"

"我现在娶老婆了。"

"嗐!"

"我娶了陈世美的老婆。"

"什么……"

"人家那男人是开车的,有了年轻的,不要她了。他不要咱要。"

"在哪儿?"

"陕西。大荔县东七乡观音渡村。也是农民,没文化。"

"有孩子吗?"

"有。我捡着父亲当啦!"

"叫她们一块回来,给你们转居民户,再给你们一套房子,怎么样?"

邱满囤愣住,半晌没吱声。

"怎么样,同意不?"刘日又问。

"刘书记,"邱满囤说,"我早就听说你了,我一收到信,这不来了!"

那张《陕西日报》的出报日期是1986年9月,已经时隔9个多月。刘日又问邱满囤这些年的情况。邱满囤的话匣子一打开,也真不愧为是个卖过耗子药的人——具有一副好口舌。你还会注意到,他浪迹天涯,早把乡音中的"俺"唤成了"我",开口不是"咱"就是"我"。

"我这老鼠药不是吹的,我净养老鼠就养了11年。有的报纸吹我养了20多年,那不对,我是研究了20多年,到今年是30年了。你知道一只母老鼠一窝产几仔不?那家伙可会生,一窝最少产5只,最多16只。每年从打春到立冬,一只母老鼠要下8窝,下一窝换一次铺盖,所以你的衣服、被子、书本被老鼠咬了,那大部分都是母老鼠干的。公老鼠每年就立春前咬一次衣物,母老鼠立春换季也咬一次,以后还要咬8次。"

你听了这些会觉得他是信口雌黄吗？邱满囤继续说：

"你要是听到老鼠打架，那准是公老鼠在干。母老鼠跟母老鼠从不干架。母老鼠跟公老鼠更没有纠纷。公老鼠为啥干架？一是进错了门，二是争'对象'。"

刘日笑了，问："你怎么知道哪是公鼠，哪是母鼠？"

"哎，"邱满囤睁大眼睛，模仿起老鼠的声音，他说，"母老鼠叫起来'咕咕咕'，公老鼠叫起来才'吱吱吱'。"又说，"它不叫咱也知道，母老鼠跑起来，尾巴压下，拖去，它害羞；公老鼠才不怕，从洞里跑出来，尾巴，"他竖起一指，"啾——竖起来，像旗杆一样。"

在刘日办公室里的人都笑了。

邱满囤继续说："老鼠嘴巴'吊袋子'，他们知道不？一只公老鼠一口最多能嗑36颗花生米，52颗包谷粒，他们知道不？他们连实验也不让我试一下，好，我走。我坐火车南下，到了山东，我有一块'王牌灭鼠一扫而光'的招牌，我不要了。咱找村干部去，当场表演，要毒公就公，要毒母就母，他们看了就不能不信。信了，咱就给他们耗子药。让村里发给大伙，不见死鼠不要钱。一放药，谁家不见死鼠啊？都得交钱，交给村里，谁不交那脸也挂不住。村里再把钱交给我。头一回这么干，我一天就赚了360块，花80块钱买了辆破自行车，这下，咱'流浪'起来也机械化了。"

……便是这样，邱满囤又开始了他"独具一格"的卖耗子药生涯，从山东西行，穿河南入陕，3年后，在陕西大荔县的观音渡村遇上了像观音菩萨般善良的张水莲，这就住下了。

一年多后，他想把这灭鼠的事再弄大些，择个日子走进了大荔县官池镇政府，要见党委书记。又通过现场表演，促使镇党委、政府于第二天就召开了各村党支部书记和村长参加的"紧急会议",又让邱满囤当着全镇10村领导人的面再做"表演",随后决定:在全镇范围内开展一次灭鼠活动。邱满囤逐村发药,现场指导,好不威风。

结果:下药11天,灭鼠10多万只。

官池镇党委书记深感此事不凡,给县科委打了电话,科委主任初听便说:"吹牛。"后听镇书记再三声称:"亲眼目睹。"便驱车下来……一来,把邱满囤带回县里。当晚,邱满囤以2两毒饵,使县政府机关的老鼠纷纷奔出来死在大院……

陕西作家、新闻工作者为此写了报道,《陕西工人报》《陕西日报》《陕西科技报》相继登了……

"有人给你鉴定过吗?"刘日问。

邱满囤半晌未语,这话问到他心里去了。1981年,他跑到中国科学院去,为的不就是这个吗?那以后的许多年,他所到之处,自我宣传,初时人都不信,但他当场"表演",人都信了,陕西大荔县科委、渭南地区科委、陕西省科委的一些同志也信了……可是偏有某处科研部门专搞灭鼠研究的权威人士看到了还不信,甚至禁止他"表演"。

"你不听劝阻,我们就处罚你!"他们说。

"灭鼠单位还要处罚灭鼠大王,太稀奇了!"邱满囤毫不示弱。

有一回,真有部门要替邱满囤鉴定了。似乎为了"慎重",有位鉴定人对邱满囤说:

"请你把衣服脱了。"

邱满囤一愣,感觉受到侮辱……但他还是开始解衣扣了……多少年多少月多少日多少辛酸多少苦都过来了……怕我变戏法?脱就脱吧,脱了更能说明问题……他自我安慰地想着,已经把上衣脱光扔到地上,又开始脱裤子,直脱得剩一条裤衩,身上露出精瘦的"排骨",

他说:"行了吧?"

"好。"

邱满囤弓着腰认认真真在9个洞口置了药,不久,有7只老鼠在众目睽睽之下窜出来吃药,全死了。"这回,总算有专家亲眼见了吧!"邱满囤得意扬扬地等待着他们发话,岂料他等来了一个问题:

"为什么9个洞只毒死7只老鼠?"

"问题"随后又变成了结论:这鼠药治鼠少了。

邱满囤一听再按捺不住,就那么气冲冲地对专家叫道:"专家先生,这些洞里就7只老鼠,我就治出来7只,你嫌少,你说几只,用你的药,你要能再引出1只来,我马上磕头拜你为师。"

结果:没通过鉴定。

在一定范围内传开的舆论是:专家说他不行。

1987年2月4日,上海某报发表了该报记者的一篇报道:"'灭鼠大王'赵满囤(将"邱"误为"赵")骗了记者,结果使这则失实的新闻一传再传……"又说:"这位'灭鼠大王'已经避而不见……"
……

刘日说:"没关系,这些工作,我们负责来做,你先住下来吧,咱们一步一步来!"

7 他这个"卒子"攻过河了

"时人不识凌云木,直待凌云始道高。"这是唐代杜荀鹤在他的《小松》中写过的两行诗。这里面其实有叹息有呼喊:时人哟,为什么要等到小松长成了凌云木之后才跟着称高呢!

在刘日看来,邱满囤已经长成了一棵凌云木,为什么有人还看不见呢？那岂不更可悲吗！

刘日给新华社挂了电话，给《河北日报》社挂了电话……1987年7月15日上午，邱满囤在他自己的家乡——郝庄乡做灭鼠表演。记者与县、乡各有关人员100多人到了现场。

现场选在郝庄粮站。这一日邱满囤身穿雪白衬衫，古铜色的皮肤愈显昔日浪迹天涯的阳焦，他很兴奋。"'满街腿'要做'灭鼠表演'了。"乡人们相告着。昔日乡人送他的这个"满街腿"绰号那意思就是说他东游西窜，不务正业。从今往后乡人能忘记他这个绰号称他"灭鼠大王"么？

人们挨挨挤挤围着他，人声嘈杂，有人说："你们别跟得这么紧，小声点吧！"

邱满囤说："没关系，吓不倒老鼠，让它来它就得来。"回头又问粮站的同志："灭公还是灭母？"

"公母都灭吧！"

邱满囤开始当众把一个半馒头切成小碎块，随后拌上他的鼠药……立起身，邱满囤又问："灭哪儿的？"

粮站的同志把他领到一个猪圈旁，邱满囤看了看，说："这儿没大的，都是'小老'。"然后开始布药，布了药，邱满囤说："等着吧，15分钟，老鼠准跑出来吃药。吃了药，它还回洞，但它不会死在洞里，两个钟头，准又跑出来死在大伙面前。"

……

1987年8月13日，《河北日报》发表了记者郭素芝、罗琦采写的"目击记"，让我们借助记者的"眼睛"来支持我这段——大家读来可能仍要将信将疑的故事。

邱满囤大白天诱出的老鼠被逮住,还是活的　　"灭鼠大王"邱满囤,被刘日视为"特殊人才"。1992年曾发生了"邱满囤名誉权案"巨大风波,被媒体称为改革开放以来最大的名誉权案官司,详情见《永不失望》一书。

……

过了15分钟,记者到每个洞口逐一查看,果然,毒饵已被老鼠吃光。

不知人群中谁喊了一声:"邱师傅,你给灭灭母鼠怎么样?"邱满囤爽快地回答:"行啊!"有人把他领到面粉厂和贸易货栈。只见他又往毒饵里加了点味料,按照同样方法,放进墙根墙角的鼠洞口。他告诉记者:"这里的老鼠都是大个儿的。"

一个半小时以后,在粮站院内,人们惊奇地发现,有几只老鼠从洞里跑出来了。在人群中神经质地乱撞乱窜。有的窜到人们脚面上。邱满囤说:"别怕,它绝不会咬人了。"说着,抓起一只正在乱窜的老鼠,用手指摸它的嘴巴,老鼠的嘴竟像被胶水粘住一般。仅半个多钟头竟有21只老鼠死在人们面前,而且正像邱满囤所说:全是"小老"。

接着，面粉厂和贸易货栈那边也把19只大老鼠摆在人们面前，当众验明正身，清一色老鼠王国的雌性公民。

新华社为此发了"内参"。无极县为此专门向省里写了报告。省长岳歧峰作了"批示"。河北省科技情报研究所副教授梁振鸾同志专程到无极来了。

"这很可能是在仿生学上的重大突破！"梁副教授说。

"老鼠是全世界的公害，全世界都在研究它，鼠药不断换代。全国、全世界研究老鼠的专家不少，但从科技情报上看，全世界还没有一个人在诱鼠方面能达到邱满囤的水平。"

梁副教授说这话是要有一定的胆识的。

这话当然不能空说。各种各样严格的实验在各种各样的场合下进行着：各种鼠药，各种食品摆成"八卦阵"似的，再把邱满囤的鼠药包围在中间，老鼠来了，硬是"冲过重围"直奔邱满囤的鼠药……邱氏鼠药放在树上，你可以亲眼目睹老鼠上树……放在高台、橱顶，老鼠就蹿上高台、橱顶……邱满囤已测出：老鼠的嗅觉可达至50米。50米内只要有鼠，邱氏鼠药一旦出现，老鼠必像着了魔似的不顾一切扑去吃……邱满囤说："讲通俗点，我这药，就像有大烟瘾的人闻到吸烟味一样，由不得不想吸……"这话也许不准确，来吃邱氏鼠药的老鼠过去并没有吃过这鼠药，谈不上"瘾"，而且来吃者一生中只有吃这一次的机会就必死。为什么调上不同配药，让公的来就公的来，让母的来就母的来，莫非是一种"性"诱惑？当你看到老鼠不顾一切地奔来吃药的时候，你会想到什么？是什么欲望驱使着老鼠在那时候面对人和人声的存在都"仿佛不存在了"，是否老鼠没有意志不知控制自己所以才那样不顾一切地去赴死……倘若人无意志那会怎样？

到地里去，邱满囤能一眼就辨出什么是鼠洞，什么样的洞有粮，什么样的洞无粮，一挖果然是。

　　邱满囤说："人家说我有特异功能，其实不是。我曾在野地里白天黑夜连续观察16天。公田鼠打洞，三直必有一斜，一个直洞存粮可达25斤到75斤。"

　　专家说：人与老鼠的比例是1：3。那么中国10亿人口时，就有30亿只老鼠。

　　邱满囤以其养鼠11年的经验说：一只老鼠1年要害粮20斤。那是老鼠能生存下去的食量。那么，我们1年就要损失1000多亿斤粮食。这些粮食我们没看到就被老鼠吞食了。

　　老鼠不仅吃粮还咬伤孩子，传播疾病，14世纪鼠疫遍及欧洲曾夺去2500万人的生命。如今在一些"发展中国家"仍威胁着人民生命。1988年元月中央电视台报道：淋病和鼠疫在我国局部地区有抬头趋势。

　　而早在1987年6月，刘日在小范围内亲眼目睹了邱满囤的一次灭鼠表演后，"无极县邱氏灭鼠研究所"就成立了，邱满囤任所长，给他配了5个助手。"邱氏鼠药厂"亦随即破土动工。善算的刘日仅从鼠药的经济收益上算了一道有趣的题：

　　1只老鼠吃1粒麦子嘴就封住就死。1斤麦子有1万5千粒。拌了鼠药之后，一个麦粒能卖5分钱，那么1斤麦子岂不是价值750元！

　　1987年9月10日，河北省委书记邢崇智到无极视察工作，刘日说："邢书记，你接见一下邱满囤怎么样？"

　　"好啊！"邢崇智说。

　　于是省委书记在无极县招待所会议室与这位昔日的流浪汉握手

交谈。

同年，邱满囤及其鼠药的消息出现在《工人日报》、《农民日报》……各省报刊和文摘报上登载的一时难以细数。

邱氏鼠药的神奇也迅速为世界各国的信息情报机关获悉。有人告诉邱满囤："已经有27个国家的报纸报道你啦！"邱满囤说："我相信。"因为就在1987年，一封封来自美国、日本、西德、法国以及香港等27个国家和地区的来信已经寄到邱满囤手里。一封封来信都表示愿出数十万至上百万的金额购买邱氏鼠药的药方，或邀请邱满囤到他们国家去。

我国各部门在灭鼠活动中仍不断地把最新进口的国外灭鼠药投放柜台销售或以"公费形式"分发给各单位和个人。

国外灭鼠药不断更新，是因为老鼠对毒鼠药极为敏感。一种新药只要投放一次，奏效，但第二次投放就似乎"不灵了"。于是国外出现了延续老鼠死亡时间的灭鼠药，其功用在于破坏老鼠的凝血机制，使老鼠服药后"患病"，慢慢出血而死。此类鼠药延缓老鼠死亡时间最长的可让老鼠在服药后19天死亡。这类鼠药被认为"先进"。而这类鼠药大量进口在中国农村投放的结果，不仅治死了老鼠也治死了不少猫。因为老鼠在服药后仍能到处流窜，此时被猫捕食，不久这猫也慢慢出血而死。而猫在捕食了"携毒老鼠"后，恰好又为人宰食，则造成人中毒，甚至造成公安部门"破案困难"。

邱满囤大言不惭地说："我知道老鼠吃了鼠药，发现不对，临死也会把这信息告诉同伴。一传十，十传百，所以老鼠都不来吃了。我这鼠药，它一吃就把它嘴麻住，它连说话的能力都没有了，想报信也不成。所以，灵。"

这话也许只讲对了一部分。

人与鼠的斗争已经持续了不知多久，至今满腹才识白发苍苍的科学家还在绞尽脑汁地与老鼠较量。而邱满囤的高明之处或许正在于他利用了老鼠欲望常在又没有意志不知控制自己的动物性特点，所以才"屡用不衰"。

邱氏鼠药的问世似乎一夜之间动摇了国外灭鼠药的"先进"地位。

国外研究机构已指出："引诱剂"是消灭农业虫害和卫生虫害的发展方向。

邱满囤不只搞了诱杀老鼠的研究，还搞了诱杀棉铃虫、蚜虫，诱杀苍蝇的药。他诱杀苍蝇，苍蝇自来投死，一天中最多"闹过8斤苍蝇"。所有这些，在你没有亲眼看到，没有权威机构为他作出鉴定之前，你听起来就像听神话。

但是邱满囤要想获得"一纸鉴定"似乎还很困难，是因为邱满囤至今连一张报纸也读不全吗？

整个1987年过去了，没有哪个科学权威部门为他作出"鉴定"。

邱满囤为此愤愤不平，但刘日对他的全力支持，为他到处呼喊，为他承担"跟一个卖老鼠药的勾勾搭搭"……所有这一切都给了邱满囤很大的安慰和鼓励。

邱氏鼠药的吸引力是巨大的……外国人用信函请不到邱满囤，坐耐不住，相继乘飞机，乘火车，乘小汽车来到无极，来到邱满囤的家门口……国内有关部门有关企业的领导与业务骨干人员也来到刘日办公室来到邱满囤家，希望能与无极与邱满囤联营……

这时候邱满囤的妻子和妻子带来的女儿都已来到无极定居。张水莲说："俺几辈子也不会见过家里会来这么多人。"他们家接待过的来客——最多的一天达360人，门外的公路上停着29辆小轿车。邱满囤说："来人把我种的一亩地花生都吃光了。"他女儿说："我们烧开水根本来不及。"

这时候刘日不顾一切不同意见，仍通过"组织形式"给邱满囤配了一部小轿车。

外国客人见到邱满囤，有的兴奋得也不顾邱满囤是否乐意就拥抱着他叽里呱啦说了一串邱满囤根本听不懂的话。邱满囤说："说啥啦，尽'饿客！饿客！'（OK！ OK！）"

当然有翻译。翻译告诉邱满囤："他们说请你到他们国家去，可以让你一夜之间变成亿万富翁。"

邱满囤问刘日："你看我能去吗？"

刘日说："你说呢？"

邱满囤转而对翻译说："你告诉他们，中国也有老鼠，我为什么要去外国。"

有一家美国公司愿出270万美元买邱满囤一个药方。

邱满囤说："这方子没有价格，不卖。"

西方人简直不可思议：为什么邱先生就愿呆在这个地方？为什么世上还有用巨资买不到的东西？

东方的日本人似乎更了解中国人。日本人来了就把邱氏鼠药买去，乘飞机火速回国，立刻组织力量投入化验、分析……结果一无所获。

1988年5月，经无极县和有关部门的鼎力推荐，邱满囤当上了河北省政协委员。

但是整个 1988 年又过去了，邱满囤还没有得到他渴望的一纸"鉴定书"。

当 1988 年状告刘日"轰轰烈烈"地进行着的时候，刘日仍在为"邱氏鼠药"能获"科学鉴定"奔走呼号。邱满囤说："我被他感动坏了！"

这个时期，凡有人想"挖走"邱满囤，邱满囤开口就说："我哪儿都不去！"人家纠缠，邱满囤说："你知道什么叫'士为知己者死'吗？刘日在这儿，我哪儿都不去！"人家还不知道"告状"的事，被邱满囤一句话顶得莫名其妙。

也许外国人真的不易理解这位中国农民的精神世界。但中国人应该理解：仅仅因为领导者的知人善用，仅仅因为领导者对人及其才华的关怀与尊重，便贵于千万金。中国方方面面的领导人哟，该如何珍惜这万金不换的中国情感中国魂！

邱满囤又来了。走进刘日办公室，他说："刘日，上俺家去吃一顿饺子吧！"他只在很少的场合跟刘日称"俺"，但在刘日被"告"的那些日子里，他几天就跑一趟刘日那儿请他吃饺子。

"啥菜没有，就吃饺子！"他说。

刘日推不过，答应了。

邱满囤一路跳跳地奔回家，进门就对女儿嚷道："快，上市场，买韭菜，刘日就爱吃韭菜。"

女儿出门去了，邱满囤忽又叫道："慢。"

"咋啦？"女儿说。

"没有绿的，黄的也买来。去，快去啊！"

敲门声。邱满囤立刻就从椅子上弹起来，去开门。果然是刘日。

清汤煮饺。他们一人一碗面对面坐着，边吃边有滋有味地用他们自己的方式谈科学，那是邱满囤最幸福的时光。

"他们写了那么厚的书，"邱满囤说，"把一个问题搞得那么复杂，那是科学吗？我看科学应该是把一个复杂的问题简单化。"

刘日说："你这是一个大智慧！"

当那个日子终于到来的时候，人们说：刘书记，老邱这事，头头尾尾还真靠你啊！

刘日说："不对。帮助老邱的人很多，比我出了更多力气的人也很多。但这些都不是主要的。主要的是咱们老邱——他这个卒子攻过河啦，不承认不行！"

1989年4月17日，《光明日报》载："全国爱卫会办公室副主任韩长林透露，国家已组织科技力量，正在对这位农民的发明项目进行研究，五月份将拿出科学评估意见。"

就在四五月，有关部门在石家庄、大连先后对"邱氏诱鼠剂"通过了技术鉴定，作出评审。邱满囤终于拿到了科学技术成果鉴定证书。

最后，让我们来看看这一则消息吧：

已握有科技成果鉴定证书的邱满囤于下半年应广西人民政府主席韦纯束邀请来到南宁。

1989年12月17日，《广西日报》载："12月7日8日两天，首府市民向老鼠展开强大进攻，第一战役灭鼠22.8万多只，共约40余吨。"报道配了"压题照片"，照片上赫然印道：《邱氏鼠药显威力》。你如果没见过这张报纸，那么你现在可以凭借"照片说明"来想象一下那张照片是什么模样……照片的右下角印道："首战告捷，死鼠堆成山。"

邱满囤应邀到广西南宁灭鼠
报载一役灭鼠共约40余吨,用推土机掘坑掩埋死鼠。

8　千古兴亡事，成败因人

你也许会想，为什么无极这么一个小县，仿佛藏龙卧虎，竟有这么一些奇才？

是啊，为什么？难道你那个地方就没有吗？

有一天，刘日收到一封四川来信，写信人说：我是一个很早就把个人的一生同崇高的信仰联系在一起的青年。大学毕业后，怀着一个80年代大学生的使命感，自愿到社会最底层来锻炼，但是两年来的见闻和经历，让我尝到了鲁迅先生所说的"碰鼻"的滋味……

有一位著书立说的学者在某刊《我与这十年》的一篇征文中写道："在我们古老文明之邦的中国，干事业最大的压力并不来源于事业本身。社会和周围环境会很快给你的头上戴上一个千把斤的磨盘，好让你变成一个只能爬的乖孩子。"

刘日收到的此类信和我们在报刊上读到的类似文章都不少。刘日踏上无极的土地，在他自己的辖下听到的类似声音也不少。

叫刘日怎么回答呢？他也许到老都会羡慕那些读过大学的人。那是因为他酷爱知识，喜欢探索一切未知，我们多么有限的目光便是这样被延长了，被拓宽了，生活也便这样丰富起来，有趣起来。但他已经失去了他少年时热望的那种"机会"，但求知的欲望是伴随人终生的。投身社会，他发现，现实的民情世事，看似平凡，那却是一门比课本还要丰富许多复杂许多的学问，你将在其中度过你的一生，面对这么多浩繁而又多么具体的学问，你并没有失去探索的机会，你要不被这门"学问"淹没，不在它的面前束手无策，你孜孜不倦地去探索它，并参与创造，生命就这样被运动起来，你同样获得无穷乐趣。不错，我们是渺小的，因为渺小，我们才不敢轻易自大和抱怨。诚然，

无极县1987年优秀知识分子表彰会现场 莫道这个场面太简单,这里已弥漫着重视人才的阳光。图中左一即张承文,左二为刘秉正。极简陋的"主席台"里,左一是连克明,左三是刘日。

中国是个古老的文明之邦,有过盖世的辉煌,你至今珍视那些辉煌,是因为你总想,如果我们今天无力发扬光大,又有多少资格嘲笑祖先。你谨慎地凝视历史,你仿佛忽然又听到了祖先的垂教:"贫生于富,弱生于强,乱生于治,危生于安。"那么今天,面对"国情",刘日相信:"多难兴邦!"

刘日还相信,中国知识分子显示出其可贵的时候,那贵于万金之处不独在于"知识",还在于多有"一寸丹心图报国"之志。古训亦垂教:"兴废由人事,山川空地形。"那么刘日意识到的便是:爱才首先在于爱人,人皆有志,能尊重人,爱惜人,才能用人之长。能用人之长,便满目都是人才。所谓"天涯处处有芳草",就该是这样理解的。

古训还告诉我们:"志之难也,不在胜人,在自胜。"我们从刘日、从邱满囤的身上看到:人只有矢志不移地不断增己之长方能有长。

木有所养，根本固则枝叶茂；水有所养，泉源壮则流派长。

峻极之山，非一石所成；凌云之榭，非一木所构。

这都是千古之训。作为一个今天的领导者，刘日以为仍需常思深悟。

不必叹息我们的文明已经很古老。千古兴亡事，成败因人。能集众人之长，汇众人之志，乘长风破万里浪，我们就能重新强盛起来。

第11章

与民共其乐者　人必忧其忧
与民同其安者　人必拯其危

假如你感到自己崇高，那么你眼前看到的一定是渺小；假如你感到自己渺小，那么你的眼前一定看见了崇高。

1 想哭就哭，想笑就笑

什么叫"华灯初放"？"华灯初放"在古籍中已是不知被使用过多少回的再难令人激动的普通描述。

但是，这个夜晚，当这条大街的街灯——第一次，在瞬间——骤然大亮，这一片世界里如同升起了1千个太阳。

这位老人已经84岁了，为什么，他坐在板车上流泪？老人已经走不动了，但他的生命之灯还亮着，是他催着家人拉他来看街……泪水在他脸上的皱纹里流淌，如同古老大山溶化的冰川涌入沟沟壑壑……但那皱纹笑得分明如同绽开的秋菊。

这些机关干部走过省府大街游过北京长安街，现在他们夫妻牵着孩子，也在这条街上从街头走到街尾，又从街尾走到街头……

城郊的乡路上响着汹涌的脚步声……城区的上空忽然大亮时，没有谁通知他们，他们都从四面八方奔来了，连奔带跑匆匆忙忙的模样，仿佛城区失火他们奔来救火……而此刻城区的大街上果真热闹得如火如荼。

人们有理由惊讶：咱们县城怎么会有这么多人？37米宽的5里长街上全装满了人，哪一次大集会广播喊单位通知也没见过这么多人。

你在说什么，你在想什么。你在这儿走来走去寻找什么？你想寻找的"痕迹"已经找不到了，但是你充满喜悦。城市昨天的形象已经消失了，永远地消失了，已经真真切切地成为了历史。

但是人们不会忘记,多少年了,老街曾是什么模样?

几年前,有位省长来到无极,走在又窄又小弯弯曲曲的无极县城中心路上,看到两边商店、工厂错落在一起,机关单位与居民户、农业户混杂在一起,很惊讶,说过一句后来被无极的干部和老百姓都广为流传的话:"无极像个县城吗?不像,像个大村。"

这位省长还没有看到这个"大村"繁忙时的景象:送粪的出不去,运货的进不来;遇到下雨,就更加"惨不忍睹"啦,烂泥烂浆,自行车骑不了几步就要"车骑人";遇到暴雨,积水处如湖,流水处如溪;汽车冲过去,就叫你熄了火……所谓"风来尘满天","雨来车似舟"。风尘与泥水就这样交替着如同烈马在你的耳边和脚下奔驰,一年四季很有规律地折磨着县民的每一根神经……很早以前,这街想必不至于这样,可现在县城已经有2万7千人口,全县机动车3千多辆……一年以前,县城还没有中医医院,只有一个县医院,县医院门外的那段路是"重灾区",落雨的日子那段"沼泽地"一旦堵车,病人十万火急连抬进去都"山重水复",老百姓说:"这是一条要命的路!"

"骂街"一词用在这儿再准确不过啦!你无法阻止阴郁的情绪抱怨的情绪穿过大街小巷走进千家万户。而"开街"的呼声也像花草和树叶一样在风中茂盛地生长,但是年年月月花开花落草荣草枯,老街依旧如同昨天。

"选举"那年,老百姓不约而同地说:"选举选举,谁要能冲开这条街,俺就选他当县长!"

县长何尝不想修。干部们很清楚,从1958年开始,整整30年了,每一任县委书记,每一任县长都想修,都认真研究过……就是迄

某省长来到无极，曾说无极县城不像县城像个大村 倘若不是张承文当年拍下了这些照片，我们是很难想象彼时的无极县城的。左边第一幅和第二幅分别是无极县新华书店和邮电局，这都是县城里最有模样的建筑，左下的人民银行建在无极县城，就像羊群里来了一头骆驼。1987年8月一场雨后，无极县城就变成右边这组照片的景象。这景象并非百年一遇，而是年年都遇见。

今为止的前一任县委书记还曾下决心花30万元"先修一段",但是终于成了一段"美好的愿望"。

但是今天,整条崭新的比县民们想象还要阔绰壮观得多的大街已经呈现在万民眼前。

知道修这条街用了多少钱吗？ 433万元。

不要问这钱从哪里来。当我们叹息我们贫穷,当我们以为金钱就是上帝的时候,不要忘记货币也是人创造,能够乘众志,用众力,就会有转动乾坤的力量!

无极人哟,此刻你的脚板踩在家乡的街上,你想哭就哭,想笑就笑吧,你们有理由欢乐有理由骄傲!

2 刘日,你在哪里

这几位老人在说什么？他们彼此间侧伸着耳朵,是街上人声太杂还是他们的耳朵已不太好使……这个日子是1988年9月14日,刘日被"告"的第54日……这几位老人忽然还想看看刘日。可是,刘日,你在哪里?

人们还记得11个月以前那个也曾轰动县民的日子——1987年10月21日——开街的动员大会就于这日在县人民礼堂召开。参加过这个大会的人曾亲眼看到主席台上坐着县"四大班子",亲耳听过刘日在麦克风前的"讲话"——那俨然是一次激动着他自己也激动着万民的演说:

同志们:

无极县城东西中心路拓宽工程将要开始了。到明年(1988

年），距县城始建的公元488年正好是1500周年，无极城能以崭新的面貌迎接这个日子，我们感到兴奋和自豪。

无极人民对这座历史悠久的古城怀着深厚的情感。1500年来这里一直是无极政治、经济、文化中心，无极人民世世代代生于斯、长于斯、蕃息于斯。这里的一砖一瓦都是我们的祖先亲手所造，这里的每寸土地都布满了前人的足迹。这里的一草一木都在无极人民的血汗滋养下成长。这一切都铭刻着他们的业绩，显示了他们的勤劳和智慧。

接着，刘日从"无极境西汉初始置县"，北魏太和十二年始有城，讲到"无极城历代曾多次修葺"，唐至德年间甚至重建，"因那时安史之乱刚刚平息，河北受害颇烈。无极是兵家必经之地，损失惨重可知"……讲到古人重视修城，"唯恐其不坚固，这是旧时代的标志"……讲到我们今天该重建出一座怎样的城，而不只是一条街……

这项工程已拉开了重建无极城的序幕。我们将逐步把无极县城建设成为有现代特征有自己特色的新型美丽城市。人们说："建筑是凝固的音乐"，我们将用自己的智慧和双手谱写这新的乐章，而这条大街就是她的主旋律。

孩子们惊奇：为什么灯光这么亮，空中没有一根电线？你若问当初参加过"现场办公"的同志，他们的耳里就会响起刘日的声音——那时候刘日就站在老街的某一根电线杆下，把手一挥，说："不要这个了，所有高压线、通讯线统统从地下走！"

老人们也惊奇：看，街面上还种花种树？（37米宽的大街从两边建筑物往里——有人行道、自行车道、绿荫带，然后才是大车道。）

有人可能回忆起：当初"四大班子"共同"现场办公"，刘书记亲自拉皮尺、抱石头在街面上排出的"模型"就是这模样。

但许多人并不知道，在这之前，工程指挥部的马国胜、于彦德、郑培和等同志已经做了大量工作，带着人带着摄像机，走了11个市县拍回了多种多样的"街道"，"四大班子"共同看录像共同研究才定出了这模样……请了天津规划设计院，省规划设计院，省建设委员会的专家、高级工程师……拆迁了248户民房，搬了38个县直单位……如今临街的房子寸土寸金，人家祖祖辈辈住在这里，你一下子把街拓宽到37米，让人家整个地搬迁了，那里有多少困难多少工作？但是该搬的全搬了，竟做到没有一户有意见。为什么？"一个老鸹窝你捅了它那老鸹还叫两声呐。"刘日口口声言说。那是口口声声提醒自己关照大家每走一步都要时刻警惕不要损伤老百姓利益。许许多多的工作已经不必要细说了，值得说的只有无极的干部从中获得的一个体会：如果你心里真正时时刻刻想着老百姓的利益，那么你就会发现——即使看来难以想象的困难也会变得容易。

那几位老头刚才朝县委方向走去，现在又走回来了，因为有人告诉他们："刘书记也去看街啦！"

5里长街密密麻麻全是人，现在上哪儿去找呢？

这时候负责管街灯的同志也在找刘日……9月14日这个日子没有谁决定过会是这样一个"热闹日子"。已经为开街辛苦了一年的无极城建局局长甄银忠——当别人都到街上去分享快乐时——此刻还守在"电闸"旁。原定"剪彩"的日子是在"国庆"，辉煌的时刻应该是在那时。今天这个日子仅仅是因为大街工程验收工作——除试灯外——已经全部结束。

甄银忠局长说:"我只是想试一下灯,谁知道引来了这么多人。"甄局长是入夜准8点钟把电闸推上去的,现在已经10点多了,5里长街所有街灯已经亮了两个多小时,人们继续拥向大街,喧声如潮,这电闸还能拉下来吗?……

找到了,终于找到了……刘日在一处街口,在人群中,与民同乐……不只是乐,他指指画画又在跟干部们磋商,下一步就要如何把计划中的"六纵六横"——就是说一共要搞出6条纵的和6条横的新街,让无极变成真正具有一定规模的现代化城镇——也逐步变成现实。

"刘书记,"来找刘日的人问,"这灯什么时候关哟?"

"老百姓不散,都不关。"刘日说。

"咱是试灯,还没到日子,这要费好多电……"

"花一点电,买老百姓这么大的快乐,值啊!"

午夜12点了,为什么人群依然不散……有人成排地坐在人行道边,仿佛在等待什么……街灯奔放的光芒拥抱着天空拥抱着城镇,拥抱着人群……当世间忧伤的心叹息着古老的文明经风雨剥蚀变得苍凉的时候,这里却矗立起新的文明。坐在"马路边"忘记了归家的人们,你在想什么?当家乡崭新的形象仿佛一夜之间呈现在你面前的时候——这时候你是否比任何时候都更加明白地意识到——1500年——至少这1500年的"历史"是翻过去了——你坐在"马路边"聆听,是否听见了这一页历史翻过去的声音。

让我们来听听拄着拐杖仍在上班的无极县地方志办公室主任刘宗诚同志是怎样评说他家乡的领导者和家乡人民的吧!

刘宗诚说:我自己已是快退下来的人了,身体还不好,我的余年已经无它求，唯盼望能以司马迁秉笔直书的精神为整理家乡的历史多尽一份力。

接着，他说："无极有记载的历史2100年，有记载的'知县'263任；无极建立了中共县委后，县委书记共28任；从在短期内带领县民迅速鼎新辖县的政绩看，刘日可称千秋'首屈一指'。"

如今无极人有一种——祖先很可能有过的——情绪，开始在心中绿油油地生长，这种情绪叫"自豪"。无极县志办编印的"资料丛书"里说："无极农民成为'万元户'、'十万元户'，乃至'百万元户'的实不罕见，单是个人的代步工具——小汽车，已达几十部。"无极的干部说："纳税的多寡可以体现经济实力吧，零散税收，石家庄地区，我们县增长幅度第一。"

无极的孩子们在校园，在自家的院子里，边跳橡皮筋边唱道：

　　三省三高六配套
　　六纵六横修大道
　　开荒种果十万亩
　　日光温室老鼠药

没有人知道这作者是谁，外来人听了也不太明白讲的是什么，但无极人听了亲切无比。

刘宗诚说：刘日的确干了不少大事，而且桩桩落地有声。但就是把刘日做的所有的事一桩桩全加起来，都不是最重要的。最重要的是，能带动40多万人，把党中央的精神渗透到千家万户，使40多万人精神振奋，大踏步地走上振兴家乡的道路。这可了不得。即使刘日有一天被调走了，但无极人已经在自己家乡的土地上看到了希望，建立起了信心……这就是刘日做的一桩最大的事。

请想象一下吧，假如中国的两千多个县委书记都能这样，假如中国数以百万计的村干部也都能这样动起来，那中国会是什么模样？

3 雪地里埋人架不住太阳晒

1988年10月，街灯夜夜以其温柔的姿态送走黄昏迎来黎明……刘日仍处于"被告"地位。

尽管刘日显得若无其事，还安慰别人："放心，大家该干什么还干什么。"但你真无法知道有多少人在为他操心。

让我们听一听邱满囤的声音吧。

邱满囤说：他们说我会骂，我不会写，不骂咋办，那不憋死了？……官有三种，他们晓得不？一种是真干出来的官，像刘日；一种是舔出来的官，就是拍马屁；还一种是双屁股官，就是投机。他们知道不？……兵坏坏一个，官坏坏一窝。我当过中士班长，我郎当一班都郎当……当我和我的两位文学朋友坐在他面前的时候，他就那么直通通地盯着我们说："你们这些会写的人，不写写刘日这个人，你们上西天，如来佛都不会饶恕你们！"他甚至说："这个人如果当了冤鬼，人民都不会饶恕共产党。"说着眼泪落下来……没啥，他又说，我一辈子就哭过三回……你养过猫吗？我跟你说，养猫不如养狗，狗是忠臣，猫是奸臣。狗不嫌家贫对不？猫就不一样啦，谁给它好处，它就背叛你，跑到那人那儿去了……我到一个地方毒老鼠，那地方29家有27家养猫，那猫都不抓老鼠……他还说："早先我流浪，谁好我一下就认出来了。现在我出门，糟啦，识不出好来了。那些大官识得出好来吗？"邱满囤忧心忡忡。

……

但是那个日子毕竟在一天天接近……调查组组长、省纪检委副书记贺邦靖是位女同志，戴一副金丝眼镜，白皙、文雅，在调查的日子里，许多同志听她一出声，就能感觉到一种精细和刚毅，她领着她的组员们在紧张工作，连续紧张的工作中，她自己病了，仍然坚持深入乡村……有的原任县级领导班子成员已经调走了，调查组又"分兵"到外地去调查……也许需要调查值得调查的东西太多了。不仅仅是向告状人逐一了解，工人、农民、知识分子、乡镇科局干部、县委县政府人大政协干部……他们广泛地向各行各业人员个别调查，开各种各样的座谈会……

1988年11月28日——刘日到无极任职的3年零21天，省地联合调查组在石家庄向省委常委汇报。

贺邦靖说：我们终于查获了一个廉洁的好书记！

调查汇报如同礼炮在省常委会议桌上轰响，会场立时活跃如同过节。

省委书记邢崇智连声说：好！好！好就好在你们查出了一个告状告出来的廉正的典型。你们当了一次包青天！

还在那13个人告状之前，省纪委书记白石在无极检查工作期间，便从群众的反映中得知刘日是一个不错的同志，现在，调查报告的结论又证实了这一点。

无极人盼望的这个日子终于到了——同年12月9日。时间是下午，地点是县供销社礼堂。

但这个日子这个时辰里的故事就要开始的时候，大多数无极人并不知道。因为这个会议只传达到全县副乡局级以上的干部。

邱满囤知道了，可他不是副局级干部，他还没有资格听。就在这个下午就要给刘日"结论"了，可他邱满囤没有资格听。他知道这个消息已是中午，有一刻他的脸涨得如同落日，后来他在屋里窜来窜去不知该干什么……他想不出世上还有什么会议比他今天下午想听的这个会议更诱人，后来他的头脑中忽然一亮，就去翻抽屉，从抽屉里翻出了他的省政协委员证……他把它装到身上，要出发了。

"莲，"他对老伴说，"我去了。"

"能让你进吗？"

"不让？不让我把这证拿出来，我是省政协委员，我来视察他们工作！"

邱满囤来到了县供销社礼堂门前，时辰未到，里面已坐着好多人。邱满囤脚不停步径直走去——进来了，没人拦他。选个位子坐下来等待时辰。时辰来了，主席台上出现了调查组组长贺邦靖，出现了地委书记、副书记、专员、秘书长……邱满囤也看到了刘日，这使他有些安心。

无一人缺席。肃静在大会尚未宣布开始之前就降临了，肃静中有人一声咳嗽——响亮如同安上了喇叭。真正通过喇叭发出的声音响起来了——贺邦靖的声音，一字一句，非常清楚，无极人仿佛第一次发现，标准的普通话竟有这么好听！……邱满囤手里的一支香烟点着了后，一直忘记了吸，那是一支"长支"外烟，直待烧过了大半截，邱满囤发现了，仍然没吸，他把那烟扔了，立起身，走了。

他已经坐不住啦，他已经听出门道来啦，他挖空心思想听这个会但现在他才听了不到15分钟他就走了……这会怎么能不让大伙听怎么能不让大伙听呢？他一路嘀咕着已经来到街上。

"平反啦！平反啦！给人家平反啦！"邱满囤的声音在大街上响着。

"什么平反啦？"

"刘日，刘日书记呀，给刘书记平反啦！"

邱满囤立刻被人们围住……营业员从柜台里跑到街上来……邱满囤的烟盒空了，这时刻他想抽烟了，走进商店又买了两包外烟，把一包烟盒撕破了，香烟撒在柜台上他请周围随便的人："抽，抽！"邱满囤得意扬扬简直乐坏了。走出商店他仍然一路讲去："我说他们吧，你看是不，雪地里埋人架不住太阳晒！"

县社礼堂掌声一阵一阵，我想我已经无需重复调查组组长贺邦靖的报告。当每一颗空气都奔撞着无极人的喜悦时，我想一切关于这个场面的描述也已经成为多余，你就想象吧！

县教育局局长梁计德同志眼眶红红的，忽然举手——那是要求发言的姿态，刘日看到了，对他摆摆手，那意思是说：有什么话会后说吧！

散会了，干部们没有就走，会场里喜悦的喧声霎时出现新的高潮。

刘日朝方才举手的梁计德走来，问："你想说啥？"

梁计德说："我就想喊共产党万岁！"

"我也下了几次决心，"是李敏珍的声音，李敏珍是原束鹿县县委书记，现在在无极当县委顾问，几年来一直热心支持刘日工作，他说："几次话都到喉咙口了，真想喊共产党万岁！"

"那你干吗没喊？"有人问。

"我怕扰乱会场。"

邱满囤早不知把会上的消息传播到哪里去了……1988年12月9

日，老百姓记得那正是龙年十一月初一，你不知道这个日子和这以后一连数日里有多少无极人为此喝酒祝贺。你已经知道无极人饮酒造酒在冀中一带都有名气，老百姓说：茅台过香，葡萄酒过甜，还是土造的酒过瘾……谁言三碗不过冈，喝俺两杯桌前倒……人有各种各样的瘾，财迷贪钱，权力狂贪乌纱帽，淳厚朴实的乡亲哟，来，在这个日子里，端起大碗，想喝就喝，想醉就醉吧！

4　这些人应该向中国老百姓负荆请罪

然而，这并不意味着刘日前面的路从此就一马平川。当有人想采写关于刘日的报道时，仍然遇到阻力……1989年，河北省委书记邢崇智亲自以《党组织就是要支持"百姓官"》为题，在中宣部的《党建》杂志上发表署名文章，呼吁："让我们各级党组织更多地发现、更积极地支持像刘日同志这样的'百姓官'吧！"

同年3月18日，《河北日报》头版登载："新华社石家庄3月16日电（记者孟宪俊、郭素芝）坚持原则、清正廉洁的河北省无极县委书记刘日，竟被诬陷为违法乱纪、行贿受贿。河北省纪委和组织部门在查清事实后，要求对诬告者坚决予以查处。"

该文标题是：

省委就无极县委书记刘日被诬告一事发出通报
坚决查处诬陷好人制造混乱者

这张报纸送到石家庄地区监察局后不久，无极县监察局的电话就响了，半个小时后，无极县监察局副局长陈清杰同志出现在刘日

河北省省委书记邢崇智（右一）到无极县考察

办公室。

"刘书记，地区监察局来电话了，问我们对13人怎么处理，人手够不够，不够，他们马上派人下来。"

刘日说："那你赶快告诉他们：第一，首先感谢人家地区监察局。第二，对这13人，一个都不能处理。我们正做工作，让他们放下包袱，团结起来，共同前进。"

就这样，13人，一个也没处理。

但告状的幕后操纵者呢？那些躲在幕后的比13个科局级干部更大的干部呢？他们就这样逍遥法外，一点事也没有吗？

原无极县委副书记在分管文教工作期间利用职便，在女儿高考问题上通过各种关系层层弄虚作假，把未达本科录取分数线的女儿弄成本科生。有人反映了这个问题——这无疑是把一个难题放到刘日面前："都说你'公'，这事你敢不敢碰？你是当听见还是没听见？"……刘日是"单枪匹马"来到无极，在他未来之前，县委副书记已经有他的"一班人"……刘日无法听如未闻，严肃对待了这件事。地县联合调查，查清了，这位副书记从此耿耿于怀。于是私自派人对刘日进行"调查"，搞非组织活动，渐酿出了"告状"一事……但他在调查组到来之前就调到地委党校当副校长去了。无极的干部说："唉，教育谁去？"但"告状内幕"被揭开后，石家庄地委作出了决定：给予他撤销党内职务处分。

原无极县政协主席、常务副县长，1984年在倒卖汽车中被骗，给无极县造成136万元的经济损失。这事早在刘日到来之前就有人提出来了，但事情之大涉及的人员和内中关系之复杂，终于没人敢碰。刘日去碰了，经地委批准，刘日亲自主持，查处了这一案件……几年来，在逐渐酿出"告状"一事的过程中，刘日才到无极不久，这位常务副县长就已经从刘日的身上感到了正气的"威胁"，渐至感到不造成刘日"团结不住局级干部"的局势，不挤走刘日就保护不住自己……但是他已经为自己挖出了一个大坑，并且继续挖，又怎能拯救自己呢？他最后受到了党内警告处分，免去政协主席职务，决定是由地委作出的。

……

1989年12月，无极第五次党代会召开前夕，刘日发现代表名单中没有一个"告状人"。"这不行，"他说，"咱们正需要有能够发表各种不同意见的代表。"于是同志们在"13人"中选了一位局长。当酝酿选举县委委员时，刘日又提议，希望把这位同志选为县委委员。他说：同志们，这么看吧，在过去的时间里，由于他们这事，使我们在工作中更加谨慎，这对我们对人民都有好处。再说，这个局的工作不错，整个局还评上了地区的先进。如果我们不能正确对待他们，我们就会阻塞了言路。如果我们失去了不同意见，失去反对意见，我们很可能就容易犯错误。如果我们连反对过我们并且被实践证明是反对错了的人都能正确对待，那么我们才能听到不同的声音。我们不可能做什么都正确，十全十美的事是没有的，我们需要不同意见。

"那也只能把他选为候补委员。"不止一个人说。

"应该选为正式委员。"刘日说,"我现在就属于提出我的不同意见。"

对此,不少干部理解了,但也有一些干部心里犯嘀咕,有人说:刘书记真是个不晓得气的人。也有人说:不,刘书记生气时可严厉。

"这些人应该向中国老百姓负荆请罪!"看到干部中的颓败现象,刘日就说过这样的话。

这是生气是严厉吗?如果以为这里只有生气只有严厉,那很可能就错了……负荆请罪的故事出自廉颇,刘日又给大家扯起了廉颇在无极的故事……公元前283年,赵国大将廉颇率军伐齐,大捷,随后便在赵国北部边陲的木刀沟、神道滩上屯垦开荒,驻军戍边。当年廉颇在这儿筑了一个高大的点将台,在上面布阵练兵,"旗卷长须似火,风伴吼声如雷。《魏书·地理志》里就写道:"廉台,在无极,相传以廉颇名。"为补军需,廉颇在战争间隙率将士在这里披荆斩棘,挑土压沙,挖井开沟修阡陌,遍植五谷菜蔬,使这块荒寂的土地出现了一片"赵北绿洲"。正是这样演练养育了赵国赳赳雄兵,廉颇才能屡胜齐魏,屡破燕军强兵进犯,固守边疆。廉颇也被封为信平君,并代理相国……刘日说:"就这么一个了不起的大将,他犯了错误,还将咱们神道滩的荆棘砍下来,负在背上,打着赤膊去向蔺相如请罪,这能不叫人感动吗?后来他们'将相和',赵国就更兴旺了。"

当你坐下来听刘日跟你谈古说今,倾诉衷肠,你就会感到那些你也熟悉的历史故事会在你心中分外亲切地流畅起来,他说:"你看,将相和,不只是国之大幸,而且光照千秋。"

当你理解了刘日所思所想,你就明白了,当他说"这些人应该向中国老百姓负荆请罪"时,他已经把"这些人"同廉颇联系在一起,那是一种很大的珍视。他珍视"这些人"过去也曾为人民做过的好事,也曾有过的"功劳"。那么,"这些人"自己为啥不珍视呢?

便是这样,那位局长被选为正式的县委委员。

另一位参加告状的局长,正好碰上爱人"农转非"问题,在研究的时候,刘日说:"这涉及家属的切身利益,咱们不能因为他告状的事,影响了人家的利益,转吧!"就转了。这位局长说:"这事,如果组织上不给我转,我什么话也说不出来。现在让我说什么好呢?我除了努力工作,没说的了。"

90年代第一春,刘日又在春节上门去那些"告状人"家中给他们拜年。有人为此感慨万分,也有人说:"刘书记,你也做过头了。"

"不过头,"刘日说,"咱们虽然找了他们本人谈话,让他们放下包袱,还有他们的家属呢?现在他们的压力还是不小,有的连家属也骂他们,因为连家属走出去也被人指脊梁骨。那不好,咱们还得去看看人家家属,让邻居也知道,不要另眼看他们。谁都会有过错的。过年了,大家心情愉快……这事不小,你们说呢?"

5 人能活几年

一辆小轿车时不时地鸣响一声短促的喇叭一路飞驶而来,司机每按一下喇叭都担心喇叭声会刺激车上的病人,可不按喇叭,这一路又怎能快得起来……这座省医院终于出现在车窗前面了,小车驶进了大门,车刚停稳,司机几乎与车门同时出到车外,拉开后面的门,司机从后座上背出一个人来——是刘日。

"刘书记病了!"

"住到省里的医院去了!"

这消息几乎一夜之间就传遍了无极县城。

"啥病？"

"还不知道。"

干部住院，老百姓通常并不大惊小怪，可刘书记病了，老百姓吃惊，不仅因为有情感因素，还因为谁都在说："刘书记要没大病，怎么会住到省里的医院去呢！"

你已经在本书的开头就看到，两三天后，医院的护士、医生们就失去在干部病房里培养出来的好脾气啦！这段日子是1989年7月，中国的历史在这段岁月里使人们的头脑变得比往日更容易思考到更多的东西。这一处病区里共住着8位病人，除刘日外，都是省里的干部。现在突然来了这么多看刘日的人，影响其他病人休息，那怎么行？而且来人都提着各种食品、补品，医生护士们一看就烦了，于是他们终于郑重其事地到病房来告说："如果再这样，我们就要叫你转院了。"

县委办公室派来看刘日的人走向前去，想向护士长解释，可是万语千言，从哪儿说起？而且，要怎么说，才能叫人相信呢？

刘日生病，他的秘书兰永进最清楚了。那一天是7月18日，天阴阴的，刘日想去看着建街工程——"六纵六横"的另一条街，兰永进同他一道去了。出门不久，天上下起毛毛雨来。"刘书记，下雨了，咋办？"兰永进说。"没啥，就一点点。"他们继续步行，从下午4点，走到晚上8点，就那么一点毛毛雨飘啊飘的，回到县委大楼，全身都湿了。夜9点，还组织开了一个会，会议开到10点，他感到肚里不舒服，把文件交给办公室主任翟全贞，回屋去了……有人发现不对，去他屋里看，发现他在里屋的床上捂着肚子呻吟，这才知道他病了。当晚请来医生，打了针，初步诊断为：胃痉挛。第二天，肚痛剧烈，送进了县医院。输了两天液，不疼了，他说他好了。医生说："不行，还得再住。"他就每天"输液"两小时，然后就跑出来了。工地施工正进入紧张阶段，他一出来就跑到工地去，不断有人劝阻他，所有的话都劝他爱护身体，他答应得累了，就总是那句话；"是啊，能活几年……"为这"六纵六横"他花了多少心血做了多少工作，你无法细说。他清楚地知道现在不少无极人有钱了，不少单位和部门也有些钱了，你如果不对无极未来的远景作出一个规划，某天早晨你醒过来走出来瞧一下，就会发现某个地方又盖起了一座房子。那个盖房子的地方眼前看起来还很宽，但用不了多久，就会有一群房子星罗棋布地在那里矗立起来……再过10年就要进入21世纪啦，那些没有规划的房子盖在那儿能坚持多久呢？可以肯定像那么盖用不了几年又得全部拆掉，才能修大街。我们已经失去了不少时间，已经干过不少浪费财力物力人力的蠢事……只有从现在起就对未来一个世纪的无极城建打出一个框架，这个框架就是"六纵六横"。有了这个框架，任何部门任何企事业单位有计划地傍着"六纵六横"搞建设，才能盖一座是一座……如今12条大街已经有8条形成了格局，任何外县的人去看都会感到那是不可思议的工程。

缺少资金，搞义务劳动。

义务劳动，在有些年纪的干部们的记忆中也已是遥远的故事了。在许多年轻人的心中还是一桩从未经历的新鲜事。

你会问人家都愿意吗？

当天下别处有的人们在叹息在忧怨的时候，他们那里"四大班子"全部出动，党政机关带头，干部群众一呼千应，踊跃而来……修光明路南段，幸福路南段，南环路每天参加者3000余众，红旗猎猎，都是一周之内完成。许多机关安排人在家看门竟没人愿意。你会感到如同在听一段神话么？如果你也曾经有过叹息和忧怨，你现在却置身其中，你看到家乡人那浩浩荡荡的精神和力量的检阅，你看到家乡的形象就在你的脚下一天一样地变得多么舒坦，你就会知道那里有多大的魅力。

刘日走进理发店理发。理发员为他精心理过后，怎么也不收钱。

"那不行。"刘日说。

"刘书记，"理发员说，"俺这店人手少关不了门，人家去搞义务劳动了，现在就让俺替你义务理一次发吧！"

"心意领了。钱你还得收。"刘日把钱放在一个架子上。

"刘书记，"理发员抓起钱又塞给刘日，"一辈子就一次，就这一次，你就让俺义务一次吧！"

其他理发员也过来帮着说……但刘日还是把钱放下，连声称谢逃也似的走了。

刘日走后，那理发员拿着钱呆了半晌，突然脱下白大褂，不上班了，出门去了。他追着刘日一直追到县委大楼，再次把钱放到刘日办公桌上，说："这几毛钱，啥也不是，俺这也不是巴结。俺不怕。"然后走了。

当然说不上巴结，刘日连他的姓名都不知道……然而那几毛钱最后的结果是兰永进又得为此跑一趟——再送回去。

刘日每天输液两小时，然后照常工作，如此近一周。到了7月25日，地委召开县委书记、县长会议。刘日这天早晨就感到人不舒服，但还是一早就去了。上午9点钟后，忽然肚疼甚剧，司机把他背到大院的一个门诊所，医生说："不行，得赶快送大医院。"

如果不是亲眼目睹了这些令医生、护士们惊奇的事，无论无极县

无极县机关干部、公安干警参加义务劳动 义务劳动在有些年纪的干部们记忆中已是遥远的故事了。对许多年轻人来说,还是一桩从未经历的新鲜事。无极县修建"六纵六横"大街时,干部群众参加义务劳动者踊跃,那浩荡的精神与力量展示了人们对家乡的热爱。

委办公室的同志如何解释,也会显得苍白。

护士们没有时间跟那些前来看望刘日的人磨嘴皮,干脆用一把大锁把门一锁,整个病区谁也别想进。

不让进,老百姓就等。早些天,来的多是机关干部,后些天来的多是老百姓。门外从几人到几十人,一等几小时,半天,不走。你不知那里面有多少老百姓还是第一次来到省城,好不容易从县城的乡下来到这里,没有见一眼刘书记,他们能轻易就这么回去吗?早些天干部来,提的多是商店买的东西,现在老百姓大都提着鸡蛋、苹果。

其他病区的护士走过,不知发生了什么,说:"奇怪,今天卖鸡蛋的怎么卖到这里来了?"

"苹果那么小,谁买?"

……终于发现了,终于感动了,终于把门打开了。可是这样下去的确不行,这是医院。"你们通知一下吧,"护士长来说,"让县里告诉大家,叫大家千万不要再来。刘书记的病已经控制住了,不会有什么危险了,好吗?"

无极县通知了：希望大家不要去。谁料不通知还好，一通知，不知道的也知道了。村干部们派了代表来，离退休干部派了代表来，上访户也派了代表来，有几位参与告状的科局长也来了，许多老百姓则想来就来了。一辆一辆的公共汽车上，老百姓相互照面，发现都提着差不多的东西。

"你们上哪？"

"看刘书记啊！"

"俺也是。"

"知道那地方吗？"

"你呢？"

"俺就知道在省第三医院。"

"能找到不？"

"问呗。"

"俺儿子说了，要不行，就叫个'出租'，准把咱们送到。"

苹果是小了点，可开发荒滩种的果树毕竟结果了。老百姓早就说："等树上结了果，俺摘下的头一个要送给刘书记吃。"现在树上真结果了，虽然还没有多大，可又怎能让他们不摘呢？

老百姓还买来了奶粉、麦乳精、蜂王浆……他们说："刘书记，你住院有公家报销，但你也没多少钱买补品……"

解学海的儿子解加林也来了……当年解学海的头颅被敌人割下来挂在城楼上时，他的儿子还小得不认识他父亲，现在已是老人了。梁德利老人已经80多岁，是个走过两万五千里长征的老红军，如今眼睛都瞎了，看不见了，他叫他的儿子来了。他的儿子叫梁更辰，当梁更辰站在刘日的病床前时，他说："俺爹叫俺替他摸摸你，这怎么摸？"

刘日在病床上伸出手紧紧地握住老梁的手，说："替俺谢谢他老人家，祝他长寿！"

6 假如你感到自己渺小

医护人员再也不叫他转院了，而且还特地为刘日设了一个接待室。

同病区的那些省里的老干部也常到刘日床前来坐，这里发生的故事不但没使他们感到吵，反觉得给他们带来了生命的活力。

老百姓送来的东西实在太多了。刘日吩咐把绝大部分东西用小车拉回县，分送给幼儿园和光荣院；又将一部分食品分送给同住院的干部以及医护人员，说："这是无极人民慰问你们的。"

谈起医生护士，刘日说：他们是上班的人中最忙的人之一。有的机关里上班有时间喝茶看报聊天。医院里病人一来，医生护士都得动起来。记得有一幅漫画讽刺护士边给病人打针边聊天结果打错地方了。边打针边聊天是不好，不过我看她们也真没有多少闲着聊天的时间。她们比我们行政机关的人更辛苦！

无极县光荣院的同志们写来了一封信，信文如下：

敬爱的刘书记同志：

您好！您托人转来的食品收悉，并已如数发放给住院老人，当老人们接过一瓶瓶罐头、一袋袋奶粉，都激动得流下了泪水。住院老人三一堆两一对纷纷找我们，让我们替他们写封信，捎上几句心里话：

敬爱的刘书记同志，您经常关心我们这些不中用的人，真使我们过意不去，我们这些孤寡老人，身边没有亲人，时受孤独之苦，有您这样的书记经常想着我们，我们感到幸福。您真是我们的亲人，我们从您身上看到了我们县的希望，看到了党的希望。刘书记同志，请接受我们25位老人的请求，为了全县40多万父老乡亲，以后再不要把这些东西送给我们了，留下来自己好好补养一下身体，因为无极县的许多事等您来做，无极的蓝图需要您来描绘，您能早日健康返回，是全县人民包括我们这些老人所期待的。
　　……

　　当幼儿园的老师要把各种食品分给孩子们时，说："小朋友们，知道这东西是怎么来的吗？"
　　小朋友们盯着老师手里的食品，异口同声："买的。"
　　老师愣住，没法说"不对"。老师只好继续说："我们县里有一个刘书记……"
　　孩子们听得入了迷……再过10年、20年后，孩子们就长成了青年，那时候已经是21世纪了，21世纪的家乡、21世纪的中国会是什么模样，那只能由那时候长大成人了的人们来决定。

　　一同住院的省里的干部们现在都喜欢来跟刘日聊天，眼前耳闻目睹的故事都使他们几乎毫无保留地夸刘日。但刘日总说："惭愧，没做出什么大事。"人家说："你过分谦虚就反而不好了。"刘日说："怎么会是谦虚呢？"
　　这个灵魂是值得我们琢磨的。也许，他真的不一定是谦虚。
　　大哥大嫂来看他了……他患的是胰腺炎，住院的日子，躺在床上，他想到了娘，想到娘就要想到大嫂，大嫂是他一生中最尊重的普通人之一。大嫂早先是城市户口的姑娘，有小学毕业文化，那时候有那文化就挺不错。大嫂本来可望找到一个工作，但大哥忽然变成另册之人，回乡务农，大嫂也就没有了工作的机会。但是大嫂对他哥却没怨言，此后刘日与他哥外出谋生、读书……都是大嫂在家照顾他们的母亲。那一年娘突然瘫痪，此后全靠大嫂日夜侍候。娘像钟一样准时每夜要小解3次，每次都是大嫂为她端盆……还有喂食、洗衣、洗澡……

"整整11年零14天啊，"刘日说，"那是一个大工程！"

这话并不夸张，没有大嫂在家为他尽孝道，他刘日能在外心安理得地当他的书记吗？

"要说自我牺牲，"刘日又说，"我们家没有谁比得上大嫂，大嫂是我们家的功臣！"

关于他的大嫂，我不想再讲什么，却想请你多看一眼她的名字，一个北方妇女的平凡名字：贾玲花。

为什么刘日常常总说惭愧，有时并没人夸他，他也会自言自语地说出来。

有一天他收到一封同学来信，那同学是在报上看到他被诬告的事后才知道他现在何方。

"毕业已经20年了，"那信说，"看了你的事迹使我不禁想起在正定学校的生活，这些好像是昨天的事……过去，我就给孩子们讲过你的故事：冬天洗冷水浴，夏天自己拆洗被子，为缝被子把手扎出了血也不让女同学帮忙……"

是啊，毕业都20年了。放下信，他想得更远……当我们生下来的时候，20世纪才过了不到一半，转眼之间，20世纪将要过去了……我们都做了些什么？

我的文学朋友宫魁斌写过一段这样的话：

假如你感到自己崇高，那么你眼前看到的一定是渺小；假如你感到自己渺小，那么你的眼前一定看见了崇高。当我们面对浩渺的宇宙，能感觉到自己渺小时，那么离崇高就不远了。

这段话也许有助于我们理解刘日。

手里拿着一个苹果，他想到了10万亩荒滩……这一日跟几位一同住院的省里的干部们讲这些苹果的故事，他忽然说出了许多话。

他说：

我看到一个资料上说，中国的可耕地有32亿亩，已耕的有17亿亩，还有15亿亩没开垦出来。主要分布在东北、西北、西南。

中国有不少大监狱都盖在城市，河北省的几个大监狱就是。现在人都喜欢往城市跑，城里本来就挤，监狱能不能搬出去呢？……如果把那些犯人弄去垦荒，比方说，规定他开出10亩地可以减1年刑，开出100亩，减10年；种活100棵树减1年，种活1000棵减10年……人判了刑就要坐牢，坐等刑满释放。现在不让你坐等，让你用自己的双手去争取。这样他有奔头，也可以改造他，还能干出事。如果这样，犯人会不愿干吗？

更重要的意义可能远不止这些。你想，中国弄了几千年，也就17亿亩。如果我们下一个大决心，开辟一个建设的大战场，争取用10年20年时间开出10亿亩，进入21世纪，你想想看，这是什么事业？

是讲大话吗？你想，现在城市、农村人口都很多，农村青年愿去的，可以招工，成为农场工人……还可以鼓励内地愿去的去，实行双工资，实行一系列优惠政策，定出合同，到时间愿回的可以回，愿留的可以留；聘请水利专家、农业专家、林业专家、种子专家……抽调能兵强将到那儿去；号召大中专毕业生到那儿去锻炼若干时间再回内地；公安管理人员和其他的管理人员都实行轮换制；关键是要保护去的人的利益。叫犯人都乐意去，让全国各地想去的人都争着去……开发中国的处女地，到那里去干事业。我们是个很有希望的民族，但现在不少地方人浮于事，扯皮，我干不成，也不让你干，那怎么前进？可以通过某种振奋人心的形式来凝聚起很大的力量，相信对整个民族都会有大的影响。那里会成为中国最热闹、最有新意、最有生命力、最有人才的地方，当开发差不多的时候，把铁路一接，若干个城市就出来了……

刘日讲得很兴奋，几位干部竟也听入迷了，不知几时，连医生、护士也站在那儿听。

有人说："都好像是正在那儿干着的事。"

有人问："刘日，让你去，干吗？"

刘日说："国家让我去，我就去干。"

几位干部竟相继说：别看我们都60多岁了，要真那样，我们都跟你去。到那里去度过我们的余年。

医生、护士们也说：那我们也愿报名，那地方总要医务人员吧。现在这日子太单调，要那样，真的，我们也愿去。

亲爱的读者，权当这些只是刘日这个好幻想的人的一个幻想吧，权当说者与听者之间的对话也只是一次快乐的玩笑。但我们或许已经有些明白了，也许就因为刘日总有海阔天空的幻想，他才总感到自己在迄今为止的一生中所做的还很少很少……

1989年9月23日，是刘日出院的日子。一块住院的干部们和医生、护士为他开了一个欢送会。临别时，医生、护士们忽然感到好像少了一点什么，可是送他出门，还不好对他说"再见"，只好在心里为他默默祝福：

"刘书记，祝你一路平安！"

河北·福建·北京鲁迅文学院
1990年2月

初版后记

在我儿时，家乡的大人们有一句吓孩子的话："医生来了！"那是注射器刚刚进入乡村的时代。那时候"鼠疫"还威胁着（我在那儿长大的）那个镇子。"预防针"引出了千家万户孩子们灿烂的哭声，却给大人们带来了喜悦。

"医生来了！"这句唬孩子的话出现在那个年代，确是同那个年代人们的喜悦联系在一起的。当然，也同一所破庙前的红十字小白旗联系在一起。

那时候我的父亲就是那个卫生所的所长（父亲是被派到那个镇子去的）。长大后，我知道镇上的孩子们并不惧怕我父亲。母亲说：你爸背着药箱去到哪儿，总有孩子们围着他，向他要药盒子和小药瓶。

在我的记忆中，药盒子和小药瓶也确是我儿时最好的玩具啦！

父亲一生谨慎，一辈子做过的一桩最勇敢的事，就是把自己杀死。那以后，我似乎明白了：人的生命有多么宝贵，却也很容易毁灭。

母亲从父亲去世的第二天开始吃长斋，渐至皈依佛门，并有了法名，叫达娇。那以后，我又渐渐明白了：每一个活着的灵魂也需要有一个居住的地方。

父亲去世不到半年，我去到福建北部一个偏僻的小山村插队。8年后，离开那个村子的情景我至今还能看见：那是供销店，春天，潮湿的盐味同化肥的刺鼻味道一齐从大门里流窜到街巷；那是医疗站，那对医生夫妇养了全村最干净的一只大白猪，所有村民望着它在药房门前溜达都投去赞赏的目光；小铁铺的师徒俩是一对光棍，通红的炉火上就吊着他们的饭锅，收工的时候走过铁铺听到鼓风之声就嗅到了饭菜的香味；离大队部不远的一列围墙里是粮食购销站，那儿的人们有权对我们在田里种出的谷子宣判等级和价格；小学的房子已经很老了，据说早先是一座宗族词堂……老队长和许多位农民朋友送我出村。再见了，亲人们！我来到这个村子时还不足16岁……许多年后，我发现我可以这么说了：当那艰难的日子随那时光一同消失之后，那些帮助我度过那些"艰难"的人们所给予我的温暖却像一只美丽的白鸽，永远居住在我的巢穴……

我的家乡在南方。1987年春，当我有幸来到北京鲁迅文学院学习，我是企望对北方农村能有些了解才到河北去的……当我认识刘日和正定、无极的好些人之初，也是怀着想写一部小说的企图，但从那以后，我每年都到那儿去的结果，终于使我不得不承认：在那一片土地上发生着的活脱脱的故事，令我所有的想象都变得苍白。

1989年春，当我读上北京师范大学和鲁迅文学院的研究生时，同我的同班朋友宫魁斌、彭继超谈起了那儿的故事，我很感谢得到了他们很大的支持和帮助。当宫魁斌独自去跟解放军文艺出版社副社长袁厚春同志推荐这个故事时，袁厚春听了不到10分钟就拍板说：就这样定了，我们全力支持！

还有责任编辑同志惜字惜句热情而又悉心严谨的工作精神令我着实感动。诚然，需要感谢的人很多，在整个写作过程中，许多向我提供"诸事"的人们的声音和情感，仿佛就一直陪伴着我。

此外，我也很感激中共河北省委等单位对我的支持。

你会相信，那片土地能有今日这模样，还有很多干部群众的辛勤劳作我未能写上，或说，就刘日这个使我格外注目的灵魂已足令我深感力不从心……因之虽全神贯注诚惶诚恐亦不免要有错失和偏颇,谬误处诚盼继续得到多方批评教正。

作者
1990年4月5日夜

附 录

1990年的宫魁斌

【出版者按】王宏甲此文发表于1993年第1期《文艺理论与批评》。我们今天读到它，仍首先会被他们的友谊打动。从中亦可看到，当年的宏甲并非没有困惑和苦恼，但同时有真诚，有独立思考，有不肯放弃的追求。似乎正是这些苦恼和追求造就了他。我们认为这篇《创作反省》属于本书的重要组成部分，特附录于此。

创作反省
——给我的朋友宫魁斌

王宏甲

今夜，当我提笔写这篇文章，你又在我的记忆中出现。我再次想起我们毕业后分手的前夜。"台灯桔黄的光圈下，我仿佛又置身于一个很遥远的曾经有过的场景。"我知道，我会为不能随时听取你的意见而遗憾；同时，也会在心里为自己将更多地靠自己去思考而有一种说不明白的激动。这是一种复杂的情感。或者说，分别既不可避免，我就该以一种积极的态度，蕴蓄起一种迎接明天的心情。

现在，我想用文字来整理一下大脑里的若干问题，我又想到了你。因为同你交谈，我的思维才会无所顾忌，甚至可能有些肆意。就像在一个宽阔的大草坪上漫步，无论走到哪里，都是我们自己愉快的事情。

1　春天的冀中平原

　　首先，我想说，报告文学所表达的思想与情感，并非作者采访之初就有的。同样，所表现的情思也不是在落笔之初就已确定的。随着生活领域的扩大和对生活体验的加深，总会不断产生新的认识。只要看一看我们涂抹的手稿，就能证实这一点。

　　1987年4月，我乘上开往河北的列车。当时，我并不知道自己此行将遭遇什么。因为那个春天，恰是我创作的苦闷季节。来到京都学习，我更加知道，我所知道的东西实在太少。我在同学的艺术造诣中看到自己的笨拙。不论是否愿意，我明白自己正面临着一次粉碎。当然，这不可怕。问题是试图重建的努力中越加暴露出我的贫困。

　　艺术不是技术，难道是可以通过学习来富裕的吗？渐渐地，我对自己是否还能创作都发生怀疑：某天夜里，好像听到了自信倒塌的声音……

　　春天的冀中平原在窗外动荡，麦子碧绿着延伸到看不见的远方，天空显得比京城的上空要蓝……河北之行并未因此给我的生活添加一些光彩。昨天的理想似乎已经搁在赤脚走过的地方，但对于我来说却并不感到遗失。那些曾经激动过我的东西，也似乎难再引起我的激动。我甚至不恭地觉得，那味道就像用漂白粉处理过的自来水。

　　这个世界似乎不缺少思想。各种思想把我的大脑变成了他们厮杀的战场。只是金戈铁马之声响过之后，我竟寂寞得分不清谁是胜者。我只能相信世界终归是要进步的，通过创作可以寻觅到一条生存之路来。那么还有什么需要去一心一意地追随呢？"潇洒"一词已经像西服短裙牛仔裤一样流行起来，但是，回首我过去的全部生活，几乎想不起来其中哪一个部分能用这个词来描述。尽管如此，我琢磨着想，潇洒大约不只是一种姿态，多数的"潇洒"恐怕不过是"努力不当一回事"罢了。所以，我仍然潇洒不得，仍然沉陷在一种困境中。我看到我的情形恰是：语言找不到思维，思想找不到大脑，精神内部不断爆发危机……我坐在1987年的车厢里，就是以这一副形象面对窗里窗外那熟悉而又陌生的世界。

文学应该写你熟悉的生活，这是我们熟悉的话。你就是生活，不必再到处去寻找什么生活了，这话在我听来也有一种激励人心的东西。我们试想，每天都在生活，只要活着，一秒钟也逃不脱，还有什么不是生活呢？还有什么比自己的生活更熟悉的生活呢？但是，这并不是说作家就可以局限在写自己的生活内，因为作家不可能是孤立的存在。

那时，我和你还不相识。但我相信，这种情形，你一定不陌生。可以说，1987年，当我有幸同许多来自各省的"青春期作家"成为同学，我便开始处在某种选择道路的庄严气氛中。几乎像捍卫生命一样，保卫独立思考在心灵中的位置，在我看来，这是我们这一代走过不短的路程后才认识到的不可或缺的东西。我们的心里充满渴望。渴望不是始于失望。我们日益专注于自己的个性，相信创作之为创作，一定是个性的充分发挥。尽管我们的前面矗立着伟大的丰碑，我们也不愿被遮盖在他们的影子里。我们想，在我们的心里，也许正潜藏着不同凡响的东西。

但是，走出自己的生活圈子，去"到处去寻找"，似乎还不会妨碍我们独立思考。那么我为什么选择到河北去呢？我要去寻找什么呢？当时，我既说不上要追求什么，也说不上想逃脱什么，也许只是想走一走。"告别了故乡，我两手空空。"寻找或者到处寻找，大约不是坏事。因为寻找本身毕竟意味着经历。同样，迷惘大约也不是坏事。"迷惘"就像是"寻找"的恋人，越看不清她，心里越思念她。对于我来说，只要带着自己的眼睛去感受生活，就有意义。

列车经过正定没有停。特快列车继续向石家庄奔去。石家庄站正在重建，一切都显得杂乱。但一个愿望随着站台的出现而显示出了某种实在的意味。

接着发生的事你已经知道。需指出的是：一封读者来信称刘日的所在地离京不远，所以我的出门也不具有远行的气魄。我想也是如此。现在需要面对的问题是，我一向钟情于小说，相信艺术家自己能够创造一个"世界"。艺术怎么可以完全放弃"虚构"、"想象"、"夸张"、"变形"之类的表现手法呢？既然我已不打算在表现形式上抄袭自己，又怎能满足于在内容上复制自然？

所以，即使见到了刘日，我的面前也还隔着雄关漫道。

2 面对同一种现实

那时候，刘日的胃口比现在好。他能喝下一大海碗粥，还能吃下两个大馒头。他吃馒头给我的感觉是吞下去的。我用的海碗是他向食堂的大师傅要的。他的大海碗是他"专用"的，放在一个橱格里。

不是刘日不热情，是他太忙。所以我时常独自"流落街头"。北方餐馆的菜，或者说那时候无极餐馆的菜令我难以适应。我到处寻找卖米饭和卖汤的地方，并且在口袋里揣一小袋味精。这多少有点流离失所的味道。但我没觉得苦，更不以为是痛苦。痛苦是别人强迫你做的事，而你又很难不做。现在的这种经历是我自找的情愿的。

在沾满了油污弥漫着怪味的暗乎乎的餐馆里，我打量着坐在我对面有滋有味地吃着并且发出很大响声的农民,突然记起我插队年月呆过的那个小村……走出店铺,光线强烈起来。街上行人不多,眼前能看到骑辆自行车包着白头巾的农民。那自行车同白头巾的结合使我感到新鲜。只是那头巾的颜色其实已很难说是白色,但衣裤的颜色大多上下一致的黑色确凿无误。我惊异于一个老头骑自行车的灵活手脚,曾打听过另一个看去年岁相仿的老头的年龄,答曰:"快50啦。"眼前走过去的妇女大多健壮而粗糙。他们的背景是弯弯曲曲的街道——我要到后两年才听说曾经有位省长到过这里,说过一句广为流传的话:"无极县城像个县城吗?不像,像个大村。"但当时我还缺乏这位省长的观察力,我能看到——机关单位挨着农舍,离某个宣传栏不远的地方,有一个猪栏——他们称猪圈。我看到了也以为河北城乡大约除了正定那样的历史名城,县城就是这样。

心底涌动着一种说不明白的辛酸,颤动着。无极给我最初的印象,不是美妙的形象,而是贫穷和破落。

听说《无极之路》出版后,无极县有位管宣传的领导干部说我把无极县的过去写得太落后了——"我们无极从来就不落后。"我想,一定是我的描绘伤害了他对家乡的感情。我很抱歉。但是我仍想指出,如果我们能勇敢些接受这样一个认识——无极县,即使是今天,也还是落后的,这大约不是坏事。

我曾在《无极之路》的"后记"中说,我到正定、无极之初,"是怀着想写一部小说的企图"。这个"企图"其实也是朦胧的,至少是不自信的。

写到这儿,我十分怀念这个春天与我同住鲁迅文学院305室的两位同学。他们也许并不愿意我写出他们的名字。但我不能忘记那些闭了灯也还要谈上好几个小时的夜晚。他们的阅读经验和艺术造诣都优于我，我在那个春天从他们那儿获得的东西，比我以前的几年都多，而且要对我后几年发生重要影响。

我差不多是在追随他们的阅读轨迹。我开始注意到陀思妥耶夫斯基旅居日内瓦时着手写的《白痴》，"是一部比他在彼得堡写的任何作品都更为俄国式的小说"。乔伊斯浪迹意大利、奥地利、瑞士等地，"继续写他青年时代的都柏林并回忆爱尔兰人的声音"。

两位同学都曾对我说：写个报告文学吧。可我仍然打心底里钟情小说。可是就那么走马观花转一圈，那是我熟悉的生活吗？

糟糕的事情发生了，我发现无极之行的见闻是怎样盘踞着我的脑袋，以至我还想写什么别的东西都觉得没啥意思了。

"夕阳下城市的喧声潮水般涌满世界。记不清多少回，挤公共汽车上邮局去集贸市场买可以'冒充'水果的萝卜，在越是拥挤的地方越感到莫名的惆怅和苍凉。"我这样描述过我回到京都的情形。我想这也许不是我一个人的心情。只是我远离故乡，来到这大都市，我要寻找的究竟是什么呢？

秋天，我又到无极去了。心情在一条12米宽的大道上奔驰，突然觉着有种意外的喜悦盛满胸腹。就是说，那条通往无极的大道已经修通。老街却依然破旧如昨。

但是我同刘日一起走在大街上——不记得话题是怎么提起的——他把手那么一比画，动作那样栩栩如生，"快了"，他说，"再过几天，我们就要把这全拆了，开一条37米宽的新大街"。我心里一亮，似乎有点相信。

这个人仍然处在被"反映"被"告"的旋涡中……我似乎这才意识到，虽然都是共产党的干部，可他们还是有区别的——这有什么新鲜呢？我本来就知道的。我毕竟很切实地看到：面对同一种现实，站在不同位置的人，所持的看法却有惊人的差异。

我到农村去了，土路、农舍、皱纹深刻的脸，梦想与期望、忧愁与喜悦，很像是可以淹没我个人烦恼的一条大江，同时又比在任何地方都更能使我追忆起插队的时光……当许多同学都应"国家需要"调走时，我因"父亲问题"好像是个国家不需要的人。只有农民不嫌弃我，甚至还觉得我比他们多识几个字……看我怕是调不走了，队里农民还想给我讲媳妇，甚至认真地"讨论"，说张三的闺女比李四的闺女漂亮……种种信任与关怀，终生难忘。应该说，当有一天终于写出了《无极之路》——那是我的生活与无极人民的生活相融合后，结出的果实。从这个意义上说，"你就是生活"——也就是说，我的生活和生活教给我的情感方式，在这一过程中还真是极重要的。

这样说，并不是说没有打过仗的人，就写不出战争文学。生活是多方面的。我只是认为："我"的生活，一定同"我"的作品有关系。

3 我想寻索另一个问题

报告文学所表现的通常是别人的生活。将别人的生活甚至自己的经验进入创作思维，所传达出的情状，是否完全等于本来的情状，这是我们探讨报告文学作品，尤其是探讨报告文学的真实性时不能忽视的。我以为那只是"别人的"和"过去的"在"我"的回顾中所呈现的理解，以及认识和情感——看起来是什么样子。这事实上已是一个"创作"的过程。这并不等于说报告文学的真实性因此就不足信了。报告文学作品也一定是别人和我的生活在我的思维和情感的子宫里孕育，然后分娩出的一个新生儿。这孩子与其父母本来就不是同一个人。弄清楚这一点，对报告文学作品的指责才有客观的对象，鉴赏和批评也才有可能获得比较宽阔的视野；这孩子是健康还是畸形；与父母与所处的社会与我们的生活，有些什么关系等等。这同样需要去感受、理解和认识。

4 我认识我自己吗

冬天，我又去了一趟无极。回来后，似乎比较自信地写出十几万字的一稿。心想：既写出来了，就不怕刘日不同意。次年开学后，我把稿子寄出。春夏之交，再去无极征求刘日意见，我的自信心竟被碰得粉碎。

很难向你描述我这一次的失意。这是我在无极住的最短的一次。总共不到20小时。

我用了很大的努力来动员他，他却把正好来找他的邱满囤塞给我，说，你可以写写这个人。那是我第一次见到邱满囤，我根本没想听他说什么。他给我讲的也不是他自己，而是刘日。那夜很晚了，我又找刘日。他突然从橱底下拿出一个大约是300瓦的小电炉，煮鸡蛋请我吃。我一个也没吃。望着通红的电炉丝慢慢凉了，又见刘日把电炉藏入橱底。不知他的同事是否也见过这种事，我只觉得我是再一次感动：一个县委书记，工作到半夜，吃两个鸡蛋，用这么个小电炉，完了也知道藏起来。我再次鼓起勇气动员他。可他说："让我想想。你辛苦了一天，先休息吧。"

次日早晨去见他。他已起床，还是不肯讲他自己。突然，我有一种受骗感：他昨晚想了吗？也许他睡得不错，可我根本没睡。望着刘日那平静的样子，我想没什么可说的了。我说："我走了。"

我真的走了，不再听他的礼节性挽留。我走出了好几百米，一辆黑色的轿车在我身边突然停下，车门开了，是刘日。他说："上车吧，我送你去。"

我上了车，一路上几乎是沉默。只记得他说："我们做个朋友吧，好朋友。"石家庄站在重建中，车子开不到近前，他把我放在路旁，说："我还得回去开会。"然后乘小车走了。

我独自向购票的地方走去，那里乱哄哄的，正赶上石家庄在举办一个商品供货会。据说有从全国各地赶来的小商贩。说不清那里挤着一千人还是两千人……我要买当天的票根本就买不到，只好等退票。

"我们做个朋友吧……"

茫茫人海，谁是我的朋友？这个朋友夸我"很有才华"，可他对我写的东西一句实际内容也没谈，他看了吗？一个似乎已经熟悉而且亲切的人，又变得遥远而陌生了。

我在人群中钻来钻去，感觉自己形同丧家之犬。终于得到一张退票。车厢里依然拥挤不堪。我钻进一张长座底下，知道头顶的座位上是几位男女的屁股。我已经累了，需要躺下。火车隆隆震撼着我的脑袋，我想我再也不会到无极来了……

如今再看旧稿，知道当时若发出来，也可以是个东西，但肯定不是后来的《无极之路》，离《无极之路》还有一段很长的路途。

如今我该明白，即使我有插队的生活和情感经历，"我的生活"还是有很大局限。

理解一个灵魂并不容易。而且，我认识我自己吗？

5　你就是问题

你就是问题，不必再到处寻找什么问题了。那以后我注意到卡夫卡的这句话。意识到，人首先遭遇到的就是自己的问题。

人生的困惑在方方面面。我的问题是，困惑也远不止一种。当然，每一种困惑，既可能产生出寻索的欲望，也可能是一种痛苦。同样，人间的痛苦形形色色，每一种痛苦既可能是一剂毒药，也可能是一帖良药。有的小说被视为"无病呻吟"，我以为"无病呻吟"也就是一种病，真有病就会有痛苦。我相信郁达夫的小说绝不是无病呻吟，要不是心灵痛苦至深，怎能写出那样的小说。也许艺术家注定是要痛苦的，抑或痛苦锻造出艺术家？但是，如今有些活得潇洒的文人对那些执著的文人颇为反感，他问你累不累。郁达夫的小说、散文都是从痛苦中分娩出来的。郁达夫其实一直在谋求精神突围。

在格外苦闷与烦惑时，我又开始给刘日写信，当然不是"动员"他，也不是想向他求教什么。我问自己：这个人就没有痛苦没有苦恼吗？他为什么这么顽强？我的写信只是想通过这种"联系"，沾染上一点勇气和信心。

这期间我写了一组关于插队生活的小说。现在看来，这些小说大抵已从稚年长成青年，而且有些"标致"了。而这，恐怕与我后来的非插队生活有关。

写过小说后再一想，也许不必为痛苦震惊。我似意识到，文学，我所选择的这种活法，与其说是在证明我存在的价值，莫如说首先是拯救自己。

6 学习其实是需要勇气的

秋天,你和我开始在北师大读研究生。我们经常一起探讨问题。

对于我来说,这段生活有着特殊的意义。如果要认清这一时期里我的思想变化,避开叔本华、尼采这些西方思想家的影响怕是不行的。我惊奇叔本华在19世纪——当西方人正为科学的突飞猛进所带来的物质繁荣欢欣鼓舞时——就对人生和世界产生了那么深的悲观意识。那意识无疑是从现世的存在中产生的,悲观中叔本华把目光投向东方的佛教。尼采接受了叔本华的失望学说,但又不能忍受一个无意义的人生。尼采崇尚酒神精神,呼唤个体生命的价值,认为每个人都可以在传统价值崩溃的时代独立地创造自己的价值。尼采宣布"上帝死了!",然而上帝之死,并没有使人类乐观起来。孤独笼罩着现实生活。

宗教认为,痛苦的根源在于人的私欲,人"生而有罪",所以人们要去忏悔。我想,可以把这当做一种引导性的反省。于是,我理解了科学家投奔上帝,不是可笑的事情。

我至今记得你朗读爱因斯坦书信的兴奋表情。我们的小屋响起了"爱因斯坦"的声音:

> 这个爱好文化的时代怎么可能腐败堕落到如此地步呢?我现在越来越把厚道和博爱置于一切之上……我们所有那些被人大肆吹捧的技术进步——我们唯一的文明,好像是一个病态心理的罪犯手里的一把利斧。
>
> 在我看来,释迦牟尼、摩西和耶稣对人类所作的贡献,远远超过那些聪明才智之士所取得的一切成就。

与此同时，我们发现，20世纪获诺贝尔文学奖的作家，他们的作品都是以批判的眼光揭示生活的真实意义。我们并没有因这个"发现"而"幸灾乐祸"，我们相信，他们的努力是对人生处境的深刻思考。我们还想起了鲁迅先生作品的用力处在于"引起疗救的希望"。为此，我觉得那些获奖者有理由获得那份殊荣。

你朗读的声音苍劲得像一个酋长。我们继续怀着我们共同的喜悦，听你朗读福克纳在接受诺贝尔奖时的演说辞。"诗人和作家的特殊光荣"，福克纳说，"就是使人记住他曾有过的勇气、荣誉、希望、自尊、同情、怜悯与牺牲精神。"福克纳的最后一句话是："诗人的声音不应只是人类的记录，而应是帮助人类永存并得到胜利的支柱和栋梁。"

我发现，自1987年春，我狼吞虎咽般装进胃里去的外国著作，到这会儿，开始在蠕动了。同时，对于马克思的异化理论和关于人的意义的揭示，我也有了进一步的理解。任何个人的存在，都不是孤立的。人是作为一个类群体存在于世界的。因此，关心劳苦大众的人生，是最合理的。

我至今记得，你说你是经过了认真的选择，才建立了自己的信仰。我很重视你的意见，而且，我发现我是在犹如环球旅行似的转了一个大圈，而后回到了出发的地方。但这时的我，已不是出发前的我了。在书中，我曾这样写："掬一捧很早以前就憧憬过的泥土，我们上路。"大约正是这种心境的语言表现。

显然，首先要勇于学习，但更为重要的是不能失却独立思考，学习与思考是密不可分的。

这个秋天，北风摇曳着校园的黄昏，我们散步在学校的操场上。

在这里，我们成为好友；在这里，我同你谈起了我的另一个当县委书记的朋友。

7　解冻的村路

　　冬天，我又两次去了无极。由于你的推荐，这时，我已有了一个靠山——解放军文艺出版社，还有了一位强有力的当出版社副社长的直接支持者——袁厚春。头一次，是与你和彭继超一起去的。那时，我们三人住一屋。我同样难忘继超的热忱帮助，珍贵的东西总会随着岁月增长愈显珍贵。后一次，是我自己去的。有一个见闻，曾斟酌再三，没有写进《无极之路》，但印象至深，肯定强化了我写这部报告文学的意识。

　　那是去采访邱满囤的姐姐。老邱三岁时丧母，两位姐姐如同母亲抚养他成人。为了准确地了解邱满囤的过去，我有必要去采访他的两位姐姐。

　　她们都住在乡下。邱满囤的女儿邱虹为我引路。解冻的村路一片泥泞，车轮碾出的深坑里，积着白雪融化后的污水。吉普车开不进去了，只好下车。村庄还在看不见的地方。邱虹问我："还去吗？"我听出她是担心我不去了。我想，决不能让这位16岁的姑娘失望。我们都脱了鞋袜，踩着冰凉的泥泞继续往村里走。

　　记不清先见到的是老邱的大姐还是二姐，只记得他姐正在炕上同几位老太太玩麻将。听邱虹介绍了我，他姐很高兴，马上招呼了一个人："来替我！"然后走来接待我。这时刻，我看着老太太的笑脸，心思却到炕上的麻将那儿去了，因为我还看到那边上有硬币，叠得银元似的。我开始问老太太："常玩吗？"

"常啦！"她说。

"这样一次能输赢多少？"

"也就几块钱。"

"村里多人玩吗？"

"多着。"

我没有调查过老太太说的是否都是事实，但眼前这一件是事实。我继续往下问，综合起来，从老太太那儿得到的印象是：解放前很苦，解放后就一天天好起来；1960年也苦，没东西吃，以后又好了；再分地后（实行家庭联产承包责任制后），越来越好。"三年不打粮饿不死人。"再问下去，我知道，从前麦子收回来后，靠碾子碾成面粉，现在用机器代替了；过去吃水靠用辘轳拔井水，现在用自来水代替了；过去烧的要去耙树叶，所谓"吃了上顿没下顿"，还包括即使有面在那儿，还可能烧了上顿没下顿，现在用煤代替了……总之，时间大量空了下来。"时间"与"空间"可说是我们在学哲学时都要接触到的字眼，"一寸光阴一寸金"的古训，是否由于生产力不发达的时代，人们为了把粮食送进口里就要花费许多时间……我还想起某个出太阳的日子，曾见一群老人在村前的土墙前晒太阳，村干部告诉我："这些都是退居二线的了。"说这话时，村干部是有几分自豪的。因为要在从前，这把年纪的老人都还得为了吃饭去干活……可是现在有时间了，这些老人，玩得动一个小小的乒乓球吗？会跳老年迪斯科吗？无极县有歌舞团，实行自负盈亏后常年在外，乃至在北京地区营业演出。村里演戏，还是有了什么婚丧之事，才请来几个外面的乡村艺人热闹一阵。"电视又不好看。"听着老太太的叙说，看着她的笑脸，我知道她感激共产党，拥护共产党，苦了大半辈子了，什么时候能像今天这样把腿搁在炕上搓麻将，而且还能有人民币放在边上奢侈一下？这简直是一种很大的幸福,你取缔了它,无异于取缔了她们的幸福……我只能是再一次感到,像刘日这样的基层干部肩上的担子有多重,需要一步一步去建设的东西有多么多啊!

再一次赤脚走在那段泥泞的小道上时,邱虹问我:"怎么,不高兴啦?"我想我是笑了一下。

我想到了京都,知道长安街是什么模样,甚至还知道那些使馆门前站岗的人员是什么姿势。可是我会比这儿的人们更了解中国吗?当中国拥有十亿人口时,八亿是农民。中国农村因其辽阔,对这个国家的今天和未来,具有最广阔的影响力。

也许,这更多是社会学探讨的问题,一个搞文学的能做什么呢?但老太太说:"电视又不好看。"是否也可以理解为是"层次高了",老太太不懂得看?或者,我还可以说我不是搞电视的,但我毕竟是搞文学的……问题不在于我走在无极的村路上似乎听到了某种批评,而是我自己有许多问题需要考虑。生活中的人七情六欲都可能寻索到幸福,也会酿出痛苦。没有"彩电"的日子,觉得有了"彩电"该多幸福,有了"彩电"的时候,说不定有一天会巴不得让那"彩电"由曾经所爱的人独有,只要还我一个自由……幸福当然不能是一种精神胜利法,但物质的丰富也不等于就是幸福。上一个世纪人类把幸福寄托在科学发明上,希特勒却用了科学进步的成果去制造了人类空前的灾难……也许有一天,我们的孩子,孙子,会对他们的祖先曾光着身子在茂密的森林里行走发生羡慕……在生活中最艰难的日子里,如果不是农民的信任、关怀和实实在在的日常生活帮助使我感到人间还有美好的东西如太阳高高照耀,我怎能爬过那些坎坷之地……问题也不在于我是否以一种感恩的形式来观察世界,而是这里确实有一种生活智慧。不必想得太古老或者太未来,现世,许许多多平凡人在平凡日子里所能运转的生活状况，是否自命不凡的人所能企及。他们常常以比较实际的方式选择自己的欲求和行动。如果以为他们愚昧，不要忘了那不是他们的看法；如果觉得他们麻木，不要忘了他们在餐桌上享受食欲的能力分明响亮而生动。一间土屋盖起来了，那屋子可能容不下你我，可他们在屋檐下的微笑，对社会生活来说，是比一个国家的警察力量更加可靠的安全保障……无极通往外面世界的大道已经修通，无极的大街已经把1500年的历史翻过去了，一条条"硬面路"正向乡村延伸，也许到了明年春天，我再来这儿，就不必打赤脚了……我的耳边甚至响起了我的儿子还小的时候——对他不懂的东西——发出的疑问："爸爸，这是什么？"

在很多情况下，长大了的我，并不比孩子离真理更近，而且比孩子离艺术更远。

回顾许多后，我还想说：对于每一部作品来说，不是不要主体意识，其实或明或"潜"地都有一个主体意识。每一种主体意识，又都带着作家个体的局限性。所有的客观现象，都需要主体去感受，去体验，去理解，去认识。没有主体意识，焉有创作。值得探讨的是：主体意识的轨迹，与生活与作品的关系，等等。当然，刘日和他的人民是生活中的主人，进入作品时，刘日也是作品的主人公。但进入作家的创作视野，刘日就成了作家观察的客体。这应该是有区别的。

另一个问题是，艺术不是科学。艺术来源于生活，生活中，生机勃勃的东西，有许多是能够给出明确结论的书本里所没有的。这也需要主体去生活中感受。"深入生活"的意义也在其中。

我相信：即令有再好的向导，仍需自己努力登攀。

8 不能拒绝

有必要说明，在我准备下笔写《无极之路》时，精神内部仍是各种复杂情感参差其间的混合体。尽管我从早些年的纯洁无瑕已变得不那么纯洁，却对世界获得了比从前宽容的眼光。这很可能对我写作这本书有关系。文学，我们所从事的这一切，是靠生活纷繁复杂气象万千的往事而活着。

要下笔了，各种往事都集中到我的大脑，灵魂犹如处在冶炼场中，不知会流出什么样的东西。出版之后，回观那些文字，我想它会是这种模样，很可能与我个人尤所渴望关怀与温暖有关。你知道，就是写作期间，我也常常和你与厚春通电话。我说过我不是一个勇敢的人，常常需要借助别人的光。

写到这儿，还想说，我个人对那些看到生活中的残酷决不闭上眼睛的作家是敬佩的。还记得小时候读一本没封皮没封底的电影连环画，看到那位白发老太太在除夕夜的爆竹声中死在雪地上。大雪把她淹埋了，我全身冰凉，难受得流不出眼泪。当时我不相信这是真的，并且迁怒于作者，心想这是谁写的怎么能把人写得这么苦。及大，才知那是鲁迅先生的作品。如今回想，在长大的过程中尚知谨守善良，不仅得益于父母老师教导，还因鲁迅先生的作品在我尚小的心灵中猛烈地深播了一粒"人不善良多么可恨"的种子。

我在外读书难得回家，一旦回家，皈依佛门的母亲就来跟我在一起。为不影响我写作，母亲常常站在我写作间门外，捏串数珠默默地望着我……我想起母亲的吃长斋是从我父亲去世的第二天开始的，从那以后，我们兄妹为了让她吃进一口鸡蛋不知跟她作过多少斗争并且毫无收效。插队偶有回家的日子，我买电影票让她去看电影，她却退了，说可以买一斤盐巴了。可是附近一所学校在大操场上放电影，我的日见衰老的母亲却会搬一把凳子，在拥挤而嘈杂的人群中就站在那窄小的高凳上一直看到完……可以说，我写刘日在那些日子里一门心思为平凡的老百姓办事，为蒙冤受屈的人平反昭雪并关心他们的冷暖生计，是带着对母亲深深的情感写的，许许多多的文字是在不能自已的状态下同止不住的泪水一起流淌出来……我的确不能拒绝"为人民服务"这个宗旨，即使有一天拥有很多很多的本事也不能拒绝这理想。抹去泪水的时候，我把写下的部分首先读给妻子听，有时读得声泪俱下，读不下去。妻子并不说让她自己看，她知道我有平静一下，继续把它读完的权力。

我同样不能对像刘日这样的共产党人的行为及其艰难闭上眼睛。在《无极之路》的创作中，我也感到，从某种意义上，与其说在呐喊像刘日这样的共产党人在当代生活中的可贵与艰难，不如说，也是在捍卫这种活生生的人物形象在当代文学乃至当代生活中存在的权利。

为什么这么说？不仅因为刘日活得艰难，还因为你我以及解放军文艺出版社要动员刘日同意我们出版这本书，是怎样的不易。

9 承继再造

写出了《无极之路》就不惑了吗？不是的。不只是因为读者提出的一些问题非我回答得了。另一个问题是，当我听到和看到报刊上对我所以能写这本书的一些评介，也屡有不安。我想，你对我是比较了解的，我的情况，至多是：就像一个残疾人，愿意参加体育运动。

如今，每于灯下读一些同学的小说，我仍怦然心动，无限神往。也有好友劝我回到小说创作上来。可是我发现自己的思维与语言一天天离小说更远了；倘若想到有一天可能回不去了，心中甚至不寒而栗。所以我更加想念你和若干作小说的好友。我想象有一天我还会回去的，回到我们过去曾经争论的氛围中，再一次插上电炉，为我们的流年干杯。到那时候，我盼望朋友们能接受我粗糙的表情。

　　但现在，我仍然要在生活中采访。也许是，现在每天接触的生活，都更能使我感到自己的存在。或许还因为，报告文学在当今是一种富有生命力的文学形式。

1992 年 9 月　北京

1990年的袁厚春

【出版者按】袁厚春，少将军衔。1990年他在担任解放军文艺出版社副社长期间，为《无极之路》的出版做了许多至关重要的工作。此文详述了当年《无极之路》出版过程中，作者王宏甲、作家宫魁斌、主人公刘日，以及出版社领导等方面，围绕《无极之路》的创作与出版，发生的一些在今天看来仍然令人感动不已的故事。

《无极之路》出版始末

袁厚春

所谓"10分钟拍板"传奇

是不是每一部成名作品的出笼都有一点传奇色彩？都有一点阴差阳错的戏剧性？当事人也许并未觉得怎样，倒是别人首先感到有点"神"。作为出版参与者，回头一想，也发觉果然有些莫名的奥妙。

本人从1972年到1992年，在编辑行里干了20年，经手处理过一些有影响的作品，自己也弄过几篇被人错爱的东西，上述现象每每重现。而最雄辩的例证，是1990年宏甲引起巨大轰动的报告文学《无极之路》。不用说，宏甲的采写过程被记者、读者们一再追问，就连作为出版者的我如何发现选题、组织出版的经过，也引来不少人的好奇。

大概许多人都是一口气读完宏甲这26万字的，读到最后一页，看见后记里有这样一句话："当我的同班朋友宫魁斌独自去跟解放军文艺出版社副社长袁厚春推荐这个故事时，袁厚春听了不到10分钟就拍板说：'就这样定了，我们全力支持！'"

太夸张了吧，这么重大的选题，这么复杂的故事，10分钟就能拍板？

首先是《光明日报》资深记者韩小蕙找到我的办公室，问：是真的吗？就10分钟？

我说，是不是10分钟，那是宏甲说的，我当时没留意，没看表。这样吧，我说说当时的过程，你看需要几分钟。我说，那天刚吃过午饭，按老习惯，我拉开折叠床，正要躺下，宫魁斌敲门进来了。他是我们沈阳军区的作家，跟我很熟，一看这个架势，他连忙说：别拾掇，我顶多耽误你10分钟，跟你说件事儿。然后他说，他的同学王宏甲有个县委书记的素材，你看能不能写。

这个县委书记病了，住了十几天医院，不知怎么让老百姓知道了，一传十，十传百，各乡的农民从百里外赶着毛驴车、坐着拖拉机来看他，篮子里提着鸡蛋、老母鸡，还有从自家树上摘的青果子……他们央求护士说，我们不打扰他，让我们隔着玻璃看一眼就行……护士招架不住，只好关上大门，老百姓就坐在院子里等，一等就是半天，另一个病区的护士不知道情况，出门一看，我的天，今天是什么日子，自由市场怎么搬到医院来了……刚说到这儿，我就耐不住性子了，马上截住他的话头，提了两个问题：第一，他周围的干部对他怎么看，包括他的上级、同事？宫魁斌答道：说二话的不少。就在不久前，本县13个科、局长联名写信告他贪污腐败。省里派来工作组，查了两个多月，最后说：这是个廉政典型。要不是有人告状，我们还不知道呢！

我忙说：好！之后又问：这位书记是什么家庭出身？上过什么学？当书记前有过什么经历？宫魁斌说：他小的时候，哥哥被打成"右派"，他因受株连，"文革"中遭诬陷，他还是个师范的学生就被造反派打成"现行反革命"，关过"牛棚"，挨过批斗，受过酷刑，他始终也没有屈服，平反后被分配到正定高中当老师。他喜欢数学，靠自学修完了大学课程。上边的干部下乡蹲点，发现了这个年轻人……这时我已经坐不住了，一边走来走去，一边打断他：魁斌，赶快告诉你的同学，这本书我们出定了！让他赶快写。明天或后天，我到你们学校去，让他把所掌握的素材给我详细讲一遍，然后商量具体步骤。

——这就是我当初"拍板"的经过。我问韩小蕙：你看10分钟够不够？她说：嗯，差不多。可她还是不明白：你以前认识宏甲吗？不认识。读过他的作品吗？没读过。那么就凭这三言两语，而且是别人转述的，你怎么就能下这么大的决心呢？

想了想，我说：没别的，只是凭直觉，或者说是灵感。当编辑也需要灵感哪。我觉得这个县委书记的形象在我脑子里已经相当精彩，而且有深度、有历史感，有极大的现实性。这正是我当时要找的东西。这大概就是形象思维的优越之处吧。打个比方：如果你在大海上看见了一个小岛，哪怕只是几块礁石，就足以知道那下面肯定有一座巨大的山峰。难道还要等到把海水抽干才能作出判断吗？

说到这里，我向韩小蕙声明：这一番道理，是你今天问出来的。其实我当时根本没想过这些，只是如获至宝，冲动得不行。宫魁斌真的"顶多耽误我10分钟"就走了，可我在那白白拉开的折叠床旁边来来回回地走了一中午。

有意栽花，无心插柳

与宫魁斌交谈之后的第三天，我托故向凌行正社长请了半天假，便溜到北京东郊的鲁迅文学院来找宏甲。虽然自信看准了这一题材，但毕竟只听第三者转述了一个轮廓，尚未见过作者。在四脚落地之前，我不想贸然向领导汇报。

见了宏甲我才知道，宫魁斌如此热切地向我推荐这个题材，根本不是受作者之托——人家写不写还没下决心呢。待他兴冲冲地报告"喜讯"时，宏甲目瞪口呆。

人世间许多好事都是一连串的偶然性凑成的，正所谓"有意栽花花不活，无心插柳柳成荫"。首先宏甲认识刘日就很偶然。

他说，1984年，鬼使神差，远在福建的他却在河北省的大型文学期刊《长城》发表了一部中篇小说，叫《洗冤人》。不久编辑部转来河北正定县一位读者的来信，说他们县有个叫刘日的政法委书记，是个现代"洗冤人"。有个农民被判死刑，他在审核案卷时发现疑点，经一番艰难曲折的调查取证，推翻了原判，那个"死刑犯"无罪释放，而且居然抓到了真凶。来信说，有关部门认为此事不宜直接报道，你不妨来写篇小说……

一晃三年过去了。1987年，宏甲来到中国作协的鲁迅文学院读书，"五一"节三天公假，加上学校的一周创作假，有10天时间。家近的同学都回家了，他回福建嫌太远，费钱又费时间，干什么好呢？不由想起河北正定那封读者来信，他还记得那位政法委书记叫刘日，何如探访一下，搜集点小说素材，也可领略一下北方农村的风土人情。于是，背上个小挎包就上路了。找到正定，又转赴无极，终于见到了已调任无极县委书记的刘日。

刘日居然也看过宏甲的小说《洗冤人》。他喜欢文学，读过不少著名的侦探小说，与这个来自远方的"文学个体户"一见如故。既然是朋友，既然是来搜集小说素材的，那就不妨敞开心扉交流、探讨，无所不谈。由此，宏甲看到了一个真实的刘日、真实的无极。他觉得他遇到了一个从未见过的人，他的所思所想，所作所为，是那么自然、平实，又那么让他叹服、激动，并且对当今社会具有直接、深刻的启示意义。当他脑子里的刘日和无极日益丰满、涨大起来的时候，一个念头顽强地浮上来：我还写小说吗？我一定得写成小说吗？面对如此新鲜、厚重、充满传奇的真人真事，他觉得自己所能展开的一切想象和虚构都显得苍白无力。你明明守着一座宝山，却要生造一堆假玉招摇上市，是不是太奢侈、太不珍惜了！

可是，他能写成报告文学吗？第一，他从没写过；第二，在他当时的概念里，报告文学多以新闻性和素材本身的魅力取胜，人们往往不大注意其文学成就。就在几天前的晚上，他无意中对同室的学友宫魁斌讲起了认识刘日的前前后后，以及自己的苦恼，不知不觉，竟然讲了一个通宵。最后宫魁斌眼睛瞪得老大，吼道："写，你为什么不写！你怎么现在才说！"

天亮之后，宫魁斌什么也没说，就独自跑到解放军文艺出版社去了。

始料不及的难题

宏甲用他的福建普通话主述，宫魁斌帮腔，比较完整地向我描述了一个激动人心的刘日和无极。一切都很理想，包括作者的气质、感觉。材料已大都占有，还需进一步充实、完善，这个好说。我隐约觉得，宏甲在兴奋、冲动之余，神色中隐藏着一丝不安和忧虑。当我重申了决心，开始商量操作步骤时，他说实话了："看来是非干不可了！……可这事儿怎么跟刘日说呢，要是他坚决不肯怎么办？"

他说，近几年，中央和省里的报纸没少报道无极县的成绩和经验，但里面绝无"刘日"二字。只有一次例外，那是《人民日报》记者武培真和正定县委宣传部副部长高培琦写的《现代〈十五贯〉》，是刘日为一个农民平反冤狱的事，事件特殊，记者冲破阻力坚决要写，不能不露名字；再就是中宣部《党建》杂志发表省委书记邢崇智亲自撰写的文章——《党组织就是要支持"百姓官"》，称"刘日是告状告出的一个廉政的典型"。同期还发了一篇记述刘日事迹的通讯。这是上级的组织行为，只能服从；而你宏甲跟刘日彼此有约在先，要说话算话。宏甲按捺不住，曾试着写过一稿有12万字，让刘日看了，刘日不同意发表。

毕竟宏甲最了解刘日，懂得他的心思。他与宏甲的"君子协定"，已不仅仅是出于谦虚。他明白真名实姓的宣传会带来什么后果。要知道，他可是一群干部"告状告出来的廉政典型"啊，等着挑毛病的仅仅是那13个科局长吗？如果矛盾仅仅来自下面，他还可以排除干扰，专心为本县干成几件事儿，怕的就是出名之后连这样的机会也没有了！

按说，处理棘手的报告文学题材，我还是有点经验的。像这样严重的来自采访对象的障碍，还没遇到过，依我的脾气，我愿意跟宏甲一块去无极处理这个难题。但是不行，我毕竟代表着一家军委总政治部的出版社，对刘日，有"生米煮成了熟饭"，逼他就范的味道；对他的领导和周围的人，太显眼、太招摇，何况我写过贵省的《省委第一书记》，容易引起误解。

按规矩，军队的新闻出版单位处理牵涉地方政府和组织的稿子，要格外慎重。但这件事儿是非办成不可。最后，我们商量了一个办法，以出版社和我个人的名义，邀请宫魁斌和彭继超（来自国防科工委，也是宏甲的同班同学）陪宏甲一起去，任务是两条：第一，协助出版社考察和鉴定——主要不是考察刘日，而是他周围的人际环境，看此事到底能不能做，做了会怎样；第二，如果可以，帮助宏甲说服刘日。但名义上，你们只是宏甲的同学，陪他来采访，顺便受点熏陶。

第二天，我把接触刘日一事的想法、目前安排和下步计划，正式地向凌行正社长作了详细汇报。凌社长很激动，表示完全赞成，并决定作为明年的第一重点，全力以赴，保证"七一"以前隆重推出。听说宏甲这几年采访完全是自费，很艰苦，他立刻表态：一切费用由我们负责，包括以前采访留下的单据，都可以报销。

一周以后的一个傍晚，我带着预支的旅差费赶到北京站，亲自把这个三人"战斗小组"送上了火车。

宏甲后来告诉我，他们到达无极的那天，雪大路滑，司机太疲劳了，不得已，趴在方向盘上打了个盹，夜里三点才到。一见面，宏甲就介绍说：我的这两位同学，在部队的级别都属于团长、副团长，和你一样大。后来，宏甲又把一盘由彭继超撰稿的电视片，宫魁斌新近在全军获奖的中篇小说《天路》送给刘日，以证明我们是不会胡来的。为了取得刘书记的信任，他们可谓费尽心机。

宫魁斌和彭继超两位老兵很负责任，很懂政策。开头几天，他俩分头接触县城的干部、群众。三人见了面，也回避"是否可以"的话题。宏甲说，好像他们连我也一块考察了。最后，是彭继超先表态：

"行，我看行，你只要看他和群众的关系，群众对他的感情……"而宫魁斌又"绷"了两天，直到他独自和刘日作了一番有关观念形态的长谈之后，才面露微笑，说："干吧！"

于是，他们开始进入主题。彭继超对刘日说："其实，河北《共产党员》杂志、中宣部《党建》杂志，已经发表了写你的通讯。现在宏甲不过是想用文学形式再写一写，有什么不可以呢？"

宫魁斌说："我们决不是为写你而写你。"

……他们还说了很多，刘日仍未表示同意。但是，看样子他们的"大道理"似乎占了上风。

听了汇报，我喜忧参半，喜大于忧。我说："顾不得了，干吧！"

凌社长说："先把稿子写好，工作继续做。也许看了稿子他会放心的。"

要在三个月内完成几十万字的稿子，不是一件轻松的事。宏甲先是边上学边写，寒假后，就进入了最艰苦的攻坚阶段。我们每隔几天就通一次电话，沟通进展情况，商讨写作中的问题。他每写一章，妻子李白俐就抄一章。全家老幼，一切以《无极之路》为中心。我记忆最深的是大年三十夜里那次通话。他说，外边邻居在放鞭炮，孩子在看中央电视台的春节联欢晚会，老人在煮饺子……福建的房子里没有暖气，膝盖上要搭点东西。他想抓紧把这一章写完，白俐在旁边等着抄……放下电话，我心里好一阵不是滋味。

春暖花开，新的学期开始，宏甲背来了24万字，还差最后一章没写出来。到校第一周，他把最后两万字完成，并抄正。我们商定，第一步，还是先到无极，不给任何人看，只请刘日核实、把关。宫魁斌再次受托陪同宏甲前往。宏甲和我已商妥，这本书的序言不请专家、长老、大人物，就由宫魁斌写。

距宏甲和宫、彭二位上次来无极，一晃几个月了。或许刘日以为，这事已过去了。当一部厚厚的书稿突然摆在面前的时候，他一下子愣住了。

"不行，不行……"他反复说，"这些事都很平常……很平常……"

宏甲后来说，假如你身临其境，不需要听更多语言，仅从他那近乎惊慌的表情就能感到从内心深处发出的不安。想一想刘日这些年是怎么过来的吧，有谁能比他更懂得流言飞语的凶险。《无极之路》出版后，一位想改编电视剧的朋友见了宏甲，当头就问："那都是真的吗？如果是，那刘日还怎么活呀！"是呀，刘日是个活人，以后的路还很长。当一个人被淹没在人群里的时候，似乎更安全些，一旦你走出去，全身上下都长满了别人的眼睛，你的路还怎么走？而现在，我们就是正在千方百计地把我们最信赖的朋友推出去……

十天，整整十天过去了。几乎每天晚上，他们两个都得来一番以理智战胜情感的斗争。最后，他们不得不换一副姿态，和刘日摊牌了。

宏甲说，他永远记得那个夜晚。他黑着脸，站起来说："你自己可以看看，这里不只是写你，还写了那么多无极人。这一片生活，是你和无极人民共同创造的。你有什么权力说，你同意，我们就写；你不同意，我们就不能写？"

顺着这种调子，宫魁斌也说了许多，只是口气委婉一些。但宏甲已收不住了，他接着说："刘书记，你想想，这些年来，你为什么这么顽强，这么努力？在我看来，这是因为你从小受过那些委屈，你痛恨那些不公平，你才拼命扑向正直。你从决心钻研自然科学的道路走到现在这条路上来，也是因为你想通过自己的努力能对更多的人有帮助……让我还怎么说呢，如果这一切真是你一生做人的追求，那么现在，就是叫你牺牲，你也要去了。"

宏甲回忆说，他注意到，刘日的手一直抓捏着他面前的一个茶杯，有一阵儿，他的手掌整个儿攥紧了那个茶杯，然后说："如果你们这么说的话，那么，好吧，我也豁出去了！"

当刘日说出了这句话，屋子里所有的人都沉默了。

要知道，此前宏甲和宫魁斌是多么渴望他说出这句话啊，现在他说出来了，他们该高兴才是，但是他们沉默了。气氛如同致哀。

宏甲说，他永远记得那个夜晚。

我和凌社长用最快的速度看完了书稿。凌社长说，由于职责所在，以往审稿总是尽可能保持冷静的审视心态，可是这次，不知不觉的就被里边的故事紧紧地抓住了，一阵阵激动，不能自已。以同样的感受，担任责任编辑的刘迪云同志夜以继日，流着泪编完了这本书。

一周之后，全书的清样就排出来了。受凌社长嘱托，我和宏甲一起带着清样，到无极再次请刘日同志审核，并请河北省委等负责部门审阅。从宏甲和宫魁斌带着手稿前来核实那次开始，可以说在事实上就没出现过什么问题，但刘日总是不放心，即便是文学手法中常用的形容，他也要求尽可能地清除干净。为此他常常与宏甲发生激烈的争执，我只好充当一个艰难的仲裁角色。我当然知道，刘日同志喜爱文学，读过不少经典和当代作品，了解文学的特性。但这本书不同，我们应该理解主人公的处境和心思。凡是可这样也可那样的地方，我基本上支持了刘日。

其他方面的审阅可谓一帆风顺。记得当时省委领导同志正在忙于一个会议。省委书记邢崇智和纪委书记白石同志，都亲自审阅了《无极之路》的主体部分。当初,他们都是亲自听取省纪委关于13名科局长状告刘日一事的调查汇报而后拍案而起的人。为此邢书记在《党建》杂志上发表专文为"百姓官"刘日伸张正义;同期那篇记述刘日的通讯稿,便是白石同志审核、签发的,此后他还发表过《一个值得琢磨的灵魂——我所认识的刘日》。两位领导同志利用会议间隙约见了我们,对《无极之路》给予了充分肯定和支持,并提出几处中肯的意见,我们一一作了订正。送别时,邢书记握着我们的手,字字清晰地说:"感谢你们为河北人民做了件好事。"

当天,我们便踏上了归程。北京在等待最后的消息。列车缓缓启动。我俩一时无语,不约而同地仰面阖上了眼睛……